Alissa Stone

Im Zentrum der Lust

Erotischer SM-Roman

AF130749

blue Panther Books

BLUE PANTHER BOOKS TASCHENBUCH
BAND 2202
1. AUFLAGE: AUGUST 2014
2. AUFLAGE: DEZEMBER 2015
3. AUFLAGE: JUNI 2022
4. AUFLAGE: DEZEMBER 2023
5. AUFLAGE: JULI 2025

VOLLSTÄNDIGE TASCHENBUCHAUSGABE
ORIGINALAUSGABE

© 2014 BY BLUE PANTHER BOOKS, HAMBURG

LEKTORAT: NICOLA HEUBACH

COVER: © WISKY @ ISTOCK.COM
UMSCHLAGGESTALTUNG: MATTHIAS HEUBACH
GESETZT IN DER TRAJAN PRO UND ADOBE GARAMOND PRO

PRINTED IN POLAND
ISBN 978-3-86277-431-9

WWW.BLUE-PANTHER-BOOKS.DE

HERSTELLER: BLUE PANTHER BOOKS OHG
OSTERFELDSTRASSE 12-14 | 22529 HAMBURG | DEUTSCHLAND
E-MAIL: INFO@BLUE-PANTHER-BOOKS.DE

1

Meine erste Grenze hatte ich überschritten, als ich mich dazu hinreißen ließ, sein Spiel zu spielen. Doch ich musste ihn einfach haben. Ich spürte diesen Drang nach körperlicher Nähe. Ich sehnte mich nach männlichem Fleisch, das ich packen und dessen Duft ich aufsaugen konnte. Ich wollte ihn in mir spüren, ihn berühren und uns beide für eine Nacht lang glücklich machen.

Ich saß in dieser Bar am Golden Square und nippte an meinem Mojito, als sich unsere Blicke das erste Mal trafen. Die gelben und orangen Lichtkegel irrten durch den Raum und heiße kubanische Rhythmen pulsierten in meinem Bauch. Ich sah den vielen Leuten zu, die sich Mühe gaben, der Mambo-Dance-Night gerecht zu werden. Ein Großteil von ihnen war, wie ich, Ende zwanzig und trug bunte, flippige Kleidung, wie es in London Mode war.

Aber eigentlich sah ich nur deshalb durch die Menge, weil ich ihm nicht das Gefühl geben wollte, er sei das Objekt meiner Begierde. Schon wie er am Stehtisch lehnte, so souverän, und dazu dieser lauernde Blick, der durch den Raum schweifte und bereit war zuzuschnappen. Frauen umschwärmten ihn, tanzten ihn an, doch er schenkte ihnen nur ein mildes Lächeln. Er war eine Herausforderung, und genau das reizte mich.

Während meine Gedanken um seine Eroberung kreisten, hatte ich einem schwarzhaarigen Gigolo wohl zu lange beim Tanzen zugesehen, denn schon kam er auf mich zu und fragte, ob ich ihm auf der Tanzfläche Gesellschaft leisten wollte. Klar, warum nicht? Es war eine gute Gelegenheit, zu zeigen, dass ich für Spaß zu haben war. Wenn ich auch einen anderen Spaß beabsichtigte.

Ich stellte den Cocktail ab und vertraute darauf, dass er mich führen würde. Denn ich hatte keine Ahnung von südamerikanischen Tänzen. Er zog mich in seine Arme und drehte mich über das Parkett. Er war ein guter Tänzer. Er sah auch nicht schlecht aus und er wollte eindeutig mehr. Seine Hand ging bereits auf Wanderschaft und umfasste meinen Hintern. Dennoch fiel mein Blick immer wieder auf den Mann am Stehtisch. Und jedes Mal sah auch er mich an.

Zwei Songs später löste ich mich aus den Armen meines Tanzpartners und gesellte mich zum Mojito. Ich nahm das Glas zur Hand und setzte mich auf den Barhocker, da sah er mich wieder an. Sein Augenaufschlag verhieß Leidenschaft, Feuer. Wenn der nicht eine gute Wahl war! Ich lächelte, woraufhin er grinste. Sofort schoss Adrenalin in meine Blutbahn. Ein Kribbeln marschierte durch meinen ganzen Körper. Oh, wie ich diese Momente liebte!

Er ging zur Bar und sprach mit dem Barkeeper. Dann sah er wieder auf die Tanzfläche, so, als wäre nichts geschehen. Ein flaues Gefühl drückte meine Stimmung nach unten. Wollte er mich doch nicht? Wirkte ich zu aufgesetzt oder war ich ihm zu leichte Beute? Vielleicht hatte er nur zufällig in meine Richtung gesehen.

Plötzlich schob ihm der Barkeeper zwei Drinks über den Tresen. Also doch! Er bahnte sich einen Weg durch die Menge – genau in meine Richtung. Mein Herz klopfte. Schnell drehte ich mich seitlich zu ihm. Er sollte nicht denken, dass ich auf ihn gewartet hätte. Ich setzte mich aufrecht hin und schlug die Beine übereinander.

Er war nur noch wenige Meter von mir entfernt, als ein tanzendes Paar an ihm vorbeihuschte. Ich nutzte den Moment, drapierte noch ein Bündel Haare auf meiner Schulter und befeuchtete ein letztes Mal die Lippen. Dann stand er da. Er sah mir direkt in die Augen und setzte sich auf den lederbezogenen Barhocker neben mir.

»Hi! Hast du Lust auf ein Spiel?«, fragte er und streckte mir das zweite Glas Martini entgegen. Mit einem transparenten Spieß, der eine Olive auf den Grund zwang. Sein Blick scannte mich von oben bis unten. Es gefiel mir, dass er so schnell zur Sache kam, denn ich wollte ohnehin keine Zeit mit Small Talk vergeuden.

»Und was ist das für ein Spiel?« Ich nahm das Glas entgegen und prostete ihm zu.

Seine blauen Augen funkelten mich an. Er stützte einen Arm auf dem Tresen ab, während sein Fuß auf der untersten Strebe des Barhockers ruhte. Allein diese Selbstsicherheit machte ihn begehrenswert. Sein Haar war dunkelblond und seine Lippen formten sich zu einem Kussmund, als er einen großen Schluck nahm – ohne mich aus den Augen zu lassen. Ich kannte diesen Blick. Er verriet, dass ich diese Nacht nicht allein verbringen würde.

»Das erfährst du erst, wenn du dich dazu bereit erklärst und mit mir kommst«, sagte er und stellte sein Glas auf dem Tresen ab.

Für gewöhnlich bestimmte ich die Regeln. Ich wählte die Männer und ich entschied, ob und wie ich mit ihnen Sex haben wollte.

»Ich lasse mich nicht auf irgendwelche Spielchen ein, solange ich nicht weiß, was mich erwartet.«

»Weil du alles unter Kontrolle haben willst?«

Ich lachte kurz auf, um seine Behauptung ins Lächerliche zu ziehen. Okay, vielleicht hatte er recht, aber was ging ihn das an? Er sollte froh sein, dass er mich überhaupt ins Bett bekam.

»Du solltest mal eine Ausnahme machen«, fuhr er fort.

»Es sind noch genügend andere Männer hier«, entgegnete ich. Oh, ich wusste, dass das eine leere Drohung war. Ich wollte ihn, mein Instinkt wollte ihn und meine Vagina sowieso. Aber das brauchte er ja nicht wissen. »Wer garantiert mir, dass ich bei deinem Spiel auf meine Kosten komme?«

»Ich gebe dir, was du brauchst. Auf meine Art und Weise. Natürlich erfordert es Mut, sich darauf einzulassen. Bist du mutig?«

»Ich denke schon.«

»Du denkst?« Er sah mich skeptisch an.

Ich war mutig, aber nur zu meinen Bedingungen. Wenn er nur nicht so verdammt sexy wäre und irgendwie machte mich seine Geheimniskrämerei auch an. Er hatte etwas Verwegenes an sich, das mich einfach nicht losließ.

»Dann bist du wohl doch nicht die Richtige für mich«, sagte er und stand auf. Ich fühlte mich wie vor den Kopf gestoßen. Ehe ich etwas darauf sagen konnte, kehrte er mir den Rücken zu und ging. Überrascht sah ich ihm hinterher.

Ich war in diesen Flirt mit einer »Wenn nicht der, dann der Nächste«-Einstellung gegangen. Aber jetzt hatte ich das Gefühl, mir sei der Mann entgangen, den ich unbedingt haben wollte.

Mein Blick irrte durch den Raum, suchte verzweifelt nach einer Alternative. Aber es war zu spät, ich wollte ihn und keinen anderen. Vor allem jetzt, wo ich ihn nicht haben konnte. Er stand wieder an einem der Stehtische und lächelte die Nächste an. Ich hatte das Gefühl, die Zeit lief mir davon. Sollte ich ihm hinterherlaufen? So etwas machten doch nur Frauen, die keinen abbekamen. Das war gegen meine Prinzipien.

Ich trank das Glas Martini in einem Zug leer. Dann stand ich auf und stapfte zu ihm. Ich würde ihm zeigen, wie mutig ich war.

»Gibst du immer so schnell auf, wenn du eine Frau ins Bett bekommen willst?«, fragte ich.

Er drehte sich zu mir und schien kein bisschen erstaunt, dass ich so plötzlich vor ihm stand. »Das kommt auf die Frau an.«

Okay, schlagfertig war er.

»Du meinst also, ich wäre es nicht wert. Dabei weißt du gar nicht, was dir entgeht«, kokettierte ich.

»Beweis es mir.«

»Und wie?«

»Zieh deinen Slip aus.«

Was? »Hier?«

»Warum nicht? Oder überfordert dich das?«

Bestimmt nicht. Mein Bleistiftrock reichte bis zur Mitte der Oberschenkel, ich musste nur schnell sein und keiner würde es mitbekommen. Ich fasste unter den Rock und zupfte am Spitzentanga, bis er nach unten fiel. Schnell stieg ich heraus und hob ihn auf.

»Bitteschön«, sagte ich und drückte ihm das Stück Stoff in die Hand. Der Triumph war es Wert, dass mich womöglich jemand dabei beobachtet hatte. Er neigte seinen Kopf und lächelte mich an.

»Es fällt dir offenbar nicht schwer, dich vor vielen Leuten auszuziehen.«

»Naja, ausziehen kann man das nicht gerade nennen. Es sieht ja keiner, wo ich nackt bin. Nicht einmal du.« Ich legte bewusst einen verruchten Klang in den letzten Satz.

»Du hast recht, wir sollten einen Schritt weiter gehen. Siehst du den Mann dort drüben?« Er deutete zu einem Typen mit grauen Schläfen und einem Bier in der Hand. Er saß gelangweilt auf einem Barhocker und stierte in unsere Richtung. »Ich möchte, dass du ihm zeigst, was du unter dem Rock hast.«

Ich riss die Augen auf und schüttelte den Kopf. »Nein!«

Er zuckte nur die Schultern und ließ seinen Blick durch den Raum schweifen, als würde er bereits nach einem anderen Opfer Ausschau halten. Ich folgte seinem Blick und sah die vielen hübschen Frauen. Sah, wie sie die Hüften kreisen ließen, und bemerkte ihren suchenden Blick, der deutlich zeigte, dass auch sie einem Abenteuer nicht abgeneigt wären.

»Na gut, ich mach es.«

Oh Gott, worauf ließ ich mich da nur ein? Ich musste verrückt sein oder einfach nur geil.

Ich nahm einen tiefen Atemzug und lehnte mich an einen der Hocker. Mein Gesicht glühte. Hoffentlich konnte man das unter dem Make-up nicht sehen. Es war merkwürdig, aber meine Scham zuckte vor Erregung. War ich etwa exhibitionistisch veranlagt? Nein, es war vielmehr, weil er von mir verlangte, diese obszöne Mutprobe zu bestehen. Ich drehte mich in die Richtung des Mannes und wartete, bis er wieder zu uns sah. Offenbar bemerkte er meinen Blick und lächelte mich an. Meine Haut kribbelte und mein Herz pochte. Ich schob den Rocksaum nach oben, bis ein kalter Luftzug meine eindeutig feuchte Vulva überflog.

Dem Mann klappte die Kinnlade nach unten. Ich gewährte ihm nur wenige Sekunden diesen Anblick, dann strich ich den Rock wieder über meine Schenkel und drehte mich von ihm weg. Es fiel mir schwer, ein Kichern zu unterdrücken. Meine Finger zitterten, alles an mir zitterte. Ich fühlte mich berauscht, wie es nach einer Mutprobe wohl üblich war.

»Gut gemacht. Das werde ich heute auf jeden Fall belohnen

müssen«, sagte er und erforschte mit entspanntem Ausdruck meine Mimik. Im selben Moment fühlte ich eine warme Hand auf dem Schenkel, die ein Lauffeuer entfachte, das in Windeseile meinen gesamten Körper in Brand setzte.

Langsam beugte er sich zu mir, bis sein Gesicht nur noch eine Handbreite von meinem entfernt war. Wir sahen uns an, Sekunden lang. Sein Atem streichelte meine Wange. Ich wusste, was jetzt kommen würde. Und mein Puls wusste es auch. Der Beat hämmerte in meinem Körper und die Gedanken kreisten einzig um diesen Moment. Als wären nur noch wir beide in der Bar, nein, in diesem Kosmos. Meine Lippen bebten, während ich regungslos wartete. Das Bedürfnis, ihn endlich zu berühren, ihn tief in mir zu spüren, überwand alle Hürden. Ich wollte nicht mehr denken, sondern war kurz davor, ihn an mich zu reißen. Er strich durch meine langen, braunen Haare und berührte endlich meine Lippen mit den seinen. So weich, so sinnlich. Ich schloss die Augen und tauchte ein in das Abenteuer. Ein Abenteuer, das ich zu seinen Regeln erleben sollte.

2

Der Schmerz an meinen Handgelenken riss mich aus dem Schlaf. Mein Atem stockte, während die Panik durch den Körper kroch. Ich schaffte es nicht, die Hände zu bewegen. Entsetzt blickte ich nach oben. Sie waren an ein schmiedeeisernes Bettgestell gefesselt. Das Seil schnitt in meine Haut, sobald ich daran zerrte. Oh mein Gott! Ich war noch bei ihm. So weit wie möglich drehte ich mich zur Seite und ließ den Blick durch das mir fremde Schlafzimmer schweifen. Ich war allein. Die Sonne brach durch die großen Fensterscheiben und warf ihren Schein über den hellgrauen Flokatiteppich, der den dunklen Parkettboden zierte. In der Ecke stand ein weißer Ledersessel, über den eine moderne Stehlampe ragte. Mein Körper war mit einem dünnen Seidenlaken bedeckt, darunter war ich nackt. Der zarte Stoff glitt über meine Haut, sobald ich die Beine bewegte.

Bilder von letzter Nacht füllten wie Bruchstücke meine Gedanken. Aber ich konnte mich nicht erinnern, wie ich von der Bar in dieses Haus gekommen war. Dabei hatte ich nur einen Mojito und den Martini, den er mir spendiert hatte. Wir hatten nicht einmal unsere Namen getauscht. Das waren Nebensächlichkeiten, die uns beim Flirten nur aufgehalten hätten.

Aber ich erinnerte mich deutlich an die Szenen, die mich in die jetzige Lage gebracht hatten. Wie er über meine Schulter gestreichelt hatte, während er meine Handgelenke geschickt im Rücken zusammenhielt. Ich wollte sie ihm entreißen, weil ich nicht wusste, was er vorhatte. Doch er hielt mich einfach fest. Drückte mich rücklings auf das Bett und stimulierte mit den Fingern meinen Kitzler. Er hörte nicht auf, meine Lust zu steigern, bis ich aufhörte, gegen ihn anzukämpfen. Seine Finger forderten meine gesamte Konzentration, ich bebte vor Verlangen. Plötzlich legte er mir die Bluse über den Kopf. Der helle Stoff nahm mir die Sicht, ich musste erst einmal realisieren, was geschah. Er zog meine Hände nach vorn und wickelte etwas um die Handgelenke. Ein Seil. Es schlang sich so fest um meine Arme, dass ich sie ihm nicht entziehen konnte. Als er sie über meinen Kopf hob und ich das Metall des Bettes ertastete, wusste ich, dass er mich daran festbinden würde. Ich warf den Kopf hin und her, wollte die Bluse von mir schütteln. Ich fühlte mich ausgeliefert, hilflos. Er war stark, ich konnte sie ihm nicht entreißen.

»Hab keine Angst. Ich tu dir nichts.« Seine Stimme klang sanft, einfühlsam.

Ich versuchte, ruhig zu atmen, der zarte Stoff verfing sich im Mund. Mein Herzschlag wollte sich nicht beruhigen, weil ich nicht wusste, ob er hielt, was er versprach.

Dann übersäte er meinen Körper mit Küssen. Knetete sanft meine Brüste, zwirbelte immer wieder die Warzen, bis ich zu keuchen und stöhnen begann. Er liebkoste mich, begehrte meinen Körper, streichelte ihn, als wäre er ein kostbarer Edelstein. Es fühlte sich fantastisch an. All meine Sinne konzentrierten sich nur auf das, was er mit mir tat. Er schob seine Zunge in meinen Spalt, bis Wellen der Erregung durch die Schenkel schwappten. Ich spürte alles so intensiv, als wäre mein gesamter Körper ein einziger Nerv. Ich wollte nicht, dass er aufhörte. Meine Augen waren geschlossen, die gefesselten Hände vergessen. Bis er meine Hüfte packte und mich auf den Bauch drehte. Die Bluse wickelte sich um meinen Kopf, das Seil schnitt in die Handgelenke.

»Auf die Knie«, forderte er. Es war ein Befehl, der mich komplett aus den Empfindungen riss. Ich musste mir erst klar werden, was um mich herum geschah. Plötzlich traf ein Schlag meinen Hintern. Nicht fest, aber fest genug, dass ich aufschrie. Er ließ mir keine Zeit, schlug immer wieder zu. Abwechselnd auf beide Backen. Ich zog die Knie an und kroch nach oben. Mein Po ragte in die Luft, ich konnte mich vor Geilheit kaum halten. Seine Dominanz erregte mich. In mir zog sich alles zusammen, sehnte sich nach seiner Männlichkeit. Mein Kopf lag auf dem Bett, eingewickelt in die Bluse. Der Atem prallte daran ab und erhitzte mein Gesicht. Dann endlich drang er in mich. Ritt mich mit festen Stößen, während die Fesseln mich an Ort und Stelle hielten. Er war tief in mir.

Sein schweißnasser Körper schmiegte sich an meinen. Unser Stöhnen flirrte durch die Stille.

Er hatte sich genommen, was er wollte und hatte es wahrlich geschafft, mich mit in eine Welt zu entführen, die mit einem unbeschreiblichen Höhepunkt explodiert war. Der Sex mit ihm war unglaublich gewesen. Es gab kaum Männer, die mich dazu brachten, nur noch in Lust zu schwelgen. Die meisten zogen Schema F durch, begrapschten meine Brüste und begnügten sich bis zum schnellen Ende mit der Missionarsstellung. Wahrscheinlich, weil sie es von ihrer letzten Beziehung so gewohnt waren. Vor einem halben Jahr hatte mich zum ersten Mal jemand beim Sex gefesselt und mir den Hintern versohlt, wenn ich mich nicht so verhalten hatte, wie er das wollte. Die Affäre mit ihm hatte zwei Wochen gedauert. Damals war ich zum Dolmetschen auf einer Konferenz in Paris geladen gewesen. Als ich Frankreich wieder verlassen hatte, verloren sich unsere Wege. Trotzdem hatte es schon damals eine unerwartete Lust in mir entfacht.

Schwere Schritte schoben meine Erinnerungen mit einem Mal beiseite. Ich atmete flach und starrte auf die Tür, die sich langsam öffnete. Dann hörte ich ein Scheppern und einen Tritt gegen das Türblatt. Mein Herz pochte und der Druck in der Brust legte meine Atmung für Sekunden lahm.

Er trat ins Schlafzimmer. Sein Blick war auf ein Tablett aus weißem Acryl gerichtet, das er in den Händen hielt. In dem blauen, einwandfrei gebügelten Hemd und der schwarzen Hose sah er genauso attraktiv aus wie gestern. Kaffeeduft erfüllte den Raum und ich erspähte einen Korb mit Weißbrot und Konfitüre. Dann sah er zu mir und lächelte mich an. Ich hob die Brauen. Es war mir unangenehm, gefesselt vor ihm zu liegen.

Er setzte sich neben mich aufs Bett und stellte das Tablett auf dem Boden ab. Der herbe Duft seines Aftershaves schwang in meine Richtung und legte sich auf das Kaffeearoma. Sprachlos sah ich in sein Gesicht, so, als sähe ich ihn das erste Mal.

Er sagte nichts, sah mich nur an. Sein Blick wirkte friedlich, zufrieden und auf eine gewisse Art selbstgefällig. Er schmunzelte und riss mit einem Ruck das Laken weg. Ich stöhnte auf, zog die Beine an und versuchte meine Scham zu verbergen. Ich fand es dreist, weil er angezogen war und ich nicht einmal mit den Händen meine privaten Stellen verdecken konnte.

»Gehört das auch zu deinem Spiel?« Ich gab mich verärgert, weil ich nicht zeigen wollte, wie nervös er mich machte.

Gleichwohl strichen seine Finger über meine Lippen, hinab über die Brüste, bis hin zu meinem intimsten Bereich. So zart, als wollte er mich besänftigen. Ich konnte meine Erregung nicht verbergen, die allein durch diese Geste erwacht war.

»Hat es dir gefallen gestern?«, fragte er und arbeitete sich mit dem Finger zum Zentrum meiner Lust vor.

»Hatte ich denn eine Wahl?«

Sein animalischer Blick hielt mich gefangen. Feuchtigkeit bildete sich zwischen meinen Schamlippen und machte mich bereit für mehr.

»Du hast mir schnell vertraut.«

Ja, weil er gut war, aber das wollte ich ihm nicht auf die Nase binden. Plötzlich stieß sein Finger gegen meinen Kitzler. Gerade noch konnte ich ein Seufzen unterdrücken. Mein Körper sehnte sich nach seiner warmen Haut, ich wollte seinen Geruch aufsaugen und das Salz seiner Poren auf der Zunge schmecken. Doch obwohl er meine Erregung mit seinen Fingern zu bemerken schien, zog er die Hand zurück.

»Dabei kenne ich nicht mal deinen Namen«, sagte ich. Ich musste cool bleiben, damit er nicht merkte, dass ich enttäuscht war, weil er nicht weiter machte.

»Jeff. Ändert das was?«

»Vielleicht.«

Er schmunzelte.

Obwohl ich nichts von ihm wusste, hatte ich das Gefühl, ich könnte ihm vertrauen. Vielleicht, weil er genau wusste, was ich brauchte.

Am liebsten hätte ich protestiert, als er mit wenigen Griffen die Fesseln löste und mich zeitgleich aus meiner freudigen Erwartung warf.

Er stand auf und ging zu einem großen Wandschrank, der sich in das Weiß der Wände fügte. Schnell setzte ich mich auf und zog das Laken nach oben, bedeckte meinen Körper bis über die Brüste. Es gab keinen Grund, mich ihm weiterhin nackt zu präsentieren. Offenbar hatte er nicht vor, das Spiel von gestern zu wiederholen.

Er schob die schwere Schranktür beiseite und holte ein ordentlich zusammengelegtes Handtuch heraus. Ohne mich anzusehen, legte er es neben mich aufs Bett. Dann hob er das Tablett auf und stellte es mir über die Beine.

»Iss etwas. Ich muss noch kurz was erledigen und bin gleich wieder bei dir. Das Badezimmer findest du dort drüben.« Er deutete auf eine große, satinierte Glasschiebetür und verließ das Zimmer, ehe ich all die Gedanken, die mir durch den Kopf schossen, in Worte fassen konnte. Ich wollte wissen, wie ich zu ihm gekommen war und ob er mir ein Taxi rufen könnte.

Verwirrt über seinen kurzen Auftritt strich ich mir die Haare aus dem Gesicht. Ich blickte auf ein Gedeck und eine Tasse Kaffee. Schwarz, wie ich ihn mochte. Obwohl ich es befremdlich fand, nach einem One-Night-Stand in einem fremden Schlafzimmer zu frühstücken, und das auch noch allein, legte ich mir eine Scheibe Weißbrot auf den Teller, bestrich sie mit

Erdbeerkonfitüre und biss davon ab. Ich wollte höflich sein und außerdem war es ohnehin egal, ob ich hier frühstückte oder später im Hotel.

Mein Blick fiel durch das große Fenster. Das Haus lag offenbar an einem Hang und eröffnete eine Aussicht auf weitläufige Wälder und eine am Horizont besiedelte Stadt, die etliche Kilometer entfernt schien. Das konnte doch unmöglich London sein. Wo genau war ich hier? Und warum nur konnte ich mich nicht daran erinnern, wie ich hierhergekommen war?

Je länger ich darüber nachdachte, desto merkwürdiger fand ich die Situation. Ich stellte das Tablett auf die Bettseite neben mir und stand auf. Auf dem Ledersessel entdeckte ich meine Bluse, den Rock, BH und Tanga-Slip, fein säuberlich zusammengelegt und aufeinandergestapelt. Jeff war ohne jeden Zweifel sehr ordentlich, denn ich war das bestimmt nicht gewesen. Ich packte die Kleidungsstücke, ging zur Glasschiebetür und schob sie beiseite. Vor mir zeigte sich ein Bad, das dem modern eingerichteten Schlafzimmer in nichts nachstand. Ich schritt über das dunkle Parkett. Wie sauber es in diesem Wellnesstempel war! Weder standen Shampooflaschen auf der Ablage hinter der großen, weißen Eckwanne noch konnte ich Kalkflecken an den glänzenden Wandfliesen entdecken. Als wäre das Haus gar nicht bewohnt. Hinter einer Glaswand zeigte sich eine großzügige Sauna, von der aus man dieselbe atemberaubende Aussicht genießen konnte, wie im Schlafzimmer.

Ich drehte mich zum Waschbecken und betrachtete mein Spiegelbild. Die Nacht hatte eindeutig ihre Spuren hinterlassen. Hellrote Wangen brachten mein Gesicht zum Leuchten, und der schwarze Kajal um die Augen war so verwischt, dass es verrucht wirkte.

15

Ich legte meine Sachen auf eine der Holzablagen, die neben der Dusche hingen, und stellte das Wasser an. Ich sollte mich besser beeilen. Um 15 Uhr musste ich den Flieger nach Marseille erwischen, denn morgen Früh hatte ich ein Meeting zu dolmetschen mit Wirtschaftsbossen aus Frankreich und Großbritannien. Wenn ich dort nicht auftauchte, konnte ich alle Folgeaufträge wieder aus dem Kalender streichen.

Außerdem hatte jeder bekommen, was er wollte, es gab nichts, was mich hier noch hielt.

Als ich im Bad fertig war, öffnete ich die Schiebetür zum Schlafzimmer. Jeff saß auf dem Ledersessel und sah zu mir. Vor Schreck riss ich die Augen auf. Ein groß gewachsener Mann, dessen muskulöse Oberarme sein Jackett zu sprengen drohten, lehnte am Türrahmen und musterte mich argwöhnisch. Eine Narbe zog sich über seine linke Wange und die schwarzen Haare hatte er zu einem Zopf gebunden. Er wirkte bedrohlich. Allein durch sein Äußeres und wie er dastand. Breitbeinig und mit beiden Händen in den Hosentaschen. Was machte dieser Mann hier? Ich hätte nackt sein können. Vorwurfsvoll blickte ich zurück auf Jeff. Der stand auf und schmunzelte.

»Wer ist das?«, fragte ich.

Jeff ging langsam auf mich zu, immer noch mit diesem Schmunzeln im Gesicht. Mein Gefühl sagte, irgendetwas stimmte nicht. Er sah mich so durchdringend an. Als passte er nur den richtigen Moment ab, um zuzuschnappen.

»Ich habe dir doch gesagt, dass es nach meinen Regeln läuft«, sagte er so ruhig, wie er sich bewegte, und neigte den Kopf zur Seite. »Es wäre in deinem Interesse, wenn du freiwillig mitspielst. Ansonsten müssen wir dich zwingen es zu tun.«

»Zwingen? Zu was zwingen?« Ich sah zu dem Mann an der Tür, dann wieder auf Jeff. Ein eiskalter Schauder zog sich durch meine Adern.

Ich musste hier weg, so schnell wie möglich. Kurzerhand zwang ich mich an ihm vorbei. Doch ich kam nicht weit, denn der Fremde versperrte mir den Weg. Er lachte, laut und dreckig.

»Was wollt ihr von mir?« Mein Herz pochte.

Der Mann wich keinen Schritt zur Seite. Plötzlich streckte er die Hand aus, packte meinen Oberarm und riss mich zu sich.

»Wie Jeff schon sagte, ein bisschen spielen«, hauchte er mir ins Ohr. Ich roch seinen faulen Atem und geriet in Panik. Mit aller Kraft drückte ich mich von ihm weg und boxte mit der freien Hand auf seinen Brustkorb. Mühelos wirbelte er mich herum und drückte meine Arme grob hinter meinen Rücken.

»Hör auf, lass mich sofort los!«

»Theo! Sei vorsichtig mit ihr«, rief Jeff, woraufhin der Mann knurrte.

Ich zerrte an seinen Händen und trat mehrmals gegen sein Schienbein, damit er mich endlich losließ. Zwar lockerte er den Griff, doch ich schaffte es nicht, mich daraus zu lösen. Er bog meinen Arm nach hinten, sodass ich ihn nicht mehr bewegen konnte. Der Schmerz wurde stärker, sobald ich daran zerrte.

»Hör auf. Lass mich los, was soll das? Du tust mir weh!«

Schon presste sich seine Hand auf meinen Mund. Ich atmete hektisch und versuchte in die Finger zu beißen. Doch sein Griff war zu fest. Er schleppte mich durch das Treppenhaus, hin zu einem Aufzug. Ich hatte Angst. Mein Gesicht war heiß und die Knie ganz weich. Mein Zwerchfell zuckte, während ich mit aufgerissenen Augen Jeff dabei zusah, wie er den Aufzugknopf drückte. Dann schob sich die weiß lackierte Tür zur Seite. Oh mein Gott, was geschah mit mir? Noch nie im Leben hatte ich solche Panik gehabt wie jetzt! Ein weiteres

Mal trat ich mit den Füßen und grub die Fingernägel in Theos Hände. Doch ich konnte mich nicht befreien. Im Gegenteil, er presste mich so fest an sich, dass ich auf Zehenspitzen vor ihm herlaufen musste. Ich keuchte, schnappte nach Luft und versuchte, mich aus seinem Griff zu winden. Er ließ sich nicht von meinem Widerstand abhalten und zerrte mich in den Aufzug. Das quadratische Neonlicht in der Decke blendete mich, weil Theo nicht aufhörte, meinen Hinterkopf gegen seine Brust zu drücken.

Jeff stellte sich neben uns und tippte irgendwelche Zahlen auf einem Nummernblock. Ich schwitzte und mein heißer Atem stieß gegen Theos Hand, die meinen Mund und das Kinn umfasste wie ein Gipsverband. Dann schloss sich die Tür. Der Aufzug ruckelte kurz und setzte sich in Bewegung. Die rote Ziffer schnellte von 1 auf 0.

Noch immer versuchte ich mich von ihm wegzudrücken, aber mir fehlte einfach die Kraft. Mein Kopf dröhnte und meine Finger pulsierten, weil Theo sie so fest zusammenhielt. Es war sinnlos, mich gegen diesen Koloss zu wehren. Ich sollte die Kräfte sammeln, bis er den Griff irgendwann lockerte.

Die Metalltür auf der anderen Seite öffnete sich. Es zeigte sich ein Raum, etwa so groß wie eine Doppelgarage. Er glich einer steinernen Höhle. Fackellampen spendeten düsteres Licht und am hinteren Teil des Gemäuers erkannte ich eine Nische, die durch eine Glasscheibe vom restlichen Raum abgetrennt war. In der Mitte dieses Glaskäfigs stand eine senkrechte Eisenstange, die wie eine Tanzstange vom Boden bis zur Decke reichte. Ein merkwürdiger Bügel aus Metall war daran befestigt. Alles wirkte so düster, so unheimlich. Theo drängte mich an einem schwarzen Ledersofa vorbei, das wie eine kleine Zuschauertribüne außerhalb des Glaskäfigs stand.

Mein Herz schlug schneller, ich schwitzte und fror gleichzeitig, obwohl es hier weder heiß noch kalt war.

Ein Schlüssel klirrte und Jeff schloss den Käfig auf. Ich wimmerte bei jedem Atemzug und versuchte noch einmal, mich von Theo wegzudrücken. Aber es war zwecklos. Er schob mich an Jeff vorbei in den Käfig, als wäre ich ein Sack gefüllt mit Federn.

Plötzlich zog Jeff ein Taschenmesser aus seiner Hosentasche, klappte es auf und hielt mir die Spitze entgegen. Ich zuckte zusammen. Theo ließ meine Hände los, dann das Gesicht. Er fasste meine Haare zu einem Pferdeschwanz zusammen und hielt ihn wie einen Strick fest. Mit aufgerissenen Augen fixierte ich die Klinge.

»Zieh dich aus, Lydia!«, sagte Jeff und kam mit dem Messer bedrohlich nahe. Er kannte meinen Namen? Woher wusste er den? Meine Tasche! Sie hatte nicht auf dem Sessel in Jeffs Schlafzimmer gelegen. Aber in ihr war nichts weiter als mein kleiner Geldbeutel und der Zimmerschlüssel. Meine Papiere und mein Handy lagen im Hotel.

»Woher kennst du meinen Namen? Ich habe ihn dir nie genannt, oder doch?«

Jeff grinste. »Nein, das hast du nicht. Aber es spielt auch keine Rolle, woher ich das weiß. Zieh dich aus.«

Ich konnte kaum mehr atmen, die Kehle schnürte sich zusammen. Mein Blick sauste durch den fensterlosen Raum. Neben einer Tür führte eine Treppe nach unten. Womöglich in den Keller. Der Aufzug war geschlossen. Wieder sah ich zur Tür neben der Treppe. Ich musste hier weg! So schnell wie möglich. Zwei Schritte, mehr schaffte ich nicht. Denn Theo wickelte meine Haare um seine Hand und zog daran. In dem Moment war mir der Schmerz egal, ich schlug mit den Fäusten auf ihn ein und traf genau zwischen seine Beine. Theo krümmte sich und ließ endlich meine Haare los.

»Du verschwendest deine Energie«, sagte Jeff und versperrte mir den Weg. »Es wäre wirklich besser für dich, wenn du einfach tust, was wir sagen.«

Er drehte das Messer, sodass die Klinge das Licht einfing und kurz aufblitzte. Ich atmete schneller und sah ihn an. Was sollte ich tun? Mich an ihm vorbeizwängen und einen Stich ins Herz riskieren? Wie weit würde er gehen? Mich umbringen? Aber wozu?

»Was habt ihr mit mir vor?«, fragte ich, um Zeit zu gewinnen. Egal was sie mit mir vorhatten, ich wusste, es würde mir nicht gefallen.

»Zieh dich aus oder wir helfen dir dabei«, sagte Jeff. Seine Stimme klang ruhig, konsequent.

Theo hielt noch immer die Hände an den Schritt und sah mich finster an.

Ich schüttelte den Kopf. »Damit kommt ihr nicht durch!«

»Ich weiß, du glaubst mir nicht. Das kann ich dir auch nicht verübeln. Du denkst, ich sei ein Verbrecher. Und du hast recht, das bin ich. Das bringt dieser Job mit sich. Aber ich verspreche dir, wir werden dir nichts tun, wenn du dich an das hältst, was wir sagen. Du wirst keinen Schaden nehmen.«

Sollte ich ihm das wirklich glauben? Hielt er mich für dumm?

»Lasst mich hier raus!« Ich ging auf ihn los, packte seinen rechten Ärmel, um mir das Messer vom Leib zu halten und versuchte, mich an ihm vorbeizuzwängen. Theo griff mir in die Haare und zog mich zurück.

»Lydia«, sagte Jeff, kam einen Schritt auf mich zu und streifte seinen Ärmel glatt. »Es ist, wie gesagt, nicht meine Absicht, dir wehzutun, aber irgendwann ist der Punkt erreicht, wo ich zu

Maßnahmen greifen muss.« Mein Blick krallte sich am Messer fest. Immer näher führte er es an mein Gesicht, bis es meine Wange berührte. Ich spürte das kalte Metall an meiner Haut und wagte kaum zu atmen.

»Bitte«, flehte ich.

»Tu einfach, was ich dir sage. Wenn nicht ...« Er sprach nicht weiter, stattdessen zog er mit der stumpfen Kante eine Linie über meine Wange.

Oh Gott, er würde mich töten! Mein Atem ging flach und meine Finger zitterten. Hektisch tastete ich nach den kleinen Perlmuttknöpfen der Bluse und öffnete sie. In mir verkrampfte sich alles, mein Gefühl sagte, es war vorbei. Sie waren stärker, und wenn ich nicht tat, was sie verlangten, würden sie mich womöglich umbringen.

Ich streifte den seidigen Stoff von den Schultern und warf die Bluse auf den Holzboden. Erst jetzt bemerkte ich das Seil, das rechts vor mir in der Ecke lag.

Jeff ließ das Messer über meinen Hals gleiten. Ohne ihn aus den Augen zu lassen, tastete ich nach dem Reißverschluss des Rockes. Ich schob ihn samt Slip von den Beinen. Dann führte Jeff das Messer an meine Schulter und durchschnitt die Träger des BHs. Ich zuckte. Als er beide durchtrennt hatte, zog er mit der flachen Kante eine Linie über meine Haut, bis hin zum Halter zwischen meinen Brüsten. Er setzte das Messer kurz an und zog es zu sich, schon fiel der BH zu Boden. In dem Moment war mir egal, dass ich nackt vor ihnen stand. Die Angst, er könnte mich mit der scharfen Klinge verletzen, übertönte jedes Schamgefühl.

»Bitte, tut mir nichts«, brachte ich wimmernd hervor.

Ich zitterte und bekam nur in kurzen Zügen Luft. Theo packte meine Unterarme und zog mich rücklings gegen die Eisenstange. Hinter der Stange presste er meine Arme zusammen. Seine Finger gruben sich in meine Unterarme und umschlossen sie wie eine Schraubzwinge. Ich drückte dagegen, doch mir fehlte die Kraft. Jeff stellte sich neben ihn, legte die Hand an meinen Hals und drückte meinen Kopf gegen die Stange.

»Mach den Mund auf«, sagte er.

Nein, warum? Ich presste die Lippen aufeinander und schüttelte den Kopf. Er hob die Brauen und sah mich eine Sekunde lang geduldig an. Ohne eine Miene zu verziehen, verengte er den Griff um meinen Hals. Er würgte mich. Oh mein Gott, ich drohte zu ersticken! Ich riss den Mund auf und schnappte nach Luft. Plötzlich legte sich etwas in meinen Mund. Es hielt den Kiefer geöffnet. Jeff ließ meinen Hals los, aber ich konnte den Kopf nicht mehr bewegen. Weder nach unten oder oben noch zur Seite. Er war fest mit dieser Stange verankert. Es musste der Metallbügel sein, der meinen Kopf umfasste, und ein Bolzen aus hartem Kautschuk spreizte meinen Kiefer. Obwohl ich ungehindert atmen konnte, hatte ich das Gefühl, mir blieb die Luft weg.

Ich wollte mir das Teil aus dem Mund reißen, aber Theo hielt noch immer meine Unterarme fest. Dann sah ich Jeff das Seil aufheben, das in der Ecke lag. Er kam zu mir und fesselte meine Handgelenke. Erst dann ließ auch Theo von mir ab.

»Höher«, sagte Jeff, der nun wieder vor mir an der Glaswand stand.

Ich hörte ein Schraubgeräusch neben dem linken Ohr. Dann drückte sich der Knebel nach oben. So weit, dass ich auf Zehenspitzen stehen musste. Wieder war da dieses Schraubgeräusch. Jeff nickte.

Wozu das alles? Ich konnte keinen Gedanken formen, der mir eine logische Erklärung gab, warum sie mich hier fixierten.

Mit weit geöffneten Augen starrte ich die beiden an. Wie sie vor mir standen und mich zufrieden taxierten. Der starre Knebel erlaubte mir nicht mal zu schlucken. Warmer Speichel kroch mir aus dem Mundwinkel und tropfte auf meine Brüste. Ich hatte solche Angst. Tränen begannen meine Augen zu trüben und bahnten sich einen Weg über die Wange. In meinem Kopf hämmerte es, ich atmete zu schnell und mein Hals fühlte sich trocken an. Warum sagten sie mir nicht, was sie von mir wollten?

»Kümmern wir uns um die Formalitäten«, sagte Jeff. »Wir haben noch eine viertel Stunde, dann kommt Shazar.«

Theo nickte. Er schenkte mir einen hämischen Blick, bevor er Jeff durch die Tür neben der Treppe folgte. Als sie hinter ihnen zufiel, beherrschte Stille den Raum. Nur hin und wieder durchbrochen von einem metallischen Knirschen, sobald ich versuchte, den Kopf zu bewegen. Ich fühlte mich so hilflos. Und ich hatte Angst. Angst vor dem Ungewissen. Ich befand mich in der Gewalt von Menschen, die ich nicht kannte. Plötzlich musste ich an die Vermisstenaufrufe aus den Nachrichten denken. War ich jetzt eine von denen? Eine von denen, die niemals zurückkehrten, weil man ihre Leiche irgendwo verscharrt hatte? Ich kannte die Gesichter meiner Entführer, egal was sie mit mir vorhatten, ich konnte ihnen gefährlich werden. Sie durften mich nicht laufen lassen. Und es gab niemanden, der nach mir suchen würde. Der Kontakt zu meinen Eltern war schon lange abgebrochen, weil ich irgendwann keine Zeit mehr gefunden hatte, mich bei ihnen zu melden. Bei den wenigen Freunden, die ich im Laufe der letzten Jahre gehabt hatte, war es nicht anders. Niemand würde mich vermissen. Meine Kunden schon gar nicht. Es gab genügend Dolmetscher, die bereit waren, meinen Platz einzunehmen, so wie es auch leicht sein würde, einen Ersatz für meinen Ausfall in Marseille zu finden. Was interessierte schon Wirtschaftsbosse und Politiker oder deren Assistenten, wo ich war, wenn ich nicht ans Handy ging oder ihre E-Mails beantwortete!

Oh mein Gott, ich befand mich in einer verdammt beschissenen Situation. Ich war meinen Entführern ausgeliefert. Warum nur hatte ich mich von meiner Geilheit leiten lassen? Ich hatte Prinzipien, ich hätte mich nur daran halten sollen und all das wäre nicht passiert.

Noch einmal ratterten die Erinnerungen an letzte Nacht durch meinen Kopf. Der Blickkontakt mit Jeff, das Glas Martini, das er mir entgegengestreckt hatte. Nicht ich hatte ihn ausgewählt, sondern er mich. Ich war auf ihn reingefallen. Er hatte mich absichtlich angemacht. Warum sonst kannte er meinen Namen? Er kannte mich. Ich war nicht einfach ein willkürliches Opfer. Aber warum? Warum ausgerechnet ich?

Ich verlagerte das Gewicht von einem Ballen auf den anderen, weil es inzwischen wehtat, auf Zehen zu stehen. Mit den Händen umfasste ich die Eisenstange, versuchte mich daran festzuhalten, damit ich die Füße entlasten konnte. Sie war kalt und glatt. Ich starrte auf die Aufzugtür, sah den runden Knopf daneben. Hätte es wenigstens scharfe Kanten an dieser Stange gegeben, an denen ich das Seil hätte aufscheuern können. Ich musste mich von diesem Apparat befreien, an den man mich montiert hatte. Ich wollte flüchten, ehe meine Peiniger ihr Verbrechen fortsetzen würden.

Das Seil schnitt in die Handgelenke, während ich unentwegt daran zerrte. Mein Herz galoppierte. Immer mehr Schweißperlen sammelten sich auf meiner Stirn. Ich sah zur Tür, durch die Jeff und Theo gegangen waren. Wie lange hatte ich noch Zeit? Jeff sprach von einer viertel Stunde. Die war bald vorüber, sagte mein Zeitgefühl. Konzentrier dich!, ermahnte ich mich. Wie wild rieb ich die Handgelenke aneinander. Der Schmerz pochte unter der wund gescheuerten Haut. Doch die Fessel gab ein wenig nach. Es war ein Gefühl, als trennten mich nur noch wenige Handgriffe von der Freiheit. Ich rieb weiter, drückte immer wieder die Hände auseinander. Das Seil lockerte sich, ich konnte mein Glück kaum fassen. Ich quetschte die rechte Hand so weit zusammen, bis es mir gelang, sie aus der Fessel herauszuziehen. Schnell streifte ich das Seil von der anderen Hand und griff an den Knebel. Meine Finger zitterten und die Fußballen hatten Mühe, das Gewicht meines Körpers zu tragen. Das Eisen war starr und unnachgiebig um meinen Kopf gespannt, als hätte man mich darin eingeschweißt. Schließlich fand ich die Schraube, an der Theo gedreht hatte. Sie bewegte sich keinen Millimeter. Ich ertastet eine zweite Schraube auf der anderen Seite des Knebels. Doch für meine vom Zittern geschwächten Finger saß auch diese zu fest. Ich konnte nicht mehr klar denken, zerrte an den Schrauben, ohne darüber nachzudenken, in welche Richtung sie sich öffnen ließen. Plötzlich hörte ich ein Knarren. Ich riss die Augen auf und versuchte leiser zu atmen. Langsam öffnete sich die Tür und blieb einen Spalt weit offen. Scheiße. Da waren Stimmen. Gefolgt von Gelächter. Ein letztes Mal rüttelte ich am Knebel. Trat mit dem Fuß gegen die Eisenstange, in der Hoffnung, der Knebel würde sich lockern.

Dann verstummten die Stimmen. Das Einzige, was ich nun hörte, war mein Atem und mein Herz, das wie verrückt pochte.

3

»Ich hoffe, du hast die Zeit genutzt, um dich zu beruhigen«, sagte Jeff, der, gefolgt von Theo, in den gläsernen Käfig trat.

Die Strenge in seiner Stimme hielt mich nicht weniger gefangen wie der unbewegliche Knebel, der inzwischen schmerzhafte Verspannungen in Mund und Nacken hervorgerufen hatte.

»Miststück!«, raunte Theo. Er sah zu dem Seil, das neben meinen Füßen lag.

Wie konnte ich nur glauben, solange ich meine Hände hinter dem Rücken verbarg, würden sie es nicht bemerken, dass ich mich davon befreit hatte.

»Das braucht sie ohnehin nicht mehr«, sagte Jeff und zog flache, schwarze Bänder aus seiner Hosentasche an denen etwas silbern glänzte. Theo packte meine Handgelenke und streckte sie Jeff entgegen. Es waren Manschetten, die jeweils einen kleinen Metallring trugen. Elastisch schmiegten sie sich um meine Handgelenke und fühlten sich an wie breite, enge Armbänder.

Jeff schloss die Schnappverschlüsse und klinkte die beiden Ringe ineinander. Wieder war ich gefesselt. Meine innere Unruhe stieg, ich zitterte.

Jeff löste den Knebel und mein Gewicht sackte auf die Füße. Ich verlor an Halt. Die Knie knickten ein und meine Fußsohlen spürte ich kaum noch, als wären sie eingeschlafen. Theo hatte scheinbar damit gerechnet und fing mich auf. Mit einem Ruck warf er mich über die Schulter. Ich war zu erschöpft, um zu protestieren.

Wie ein erlegtes Tier ließ ich mich die Treppe nach unten tragen. Nur meine Sinne waren noch im Geschehen. Tränen lösten sich und trübten meinen Blick. Verschwommen nahm ich den schmalen Gang wahr. Der Boden war schwarz, die Wand grau. Theo schleppte mich an mehreren Türen vorbei, die ebenfalls grau waren. Der Gang war lang, oder kam es mir nur so vor?

Endlich blieben wir stehen. Eine Tür wurde geöffnet. Das helle Zimmer dahinter setzte sich in Kontrast zum fahlen Korridor. Ein paar Schritte später befand ich mich im Licht.

Theo setzte mich auf etwas Weichem ab. Ich kniff die Augen zusammen und befreite sie von den angesammelten Tränen.

Ich fand mich in einem kleinen Raum wieder, mit weißen Wänden und einem langen, weißen Tisch, der an einer der kahlen Wände stand. Eine Lichtquelle, die beinahe die gesamte Decke einnahm, tauchte das fensterlose Zimmer in künstliches Tageslicht. Mehr liegend als sitzend befand ich mich auf einer weißen Liege, die ähnlich einem Gynäkologenstuhl über zwei Beinhalter verfügte. Theo hob mein Bein auf einen der Halter und schnallte es mit breiten Nylongurten daran fest. Ebenso mein zweites Bein.

Alles kam mir so unwirklich vor. Als würden diese Körperteile nicht zu mir gehören. Als wäre alles nicht echt.

Jemand fasste meine Haare zu einem Zopf zusammen, zog sie nach oben und hob dadurch meinen Kopf von der Kopfstütze an. Wieder sah ich Jeff neben mir. Er hielt eines dieser Bänder in der Hand. Nur war es länger, als die an meinen Handgelenken. Ich fühlte mich noch immer so schwach, so neben der Spur. Wie in Trance sah ich zur Decke. Ständig sammelte ich Speichel und schluckte ihn runter, weil sich mein Mund trocken anfühlte. Das Gefühl der Ohnmacht drängte sich auf. Ich schaffte es nicht, an irgendwas zu denken. Es war mir alles zu viel. Die Aufregung, diese Umgebung, Jeff, Theo.

Irgendetwas legte sich um meinen Hals. Es fühlte sich kalt an. Meine Augen brannten, weil ich zu lange ins Licht gesehen hatte. Ich schluckte und spürte dieses Teil am Hals. Gerade wollte ich die Hände heben und danach tasten, als Jeff vor meinen Augen zu verschwimmen begann. Mein Kreislauf sackte nach unten. Ich atmete tief durch, ich wollte nicht kollabieren. Ich musste bei Bewusstsein bleiben. Er drückte meine Arme wieder nach unten. Kalter Schweiß benetzte meine Stirn und ein Pfeifen durchdrang meine Ohren. Zwei Personen betraten den Raum. Schemenhaft, wie Schnellzüge, eilten sie an mir vorbei. Dann legte sich ein grauer Schleier über den weißen Raum und meine Sinne.

***

Eine kalte Hand tätschelte meine Wange. Da waren Geräusche, Stimmen, nur dumpf. Das Licht blendete. Mit einem Mal klärte sich der Druck auf meinen Ohren.

»Es passt schon alles«, sagte Jeff.

Was passt? Was war geschehen? Wo war ich? Mein Blick jagte umher. Alles wirkte extrem hell, steril, leblos. Ich konnte mich nicht bewegen. Sah in fremde Gesichter, die alle mit etwas beschäftigt waren, nur nicht mit mir. Ich war festgebunden. Arme, Beine, mein ganzer Körper war mit breiten Gurten an diesen weißen Stuhl fixiert. Ich versuchte zu schreien, doch irgendetwas hinderte mich daran. Mein Mund war geschlossen. Zugeklebt. Mit Klebeband oder Ähnlichem. Panik stieg in mir auf.

Ein Mann im Arztkittel saß auf einem Hocker und drehte sich zu mir um. Er zog an seinem hellblauen Latexhandschuh und spreizte die damit bekleideten Finger. Die eisblauen Augen und das fahle Gesicht wirkten emotionslos wie das eines toten Fisches. War ich tot? Nein, ich fühlte mich nicht tot, viel mehr lebendig begraben. Ich wollte mich bemerkbar machen, versuchte meine drapierten Körperteile zu bewegen, versuchte Laute von mir zu geben. Niemand schien mich wahrzunehmen.

Neben dem Arzt stand eine junge Frau mit hochgesteckten Haaren. Seine Assistentin? Auch sie trug diese Handschuhe und einen weißen Kittel. Auch sie sah nicht, wie ich versuchte, mich mitzuteilen. Oder wollte sie es nicht sehen? In der Hand hielt sie ein Rasiermesser, das sie mit einer Flüssigkeit besprühte und dann auf ein Tablett aus Edelstahl legte, auf dem, soweit ich das erkennen konnte, noch andere Instrumente lagen. Plötzlich kam sie zu mir und nahm eine kleine Kompresse von meiner Ellenbeuge. Ich sah einen kleinen roten Punkt, eine Einstichstelle. Sie hatten mir etwas injiziert!

»Hab keine Angst. Es war nur eine Blutentnahme«, hörte ich Jeffs Stimme. Leise, sanft. Er stand hinter mir und legte seine Hand auf meine Schulter. Glaubte er allen Ernstes, das würde mich beruhigen? Dennoch war ich froh, dass er mit mir sprach. Ich hatte Angst. Immer wieder riss ich an den Gurten. Sie ließen nicht locker und auch das Wimmern verschaffte mir kein Mitgefühl.

Mein Atem beschleunigte sich und mein Herz galoppierte, während der Mann mit dem Fischgesicht auf seinem Hocker zu mir rollte und zwischen meinen Beinen haltmachte. Die Frau nahm das Tablett und stellte sich neben ihn. Ich konnte nicht sehen, welches von den Instrumenten er nahm. Kurz darauf spürte ich etwas Kaltes am Schamhügel. Bitte, schluchzte ich lautlos in den Knebel und suchte nach Jeff, dessen Hand noch auf meiner Schulter ruhte. Doch er stand außerhalb meines Blickfeldes. Lediglich den Ärmel seines Hemds konnte ich hinter mir erkennen. Ich spürte, wie der Mann dieses kalte Etwas auf meinem Hügel verteilte, es fühlte sich an wie eine Flüssigkeit oder ein Gel. Ich hörte ein Scheppern und spannte jeden Muskel an. Plötzlich fühlte ich ein leichtes Kratzen. Als würde er mit einer kleinen Spachtel über die Haut schaben. Mir fiel das Rasiermesser ein, das die Assistentin in der Hand gehalten hatte. Rasierte er mich etwa? Aber warum? Ich war rasiert! Nach einigen Minuten hörte er auf und reichte das Messer wieder der Frau. Okay, er hatte mich rasiert, denn an der Klinge haftete noch Rasierschaum.

Er schob sich mit dem Stuhl zu den Tischen und griff nach einer Sprühflasche. Nach mehrmaligem Pumpen spürte ich einen kalten Nebel an meiner Schamlippe. Es brannte, wenn auch nur ganz leicht. Mit einem Tuch trocknete er die Stelle ab. Wieder klapperte es und ich wusste, es war noch nicht vorbei. Ich presste den Hinterkopf an die Kopfstütze und richtete den Blick nach oben zur leuchtenden Decke. Konzentrierte mich auf die silbernen Streben der Deckenleuchten. Ich stellte mir die übelsten Szenarien vor. Wie sie meinen Bauch aufschlitzten und mir ein Organ entnahmen oder mir einen Fremdkörper einsetzten. Entgegen der wachsenden Panik atmete ich tief durch und versuchte, mich zu beruhigen.

Die körperliche Anspannung entlud sich, noch bevor ich sie zügeln konnte. Ein heller, spitzer Druckschmerz durchbohrte meine Schamlippe. Ein Schrei raste durch meine Kehle und ich zerrte an den Fesseln. Wider Erwarten spürte ich keinen weiteren Schmerz. Das Stechen hatte so schnell nachgelassen, wie es gekommen war. Nur ein leichtes Ziehen und Drücken machte sich bemerkbar. Der Arzt drehte sich zur Assistentin und nahm irgendetwas entgegen, das ich nicht erkennen konnte. Dann entflammte ein grelles Licht. Ein kurzes Hitzegefühl drang an meinen Schoß und endete mit einem metallischen Schmorgeruch. Was machten die mit mir? Ich versuchte, nach unten zu sehen, doch ich konnte nichts erkennen, weil die Gurte meinen Oberkörper auf die Liege zwangen. Ich stieß den Atem durch die Nase und sah wieder nach oben. Meine Pupillen schossen ständig hin und her.

Endlich rollte der Mann seinen Hocker zurück an den Tisch.

Er stand auf und packte wortlos kleine, runde Plastikbehälter in eine schwarze Ledertasche. Ich versuchte, mich auf die Stelle zu konzentrieren, die er eben noch behandelt hatte. Sie fühlte sich warm und taub an.

»Tapferes Mädchen«, sagte Jeff, nachdem der Arzt mit seiner Assistentin den Raum verlassen hatte. Wir waren allein. Er streichelte über meine Schulter und trat neben mich. Seine Hand lag auf einem der Gurte, die meinen Oberarm umspannten. Mit dem Handrücken streichelte er mir über die Wange. Auf die zarte Berührung folgte ein schmerzhaftes Kratzen.

Er hatte das Klebeband von meinem Mund gerissen und faltete es zusammen. Dann drehte er sich um und ließ es neben sich in einen Papierkorb fallen.

Mit der Zunge leckte ich über die trockenen Lippen. Ich traute mich nicht zu schreien. Die Befürchtung, er würde mich erneut knebeln, hielt mich davon ab. Ich wollte lieber, dass er mich aufklärte. Ich wollte wissen, was der Arzt bei mir gemacht hatte, welche Qualen mir noch bevorstünden. Wann man mich gehen lassen würde, ob man mich überhaupt gehen lassen würde.

»Bitte Jeff«, flüsterte ich.

Er drehte sich zu mir. Ein Funkeln lag in seinen Augen. In der Hand hielt er ein Glas, das er mir an den Mund führte.

»Trink, das ist Wasser«, sagte er.

Ich tat es, weil mein Hals so trocken war. Es schmeckte nach nichts. Es hätte auch etwas anderes sein können, kam es mir viel zu spät in den Sinn. Ich wartete auf einen erneuten Schwächeanfall, womöglich war etwas im Wasser. Aber ich blieb bei vollem Bewusstsein.

»Lass mich gehen. Bitte!«, flehte ich, den Tränen nahe.

Er grinste nur und schnalzte mit der Zunge »... zzz, du wirst uns doch nicht verlassen wollen, bevor das Spiel begonnen hat.« Ein ironisch vorwurfsvoller Ton lag in seiner Stimme. Es hatte noch gar nicht angefangen? War das alles nur ein Vorspiel? Eine Vorbereitung auf etwas noch viel Schlimmeres?

»Was ist das für ein Spiel?« Meine Stimme zitterte.

»Ein Spiel, bei dem es keine Verlierer gibt. Es wird dir gefallen«, sagte er, ohne mich dabei anzusehen. Sein Blick lag auf meinem Fuß und seine Hand folgte ihm. Was machte ihn so sicher, dass es mir gefiel? Oder wollte er mich nur beruhigen, damit ich tat, was sie von mir verlangten? Das konnte er vergessen!

Er streichelte über meine Wade und weiter nach oben über die Innenseite meines Schenkels.

»Du wirst mir vertrauen müssen, so wie du es gestern getan hast.«

Seine Hand wanderte weiter. Ich spürte seine Fingerkuppen, wie sie um meine äußeren Schamlippen streiften. Es fühlte sich so zart an, so unschuldig. Das durfte nicht sein. Ich konnte nicht zulassen, dass er meine Empfindungen steuerte. Nein, rief ich in Gedanken. Doch je mehr ich mich darauf konzentrierte, es nicht zuzulassen, desto größer wurde mein Verlangen nach mehr. Mehr von diesem berauschenden Gefühl, das die Angst verdrängte, die Unruhe entspannte und mich vergessen ließ, dass ich gegen meinen Willen auf diesem Stuhl festgeschnallt war. Ich verzehrte mich plötzlich nach diesem paradiesischen Gefühl, das mich in einen friedvollen Zustand geleitete, ein Gefühl, das er mir heute Morgen nicht geben wollte.

Dann traf er den Punkt, der eine Welle der Erregung unter meine Haut schickte. Die Wogen reichten bis zu den Zehenspitzen. Mit kreisenden Bewegungen stimulierte er diese empfängliche Stelle.

»Ich kann dir nicht vertrauen«, sagte ich und fühlte mich sogleich als Lügnerin, weil seine Finger es erneut schafften, ein Gefühl zu entfachen, das meinen Atem stocken ließ. Ein so wunderschönes Gefühl, von dem ich nur noch mehr wollte.

»Du wirst es lernen«, sagte er sanft, »und jetzt ... scht.«

Er beugte sich über meinen Körper und begann, meine Schenkel mit Küssen zu bedecken. Ich fragte mich, wie etwas sein konnte, was nicht sein durfte.

Geschickt umspielten seine Fingerkuppen meine Knospe. Suchten sich den Weg zu meiner Mitte und versanken kurz darin. Langsam aber siegessicher verteilte er die Feuchte um meine Klitoris und setzte fort, wo er zuvor aufgehört hatte. Ich schämte mich so sehr.

»Nein«, stöhnte ich, während mein Körper sich seinen Berührungen nicht entziehen konnte, und es auch nicht wollte. Es fühlte sich zu gut an. Besser, als die Angst.

Ununterbrochen massierte er den Ansatz meines Kitzlers. Eine innere Hitze stieg in mir auf, die schleichend intensiver wurde. Bis ich nur noch in dieser berauschenden Empfindung badete. Er beschleunigte sein Tempo, während er meine empfindsamste Stelle so sacht liebkoste, dass es sich anfühlte, als würde er sie kaum berühren. Als würde ein Wirbelsturm darüber hinwegfegen, der als Vorbote einer bevorstehenden Naturgewalt geradewegs ins Meer der Besinnungslosigkeit toste. Und wieder tauchte ein Finger in meine Vagina. Er streichelte meinen Körper von innen, während sein Daumen meine Spitze umschmeichelte. Dabei massierte er die beiden Stellen, die mich direkt an die Schwelle der Ekstase führten. Wiederkehrende Wellen setzten ein. In immer kürzeren Abständen umspülten sie meinen intimsten Bereich. Ich wusste, ich war kurz davor. Entgegen meiner Vernunft. Und mit einem erlösenden und gewaltigen Ausklang überrollte mich ein unaufhaltsamer Orgasmus, besänftigte für einen kurzen Moment mein Gewissen und meinen Verstand, der sich nun, wo alles vorbei war, zutiefst schämte.

Jeff trat neben mich und streichelte Haarsträhnen beiseite, die an meiner vom Lustschweiß benetzten Stirn klebten.

»Warum?«, fragte ich. »Warum tust du das?«

»Weil es dir gefällt.«

»Nein, es macht mir Angst.«

»Das gehört dazu.« Er öffnete die Gurte an meinen Beinen. »Du wirst lernen, damit umzugehen. Und wenn es so weit ist, wirst du dafür dankbar sein.«

»Warum sagst du mir nicht, was du mit mir vorhast?«

»Das wirst du früh genug erfahren.« Mit wenigen Handgriffen befreite er meinen linken Arm von den Gurten. Kurz überlegte ich, ob eine Chance darin bestand, ihn mit einem gezielten Tritt außer Gefecht zu setzen. Als ahnte er von meiner Überlegung, schritt er um mich herum und stellte sich zwischen meine Beine. Er drückte sich nah an meinen geöffneten Körper.

»Ich bin die Falsche für dein Spiel«, sagte ich.

»Es steht dir nicht zu, eine Wahl darüber zu treffen.«

»Man wird sowieso nach mir suchen«, entgegnete ich, auch wenn es niemanden gab, der mich vermisste.

»Sicher wird man das.« Ein schelmisches Lächeln durchzuckte seine Gesichtszüge, als wüsste er um mein soziales Umfeld. »Aber nicht hier. Nicht in diesem Land und nicht an diesem Ort.«

»Wo bin ich?«

»Du hast geschlafen wie ein Baby. Und es war ein Leichtes, nach stundenlanger Überfahrt dort anzuknüpfen, wo wir in der Bar aufgehört hatten. So leicht, wie es gerade eben war. Du bist wie geschaffen für das, was wir mit dir vorhaben.«

Seine Hose, die ohne Zweifel etwas Hartes in sich barg, rieb an meiner Scheide. Ob er das absichtlich machte? Oder war es nur eine Folge dessen, weil er sich vorgebeugt hatte, um auch die Schnallen an meinem zweiten Arm zu lösen? Er griff nach meinen Handgelenken, führte sie zusammen und hakte die Manschetten ineinander.

»Ich möchte endlich wissen, was du mit mir vorhast! Und warum ausgerechnet ich?«

Er schüttelte bedächtig den Kopf. »Du bist ungeduldig. Und du solltest dich darin üben, erst dann zu sprechen, wenn du gefragt wirst. Aber ich bin mir sicher, du wirst dich an die Regeln schnell gewöhnen. Du bist ein kluges Mädchen.«

Welche Regeln? Ich wollte gerade den Mund öffnen, als er mir zuvor kam: »Und jetzt sei still. Es sei denn, du möchtest, dass ich dir wieder den Mund zuklebe.« Er drehte sich um und nahm die Rolle Klebeband vom Tisch. Ein lautes Reißen zischte durch die Luft. Demonstrativ zog er ein Stück davon ab.

Ich schüttelte energisch den Kopf. Eine seiner Regeln hatte ich bereits gelernt, Jeff würde seinen Willen durchsetzen, ob ich mich ihm freiwillig fügte oder nicht.

»Ich möchte, dass du aufstehst«, sagte er und öffnete den letzten Gurt um meinen Brustkorb. »Und«, fuhr er fort, »ich möchte, dass du genau das tust, was ich von dir verlange. Wenn du meinen Anweisungen folgst, werde ich dir nicht wehtun.«

Und wenn ich es nicht tue?, hätte ich am liebsten gefragt. Doch ich fragte nicht. Stattdessen versuchte ich, mir selbst Antworten darauf zu geben. Er hatte gesagt, es sei ein Spiel. War ich das Spielzeug? Aus einer Laune heraus konnte die Idee für dieses Spiel nicht entstanden sein, dafür war alles zu perfekt organisiert. Die Manschetten waren extra angefertigt. Jeder der Räume, den ich bis jetzt zu sehen bekommen hatte, diente einem Zweck. Ich war mir sicher, Jeff und Theo machten das nicht zum ersten Mal.

Jeff fasste nach meinen aneinandergehakten Händen und zog mich in eine aufrechte Position.

Ich rutschte von der Liege und erschrak. An meiner rechten, äußeren Schamlippe entdeckte ich einen kleinen Ring.

»Auch daran wirst du dich gewöhnen«, sagte Jeff. Er zog ein weiteres Mal an den Manschetten, bis ich auf beiden Füßen stand. War es dieser Ring gewesen, der den Schmorgeruch verursacht hatte? Hatte der Mann im Kittel ihn etwa gelötet? Damit ich ihn nicht mehr abbekam? Das war doch verrückt, was bezweckten sie damit?

»Bleib hier stehen«, sagte Jeff und öffnete einen Wandschrank. Kurz darauf hielt er eine Kamera mit großem Objektiv in der Hand. Er würde doch nicht etwa Fotos von mir machen wollen. Auf denen ich nackt war, womöglich noch in obszönen Posen. Wofür? Um sie ins Internet zu stellen?

»Stell dich bitte an die Wand.« Er deutete auf eine kahle weiße Wand neben der Liege.

Die Bitte konnte er sich in die Haare schmieren, das würde ich nicht tun! Ich blieb stehen und schüttelte den Kopf.

Sein Blick traf mich hart. Unruhe machte sich in mir breit. Aber da war noch ein anderes Gefühl, das mich irritierte. Je länger ich seinem Blick standhielt, desto mehr prickelte es in meiner Scham. Reizte es mich etwa, was da gerade zwischen uns ablief? Das Prickeln verstärkte sich sogar, als er mir sagte, er würde meine Brustwarze packen, um mich daran an die Wand zu ziehen, sollte ich nicht tun, worum er mich gebeten hatte.

Keine Ahnung, warum ich ihn dazu herausfordern wollte,

aber ich blieb trotzdem stehen. Tatsächlich griff er nach meiner Brustwarze und ließ sie auch nicht mehr los, bis ich ihm schnellen Schrittes folgte.

»Dreh dich mit dem Gesicht zur Wand«, sagte er und drückte einige Knöpfe an der Kamera.

War ich etwa feucht? Das konnte unmöglich sein. Sicher war das noch von vorhin. Ein Nachbeben sozusagen. Denn an dem, was er mit mir machte, konnte es ja kaum liegen. Er zwang mich zu Dingen, die ich nie aus freien Stücken tun würde. Er entzog mir meine Freiheit. Er war ein Verbrecher und ich gehörte hier nicht her. Und wenn sich die Gelegenheit ergab, war ich weg.

»Ich möchte erst wissen, wofür die Fotos sind«, sagte ich.

»Habe ich nicht gesagt, du sollst still sein?« Seine Stimme klang ruhig, als wollte er mir demonstrieren, dass ich es nicht schaffen würde, ihn zu provozieren.

Ich biss mir auf die Lippe. Wut keimte in mir. Seine kargen Antworten gefielen mir nicht. Warum sagte er mir nicht einfach, was los war?

Er neigte seinen Kopf in Richtung Wand. Ich folgte seiner Anweisung, denn solange er vor der Tür stand, war es ohnehin nicht möglich zu fliehen. Und ich würde fliehen, dazu war ich fest entschlossen. Bei der erstbesten Gelegenheit, die sich mir bot, würde ich davonlaufen.

Ich drehte mich um und starrte an die glatt verputzte Wand. Seine Hand berührte meine Schulter, er legte meine Haare zur Gänze nach hinten. Gleichzeitig bebte ein Schauder durch meinen Leib und bedeckte meinen Körper mit Gänsehaut. Ich atmete tief ein und stieß einen Schwall Luft aus. Leise, damit er es nicht mitbekam. Es erregte mich, wie er mich berührte. So sanft und doch so fordernd. Es war nur eine Berührung, sagte ich mir, sie war zärtlich und es war ganz normal, dass es mir gefiel.

Sekunden später klickte der Auslöser der Kamera. Mehrere Male hintereinander.

»Dreh dich um«, hörte ich ihn sagen.

Ich tat es und war froh, dass die gefesselten Hände meine Scham verdeckten. Obwohl ich meinen Körper mochte und ihn gern gewagt kleidete, schämte ich mich, nackt vor ihm zu stehen. Weil ich auch nicht wusste, wozu er diese Fotos brauchte.

»Spreiz die Beine. Ich möchte das Schmuckstück glitzern sehen, das ich dir zum Geschenk gemacht habe«, sagte er und sah mich schmunzelnd an. »Deinen wütenden Blick darfst du gern beibehalten.«

Ich kniff die Augen ein Stück weiter zusammen und öffnete die Beine, kaum merklich. Jeff legte die Kamera auf einem der Tische ab und kam zu mir. Sofort wusste ich, dass ich wieder leiden sollte. Er griff mir in die Haare und sah mich an.

»Du willst es nicht anders, nicht wahr?«, sagte er, als wüsste er um meine verbotenen Gelüste. »Tu es, oder ich werde nachhelfen. Und glaub mir, diesmal bin ich nicht so zärtlich wie vorhin.«

Ich öffnete die Beine und wieder war da dieses Kribbeln.

Er nahm meine gebundenen Handgelenke und hob sie hinter meinen Kopf. Mit der anderen Hand zog er an dem Halsband. Ich erinnerte mich vage, dass er es mir angelegt hatte, bevor ich in Ohnmacht gefallen war. Inzwischen hatte das Material meine Körpertemperatur angenommen und war mir nicht weiter aufgefallen.

Sein Körper presste sich an meinen. Er hakte die Ringe der Manschetten in die des Halsbandes. Ich roch an ihm, spürte den warmen Stoff seiner Kleidung auf meinem nackten Körper. Es fühlte sich erstaunlich gut an. Dann trat er zurück und zupfte ein Bündel Haarsträhnen über meine Schulter nach vorn.

Ich fühlte mich zur Schau gestellt und wendete den Blick von ihm ab. Ein zweites Mal richtete er die Kamera auf mich.

»Gut. Jetzt sieh mich an.«

Ich zögerte. Ich wollte sehen, wie weit ich diesmal gehen konnte. Wann er die Beherrschung verlieren würde. Bis jetzt hielt er sie gut im Zaum. Er war nie ausfallend geworden. Sein Ton war immer ruhig geblieben.

»Sieh mich an!«, seine Stimme wurde lauter, bestimmter, aber dennoch kontrolliert.

Ich hob nur den Blick, weil ich sein Gesicht sehen wollte. Seinen Ausdruck. Er war ernst, lauernd, aber entspannt. Wie lange würde es dauern, bis er die Fassung verlor? Ich fragte mich, ob dies der richtige Zeitpunkt war, ihn zu testen. Dass er mir körperlich überlegen war, hatte ich bereits gespürt. Auch aus diesem Grund entschied ich mich dagegen. Es wäre wohl geschickter, ihn vorerst im Glauben zu lassen, ich fügte mich meinem Schicksal. So würde er mich nicht ständig beobachten und ich könnte den Überraschungsmoment nutzen und fliehen.

Ich hob den Kopf und sah ihn an.

4

Jeff hatte die Handmanschetten hinter meinem Rücken verschlossen, umfasste meinen Oberarm und schob mich durch den langen Gang, vorbei an Türen aus grauem Stahl. Er machte an einer der Türen halt und zückte seinen Schlüsselbund. Ich bemerkte ein Ziehen in der Magengrube, als die Schlüssel schepperten und er einen davon ins Schloss steckte.

Er öffnete die Tür und ich zuckte zusammen. Denn mit dem, was ich zu sehen bekam, hatte ich nicht gerechnet. Ich starrte in ein großes möbliertes Zimmer, in dessen Mitte eine junge Frau stand. Ihre schwarzen schulterlangen Haare verdeckten das nach unten geneigte Gesicht. Ihre Arme verbarg sie hinter dem Rücken. Wie ich, war sie nackt und trug lediglich dieses Halsband mit Ring an der Vorderseite. Sie stand breitbeinig da und bewegte sich nicht.

Jeff, der noch hinter mir stand, löste die Verbindung meiner Manschetten. Dann drückte mich seine Hand durch den Türrahmen. Die Tür fiel zu und der Schlüssel drehte sich im Schoss. Ich sah mich um, aber Jeff war nicht mehr da. Ich war allein im Raum, mit dieser Frau, die nun den Kopf hob und mir mit großen braunen Augen ins Gesicht blickte.

Einige Sekunden sahen wir uns wortlos an. Ich war baff und wusste nicht, was ich sagen sollte, deshalb wartete ich, bis sie es tat.

Sie war kleiner als ich und wirkte noch recht jung. Spontan hätte ich sie auf Anfang zwanzig geschätzt. Ihre Haut war makellos und die kleinen Brüste passten zum knabenhaften Körper.

»Hi«, begrüßte sie mich, nahm ihre Arme vom Rücken und strich sich eine Ponyfranse aus dem Gesicht. »Ich bin Mila.«

Es war mir unangenehm, wie wir einander gegenüberstanden und uns ansahen. Beide nackt und mit den gleichen Bändern versehen, als wären wir im selben Kampftrupp. Vielleicht waren wir das auch. Vielleicht wurde sie auf die gleiche Weise wie ich hierher verschleppt, und es lag ihr nicht weniger wie mir daran, sich hier wieder rauszukämpfen.

»Hi, ich bin Lydia«, sagte ich und schaffte es endlich, den Blick zu lösen. Ich ließ ihn durch den Raum schweifen, ohne den Kopf zu bewegen. An der linken Wand standen zwei Betten aus Metall, mit dünnen Matratzen und braun Decken, die fein säuberlich zusammengelegt das untere Drittel der Liegefläche bedeckten. Daneben war eine Schiebetür. Rechts von mir stand ein Tisch aus Eichenholz mit zwei Stühlen aus demselben Material, dahinter ein Regal, in dem sich mehrere Bücher stapelten. Und hinter Mila bot ein riesiges Souterrainfenster denselben Ausblick, den ich von Jeffs Zimmer aus hatte. Die entfernte Stadt wirkte blass und war zum Teil von Baumwipfeln verdeckt. Es sah aus, als würde es draußen nieseln. Der Himmel war von einem hellgrauen Wolkenmeer bedeckt. Auch die Auslegware hier drinnen war grau, steingrau. Sie fühlte sich weich an und ließ den Raum beinahe wohnlich wirken.

»Wo bin ich hier?«, fragte ich.

»Du bist im Zentrum der Lust«, sagte sie mit gesetzter Stimme und fing mich mit laszivem Blick ein. »Dieses Haus ist ein Ort der Sklaven. Wir sind hier, um zu dienen und Lust zu bereiten.«

Oh mein Gott! Ein Schauer durchfuhr meine Adern. Mein Blick irrte durch den Raum, fiel immer wieder zurück auf Mila. Mir war schlecht.

»Hier bleib ich nicht!« Ich gab mir einen Ruck, drehte mich um und rüttelte am Türknauf.

»Du kommst hier nicht raus. Erst wenn dich jemand holt, um sich mit dir zu vergnügen.« Ihre Stimme klang gelangweilt und hatte einen herablassenden Unterton. Ohne den Türknauf loszulassen, drehte ich mich zu ihr und lehnte mich an das kalte Metall.

Sie ging zu dem hinteren Bett neben der Schiebetür und legte sich hin. Dann schlug sie die Beine angewinkelt übereinander und verschränkte die Hände hinter dem Kopf. Ihren

41

Blick richtete sie zur Decke, um geradewegs in eine nicht existierende Weite zu starren.

»Du hast es schon versucht?«, fragte ich.

»Nein«, antwortete Mila mit gedehnter Stimme und verharrte mit dem Blick noch immer an der Decke.

»Woher willst du es dann wissen?«

Fassungslos starrte ich sie an, wie sie müde lächelnd dalag, vollkommen entspannt und im Einklang mit den Gegebenheiten. Das Gegenteil von mir.

Sie wendete den Blick auf mich, verdrehte dabei sichtlich genervt die Augen und schnaubte laut aus. »Weil es schon so einige versucht haben. Deshalb.«

»Einige?«

»Hast du mal gesehen, wie viele Türen es hier gibt? Wir sind nicht die Einzigen hier.«

Mir drehte sich der Magen um. Ich war in ein organisiertes Verbrechen geraten. Hier wurden Frauen eingefangen, um sie gefügig zu machen. Wie konnte Mila nur so locker mit der Situation umgehen? Wir mussten hier warten, bis sich jemand an uns verging! Wer weiß, was die alles mit uns machen wollten.

»Ich werde hier nicht bleiben! Ich will das alles nicht«, sagte ich. Ich wollte hier raus, ich wollte, dass Jeff kam. Ich musste mit ihm reden. Wieder drehte ich mich zur Tür, rüttelte noch einmal am Knauf. Schlug mit der flachen Hand ans Türblatt.

»Lasst mich hier raus!«, rief ich und hämmerte in meiner Verzweiflung gegen die Tür, die wie eine Wand vor mir stand. Hitze stieg in mir auf, spornte mich an, noch lauter zu schreien. Meine Fäuste schlugen gegen den blanken Stahl. Immer und immer wieder. Ich rüttelte am Türknauf, zog daran, bis sich meine Panik in ein lautes Schluchzen wandelte und ich weinend zusammensackte. Warum war ich nur so dumm gewesen und war auf Jeff reingefallen?

»Wenn du dich wieder beruhigt hast, werde ich tun, was ich tun muss und dir sagen, was Sache ist. Es bringt dir übrigens gar nichts, wenn du hier rumschreist. Reiß dich am Riemen, du tust ja gerade so, als müsstest du sterben.« Mila stand mit den Händen in die Hüften gestemmt vor mir. Dass sie aufgestanden war, hatte ich gar nicht mitbekommen. In ihren Augen war ich wohl ein jämmerliches Wrack, das den Sinn der Sache nicht verstand. Um genau zu sein, ich verstand es wirklich nicht und wie ein Wrack fühlte ich mich auch. Doch das schien ihr egal zu sein.

Ich wischte mir die Tränen aus dem Gesicht, riss mich zusammen und raffte mich auf. Schließlich wollte ich erfahren, was hier mit mir passieren würde und ob sich nicht doch ein Schlupfloch fand. Zumindest hielt meine Hoffnung daran fest.

»Es gibt strikte Regeln, an die du dich zu halten hast. Regel Nummer Eins: Halte Ordnung. Unsere Zelle muss immer aufgeräumt und sauber sein. Nach dem Aufstehen machst du als Erstes dein Bett.« Sie deutete auf eines der zwei Metallbetten. »Hier schläfst du.«

»Unsere Zelle?« Die Worte hallten in meinem Kopf nach wie Echo.

»Nenn es von mir aus Schlafgemach oder was auch immer. Jedenfalls wirst du es mit mir teilen müssen«, sagte sie und zog dabei die Brauen nach oben. »Ich werde dir jetzt das Bad zeigen.«

Warum war sie so ruppig? Ich hatte ihr doch nichts getan!

Sie drehte sich um und mir fiel sofort das tätowierte Dreieck zwischen den Schulterblättern auf. Es setzte sich aus drei ineinanderliegenden Kettengliedern zusammen und war so groß wie ein Armreif. Doch was mich noch mehr entsetzte: Über ihren Rücken zogen sich gelb-violette Striemen, durchkreuzt von rot gefärbten Linien.

»Werden wir geschlagen?«

Mila sah mich an, als hätte ich ihr eine überflüssige Frage gestellt. »Man wird dich nicht mit Samthandschuhen anfassen. Wenn du nicht folgsam bist, lässt sich eine Züchtigung nicht vermeiden.« Ihr frivoles Schmunzeln hätte sie sich schenken können. Wenn das stimmte, was sie sagte, dann war Jeff wirklich noch zärtlich gewesen, als er mich an der Brustwarze zur Wand gezogen hatte. Ich war entsetzt.

»Fang jetzt nur nicht wieder an zu heulen, Schätzchen.«

Ihre kaltschnäuzige Art widerstrebte mir. Was war sie nur für ein herzloser Mensch.

»Ich bin nicht dein Schätzchen, okay?« Sie sollte wissen, dass sie nichts Besseres war als ich.

Mila drehte sich zu mir, schnaubte kurz und zuckte dabei mit dem rechten Mundwinkel. Machte sie sich etwa lustig über mich? Das konnte ja heiter werden.

Ich atmete tief durch und folgte ihr durch die Schiebetür, die ins Bad führte. Es war groß genug, um sich zu zweit nicht in die Quere zu kommen und wie alle anderen Räume war es angenehm warm. Der Boden und die Wände waren mit braun-beigen Mosaiksteinen gefliest und ein bodentiefes Fenster warf auch hier die Sicht auf wogende Baumwipfel und den grau melierten Himmel. Daneben hing jeweils ein Waschtisch mit beleuchtetem Spiegel. Ich drehte mich wieder zu Mila und sah an ihrer Schamlippe einen Piercing-Ring aufblitzen. Es war der gleiche, den ich hatte.

»Es ist wichtig, dass du immer sauber bist. Ich dusche zweimal am Tag, manchmal auch öfter. Achte darauf, dass alles glatt ist. Hier findest du Rasierzeug und alles, was du sonst noch brauchst.« Sie deutete auf eine Ablage hinter der gläsernen Duschwand. Neben einem Rasierer standen dort transparente Flaschen mit milchigem Inhalt und zwei runde Schwämme hingen an einer Halterung. Mein Blick fiel auf mehrere Ringe und Haken, die in Boden, Decke und Wänden eingelassen waren. Ich sah auf die Ringe meiner Manschetten und fragte mich, ob man mich zwingen würde zu duschen, wenn ich mich widersetzen sollte. Die Vorstellung, man könnte mich dort anketten und meinen wehrlosen Körper von oben bis unten einseifen, fand ich bizarr, aber auch irgendwie erregend. Ich schüttelte den Kopf, um den Gedanken loszuwerden, denn ich wollte keinen Gefallen an dem finden, was mir zugestoßen war.

»Manche möchten, dass du deine Haare während einer Session zusammenbindest, du solltest deshalb immer ein Haargummi bei dir haben.« Sie reichte mir ein schwarzes Gummi, das sie aus einer Kommode gefischt hatte. »Am besten trägst du es am Handgelenk, über der Manschette, dort stört es nicht.«

Bei allem, was Mila mir erklärte, klang sie sehr routiniert, als hätte sie es schon ein paar Mal gemacht. Ihre abgebrühte und distanzierte Art gefiel mir nicht, doch am Schlimmsten fand ich die Kälte in ihrem Tonfall. Dass mich diese Situation unvorbereitet getroffen hatte, schien ihr schlichtweg egal zu sein.

»Wem müssen wir dienen? Und ... wie?«, fragte ich. Auch wenn ich nicht vorhatte, irgendjemandem irgendwann zu dienen.

»Das kommt darauf an, wer dich bucht. Jeder Gast hat seine Vorlieben.«

»Jeder Gast? Sind wir in einem SM-Bordell?«

Mila schüttelte entrüstet den Kopf. »Ein Bordell? Ha! Dieser Ort ist eine der besten Schulen. Du lernst hier, wie sich eine Sklavin zu verhalten hat. Du wirst Grenzen überschreiten, von denen du gar nicht wusstest, dass es sie gibt. Es ist eine Ehre, hier sein zu dürfen.«

»Ich bin nicht freiwillig hier!«, protestierte ich. Meine Grenze war schon lange überschritten und geehrt fühlte ich mich bei Weitem nicht.

»Ich weiß!« Ihr Blick traf mich wie ein spitzer Pfeil, bevor sie ihn abwendete und sich zur Tür drehte. »Nachdem du dich so aufgeführt hast, war mir klar, dass du einer dieser Neulinge bist.«

Der Hohn triefte aus ihrer Stimme.

Mit aufgewühlten Gefühlen stapfte ich ihr hinterher. Sie wirkte auf mich so unnahbar, gehässig und anteilslos. Ich überlegte, wie ich ihr zumindest ein Stück Verständnis abringen konnte. Nicht weil ich sie mochte, sondern weil es noch so viele Fragen gab, die ich an sie hatte stellen wollen und bislang musste ich jede meiner Fragen sorgsam abwägen, was auf Dauer mühsam werden würde.

»Was, wenn ich schwanger werde?«

»Das wirst du nicht. Wozu denkst du, war die Spritze?«

Spritze? Ich erinnerte mich an die Kompresse auf meiner Ellenbeuge.

»Man hat mir doch nur Blut abgenommen.«

»Das auch. Schließlich sollst du kein Risiko für die Gäste darstellen. Wer weiß, was du alles hier einschleppst.«

Mit abfälliger Miene ließ sie ihren Blick über meinen Körper schweifen. Wofür hielt sie mich?

»Und das Piercing? Ist das so eine Art Gütesiegel? Dass wir sauber sind?« Eigentlich wollte ich damit nur klarstellen, dass ich keine Parasiten eingeschleppt hatte.

Sie lachte kurz auf. Es war kein erheitertes Lachen, es klang spöttisch und anmaßend. »Womöglich bringt man dich eines

Tages dazu, dass du stolz darauf bist, es tragen zu dürfen.«

»Bestimmt nicht! Man bringt mich zu gar nichts.«

»Du hast keine Wahl. Jeff weiß, was er tut. Und er weiß, worauf er sich mit dir eingelassen hat. Auch wenn ich nicht nachvollziehen kann, warum solche Leute wie du hier Unterschlupf finden. Aber das kann mir egal sein, es geht mich nichts an. Ich mache nur das, was man mir aufgetragen hat und weise dich hier ein. Dann hab ich hoffentlich meine Ruhe.«

Unterschlupf? Das hörte sich an, als wäre es ein Ort, der Geborgenheit schenkte. Es war ein Gefängnis, ein Irrenhaus, nichts weiter. Ich folgte ihr zurück ins Schlafzimmer.

»Macht dich diese Tätowierung auf deinem Rücken auch stolz?«, fragte ich, als ich sie neben dem Bett stehen sah. Mein Tonfall war bissig, aber ich konnte es mir nicht verkneifen. Mit verschränkten Armen und genervtem Blick sah sie mich an. Mein Gemüt war so erhitzt, dass es mir egal war, ob ich ihr auf die Nerven ging.

Einige Sekunden sah sie mich nur an. So, als müsste sie überlegen, ob sie mir eine Antwort geben wollte.

»Mein letzter Herr gehörte einer Vereinigung an, die mit diesem Symbol besonders gute Sklaven auszeichnet.« Sie straffte die Schultern und hob ihr Kinn.

Ich konnte nicht glauben, dass sie auch noch stolz darauf war. »Du warst damit einverstanden?«

»Mein Wille fügt sich dem meines Herrn. Was meinen Herrn glücklich macht, macht auch mich glücklich.«

Ich verkniff mir einen Kommentar, weil es nur in einen Zickenkrieg ausgeartet wäre, und auf dieses Niveau ließ ich mich nicht herab. Für mich war und blieb sie eine Irre. Sie ging an den Betten vorbei und ich studierte die Zeichen der

Gewalt auf ihrem Rücken. Ich schwor mir: Nie im Leben würde ich mich so unterordnen.

Mila öffnete einen Wandschrank. Mein Blick fiel auf eine Auswahl an High Heels und Kleidungsstücke, die auf Bügeln hingen.

»Die ziehst du nur an, wenn Gäste es wünschen – ob sie dir gefallen oder nicht.« Der spitze Ton in ihrer Stimme war mir nicht entgangen. Ich tat aber so, als könnte sie mich damit nicht ärgern.

Skeptisch blätterte ich durch die Gewänder und stieß auf Dessous mit Spitzenbesatz, die meisten davon in Schwarz und Rot. Daneben hingen Kleider in verschiedenen Längen und Farben, merkwürdige Kostüme aus Leder, Lack und sogar Metall und Jute. Alle waren doppelt, in zwei unterschiedlichen Größen. Eine war die Größe 36. Sie kannten meine Kleidergröße? Ich atmete tief durch, um das flaue Gefühl im Magen zu beruhigen.

»Und was bedeuten die Nummern auf den Bügeln?«, fragte ich, ohne dass es mich interessierte, es fiel mir nur auf. Denn ich fragte mich nur eines: Was wussten sie noch alles über mich?

Mila deutete auf einen Lautsprecher, der zwischen Schrank und Stahltür in der Wand eingebaut war.

»Du wirst über diese Sprechanlage informiert, welches der Kleidungsstücke du anzuziehen hast. Dabei geben sie dir die Nummer durch. Du solltest dir beim Anziehen nicht allzu viel Zeit lassen, denn meist dauert es nur wenige Minuten, bis der Gast dich erwartet.«

Sie schloss die Schranktür und ging zu der Stelle des Raumes, an der sie zu Beginn gestanden hatte.

»Sobald du hörst, dass jemand die Tür entriegelt, stellst du dich in die Mitte des Zimmers. Du öffnest deine Beine etwa schulterbreit und verschränkst die Arme auf dem Rücken. Unter keinen Umständen siehst du demjenigen, der den Raum betritt, ins Gesicht. Du siehst immer zu Boden«, sagte sie und stand genauso da, wie sie es mir gerade erklärt hatte. Mit geöffneten Beinen, verschränkten Armen und gesenktem Blick. Unterwürfig und bereit, benutzt zu werden.

»Ich kann das alles nicht und ich will es auch nicht!«, stieß ich hervor. Würde ich mich so hinstellen, bedeutete es doch, dass ich mit all dem einverstanden wäre.

Sie sah mich böse an. »Es interessiert hier keinen, ob du das willst oder nicht. Halte dich an das, was ich dir gesagt habe. Denn ich habe keinen Bock, wegen dir die Nacht im Korridor zu verbringen!«

»Du wirst dafür bestraft, wenn ich ...?«

Mila verdrehte die Augen. »Warum stellst du so viele Fragen?« Sie nahm einen tiefen Atemzug und stieß ihn mit einem genervten Seufzer wieder aus. »Sei einfach gehorsam und halte dich an diese Regeln, sonst riskierst du eine Strafe und ich auch.« Sie deutete mit dem Finger zuerst auf mich, dann auf sich selbst. Ihre Mimik war ernst, als sie zu ihrem Bett ging und die ohnehin schon ordentlich drapierte Decke noch einmal glatt strich. Ich konnte nicht nachvollziehen, warum sie so war.

»Kannst du nicht verstehen, dass es mir nicht egal ist, was gegen meinen Willen mit mir passiert?«, fragte ich.

»Ich finde es nur unsinnig, sich dagegen aufzulehnen«, sagte sie, ohne mich dabei anzusehen.

»Du findest es unsinnig, dass ich mich nicht selbst aufgeben will?«

»Ja, stimmt!« Ihr Blick traf mich scharf. »Ihr denkt ja immer, man sei schwach und dumm, ja sogar krank, wenn man sich unterwirft. Selbstbewusste Frauen, die mit beiden Beinen im

Leben stehen, würden sich nie einem Mann ausliefern. Nicht wahr?«

Okay, sie war vielleicht nicht krank, aber sie hatte eine total verdrehte Lebenseinstellung.

»Ich sage nicht, dass du dumm bist oder krank. Aber ich weiß, dass ich nicht so bin wie du. Dafür hänge ich einfach zu sehr an meinem Leben und meiner Freiheit und ich ...«

Noch bevor ich meinen Satz zu Ende gesprochen hatte, entspannten sich Milas Gesichtszüge. Beinahe mitleidsvoll sah sie mich an und schüttelte betont langsam den Kopf.

»Sie haben dich nicht zufällig ausgewählt, Lydia.« Zum ersten Mal klang ihre Stimme weich.

Gebannt hielt ich ihrem Blick stand. Es war, als hätte man mich in eiskaltes Wasser geworfen. Ihre Worte hatten all meine Gedanken und zurechtgelegten Wortfetzen mit einem Mal beiseitegeschwemmt.

Ich spulte zurück zu dem Moment, als ich Jeff das erste Mal gesehen hatte. Wir hatten nur ein paar Worte gewechselt, belanglose Worte, wie ich dachte. Er kannte meinen Namen, er wusste, welche Kleidergröße ich trug, er wusste sogar, wie ich meinen Kaffee trank und wer weiß, was sonst noch alles.

Aber was wusste Mila?

»Wie meinst du das?«, fragte ich und hörte ein Klappern an der Tür.

Sofort sprang Mila auf, stellte sich in Position und neigte ihr Gesicht zu Boden. Mit einer ruckartigen Kopfbewegung und forschem Blick forderte sie mich auf, es ihr gleich zu tun.

Ich war wie gelähmt. Mein Herz pochte und jeder Muskel meines Körpers sträubte sich dagegen, mich so unterwürfig zu zeigen, wie sie es tat. Doch ich machte es.

Ich wollte, dass sie mir erzählte, was sie wusste und dazu

musste ich mich wohl oder übel mit ihr gutstellen. Denn wenn sie wegen mir bestraft werden würde, konnte ich mir keine Antworten von ihr erhoffen. Ich musste ein Band zwischen Mila und mir knüpfen. Ein Band, das irgendwann so stark sein würde, dass ich darauf in die Freiheit balancieren konnte.

5

Es machte mich wahnsinnig nicht zu wissen, wer vor uns stand. Ich war kurz davor, den Kopf zu heben, nur um zu erfahren, wer es war. War es Jeff? Theo? Oder einer der Gäste, von denen Mila gesprochen hatte?

Ich hörte Schritte und wenig später traten schwarze Ranger Schuhe in mein Blickfeld. Mehr als diese klobigen Schuhe und das Paar schwarze Hosenbeine aus glattem Leder konnte ich nicht erspähen.

Jemand packte meine Schultern, drehte mich um und löste meine verschränkten Arme. Mit einem klickenden Geräusch wurden die Ringe der Manschetten ineinandergehakt. Wieder drehte mich jemand um die eigene Achse, legte seine warme, raue Hand auf meine Schulter und schob mich Richtung Zellentür.

Ich lauschte einer männlichen Stimme mit französischem Akzent. »Sie ist folgsam. Das gefällt mir.«

»Wie gesagt, ich garantiere für nichts«, sagte Theo, woraufhin der Franzose kurz auflachte.

Als ich den deutlich kühleren Boden des Flurs betrat, fiel die Tür wieder ins Schloss. Ein innerer Druck breitete sich in meiner Magengegend aus. Das Blut rauschte durch meine Adern und unter der Haut kribbelte es, so nervös war ich. Der Franzose ging links von mir, seine Hand lag noch immer auf meiner Schulter. Theo ging zu meiner Rechten.

Mila hatte nicht gesagt, wie lange ich den Blick nach unten zu richten hatte, also hob ich ihn und sah einen Mann am Ende des Ganges stehen. Er hatte eine stattliche Figur, trug eine schwarze Anzughose und ein anthrazitfarbenes Hemd. Er sah mich an.

Je mehr wir uns ihm näherten, desto deutlicher erkannte ich sein Gesicht. Er war etwa in meinem Alter, vielleicht ein paar Jahre älter. Seine Haltung war aufrecht, er war einen Kopf größer als ich und sein Gesicht war ebenmäßig, sehr harmonisch. Die Augen unter den dichten Brauen strahlten Ruhe und Selbstsicherheit aus. Und dieser Blick ... ich konnte gar nicht mehr wegsehen. Dazu die dunklen Haare, verwegen zurecht gezupft. Eine Mischung aus Impertinenz und Sex-Appeal.

»Oh, Alex«, sagte Theo und rieb sich mit der Hand über Mund und Kinn. »Gehen Sie doch schon mal nach oben ins Büro. Ich komme in ein paar Minuten nach.« Es war Theo offenbar nicht recht, dass er hier wartete.

Alex hingegen schien Theo gar nicht zu beachten. Sein Blick verfolgte mich. Für den Bruchteil einer Sekunde spürte ich einen Sog, der mich vergessen ließ, dass mir etwas Ungewisses bevorstand. Wie magnetisiert blieb mein Blick an seinen Augen haften. Er lächelte mich an, als der Franzose mich an ihm vorbeischob. Ein verführerischer Glanz lag in seinen Augen. Alex, wiederholte ich stumm seinen Namen. Bitte hilf mir, wollte ich am liebsten flüstern. Meine Lippen öffneten sich.

Er rührte sich nicht. Sein Blick legte sich auf meine bebenden Lippen, ehe er wieder meine Augen traf. Dann verlor ich ihn aus dem Sichtfeld.

Der Franzose hatte mich durch eine Tür in einen großen, fensterlosen Raum gedrückt. Noch immer beherrschten Alex' Augen meine Gedanken.

Erst als der Geruch von Holz und Leder an meine Nase drang, holte mich das Geschehen langsam zurück.

Wieder knallte eine Tür hinter mir und die Hand drückte mich weiter in den warmen Raum. Ich fühlte das Holz unter den Sohlen. Dunkel gebeizte Dielen, die sich über den gesamten Raum erstreckten. Zwei von unten beleuchtete Marmorsäulen stützten im Abstand von etwa drei Metern die Mitte des Raumes. Davor erkannte ich im schwachen Licht die lederbezogene Rückseite einer Ottomane mit einseitiger Sitzlehne. Sie war auf ein breites, antikes Bett gerichtet, welches hinter den beiden Säulen auf einem Podest stand. Vier massive Eckpfosten aus dunklem Holz zäunten das Bett ein und erstreckten sich bis zur Decke. Über dem Bett hing ein großer Lampenschirm, der das Arrangement in gedimmtes Licht tauchte.

Die Längsseite des Raumes bestand aus grauem Sichtbeton. An etlichen Halterungen hingen Peitschen, Stöcke und andere Schlaginstrumente. Wo war ich hier? In einem Folterraum? Die Erinnerung an Milas geschundenen Körper drängte sich in meinen Kopf. Ein Ruck schoss durch meinen Körper. Ich musste hier weg! Gerade wollte ich mich umdrehen, da verstärkte sich der Griff an meiner Schulter und ein zweiter Arm umschloss von hinten meinen Oberkörper.

»Non, ma petite, was hast du vor?«, flüsterte der französische Akzent an meine Wange, gefolgt vom kalt-herben Tabakgeruch, der langsam über mein Gesicht kroch. Ich rümpfte die Nase, der Gestank ekelte mich an. Ich fühlte mich so hilflos und unterlegen.

Er drängte mich einige Schritte mit sich. Dann hörte ich ein Klicken und sah, wie er seine Hand von einem Schalter nahm. Ein leises Surren ertönte. Ich bemerkte ein Seil, das sich zwischen den Säulen ganz langsam nach unten bewegte.

An dessen Ende baumelte ein Karabinerhaken, der das Licht der Bodenspots reflektierte. Alles wirkte so unheimlich, so mystisch. Die Atmosphäre, die Stille, dieser Mann.

Er drückte mich weiter in den Raum, hin zu den Säulen. Ich schüttelte den Kopf, ich wollte nicht. Ich wollte hier weg. Plötzlich packte er mein Halsband und zog mich zum Seil, das inzwischen die Höhe meiner Schultern erreicht hatte. Er drehte mich mit dem Rücken zum Bett, hakte den Karabiner in den Ring meines Halsbandes und ließ mich los. Es ging so schnell. Ich konnte mich nicht einmal wehren. Mein Blick flog nach oben, das Seil entlang, das in der Decke verschwand. Oh mein Gott, was passierte mit mir?

Der Franzose trat vor mich und seine von den Spots schattierte Gestalt zeigte sich mir. Er war nur unwesentlich größer als ich. Seine Haare waren kurz und schimmerten silbergrau. Er fing an, um mich herumzugehen und beobachtete mich, als wäre ich eine neue Stute im Stall. Es war mir unangenehm, wie er mich ansah. Sein Blick war so durchdringend, so erwartungsvoll.

Er sprach auffällig ruhig und theatralisch. »Ich gestehe mir ein, dass ich ein sehr ungeduldiger Mensch bin. Was zur Folge hat, dass es mir für gewöhnlich nicht daran liegt, unerfahrene Sklavinnen zu erziehen. Ich hole mir lieber diejenigen, die wissen, was ich von ihnen erwarte.«

Mit den Außenseiten seines Zeige- und Mittelfingers streifte er über meine Wange. »Aber du bist schön. Und geheimnisvoll. Schon auf den Fotos gefiel mir der Stolz in deinen Augen. In so einem Fall erkläre ich mich gern dazu bereit, eine Ausnahme zu machen. Zumal ich jemanden, der mir sehr nahe steht, einen Gefallen damit tue. Ich hoffe, dass du dies würdigst und mein Spiel genießt, so wie ich es tun werde.«

Ein Seufzen entwich mir und Gänsehaut zog sich über meinen Körper. Er sah mich an und studierte meine Mimik, als hoffte er, dass ich es kaum erwarten konnte. Ich neigte den Kopf zu Boden, weil ich nicht wusste, wie ich mit seinem Blick umgehen sollte. Sofort drückten seine Finger mein Kinn nach oben.

»Ich möchte, dass du mir dein Gesicht zeigst.« Ruhe lag in seiner Stimme.

Seine Augen waren blau. Sie wirkten klar und hypnotisierend. Um die Augenpartie teilten sich tiefe Falten ihren Platz mit taupefarbenen Tränensäcken, die durch das Bodenlicht besonders ausgeprägt zum Vorschein traten. Seine Haut war fahl und ergab sich schlaff der Schwerkraft.

Ich fühlte mich ihm unterlegen. Aber nicht des Alters wegen und auch nicht deswegen, weil ich gefesselt war. Er wirkte so bedacht. In allem, was er sagte und wie er sich gab. Eine faszinierende Aura umhüllte ihn und zwang mich, ihm Respekt zu erweisen. Er hatte diese kraftvolle Ausstrahlung eines Zen Meisters, die mich einfing, ohne mich zu bedrängen.

Sein Blick fixierte meinen Mund, und mit dem Daumen zog er meine Unterlippe nach, während seine andere Hand mein Genick umspannte.

»Deine Lippen sind so voll und weich«, sagte er und formte mit den eigenen Lippen einen Kussmund. Ich riss die Augen auf und wich zurück, soweit sein Griff es zuließ. Trotz seiner verlockenden Art wollte ich nicht, dass er mich küsste. Ich machte mir plötzlich Sorgen, ob ich alles aushalten würde, was er mit mir vorhatte. Doch er versuchte gar nicht, mich zu küssen, stattdessen sagte er: »Fast zu schön, um sie zu knebeln.«

Mein Mund öffnete sich und Hast ergriff meinen Atem, der sich nach nur wenigen scharfen Zügen in ein Wimmern wandelte.

»Bitte nicht«, keuchte ich.

Er sah mich entgeistert an, als hätte er nicht erwartet, dass ich sprechen würde.

Einen Moment später klatschte seine Hand auf meine Brust und hinterließ einen dumpfen Schmerz. Ich keuchte und setzte einen Schritt zurück.

»Schweig, mein Kind!«, sagte er streng, dann wurde sein Ton wieder milder. »Wir wollen doch nicht, dass deine Schreie meine Ungeduld wecken, nur deshalb werde ich dich knebeln. Es ist zu deinem Besten.«

Ich starrte ihn an. Zu meinem Besten? Das konnte er doch unmöglich ernst meinen!

Er riss das Haargummi von meinem gefesselten Handgelenk und zurrte meine Haare im Nacken zu einem Zopf. Meine Lippen wurden trocken und die Luft zum Atmen dünner.

Er ging zu einem Wandschrank, der in mehrere gleichgroße Fächer geteilt war, und öffnete eine der Türen. Ich machte einen Schritt nach hinten, schon schnitt das Halsband in meine Kehle.

Er schien bemerkt zu haben, dass ich mich von der Stelle bewegt hatte, denn ich sah ihn plötzlich an dem Schalter hantieren. Sofort zog mich das Seil an den Platz zurück und war nun so straff gespannt, dass ich keinen Schritt mehr machen konnte, ohne dass sich das Band in meinen Hals schnitt. Ich atmete hastig. Mein Magen zog sich zusammen. Ich fühlte mich so hilflos und fürchtete mich vor dem, was mir bevorstand.

Der Franzose kam wieder auf mich zu. In den Händen hielt er metallene Gegenstände.

Er beugte sich zu meinen Füßen und legte eines der Teile auf dem Dielenboden ab. Es sah aus wie eine Bärenfalle in Miniaturform. Das andere waren Eisenschellen, zwei breite

Ringe, fest aneinandergeschweißt. Er packte meinen rechten Fuß und schob ihn dicht an meinen linken. Dann legte er die Schellen an. Meine Füße standen eng beisammen, sodass sich die Knöchel berührten. Er verschloss das Eisen mit einer Schraube, griff nach der Bärenfalle und richtete sich wieder auf.

»Na los, mach dein Mäulchen auf«, herrschte er mich an.

Ich überlegte, ob mir etwas Schlimmeres erspart bleiben würde, wenn ich tat, was er von mir verlangte. Aber abgesehen davon, was blieb mir anderes übrig? Er würde Mittel und Wege kennen, mit denen er meinen Mund aufbekäme. Und ich wusste nicht, ob mir diese Mittel gefallen würden. Trotzdem fehlte mir der Mut, den Mund zu öffnen.

»Mir scheint, du brauchst eine Entscheidungshilfe.«

Ohne zu zögern, kniff er in meine Schamlippe, in der das Piercing steckte. Ein Schrei pfiff durch meine aufeinandergepressten Lippen, der spitze Schmerz hielt mich gefangen. Ich wusste, er würde nicht nachgeben. Erst als ich den Mund öffnete und in sein zufriedenes Gesicht blickte, ließ er wieder los.

Mit wenigen Handgriffen klemmte er das drahtige Gestell zwischen meine Zahnreihen. Begleitet von einem ratternden Geräusch drückte es meine Kiefer auseinander. Die Einstichstelle an der Schamlippe brannte noch immer. Tränen sammelten sich in meinen Augen, weil ich mich so hilflos fühlte.

Er trat einen Schritt zurück und sah mich an. Weder konnte ich das Eisen aus dem Mund drücken noch schaffte ich es, den Kiefer auch nur einen Millimeter zu bewegen. Mit der Zunge ertastete ich die Drähte, die sich an die Innenseiten meiner Zähne und den Gaumen drückten. Sofort sammelte sich Speichel auf dem Zungenboden. Ich versuchte zu schlucken, doch der Speichel hielt sich hartnäckig im Mund und bildete bald darauf ein Rinnsal über meine Lippen. Es war so demütigend.

Der Franzose ging an mir vorbei und verschwand durch eine Tür, die vermutlich in einen Nebenraum führte. Der Atem rauschte durch meinen Mund, mein Blick flog kreuz und quer durch den Raum.

Ich konnte nicht einschätzen, wie lange er mich nun schon allein ließ, so aufrecht festgezurrt, mit weit geöffnetem Mund. Hin und wieder hörte ich dumpfe Geräusche, konnte sie jedoch nicht orten. Vergeblich versuchte ich, mit den Fingern an die Verbindung der Manschetten zu gelangen. Nervös bewegte ich die Zehen, das Einzige, was ich an meinen Füßen bewegen konnte. Das Gefühl nicht zu wissen, was mir bevorstand, quälte mich ununterbrochen.

Plötzlich bewegte sich die Tür und ein Schatten fiel durch den Spalt. Ich riss die Augen auf und behielt die Tür im Blick. Mit einer Rolle Klebeband und einer Zigarettenschachtel in der rechten Hand trat er in den Raum. Was zum Teufel hatte er mit den Zigaretten vor? Wollte er mich damit foltern? Sofort stieg Panik in mir auf, ich riss an den Manschetten.

Er kam geradewegs auf mich zu. Sein Atem roch nach Tabak und ich schöpfte Hoffnung, dass er beim Rauchen gewesen war und nur deshalb die Zigarettenschachtel in der Hand hielt.

Er verstaute sie in seiner Hosentasche und sofort durchfuhr mich ein Hauch von Erleichterung. Dann zog er ein langes Stück vom Klebeband ab, legte es mir über den geöffneten Mund und zog mehrere Bahnen um meinen Kopf.

Schweiß benetzte meine Stirn und ein Zittern erfasste meinen Körper. Ich wollte schreien, doch der Klang meiner Stimme verfing sich im Klebeband. Was blieb, war ein leises Wimmern. Mit der Zunge stieß ich immer wieder an die klebrige Innenseite und tastete sie nach Ritzen ab.

Zufrieden wischte er noch einmal über meinen Mund und drückte das Klebeband an, ehe er über meine Wange streichelte. Er stellte sich hinter mich, beugte sich zu meinem Hals und schnupperte entlang der Beuge.

»Ich kann deine Angst riechen. Und ich kann es kaum erwarten, bis sie in den Duft der Lust umschlägt.«

Er streichelte sanft über meine Hüfte und Taille. Zeichnete mit dem Finger die Rundung meiner Brüste nach und als er federleicht über die Warzen strich, zuckten Blitze der Erregung durch meine aufgestellten Spitzen. Ich atmete tief durch, der Hof um die Brustwarzen zog sich gegen meinen Willen zusammen. Warum erregte es mich? Das durfte nicht sein!

»Ich werde dir nun eine Aufgabe stellen. Wenn du sie nicht zu meiner Zufriedenheit meisterst, werde ich dich bestrafen.«

Bestrafen, echote es in meinem Kopf. Wieder dachte ich an Milas Rücken. Unruhe ergriff mich, aber mehr als ein Winseln brachte ich nicht hervor. Das Klebeband verschluckte jeden meiner Laute.

Er ging zur Wand mit den Halterungen und strich über die Griffe der verschiedenen Peitschen, bis er schließlich an einer langen dünnen Gerte haltmachte, von deren Spitze eine kleine Klatsche aus Leder abstand. Ruhig aber bestimmt hob er die Gerte von der Halterung und wendete sie in seinen Händen. Alles in mir zog sich zusammen, ich wollte nur noch weg. Hektisch zerrte ich an den Manschetten und versuchte, die Füße zu heben. Aber ich konnte nicht. Ich konnte mich nicht mal von der Stelle bewegen. Er wird mir wehtun, schoss es mir durch den Kopf, ich werde sterben vor Schmerzen. Ich werde das nicht aushalten, ich hielt es jetzt schon kaum aus, wenn ich nur daran dachte.

Er kam wieder zu mir und trat hinter mich. Ich zuckte zusammen, als das weiche Leder der Klatsche mich berührte und über meinen Po streichelte. Es kitzelte und sofort bildete sich Gänsehaut. Ich spannte den Po an, weil ich dachte, er wollte mir die Gerte über die Haut ziehen. Stattdessen hauchte er in mein rechtes Ohr: »Ich möchte, dass du mich mit den Händen befriedigst. Und denke gut an meine Worte.«

Er legte ein schwarzes, breites Stoffband über meine Augen und verknotete es am Hinterkopf.

Ich fragte mich, was ich jetzt tun sollte. Bis ich plötzlich etwas Hartes an meinen Händen spürte. Es war mit Leder bedeckt und drängte sich unentwegt an meinen Handrücken. Zwar begriff ich schnell, was sich hinter dem starren Leder verbarg, doch ich wusste nicht, wie ich mich verhalten sollte, und tastete mit meinen Fingerspitzen die Wölbung ab. Plötzlich entfernte sich das harte Etwas. Stille hielt mich gefangen und wägte mich eine Zeit lang im Ungewissen.

Ein Zischen surrte durch die Luft und setzte sich mit einem flackernden Schmerz auf meinen Hintern. Erschrocken schrie ich gegen den Knebel, verlor den Halt und baumelte am Seil. Das Halsband drückte sich in meine Kehle, schnitt mir die Luft ab. Ich glaubte zu ersticken und versuchte, mich hektisch gerade hinzustellen, bis ich endlich wieder auf den aneinandergepferchten Füßen stand. Es blieb bei diesem einen Schlag. Danach drückte sich sein bestes Stück wieder an meine gefesselten Hände. Ich rang noch immer um Luft, musste mich erst wieder fangen. Meine Finger zitterten. Was erwartete er von mir? Ich konnte nichts sehen, meine Hände waren gefesselt, wie sollte ich ihn je zufriedenstellen? Ich tastete erneut das Leder ab und fand endlich einen Knopf. Doch ich schaffte es nicht, ihn zu öffnen. Wieder entzog er sich mir. Ich ahnte sofort, was jetzt kommen würde und wimmerte um Erbarmen. Ich wand mich in den Fesseln und kämpfte mit wackeligen Knien um das Gleichgewicht. Dieses Bangen, wann der Schlag mich treffen würde, kitzelte unentwegt an meinen Nerven. Er ließ sich absichtlich Zeit, ich hörte nichts, spürte nichts. Immer wieder streckte ich die Finger aus, in der Hoffnung, er würde mich weiter machen lassen. Doch das tat er nicht. Jedes Mal griff ich ins Leere. Er trieb meine Gier nach Erlösung ins Unermessliche, bis ich den Schlag nur noch herbeisehnte, damit sich meine Nerven endlich beruhigen konnten.

Dann, als meine Gedanken nur noch bettelten, traf er meinen Hintern. Der Schmerz flammte für den Bruchteil einer Sekunde und erlöste mich augenblicklich von der Qual des Wartens – ein unglaublich befreiendes Gefühl. Weil mit einem Mal diese Last von mir abfiel, die mich noch Sekunden zuvor in der Schwebe gehalten hatte. Die Ungewissheit, wann der strafende Schmerz mich treffen würde, hatte buchstäblich mit einem Schlag ein Ende gefunden. Wenn auch nur für einen kurzen Moment, denn das Spiel ging weiter.

Mal war ich ihm zu langsam, mal stellte ich mich ungeschickt an. Jedes Mal wurde ich dafür bestraft.

Irgendwann bekam ich seinen Reißverschluss zu fassen. Sein Penis sprang mir gierig in die Hände und ich begann, hektisch daran zu reiben. Ich dachte an gar nichts mehr. Weder daran, dass ich drauf und dran war, es jemanden zu besorgen noch, dass ich dazu genötigt wurde. Ich dachte nur an diese Aufgabe, die ich zu erfüllen hatte.

Während ich ihn befriedigte, spürte ich seine Fingerspitzen auf meinem Körper. Er streichelte meine Arme, meine Brüste. Und mit jedem Mal, wo er sich mir aufs Neue entzog, stellte sich das Bangen ein, verknüpft mit der Gewissheit, dass es sich nur um Sekunden handeln konnte, bis die Strafe endlich meinen Körper traf. Mal dauerte es länger, mal kam sie unverzüglich. Mal fester, mal leichter. Mal waren es mehrere, schnell hintereinander, mal nur ein einziger.

Eigentlich hätte es Panik und Abscheu in mir hervorrufen sollen, aber das tat es nicht. Es versetzte mich in einen Flow. Ich war so konzentriert auf diese Aufgabe, dieses Bangen, dass ich alle anderen Gedanken ausblendete. Die Schläge selbst waren erträglich, es war dieses Herbeisehnen des Schmerzes, das mich mit Adrenalin vollpumpte und ein Prickeln in mir entzündete, das mich zum Stöhnen und Seufzen brachte.

Zum wiederholten Male glitt ich mit der Hand über seinen Phallus. Offenbar machte ich alles richtig, denn ich spürte plötzlich wieder seine Hände über meine Brüste streichen. Sacht küsste er meinen Nacken und die Schulter. Meine Scham schwoll an und begann heftig zu pulsieren. Es zeigte sich ein Gefühl, mit dem ich überhaupt nicht gerechnet hatte. Mit dem ich auch nicht rechnen wollte. Wie konnte ich in einer derartigen Situation erregt sein?

Erschrocken über mich selbst löste ich die Finger von seinem erigierten Glied. Sofort entzog er mir seine Liebkosung und strafte mich für mein Vergehen.

Das Prinzip war einfach: Tu, was ich will und du wirst belohnt, tust du es nicht, wirst du bestraft. So ging es weiter. Bis etwas Warmes meinen Hintern besudelte und zäh über meinen Schenkel kroch. Und doch hörte er nicht auf, zwirbelte weiter meine Warzen und stimulierte meine Klitoris. Gekonnt und gefühlvoll, als wüsste er um das Verlangen meines Körpers. Und ich ließ mich darauf ein. Weil mein Körper es wollte, weil er sich so sehr nach diesen Berührungen sehnte. Seine Finger wiegten mich in einen schwingenden Zustand. Ich dachte nicht mehr an das, was nicht sein dürfte, ich fühlte nur noch diese süßen Wellen, bis ein stürmisches Beben meinen Körper erfasste und mich seine Hände wie ein sicheres Netz auffingen.

Eine Zeit lang lehne ich an ihm, gestützt von seinen Armen, die mich fest ummantelten. Ich fühlte mich vollkommen entspannt und in mir ruhend.

Langsam kam mein Körper wieder zu Kräften, der Franzose stellte mich auf die Füße und nahm die Augenbinde ab. Mir wurde plötzlich bewusst, was eigentlich passiert war. Es war, als wäre ich aus einem Traum erwacht. Seine Schläge, die Lust, die mich schleichend überfallen hatte, ohne dass ich es gewollt hatte. Ich fühlte mich plötzlich so schuldig. Wie konnte ich mich nur so gehen lassen, wenn ich das alles doch gar nicht wollte?

Er setzte sich auf den Diwan und schmiegte den Oberkörper an die Lehne. Während ich regungslos vor ihm stand – entsetzt über das, was an meinem Schenkel klebte und entsetzt über mich selbst.

Mit unbewegter Miene sah er auf mich und zündete sich eine Zigarette an.

»Du wirst noch lernen, schneller zu reagieren. Bisher haben es alle gelernt.«

Mehr sagte er nicht. Genüsslich zog er am glühenden Stängel und stieß den Rauch in meine Richtung. Die Gedanken schossen durch meinen Kopf, doch ich konnte sie nicht greifen. Ich wusste nicht, was ich denken sollte, über seine Worte, über mich, über diesen Ort, über das, was geschehen war und noch geschehen würde.

Er sah auf seine Armbanduhr und drückte den Stummel in den Aschenbecher. Dann befreite er mich vom Knebel und band mich an Hals und Füßen los. Nur die Hände ließ er auf dem Rücken gefesselt. Er brachte mich zur Tür, und als er sie öffnete, wartete Theo bereits im Flur auf uns. Der Franzose nickte ihm zu, woraufhin Theo grinste und mich von oben bis unten musterte. Obwohl ich nicht wusste, was das Nicken zu bedeuten hatte, schämte ich mich. Weil ich etwas zugelassen hatte, wogegen ich mich hätte sträuben sollen. Ich hatte meine Lust die Oberhand gewinnen lassen und stand nun als Verlierer da.

Während der Franzose die Treppe nach oben ging, führte mich Theo zu meiner Zelle. Wie erwartet stand Mila in der Mitte des Raumes. Theo löste die Manschetten, stieß mich zu ihr ins Zimmer und verschloss von außen die Tür. Sie sah mich an, blickte auf das Sperma an meinem Schenkel und lachte. Schadenfreude funkelte in ihren Augen.

»War's schön?«, fragte sie mich.

Ich gab keine Antwort. Denn ich wusste, es hätte sie nur noch mehr angespornt. Ich hatte mir vorgenommen, mich mit ihr gut zu stellen, damit ich sie für mein Ziel nutzen konnte. Auch wenn es mir schwerfiel, ich musste mich ihr gegenüber zurückhalten.

»Ich gehe mich waschen«, sagte ich nur und ging an ihr vorbei.

»Oh, dann war es wohl sehr schmutzig. Shazar mag es schmutzig und vor allem hingebungsvoll. Darum wundert es mich, dass er ausgerechnet dich gewählt hat.«

Ich versuchte, ihren Kommentar zu ignorieren. Es gab andere Dinge, die mich im Moment mehr beschäftigten.

***

Das Wasser prasselte auf meine Haut, während ich die Gedanken zu ordnen begann.

Immer wieder stellte ich mir dieselbe Frage: Wie konnte es

sein, dass ich unter diesen Umständen so viel Lust empfunden hatte? Es war mir unbegreiflich, weshalb mein Körper so reagiert hatte. Ich fühlte mich einerseits schäbig und benutzt, andererseits fand ich es unheimlich berauschend. Warum war das so?

Hin und her gerissen zwischen richtig und falsch schaute ich aus dem Fenster und beobachtete die Vögel, wie sie unermüdlich die Baumwipfel umkreisten. Sie spielten mit der Leichtigkeit der Lüfte, genossen ihre Freiheit. Auch ich hatte ein Leben dort draußen. Ein Leben, bei dem ich bestimmte, was mit mir zu geschehen hatte. Bisher war ich es gewesen, die sich Männer aussuchte, nur um sie zu benutzen. Und ich hatte Verpflichtungen. Ich war eine gefragte Simultandolmetscherin. Wenn ich nicht mit Headset in irgendeiner Kabine saß, flog ich von einem Flughafen zum nächsten, quartierte mich in ein Hotelzimmer ein und bereitete mich für den nächsten Termin vor. Ich hatte mir diesen Status hart erarbeitet und wollte ihn nicht einfach so aufgeben müssen. Mir war schlecht. Ich würde hier nicht mehr rauskommen. Sie wollten mir mein Leben nehmen. Mich wie ein Vieh knechten und züchtigen. Ich wollte nicht, dass man meinen Willen brach. Und schon gar nicht wollte ich mich fügen, so wie Mila es tat.

Mit dem Schwamm schrubbte ich die verräterischen Spuren der Lust von mir und fasste den Entschluss, mich künftig meinen Peinigern zu widersetzen und allen Strafen zu trotzen. Jeff würde erkennen, dass er sich geirrt hatte. Und mich hoffentlich gehen lassen.

6

Der Geruch von gebratenem Fleisch und Gemüse drängte sich mir entgegen, als ich die Schiebetür öffnete und mit noch nassen Haaren und einem Handtuch um den Körper aus dem Bad trat.

Mila saß am Tisch und schnitt gerade ein Stück Schweinemedaillon, das neben Karotten und Mais auf ihrem Teller lag. Auf der anderen Seite des Tisches lag ein zweiter Teller, bedeckt mit einer weißen Haube. Roomservice, kam es mir in den Sinn, wie in einem Hotel.

»Dein Essen wird kalt«, zischte sie in meine Richtung.

»Ich hab keinen Hunger«, sagte ich und sah mich nach einer Uhr um. Ich schätzte die Zeit auf zwölf oder dreizehn Uhr.

»Es ist deine Entscheidung. Wenn dir die Striemen des Rohrstocks lieber sind, dann lass es stehen.«

Schockiert sah ich sie an. Spätestens jetzt war der Vergleich mit dem Hotel hinfällig.

Ich ging zum Tisch und hob die Haube. Darunter befand sich das gleiche Essen, das auch Mila vor sich stehen hatte. Ich könnte es in die Toilette kippen und keiner würde etwas merken. Solange Mila mich nicht verpfiff. Ich setzte mich und verschränkte die Arme vor dem Handtuch, das meinen Körper umhüllte.

Obwohl der Appetit zunahm je länger ich das Essen anstarrte und der Geruch mir in die Nase stieg, trotzte ich der Versuchung, mir die Karottenscheiben in den Mund zu schieben. Lieber würde ich die Strafe über mich ergehen lassen, als das zu tun, was die von mir verlangten.

»Wie kommst du darauf, dass sie mich absichtlich ausgewählt haben?«, fragte ich Mila, die von ihrem Teller aufsah.

»Weil es so ist«, sagte sie und betrachtete das Stück Fleisch, das sie auf ihre Gabel gespießt hatte. »Sie beobachten lange, bevor sie zuschnappen. Sie kennen dich besser als du dich selbst kennst. Und sie kitzeln es so lange aus dir heraus, bis du es dir eingestehst.«

»Was sollte ich mir eingestehen? Dass ich so bin wie du?«

»So wie ich wirst du niemals sein. Dazu fehlt dir der Mumm.«

Ich lachte kurz auf. Was bildete sie sich eigentlich ein? Niemals würde ich mich dieser Gehirnwäsche unterziehen und mich demutsvoll einer Gefangenschaft hingeben. Gerade weil es mir nicht an Mumm fehlte.

»Werden sie mich so lange foltern, bis sie mich da haben, wo sie mich haben wollen?« Mir fiel ein, dass es gar nicht so abwegig war.

»Gefoltert wird hier niemand, es sei denn, du stehst darauf. Was sie genau mit dir vorhaben, weiß ich nicht. Aber einen Plan haben sie, das steht fest. Für jeden Neuling gibt es einen Plan. Auch für dich.«

Blasiert sah sie mich an, mit hochgezogenen Brauen und einem Grinsen, das ich liebend gern nachgeäfft hätte. Doch ich hielt mich zurück, ich wollte nicht sein wie sie, in keiner Weise.

Ein Klackern zog sich durch die Stille und Mila ließ das Besteck fallen. Sie sprang auf und nahm in der Mitte des Raumes ihre Pose ein. Ich schüttelte den Kopf. Sie konnte einem echt leidtun.

Die Tür öffnete sich und Theo stand im Türrahmen. Mit zusammengekniffenen Augen sah er mich an.

»Wieso sitzt du hier rum?«, fauchte er.

Ich stammelte einige Laute, während er mit großen Schritten auf mich zukam. Der Mut, der mir eben noch Zuspruch geleistet hatte, verkroch sich nun im letzten Winkel. Gebannt starrte ich auf den vollen Teller vor mir, nur damit ich seinen finsteren Blick nicht ertragen musste. Theo packte meinen Oberarm und zerrte mich vom Stuhl. Mit aller Kraft stemmte ich mich dagegen. Für einen aberwitzigen Moment glaubte ich, eine Chance zu haben. Bis er mir das Handtuch entriss, mich am Nacken packte und nach draußen bugsierte.

»Unerzogenes Miststück«, schimpfte er und drückte mich grob durch den langen Flur. Der Griff um meinen Oberarm verstärkte sich und spiegelte seine wachsende Wut auf mich. Ich hatte Mühe seinen Schritten standzuhalten. Warum hatte er es so eilig? Weil er wütend war und es kaum erwarten konnte, mich für mein Aufbegehren zu bestrafen?

Er brachte mich in den Raum mit den beiden Säulen. Diesmal brannten neben der Leuchte über dem Bett auch Spots in der Zimmerdecke. Der Raum wirkte dadurch größer und nüchterner als beim letzten Mal.

Theo griff nach den Handmanschetten und verband sie auf meinem Rücken.

»Bleib hier stehen«, herrschte er mich an und ging zur Wand, an der die Folterinstrumente hingen. Aus dem Augenwinkel sah ich, dass die Tür offen stand. Ein Ziehen nistete sich in meiner Magengrube ein, ich witterte eine Chance. Meine Beine kribbelten, warteten auf den Startschuss. Noch stand Theo mit dem Rücken zu mir, nahm gerade einen fingerdicken Rohrstock von der Halterung und schlug ihn immer wieder leicht auf seine Handfläche.

Die Tür war etwa zwei Meter von mir entfernt und mir blieb kaum noch Zeit. Ein Ruck durchfuhr mich, dann lief ich los. Keine Ahnung, ob er es bemerkt hatte. Ich rannte einfach, ohne mich umzudrehen.

So schnell mich die Beine tragen konnten, lief ich durch den Flur. Mit einem Dröhnen in den Ohren, das jedes andere Geräusch übertönte. Mein Herz trommelte und kalter Schweiß bildete sich auf meiner Stirn. Die Treppe war nur noch wenige Meter von mir entfernt.

Ich schaffte gerade mal zwei Stufen, als mich eine Hand am Oberarm packte und zurückzog. Ich stolperte und fiel zu Boden. Theos zweite Hand umklammerte meinen Nacken und zerrte mich hoch. Es schien ihm egal zu sein, dass ich noch nicht auf beiden Füßen stand. Er fasste mir in die Haare und zog mich einfach mit sich. An meiner Kopfhaut schmerzte es, als wollte er mir die Haare ausreißen. Meine Füße stolperten über den Boden, ich schaffte es kaum, das Gleichgewicht zu halten, weil diese verdammten Manschetten meine Hände auf dem Rücken zusammenhielten.

»Lass mich los, du tust mir weh!«, keifte ich.

Er zerrte mich wieder in den Raum und drängte mich an die Wand gegenüber den Peitschen. Ich sah die vielen Ringhaken und wusste, er würde mich daran festbinden und sich dann für meinen Ungehorsam rächen. Seine Hand umklammerte meinen Oberarm so fest, dass meine Finger zu kribbeln begannen.

»Auf die Knie.« Er holte mit dem Stock aus.

Ich zögerte nicht mehr. So schnell ich konnte, kniete ich mich hin.

»Nach hinten, bis deine Füße an der Wand sind.«

Noch immer hielt er den Stock in der Luft, bereit zuzuschlagen. Ich tat, was er verlangte, rutschte so weit nach hinten, bis meine Zehenspitzen an die glatte Wand stießen.

»Bitte tu mir nicht weh.«

Mit einem hellen Poltern fiel der Stock neben mir zu Boden. Ich atmete auf. Theo hob meine Arme und verankerte die Manschetten mit einem der Ringhaken, etwa einen halben Meter über dem Boden. Die Position zwang meine Schultern nach hinten und drückte meinen Rücken in ein Hohlkreuz.

Etwas Kaltes berührte meine Knöchel. Ich erschauderte, neigte den Kopf zur Seite und sah, dass er gerade eine Schelle anlegte. Es waren dieselben Schellen, die ich auch bei Shazar getragen hatte. Was konnte ich nur tun? Wie sollte ich aus dieser Situation wieder rauskommen? Mein Atem ging hastig, erste Tränen sammelten sich in meinen Augen. Ich hatte keine Chance. Theo war stärker, und solange ich hier festgekettet war, würde ich es nicht schaffen, ihm zu entkommen. Innerhalb Sekunden trugen meine Fußgelenke diese Fessel und waren mit einem Ringhaken am unteren Rand der Wand verankert.

Ich konnte mich kaum mehr bewegen. Um die Knie zu entlasten, setzte ich mich auf die Fersen. Zwar war mein Oberkörper nun nach vorn gebeugt, dafür war der Schmerz erträglicher.

»Öffne die Beine«, sagte Theo und zog mir den Stock über den Schenkel. Ich schrie und keuchte, als der Schmerz mich packte. Überraschend traf mich der nächste Schlag. Er wird nicht aufhören, schoss es mir durch den Kopf, das ist erst der Anfang. Schnell schob ich die Schenkel auseinander, bis die Eisenschellen in die Füße schnitten. Ich zitterte am ganzen Körper, mir war heiß und mein Atem beschleunigte sich.

Theo holte ein Tuch aus schwarzem Chiffon. Seine schweren Schritte jagten mir Angst ein und vertrieben den kleinsten Funken Kampfgeist. Ich nahm mir vor, alles zu tun, was er von mir verlangte. Alles. Er legte mir das Tuch über die Augen und verknotete es am Hinterkopf. Bei jedem Augenaufschlag spürte ich den zarten Stoff an den Wimpern. Seine Umrisse und Bewegungen konnte ich nur erahnen. Wie schwarze Schatten zeichneten sie sich vom Grau der Umgebung ab.

In dem Moment bereute ich es, dass ich am Tisch sitzen geblieben war, während Mila schon längst in der Mitte des Zimmers gestanden hatte. Ich bereute es, dass ich versucht hatte zu fliehen. Womöglich wäre mir dann all das erspart geblieben.

»Nur eine kleine Bewegung und der Stock trifft dich, bevor

du bis zwei zählen kannst.« Seine Stimme klang einige Meter entfernt. Zu weit weg, um eindeutige Umrisse seiner Gestalt durch den dunklen Schleier vor meinen Augen auszumachen.

Es kam mir vor wie eine Ewigkeit. Ich zählte die Sekunden und wagte kaum zu atmen. Der Boden knirschte, mehrmals hintereinander. Jedes Knacksen, jedes Scheppern, auch wenn es noch so leise war, traf mich mit voller Wucht und ließ mich innerlich zusammenzucken. Nicht bewegen, ermahnte ich mich ununterbrochen. Trotzdem wollte ich. Damit er endlich anfing. Ich wollte es endlich hinter mich bringen.

Irgendwann spürte ich ein Kribbeln in den Füßen, sie begannen einzuschlafen. Oh nein, auch das noch. Der Drang, mich von den Fersen abzuheben war groß, doch ich wagte es nicht. Langsam bewegte ich die Zehen und hoffte, er würde es nicht bemerken. Womöglich stand er sogar neben mir und wartete nur den richtigen Moment ab, mit gehobenem Stock, einen Meter über meinem Schenkel. Ich musste endlich aufhören, darüber nachzudenken.

Plötzlich vernahm ich Schritte.

Fest und sicher kamen sie auf mich zu. Ein Luftzug streifte an mir vorbei und eine große Gestalt verdunkelte mein Blickfeld. Die Schritte hörten auf. Er stand direkt neben mir. Ich spürte es. Gänsehaut zog sich über meinen Rücken. Jede Sekunde rechnete ich mit dem Schmerz des Rohrstocks. Doch er ließ mich warten.

Lange geschah nichts. Es herrschte Stille. Eiskalte Stille. Bei jedem Atemzug wappnete ich mich erneut für den Schmerz. Nach jedem Herzschlag, den ich wie einen Paukenschlag spürte, erwartete ich den Aufprall. Beinahe sehnsüchtig.

Dann, völlig unerwartet, berührte mich eine warme Hand an der Schulter. Sanft glitt sie über meinen Rücken. Mit ihr lief ein

Schauder durch meinen Körper, der mich tiefer atmen ließ. Ich fand nichts Bedrohliches in der Berührung. Dennoch wagte ich nicht, mich zu bewegen. Was, wenn er mich damit herausfordern wollte? Mich in Sicherheit wiegen wollte, bevor er zuschlug?

Ein Zerren an der Augenbinde machte mich stutzig. Sie lockerte sich. Grelles Licht vernebelte die Sicht, als der zarte Stoff mein Gesicht verließ. Ich blinzelte. Langsam gewöhnten sich meine Augen an die Helligkeit.

Dann sah ich ihn. Sah seine schwarzen Lederschuhe, die dunkelgraue Stoffhose. Er stand direkt vor mir.

Und es war nicht Theo. Denn der trug eine Jeans, da war ich mir absolut sicher. Ich erinnerte mich noch deutlich an den dicken Schlüsselbund, der an seinem Gürtel gehangen hatte. Einem braunen Gürtel an einer schwarzen Jeans.

Ich hob den Kopf, bis sein Blick mich einfing und ich erleichtert aufatmete. Es war Alex.

Sein Lächeln wirkte beruhigend und vertrauensvoll.

»Ich gehöre hier nicht her. Man hat mich entführt, verschleppt. Ich bin nicht freiwillig hier. Bitte, hilf mir hier rauszukommen.« Ich wusste nicht, warum ich mir von ihm Hilfe erhoffte. Er sah mich so verständnisvoll an und ich musste es zumindest versuchen. Vielleicht wusste er ja gar nicht, dass ich gezwungen wurde, hier zu sein.

Er kniff die Augen zusammen und hielt mich mit strengem Blick gefangen.

»Es sollte das Erste gewesen sein, was man dir beigebracht hat. Eine Sklavin duzt ihren Herrn nicht.«

Seine Worte rissen mich in einen Strudel, der mich mühelos wieder dorthin beförderte, wo ich vor Minuten gewesen war. Dabei hatte ich mich für einen kurzen Moment der Freiheit so nahe geglaubt.

»Ich werde dich für dieses Vergehen noch nicht bestrafen, denn du bist noch unerfahren. Das nächste Mal aber wird es Konsequenzen nach sich ziehen.« Trotz der Strenge lang eine Wärme in seiner Stimme. Er ging langsam um mich herum und sah mich eindringlich von der Seite an. Was meinte er mit Konsequenzen?

»Dein Körper verrät, wie nervös du bist. Das brauchst du nicht zu sein. Beruhige dich, noch habe ich dir nichts getan.«

»Solange ich in dieser Stellung angekettet bin, kann ich mich nicht beruhigen. Meine Füße spüre ich kaum noch und meine Schultern tun weh.«

Und solange er mich so intensiv ansah, schaffte ich es nicht mal, das Kribbeln im Bauch zu unterbinden.

»Du wirst dich als Sklavin an eine derartige Haltung gewöhnen müssen.«

»Ich habe nicht vor, es so weit kommen zu lassen.«

Er schmunzelte nur. Eine Weile sah er mich an, erforschte meinen Blick, den ich eindringlich auf seinen legte. Er sah unverschämt gut aus. Sein Gesicht, sein Körper, wie er sich bewegte, einfach alles. Vor allem diese Selbstsicherheit beeindruckte mich.

»Da ich noch etwas anderes mit dir vorhabe, werde ich deinem Wunsch nachkommen und dich losbinden – wenn du mich darum bittest.«

Ich sollte ihn darum bitten? Er schien es wohl zu genießen, mich herauszufordern. Ich atmete tief durch.

»Okay. Bitte binde mich los.« Wenn er das Spielchen spielen wollte, dann sollte er es so haben. Bis zu einem gewissen Grad war ich bereit mitzuspielen.

»Oh, oh, oh ... so wird das nichts. Du solltest in Zukunft aufpassen, wenn ich dir etwas beibringe. Wie war das noch mal mit dem Duzen? Und etwas mehr Demut hätte deiner Bitte gut getan.«

Ich verdrehte die Augen. Daran hatte ich gar nicht mehr gedacht. Hätten meine Knie nicht so wehgetan, wäre ich sicher hartnäckig geblieben. Noch einmal nahm ich einen tiefen Atemzug.

»Bitte«, sagte ich und warf ihm einen flehenden Blick zu. »Binden Sie mich bitte los.«

Im selben Moment fühlte ich ein eigentümliches Ziehen im Schoß, was mich irritierte. Erregte es mich etwa, wie er mit mir umging? Oder war es nur sein Äußeres? Vielleicht auch beides?

»Tut mir leid, du hast es dir bereits verspielt. Allein, weil du die Augen verdreht hast. Vielleicht fällt dir etwas anderes ein, was mich milde stimmen könnte.«

Ich bemerkte, dass mein Mund offen stand, schnell schloss ich ihn. Das konnte doch nicht wahr sein! Was um Himmelswillen bezweckte er damit? Gefiel es ihm etwa, mich zu schikanieren?

Ein leises Surren ertönte. Er griff in die Hosentasche, holte ein Handy raus und klappte die lederne Schutzhülle auf. Einen Moment blickte er aufs Display, tippte es an und hob das Telefon ans Ohr. Dann sah er mich wieder an.

»Chloé, ich ruf dich zurück«, sagte er und legte auf.

Wer war Chloé? Vielleicht seine Frau? Die ahnungslos zu Hause auf ihn wartete, während er sich in SM-Clubs rumtrieb und unfreiwillige Sklavinnen schikanierte? Ein schlechtes Gewissen schien ihn nicht zu plagen. Sein Blick war entspannt, als er das Telefon wieder in die Hose gleiten ließ. Ich war fasziniert von der Eleganz und Gelassenheit, mit der er sich bewegte – während er seine nichts ahnende Frau betrog. Ob er tatsächlich verheiratet war? Oder war es seine Freundin gewesen? Eifersucht stieg in mir auf.

Ich sah ihn von oben bis unten an. Er war gut gebaut. Seine Körperhaltung war gerade, selbstbewusst und sein Ausdruck nach wie vor dominant. Irgendetwas hatte er an sich, was mich ganz wirr machte. Er wusste offenbar genau, was er tat und sein zielgerichteter Blick zeigte mir, dass er einen Vorschlag von mir erwartete. Was sollte ich nur sagen?

»Ich verspreche, ab jetzt achtzugeben.« Etwas Besseres fiel mir nicht ein.

»Netter Versuch. Aber weit davon entfernt, mich umzustimmen.« Ein Schmunzeln umspielte seine Mundwinkel. »Wie wäre es damit: Sag, dass du meinen Schwanz küssen möchtest.«

Wie bitte?! Das konnte nicht sein Ernst sein, ich sollte ihm einen blasen? Ohne es zu wollen, fiel mein Blick auf seine Hose, an der sich eine deutliche Wölbung bemerkbar machte. Mein Schoß prickelte. Zugegeben, hätte ich ihn außerhalb dieses Gefängnisses kennengelernt, hätte ich nicht gezögert. Bei einem Kuss auf den Schwanz wäre es dann sicher nicht geblieben. Ich hätte ihn bis in die frühen Morgenstunden geritten – einzig meinetwegen. Weil ich es so gewollt hätte. Aber solange die Entscheidung nicht bei mir lag, wollte ich mich nicht geschlagen geben.

Ich schüttelte den Kopf. »Nein!«

Meine Lippen würden sein Glied nicht berühren. Auf keinen Fall!

Er zog die Brauen hoch und sah mir in die Augen. Ich hielt seinem Blick stand. Obwohl er auf mich herabsah, schienen sich unsere Blicke auf einer Ebene zu begegnen. Ich versank förmlich in diesen starken Augen. Er kniff sie leicht zusammen, was ziemlich sexy aussah. Noch nie hatte ich in Augen wie diese gesehen. Sie waren so ausdrucksstark, fordernd und gleichzeitig unheimlich erotisch. Aber ich würde dieser Verführung widerstehen, das nahm ich mir fest vor. Diese Genugtuung wollte ich ihm nicht bescheren.

Schließlich war er der Erste, der seinen Blick abwendete. Ha!

Er drehte sich um und steuerte den Diwan an. Und er ließ sich Zeit. Als er sich hinsetzte, legte er einen Arm auf die Lehne und schmiegte sich an das runde Polster. Den Kopf stützte er lässig auf seiner Hand ab.

Wieder trafen sich unsere Blicke.

Wie lange hatte er mich wohl gebucht? Meine Knie schmerzten und der Wunsch, die Glieder zu strecken, nagte am dünnen Nervenkostüm.

»Du kannst dir meinetwegen Zeit lassen so viel du willst«, sagte er. »Ich werde irgendwann nach Hause gehen. Während du die ganze Nacht in dieser Pose verbringen darfst. Denn vor morgen Mittag wird kein neuer Gast diesen Raum betreten. Es liegt ganz bei dir, wie du dich entscheidest.«

Als hätte ich ernsthaft eine Wahl. Und so wie es aussah, machte er sich auch noch darüber lustig.

»Und was werden Sie als Nächstes tun? Mich zwingen, dass ich mit Ihnen schlafe?«

»Nein, das werde ich nicht tun. Es bleibt dabei, dass du mir einen bläst.«

»Und wer garantiert mir das?«

»Mein Versprechen. Ich halte mein Wort, wenn du deines auch hältst.«

Ich schloss die Augen, um nicht noch länger die Beule deuten zu müssen, die sich zwischen seinen lässig gespreizten Beinen zeigte. Warum nur reizte mich dieser Mann so? Es musste an seiner Besonnenheit liegen und sicher auch an seinem Aussehen. Mein gepeinigter und zugleich erregter Körper kämpfte gegen meinen Stolz.

Je länger ich haderte, desto mehr wurde ich mir der Schmerzen und auch dem Verlangen nach diesem Mann bewusst. Meine Füße kribbelten. Der harte Boden drückte sich gegen die Kniegelenke. Aber ich wollte ihm diese Qualen nicht zeigen. Ich biss die Zähne zusammen und versuchte das Gesicht zu entspannen.

Und irgendwann, als ich die Zehen und Finger kaum mehr spürte, gab sich mein Stolz geschlagen.

»Bitte lassen Sie mich Ihren Schwanz küssen.«

Es war so demütigend, so erniedrigend. Und noch schlimmer war, meine Mitte pulsierte und meine Lippen sehnten sich danach, seinen salzigen Geschmack in Empfang zu nehmen.

Ich ärgerte mich über sein spottendes Grinsen, als er aufstand und zu mir kam. Er beugte sich hinter mich. Ganz sanft umfasste er meine Ballen und befreite die Knöchel vom Eisen. Jedes Mal, wenn seine Schulter meinen Po berührte, durchstreifte mich ein wohliges Knistern. Er ging so vorsichtig mit mir um, so anders als Theo. Wenn er im Bett auch so war, hätte ich nichts dagegen, den Deal auszuweiten.

Er löste meine Hände von der Wand und half mir aufzustehen. Obwohl sein Griff fest war, hatte ich das Gefühl, er wollte mich keinesfalls verletzen.

Ich stellte mich aufrecht hin und geriet ins Taumeln. Meine Füße spürten den Boden nicht. Sofort fing er mich auf und drückte mich sanft an seine Brust. Sein Körper strahlte Wärme aus und ich fühlte die angespannten Muskeln unter dem weichen Stoff seines Hemdes. Er roch so gut nach Zedernholz und Moschus. Nein, ich durfte keinen Gefallen an ihm finden, ich musste stark bleiben.

»Du darfst deinem Wort gleich nachkommen«, sagte er und löste die Umarmung. »Aber vorher möchte ich dich betrachten. Stell dich bitte zwischen die Säulen.«

Meinetwegen, er kannte mich sowieso schon nackt, was machte es für einen Unterschied, wenn ich mich nun dort hinstellte. Mit dem Blick aufs Bett blieb ich zwischen den Marmorpfeilern stehen.

»Beine auseinander.«

Ich biss auf die Unterlippe und folgte seinem Befehl. Ein erniedrigendes Gefühl überschwemmte mich, weil ich genau wusste, dass dies die Pose einer Sklavin war.

»Beug dich nach unten und zeig mir deine Öffnungen.«

Wie angewurzelt stand ich da, riss die Augen auf und starrte auf das Bett. Er wollte, dass ich ihm mein Arschloch zeigte? Ich schüttelte den Kopf, denn ich fand es entwürdigend und abstoßend. Ich suchte seinen Blick und stieß auf eine finstere Miene, die keinen Widerstand duldete.

»Wenn es dir lieber ist, lasse ich den Flaschenzug ein Stück weit nach unten und binde dein Bein daran fest. So kann ich in aller Ruhe betrachten, was mir gehört.«

Was ihm gehörte? Ging er nicht ein Stück zu weit? Ich gehörte niemandem hier. Auch wenn alle glaubten, sie könnten mit mir machen, was sie wollten. Wieder schüttelte ich den Kopf. Noch heftiger als vorhin. Was bildete er sich eigentlich ein? Nur weil er gut aussah und mir ein Prickeln in den Schoß schickte, brauchte er nicht denken, ich sei sein Besitz. Nichts an mir gehörte ihm, rein gar nichts!

Sekunden später surrte es. Ich sah nach oben. Der Haken des Flaschenzugs näherte sich mir in schnellem Tempo und blieb kurz über meinem Kopf stehen.

»Das sollte reichen«, sagte Alex. Ich drehte mich zu ihm. In der Hand hielt er eine Manschette. Er meinte es tatsächlich ernst! Er wollte mein Bein an diesen Haken hängen und mich gewaltsam spreizen! Was sollte ich tun? Ich wollte nicht mit einem halben Spagat an diesem Seil hängen.

»Ich mach es«, stieß ich hervor, ehe er bei mir angekommen war.

Ich beugte mich schnell nach unten und gewährte ihm die Sicht auf mein Zentrum. Okay, so schlimm war es nicht. Ich konnte ja auch seinen Blick nicht sehen. Und er nicht mein Gesicht, das sich ganz heiß anfühlte und mit Sicherheit schon rot war.

»Zieh deine Schamlippen auseinander, ich kann dein Lustloch nicht sehen.«

Ich schloss die Augen, legte die Finger an meine Schamlippen und zog sie nach außen. Es war demütigend, mich ihm so anzubieten. Und dennoch zuckte mein Unterleib vor Erregung. Das verrückte war, ich konnte mir nicht erklären, warum mein Körper so reagierte. So anders als mein Verstand.

Alex schien zu genießen, was er sah, denn es kam mir sehr lange vor, bis ich mich wieder aufrichten durfte. Hoffentlich hatte er meine Erregung nicht glänzen gesehen, sonst glaubte er womöglich noch, es gefiel mir. Gefiel es mir etwa? Nein, entschied ich rein rational. Ich verfluchte meinen Körper, der sich gegen mich verschworen zu haben schien. Der mich so darstellte, wie ich gar nicht sein wollte. Ein Leben in Gefangenschaft war für mich, im Gegensatz zu meinem Körper, unvorstellbar.

Alex stand dicht hinter mir. Seine Stimme drang laut und deutlich an mein Ohr. Er hatte ein sehr kräftiges und erotisches Timbre, das ein Beben durch meinen Körper schickte. »Hast du dich schon einmal einem Mann unterworfen, bevor Jeff dich hierhergebracht hat?«

Obwohl mir sofort die Affäre in Paris einfiel, log ich ihn an: »Nein. Niemals.«

»Ganz sicher?«

Sollte das ein Verhör werden?

»Was denken Sie von mir?«

Er trat vor mich und suchte meinen Blick. Ich neigte den Kopf nach unten, weil ich nicht wollte, dass er die Lüge in meinen Augen glitzern sah.

»Sieh mich an!«

Ich hob den Blick, wagte es jedoch nicht, den Kopf zu heben. Es reichte ihm nicht. Mit den Fingern drückte er mein Kinn nach oben, sodass mein Gesicht dem seinen gegenüberstand. Er studierte meine Züge. Bestimmt war ich knallrot. Oh Gott, war das peinlich.

»Du weißt, dass eine Lüge hart bestraft wird?« Er ließ mein Kinn los, ging um mich herum und blieb hinter mir stehen. Woher sollte er wissen, was ich vor einem halben Jahr getrieben hatte? Das war absurd. Trotzdem, mein Blick irrte umher, mein Herz trommelte gegen den Brustkorb. Warum zum Teufel löste er diese Gewissensbisse in mir aus?

»Ich weiß, dass Jeff dich eigenhändig geprüft hat. Er kennt sich aus mit Frauen wie dir.«

Die Erinnerung an die Nacht mit Jeff und den Morgen danach drängte sich in mein Gedächtnis. Ich schluckte, um den Kloß aus dem Hals zu verdrängen.

Sanft und warm glitten Alex' Hände plötzlich über meine Taille. Zuerst schreckte ich zurück, doch dann merkte ich, dass es mich beruhigte. Es fühlte sich gut an, wie er meine Haut streichelte. Mit beiden Händen nahm er meine Brüste und massierte das zarte Fleisch. Er kniff in die Brustspitzen, gerade mal so fest, dass er mir ein leises Seufzen entlockte. Sein Körper schmiegte sich von hinten an mich. In mir kribbelte es. Am liebsten hätte ich den Kopf in den Nacken gelegt, um zu genießen, was er mir gab. Er streichelte weiter über den Bauch, bis pures Verlangen in meinem Schoß pochte. Doch statt tiefer zu rutschen, glitt er wieder nach oben zu meinen Brüsten, streifte nur mit den Fingern über die Warzen. Ein Prickeln floss durch meine Spitzen und sie zogen sich zusammen. Was machte er nur mit mir?

»Hat es dir gefallen mit Jeff?«, flüsterte er mir ins Ohr.

»Ja«, gab ich zu, getrieben von seinen Berührungen, die nicht aufhörten, mich zu verwöhnen. »Aber es waren andere Umstände«, sagte ich schnell. »Er hat mich nicht gezwungen. Es war …« Ich verstummte. Zum einen, weil er gerade sein Gesicht in meine Halsbeuge grub, um mich dort zu küssen, zum anderen, weil Jeff mich irgendwie doch gegen meinen Willen dazu gebracht hatte, es zu tun. Ich starrte auf das Bett. Was ich in fremden Schlafzimmern trieb, ging nur mich etwas an. Er brauchte nicht zu erfahren, was ich wo und wann empfunden hatte.

Als hätte er meinen aufkeimenden Widerstand bemerkt, ließ er von mir ab. Entzog mir das warme, beruhigende Gefühl und den sanften Halt, der mir mit einem Mal schmerzlich fehlte.

»Sprich weiter!«

»Nein.« Ich wollte nicht mehr darüber sprechen. Vielmehr wollte ich, dass er weitermachte.

Plötzlich traf ein Hieb auf meine rechte Pobacke. Ich fiel einen Schritt nach vorn und keuchte. Damit hatte ich nicht gerechnet. Ehe ich realisieren konnte, was gerade passiert war, wiederholte er seine Worte: »Sprich weiter!«

Ich rang um Fassung.

»Ich möchte mir meine Partner aussuchen, nicht umgekehrt«, sagte ich und kniff die Pobacken zusammen.

»Eine Sklavin hat kein Recht dazu.« Er stellte sich wieder vor mich und sah mir in die Augen. Es machte mich nervös, dass er ständig um mich herumschlich.

»Ich bin keine Sklavin!«

»Das stimmt«, sagte er und ein Lächeln zeichnete sich auf seinen sinnlichen Lippen ab. »Du bist noch dabei, eine zu werden. Denn eine erfahrene Sklavin wüsste das.«

Ich lachte kurz auf, um seine Aussage ins Lächerliche zu ziehen und gleichzeitig meine Beschämung zu beruhigen.

Wieder trat er hinter mich. Ich ahnte, was mir bevorstand und hielt abwehrend die Hände vor mein Hinterteil.

»Finger weg. Sonst binde ich dich an die Säule.«

Das saß. Ich nahm die Hände weg, schon zog sich ein Schauder durch meine Mitte – wieder einmal. Einen Augenblick später verpasste er mir den zweiten Hieb auf dieselbe Stelle. Der Impuls, mich umzudrehen und ihn hysterisch anzugreifen, stieg in mir auf. Meine Hände ballten sich zu Fäusten und mein Körper versteifte sich wie die beiden Säulen neben mir.

»Du musst lernen, dich zu beherrschen.«

Eine Träne suchte sich ihren Weg über meine Wange. Ich war fassungslos und entsetzt, weil er sich das Recht herausnahm, über mich zu herrschen, und weil mich dieser Machtkampf auch noch erregte. Es war, als würde ich mich selbst verraten.

»Knie dich hin!«

Ich drehte mich um, weil ich sehen wollte, was er vorhatte.

»Sofort!« Seine Stimme klang bestimmt, aber nach wie vor beherrscht.

Ich konnte mir nicht erklären, warum ich seinem Befehl

folgte, anstatt mich dagegen aufzulehnen. Es überkam mich einfach, ohne dass ich Zeit fand, darüber nachzudenken. Ich kniete mich hin.

Er stellte sich dicht vor mich, knöpfte sein Hemd auf und ließ es zu Boden fallen. Ich roch seinen Duft und konnte nicht aufhören hinzusehen, obwohl ich ihn am liebsten ignoriert hätte. Sein Oberkörper war männlich, durchtrainiert. Er öffnete seinen Gürtel, die Muskeln zeigten sich unter der Haut. Sie waren wohl proportioniert, ohne aufdringlich zu wirken.

Obwohl er mich nicht berührte, fühlte ich ihn förmlich auf meiner Haut. Er öffnete seine Hose, deren Reißverschluss sich direkt vor meinen Augen präsentierte.

Seine Nähe raubte mir den Atem. Oh mein Gott, ich wollte ihn.

Mit den Fingern fasst er unter mein Kinn und hob es an. Er sah mir tief in die Augen.

»Ich möchte, dass du dir Mühe gibst.«

Er lächelte, als wüsste er um mein Verlangen. Und wieder war da dieses wohlige Prickeln. Ich brauchte nur in diese gefährlichen Augen zu sehen. Brauchte nur daran zu denken, dass er mich zwang, es zu tun. Das war doch nicht normal!

Vor allem hatte ich Lust, es zu tun. Er war rasiert, roch sauber und sein imposanter Anblick erregte mich. Ich leckte über meine Lippen und stülpte sie dann über seine Eichel. Es war ein Gefühl von Macht, das mich antrieb, es ihm zu besorgen. Ich wollte zeigen, dass ich es konnte. Ich wollte ihn beeindrucken und es kam mir gelegen, dass er glaubte, ich würde es nur tun, weil er mich dazu genötigt hatte.

Mit den Händen umfasste er meinen Kopf und schob sich tiefer in mich. Sein Becken wippte fordernd, während der Griff um meinen Kopf sich festigte.

»Und ich möchte, dass du deine Arme hinter dem Rücken verschränkst, bis ich sage, dass du sie wieder lösen darfst.«

Ich tat, was er verlangte. Es sollte nicht schwer sein, ihn ohne Hände zum Höhepunkt zu bringen. In mäßigem Tempo rutschte ich vor und zurück, saugte und leckte an seiner Eichel. Züngelte den Schaft entlang, bis sein Glied immer wieder an meine Wangentasche stieß. Sein Griff lockerte sich. Hieß das, es gefiel ihm? Ich musste an seine streichelnden Hände von eben denken. Würde auch er mich danach befriedigen? So wie Shazar es gemacht hatte? Ich blinzelte nach oben. In meinem Schoß wimmelte es. Seine Augen waren geschlossen, sein Kopf gesenkt. Er atmete schwer.

Langsam öffnete er die Augen und sah mich an. Er lächelte. Sofort strömte eine wohlige Wärme durch meinen Körper. Sein entspannter Blick ließ vermuten, dass es ihm gefiel. Er zuckte und stöhnte.

Obwohl ich es war, die ihn stimulierte, loderte in mir die Lust. Ich wollte ihn. Mit jedem Zungenschlag wuchs meine Erregung, und als der erste salzige Tropfen aus seinem Phallus trat, hätte ich ihn am liebsten ausgesaugt. Ich hörte nicht auf, die Lippen auf seinen Schaft zu pressen und mit der Zunge die salzige Eichel zu umkreisen und immer wieder daran zu saugen. Bis er die Muskeln anspannte und ein Taschentuch aus der Hose fischte. Seine Lenden bebten, die ersten Schübe bauten sich auf. Da zog er ihn aus meinem Mund, drehte sich zur Seite und spritzte in das Taschentuch. Er atmete schwer und blieb eine Weile so stehen. Ich setzte mich auf die Fersen, weil meine Knie inzwischen schmerzten. Alex' Muskeln hatten sich entspannt. Er legte den Kopf in den Nacken. Ich war stolz auf mich, dass ich ihn in diesen Zustand versetzt hatte.

Er drehte sich zu mir, sein Lächeln wandelte sich in eine

finstere Miene.

»Du forderst mich wohl gern heraus«, sagte er.

Wovon sprach er? Ich hob die Brauen. Was hatte ich falsch gemacht? War es, weil ich auf den Fersen saß?

»Habe ich nicht gesagt, du sollst die Arme auf dem Rücken verschränken?«

Ich sah an den Armen entlang zu meinen Händen. Meine Linke lag auf dem Oberschenkel und die Rechte stützte sich auf dem Boden ab. Oh, daran hatte ich wirklich nicht mehr gedacht.

»Und was ist daran so schlimm?«

»Es geht nicht darum, ob es schlimm ist. Ich erwarte von dir, dass du tust, was ich sage. Und ich denke, du weißt inzwischen, was dich erwartet, wenn du dich nicht daran hältst.«

Ich sah ihn mit großen Augen an. Würde er mich etwa für dieses Minivergehen bestrafen?

»Ich möchte, dass du den Oberkörper auf das Bett legst und mir deine Rückseite bereithältst. Die Hiebe, die du bekommst, sollen dich lehren, dass du meine Forderungen künftig ernst nimmst.«

Ich stieß den Atem aus und schüttelte den Kopf. Dann sah ich auf das Bett, und wieder zu ihm. In mir zog sich alles zusammen. Ich wollte nicht bestraft werden.

»Denke gar nicht darüber nach, dich dagegen aufzulehnen. Du machst es nur noch schlimmer. Und jetzt steh auf!«

Ich drückte mich vom Boden ab. Unglaublich, wie er mit mir umging. Und genauso unglaublich war es, dass jeder seiner Befehle in mir ein köstliches Prickeln heraufbeschwor. Ob er das wusste?

Langsam schritt ich zum Bett, kniete mich davor auf das Podest und legte den Oberkörper auf der Matratze ab. Mein

Atem bebte, während ich auf das Laken starrte. Es machte mich heiß in dieser Position auf ihn zu warten. Das Gefühl des Ausgeliefertseins, während mein nackter Hintern sich ihm schutzlos anbot, ließ mich augenblicklich feucht werden. Gleichzeitig aber zwängte sich die Angst in mein Bewusstsein, weil ich nicht wusste, wie fest er zuschlagen würde und mit was er mich schlagen würde. Mein Blick flog hin und her, am liebsten hätte ich mich umgedreht. Ich wollte sehen, ob er zu den Peitschen ging. Plötzlich hörte ich verdächtige Geräusche.

Wenig später senkte sich links von mir das Bett. Er saß neben mir, der Stoff seiner Hose kitzelte an meiner Taille. Er zog mir das Haargummi vom Handgelenk und fasste meine Haare zu einem Zopf zusammen. Dann zerrte er am Halsband. Was hatte er vor?

Plötzlich kitzelte etwas am Rücken. Ein Seil? Ich drehte den Kopf, um zu sehen, was es war. Sofort drückte er mich wieder zurück. »Gesicht nach vorn.«

Ich biss mir auf die Unterlippe und starrte wieder auf das Laken. Jetzt war ich noch neugieriger als zuvor.

Er knüpfte etwas an den Ring des Halsbandes. Ja, es war eindeutig ein Seil. Es zog sich über meinen Rücken und ruhte in der Furche meines Hinterns. Alex stand auf. Es klimperte, dann legte er weich gepolsterte Manschetten, die fest miteinander verbunden waren, um meine Knöchel. Langsam wurde ich nervös. Was zum Teufel hatte er vor? Und wozu brauchte er das Seil?

Alex hob meine gefesselten Füße, bis sie die Höhe meines Hinterns erreichten. Meine Knie schmerzten auf dem harten Boden. Ehe ich ihm die Füße entziehen konnte, spannte sich das Seil. Das Halsband drückte sich in meine Kehle. Mir blieb nichts anderes übrig, als den Oberkörper anzuheben.

Offenbar hatte Alex das Seilende mit den Fußmanschetten verknotet, denn ich konnte die Beine nicht mehr nach unten nehmen, ohne dass mich das Halsband strangulierte. Der Schweiß stand mir auf der Stirn. Wie lange würde ich wohl in dieser Position verbringen müssen?

»Was ist das für eine Strafe?«, fragte ich. Denn ein paar Schläge auf den Hintern schieden durch die Fesselung aus. Mein Atem begann zu zittern. Alex setzte sich neben mich aufs Bett und legte die Hand auf meinen Rücken, als wollte er mich besänftigen.

»Sie wird wehtun«, sagte er ruhig. »Aber sie wird dich lehren, Respekt zu zeigen.«

Sekunden später zischte ein beißender Schmerz über meine linke Fußsohle. Ich schrie vor Schreck auf und begann zu strampeln. Doch ich hörte schnell wieder auf, weil mir das Halsband sogleich die Luft abschnürte.

Ein zweiter Schmerz setzte sich auf meine rechte Sohle. Es musste ein Stock sein, mit dem er schlug. Zumindest fühlte es sich so an.

»Bitte!«, schrie ich. »Es tut mir leid!«

Es tat höllisch weh. Dagegen waren seine Klapse von vorhin Streicheleinheiten gewesen. Wie ein Echo hallte der Schmerz nach, während Alex schon zum nächsten Schlag ausholte. Mein Körper versteifte sich. Meine Arme ruderten, bis er sie auf meinem Rücken festhielt. Ich fühlte sein Bein neben mir, spürte seinen Griff an den Händen und bemerkte noch immer die Lust zwischen den Schenkeln. Vor jedem Schlag jagte das Adrenalin durch meinen Körper, der Puls raste, die Muskeln spannten sich an. Meine gesamte Konzentration richtete sich auf den bevorstehenden Schmerz. In mir herrschten Aufregung und Bangen. Bis sie sich mit einem Hochgefühl entluden, als der Schlag mich traf.

Ein letztes Mal platzierte er einen Hieb erst auf die rechte, dann auf die linke Seite. Der Schmerz ebbte ab, dennoch, meine Sohlen pulsierten und die Endorphine wirbelten durch mich hindurch. Meine Stimme war verblasst und meine Scham trotz der erlittenen Schmerzen mit Lust gefüllt.

Nachdem er mich losgebunden hatte, streichelte er mehrmals über meine Schulter und den Rücken. Sanft, zärtlich, beruhigend. Allein diese Gesten weckten in mir das Gefühl, dass er nicht vorhatte, mich ernsthaft zu verletzen. Und sie zeigten mir, dass er mir verziehen hatte. Ich wünschte, er würde nicht aufhören mit Streicheln. Denn obwohl ich wusste, dass es nicht rechtens war, was er mit mir tat und obwohl es meinen Stolz kränkte, ihm unterlegen zu sein, fühlte ich mich auf unerklärliche Weise zu ihm hingezogen. Seine Befehle schickten wohlige Schauer durch meinen Körper. Jede seiner Berührungen machte mich geil. Ob sie nun zärtlich oder hart waren. Es war wie ein Rausch, ein Rausch der Gefühle.

Er erhob sich vom Bett und verstaute die Fesseln im Schrank. Ich drehte mich auf den Rücken und sah ihm zu. Meine Fußsohlen prickelten, sobald sie den Boden berührten. Ich stützte mich auf die Ellenbogen, meine Beine hingen weit gespreizt vom Bett. Ich gewährte ihm den Blick auf meinen intimsten Bereich und ich hoffte, er würde es als Einladung deuten. Ich hoffte, er würde mir endlich das geben, was ich brauchte.

»Du darfst aufstehen«, sagte er.

Ich sah ihn an, doch er erwiderte meinen Blick nicht. Er stand seitlich vor mir, schlüpfte in die Ärmel seines Hemds und knöpfte es zu. Wenn er mich wenigstens ansehen würde. Ich gab ihm doch Anlass, mich erneut zu bestrafen. Warum tat er es nicht?

Dann sah er mich an.

»Steh auf«, sagte er. Sein Blick wirkte gefasst. Oh nein, er hatte mich durchschaut. Er würde mich nicht bestrafen und er würde mich nicht ficken – weil ich es wollte. Mein Gesicht glühte, ich kam mir so dumm vor.

Ich schloss die Beine, stand auf und starrte zu Boden. Schwere lastete auf meinen Gliedern und zwischen meinen Schenkeln klebte die Nässe. Doch zu allem Übel kam ich mir vor wie ein Vollidiot. Weil ich geglaubt hatte, ich könnte ihn bezirzen.

Alex stand fertig angezogen vor mir. Viel zu schnell für meine Gedanken, die noch dabei waren, meine Gefühle zu analysieren.

Er brachte mich zur Tür. Jeff kam gerade die Treppe nach unten und ging nun direkt auf uns zu.

»Ich hoffe, es verlief alles zu Ihrer Zufriedenheit«, sagte er.

»War okay«, entgegnete Alex. »Das nächste Mal wird es sicher wieder ein anderes Mädchen werden.«

7

In dem Moment, als Alex das sagte, spürte ich, wie mein Magen nach unten sackte. Es traf mich, obwohl es mir egal sein konnte. Wie paralysiert ließ ich mich von Jeff zu meiner Zelle führen.

Nachdem er die Tür hinter mir verschlossen hatte, setzte sich Mila auf ihr Bett und schlug ein Buch auf. Sie hatte nur kurz zu mir aufgesehen. Offenbar hatte sie keine Lust, ihr Gift zu versprühen. Ich legte mich auf meine Matratze, zog die Decke bis zum Hals und drehte mich mit dem Rücken zu ihr. Obwohl ich versuchte, an nichts zu denken, spukte Alex wie ein Schreckgespenst durch meine Gedanken. Ständig tauchten Bilder von ihm auf. Ich spürte seine Berührungen, seine Zurückweisung. Fühlte seine zarten Hände, wie sie mich streichelten und seine vernichtenden Worte, wie sie mich ohrfeigten. Ich fragte mich, was ihn an mir gestört hatte. War ich ihm zu starrköpfig gewesen? Fand auch er, dass ich eine dieser typischen Neulinge war, wie Mila mich immer nannte? Oder war es, weil ich mich zum Schluss so angeboten hatte? Dabei hätte ich ihn so gern in mir gespürt. Mehr wollte ich gar nicht.

Noch nie zuvor hatte jemand ein derart lebendiges Verlangen in mir entfacht. Dabei hatte ich schon mit vielen Männern geschlafen. Ich konnte Gefühle und Sex gut trennen. Und in den letzten Jahren hatte ich bei weitem mehr Sex als Gefühle. Während andere jeden Abend ins Kopfkissen geheult hatten, weil es niemanden gab, der mit ihnen die freie Zeit verbrachte, hatte ich Sex. Durchgeplanten Sex, von der Männerwahl bis hin zum eigentlichen Akt.

Ich drehte mich um, weil ich weder an meine Sexerlebnisse noch an Alex denken wollte.

Eine Zeit lang beobachtete ich Mila, wie sie mit angezogenen Beinen auf ihrem Bett saß. Das Buch an die Schenkel gelehnt, Daumen und Zeigefinger zupfend an ihrer Unterlippe. Es schien ein Roman zu sein, den sie las. Mindestens sechshundert Seiten stark. Einen Großteil davon hatte sie schon durch.

»Wie lange bist du eigentlich schon hier?«, fragte ich.

»Warum willst du das wissen?«, entgegnete sie mir gewohnt schnippisch, ohne mich dabei anzusehen. Sekunden später sah sie mich doch an und öffnete langsam den Mund. »Ah, lass mich raten. Du willst wissen, wann du hier wieder raus kommst.«

Ich atmete tief ein und laut wieder aus. Eigentlich wollte ich nur Interesse zeigen. Aber sie hatte recht, ich wollte hier raus. Vor allem, nachdem Alex kein Interesse an mir gezeigt hatte.

»Wer weiß«, fuhr Mila fort und fixierte wieder die gedruckten Zeilen. »Vielleicht kommst du früher raus, als du denkst.«

»Und wie?«

»In zwei Tagen ist der nächste Clubevent. Vielleicht findet sich ein Meister, der dich vom Fleck weg mit nach Hause nimmt.«

»Was geschieht bei so einem Clubevent? Welche Leute sind dort?«

»Es treffen sich Herren und Sklavinnen zum gemeinsamen«, sie sah kurz auf, um mir das Wort »Treiben« diabolisch entgegenzuhauchen. »Dort tummeln sich nicht nur Gäste dieses Hauses, sondern auch Interessierte von außen. Einige bringen ihre Sklaven mit und andere hoffen, einen guten Fang zu machen. Vor allem Neulinge werden beäugt wie frisch geschlüpfte Küken. Du hast also die besten Chancen.«

»Heißt das, ich werde dann verkauft?«

»So in etwa. Aber erst mal musst du es schaffen, jemanden auf dich aufmerksam zu machen. Mit dem ständigen Rumgeheule wirst du es sicher nicht weit bringen.«

Ihre spitze Bemerkung war mir in dem Moment egal. Mich interessierte nur, was sie mir sonst noch darüber sagen konnte.

»Ich komme also hier raus, wenn sich jemand für mich findet?«

Mila hob die Schultern und nickte gleichzeitig mit dem Kopf.

»Und wenn mich jemand mit nach Hause nimmt, werde ich dann mehr Freiheiten bekommen?«

»Das kommt darauf an. Wenn du den Richtigen erwischt und dich entsprechend benimmst, ist das gut möglich. Viele

Herren bestehen sogar darauf, dass ihre Sklavin unter Tags einem Job nachgeht.«

Zumindest ergäben sich neue Fluchtmöglichkeiten, wenn ich aus diesem Bunker hier raus kam.

»Wird Alex auch bei dem Event sein?« Der Gedanke fand den Weg über meine Lippen schneller als mir lieb war.

Mila klappte das Buch nach unten. »Sag bloß, du warst bei Alex!«

»Ja.« Was kümmerte mich, ob auch er zu dem Event ging?

»Ich hoffe, du hast dir nicht die Finger verbrannt«, sagte Mila und fächerte sich mit der Hand Luft zu. »Dieser Kerl ist so heiß.«

»Arrogant und überheblich trifft es wohl besser.«

»Er gibt sich nicht mit jeder zufrieden. Mit so einem Aussehen steht es einem Herrn auch zu, wählerisch zu sein. Den Event lässt er sich bestimmt nicht entgehen. Ich bin mir sicher, er ist, wie viele andere Gäste, auf der Suche nach der perfekten Sklavin. Ob er sie in dir findet, bezweifle ich jedoch.« Mila lehnte ihren Kopf an die Wand und blickte verträumt zur Decke. »Alex braucht eine, die ihre Bestimmung tief in sich trägt, die sich ihm selbstlos und aufopfernd hingibt. Die sich danach sehnt, ihm dienen zu dürfen, jederzeit und jederorts. Die seine Strafen ehrfürchtig entgegennimmt, ja sogar darum bettelt, gezüchtigt zu werden ...«

Irgendwann hörte ich Mila gar nicht mehr zu. Es klang, als würde sie von sich selbst sprechen. Aber in einem Punkt musste ich ihr recht geben: Ich war es wohl nicht, nach der er gesucht hatte. Und genau das kratzte an meinem Ego.

***

»Ich möchte, dass du durch die Tür gehst. Lady Chloé erwartet dich bereits«, sagte Jeff, als er mich am nächsten Tag zum Vergnügungsraum brachte. Ein Ruck jagte durch meinen Brustkorb, als er ihren Namen erwähnte. Konnte es Zufall sein, dass es sich um dieselbe Frau handelte, mit der auch Alex telefoniert hatte?

»Du wirst dich anständig benehmen. Chloé ist streng und scheut nicht davor zurück, dich hart zu strafen.«

Jeff öffnete die Tür und drückte mich in den gedimmten Raum. Ich lauschte der Stille, die mich umgab, nachdem er die Tür wieder geschlossen hatte. Sie saß mit dem Rücken zu mir auf dem Diwan. Eine schwarze, wallende Mähne bedeckte die nackte Rückenpartie.

»Komm zu mir.« Ihre Stimme klang edel, gehaltvoll.

Unter meiner Haut kribbelte es. Ich war aufgeregt, denn ich wollte alles richtig machen. Ich wollte, dass sie mich mochte. Und mich hier rausholte.

Langsam schritt ich auf sie zu. Kalter Schweiß bildete sich auf meiner Stirn. Nach einigen Jahren Übung wusste ich, wie man Männer betört, bis sie sich meiner Anziehung nicht mehr entziehen konnten. Aber wenn es um Frauen ging, befand ich mich eindeutig auf unbekanntem Terrain.

Aufrecht und mit übereinandergeschlagenen Beinen saß sie auf dem Diwan. Ihre schwarz geschminkten Augen schienen mich durchdringen zu wollen, während sie mich mit abschätzendem Blick von oben bis unten musterte. Ich schätzte sie auf Mitte zwanzig und fand, sie war eine äußerst attraktive Frau. Sie wirkte sehr feminin und für Männer war sie wohl der Inbegriff einer Sexgöttin. Um ihre schmale Taille trug sie ein schwarzes Korsett mit abgesteppten Nähten, das ihre üppigen Brüste perfekt zur Geltung brachte. Auf ihrem Schoß lag ein Bündel Lederriemen. Erst als sie die Finger um den Griff legte und mit der anderen Hand die Riemen glattstrich, erkannte ich, dass es eine Peitsche war. Meine Gesäßmuskeln verkrampften sich.

Sie deutete auf einen kleinen, roten Teppich, der vor ihren mit kniehohen Lackstiefeln bekleideten Füßen lag.

»Knie nieder«, sagte sie.

Ihre mit Lipgloss bedeckten Lippen formten sich zu einem Lächeln, als ich vor ihr in die Knie ging.

»Ich möchte dir nicht vorenthalten, was passiert, wenn du dich mir widersetzt. Abgesehen davon hast du ohnehin eine Strafe verdient. Denn den ersten Fehler hast du bereits begangen«, sagte sie während sie eine Augenbraue hochzog und das Kinn eine Nuance anhob. »Es ist dir nicht gestattet, mir mit erhobenem Haupt gegenüberzutreten. Du siehst mich nur an, wenn du sprichst oder ich dich explizit dazu auffordere.«

Woher hätte ich das wissen sollen? Das hatte mir niemand gesagt. Das war doch nicht fair.

»Ich wusste nicht ...«

»Und du sprichst nicht, solange du nicht gefragt wirst!«, unterbrach sie mich. Sie musste ihre Stimme nicht heben, um meine zu übertönen. Ich schluckte trocken und senkte den Blick.

»Jetzt dreh dich um und begib dich auf alle viere. Fünf Schläge hast du dir allein durch deine Missgeschicke verdient.«

Ich presste die Lippen aufeinander und drehte mich von ihr weg. Dann beugte ich den Oberkörper nach unten, bis meine Handflächen den Boden berührten, und streckte meinen Hintern in ihre Richtung. Es fiel mir nicht leicht, mich so ehrfürchtig zu geben, doch ich hatte keine andere Wahl, wenn ich ihre Sympathie gewinnen wollte.

»Senk deinen Brustkorb und leg deine Unterarme auf dem Boden ab.«

Ich tat, was sie von mir verlangte und reckte meinen Aller-wertesten in die Höhe. Tief atmend starrte ich auf die Holz-maserung des Bodens.

Als Chloé die Riemen der Peitsche über die zarte Haut mei-ner Kehrseite gleiten ließ, zuckte ich. Sie zog das Leder zurück und bestrafte mich mit einem ersten Hieb. Ich schrie auf. Ein breitflächiger Schmerz erhitzte mein Gesäß. Zwei weitere nicht weniger scharfe Hiebe folgten ohne Unterbrechung. Obwohl ich die Finger um den Saum des Teppichs krallte, wippte ich bei jedem Schlag nach vorn. Ich biss die Zähne zusammen, um dem dumpfen Schmerz irgendwie entgegenzuwirken. Jedes Mal zwängte sich ein Schrei aus meinem Mund. Mein Hintern pochte. Wieder spürte ich die Schnüre am Steiß. Sanft glitten sie über meinen Rücken. Dann drängten sich Chloés Stiefel in mein Blickfeld. Sie stand direkt neben mir. Halt durch, zwei Schläge noch, sagte ich mir, dann ist es vorüber. Plötzlich fasste sie in meine Haare und drückte meinen Kopf nach unten. Es ziepte und schmerzte, so fest zog sie daran.

»Gesicht auf den Boden«, sagte sie und ließ meinen Schopf erst wieder los, als ich die Wange auf die Dielen gelegt hatte. Wie einen Teppich warf sie mir die Haare über das Gesicht, sodass ich nichts mehr sehen konnte. Ihre Absätze klackerten an mir vorbei und der Boden unter meinem Gesicht wippte bei jedem Schritt.

Eine Zeit lang ließ sie mich schmoren. Ich wusste, es fehlten noch diese zwei Hiebe. Unruhe breitete sich in mir aus, jeden Moment rechnete ich mit dem Schlag. Mein heißer Atem verfing sich in den Haaren und einzelne Strähnen klebten an der Innenseite meiner Lippen.

Plötzlich zog sich der nächste Schmerz über meinen Hintern. Ein weiteres Mal schrie ich auf und wippte nach vorn. Mein Gesicht schob sich über den Boden.

Und wieder ließ sie mich in meiner Pein warten, zögerte den letzten Schlag so lange hinaus, bis ich vor Erwartung bebte. Dann, früher als erwartet, traf er mich. Setzte mich ein letztes Mal in Flammen. So stark, dass mir der Schweiß aus den Poren trat und ich keuchend in mich zusammensackte. Ich fragte mich, ob es an der Peitsche lag, dass es so wehgetan hatte. Oder lag es daran, weil sie so fest zugeschlagen hatte?

»Knie dich vor mich. Du darfst dich auf deine Fersen setzen«, sagte sie.

Ich folgte sofort und neigte den Kopf nach unten. Es war keine Erleichterung, auf den Fersen zu sitzen. Der Schmerz, der noch immer durch den Hintern pulsierte, drückte sich nun noch deutlicher in mein Sitzfleisch.

»Du musst lernen, stillzuhalten. Das nächste Mal wird sich die Strafe verdoppeln, sobald du dich bewegst«, warnte sie mich. »Und jetzt lass deine Zunge über meine Knospe tanzen. Aber streng dich an. Ich möchte ein Feuerwerk der Extraklasse erleben.«

Noch während sie mir mit ihrem Befehl das Entsetzen ins Gesicht jagte, öffnete sie ihre eben noch übereinandergeschlagenen Beine. Ich hatte bis dahin nicht bemerkt, dass sie gar kein Höschen trug, und war im ersten Moment erschrocken.

Ermahnend hob sie ihren Zeigefinger. »Und wage es nicht, mich mit den Händen anzufassen. Während du eine Herrin beglückst, kreuzt du am besten die Arme hinter dem Rücken, wenn sie nicht ohnehin dort gefesselt sind.«

Chloé zog mit der freien Hand die Schnüre der Peitsche lang. Ich zögerte nicht länger. Jeff hatte recht gehabt, sie war streng. Ich erhob meinen Po von den Fersen, beugte mich nach vorn, bis mein Gesicht vor ihrem Venushügel angekommen war, und kreuzte die Handgelenke hinter dem Rücken. Ein betörender Geruch stieg empor, als das rosige Portal ein Stück weit aufklaffte und sich pulsierend meinem Mund entgegendrängte. Durch den ungewohnten Anblick fühlte ich mich plötzlich überfordert. Ich hatte Hemmungen, die Zunge in das faltige Fleisch zu stecken.

Noch ehe ich zurückweichen konnte, hakte sie ihren Finger in den Ring meines Halsbandes und zog mich zu sich. Ich hob den Blick und traf unvermittelt auf Chloés. Ihre Miene war finster und ungeduldig. Mit dem Zeigefinger tippte sie fordernd in Richtung ihrer Mitte, die ebenso ungeduldig auf eine baldige Befriedigung wartete. Ich schloss die Augen und öffnete die Lippen – nur unwesentlich. Sofort ließ ihr Finger mein Halsband wieder los. Ich hatte verstanden, dass ich nicht drum herumkommen würde, die mir erteilte Aufgabe anzugehen. Zögernd schob ich die Zunge zwischen die Schamlippen und begann die weiche Haut zu betasten. Bisher hatte ich keine Neigung gegenüber Frauen verspürt, das war bei Chloé nicht anders. Dennoch fand ich es sonderbar erregend, mit der Zungenspitze das anatomische Neuland zu erkunden, welches bisher nur meinen Fingern vorbehalten blieb. Nämlich einzig und allein an meiner eigenen Anatomie. Es fühlte sich warm und weich an, wie bei einem Zungenkuss.

»Eine Sklavin muss ihrer Domina oder ihrem Dom stets Vergnügen bereiten«, fuhr Chloé mit ihren Belehrungen fort. Ihre Stimme war weicher geworden, was wohl bedeutete, dass ich meine Aufgabe zufriedenstellend meisterte.

»Du hast deine Beine immer gespreizt, egal ob du kniest, sitzt oder liegst. Dein Herr oder deine Herrin muss ständigen Zugang zu deinen Körperöffnungen haben.«

Sie beendete ihre Belehrung mit einem Peitschenhieb auf meine Schulter. Ich wusste, was sie damit sagen wollte. Ohne die Zunge von der warmen, glitschigen Stelle zu nehmen, spreizte ich die Beine. Ein kalter Luftzug überflog den Tau auf meiner Vulva.

Chloé stöhnte, als ich meine Zunge in schnellem Tempo um ihre Klitoris schnellte und anschließend tief in ihren Schlitz tauchte, um auch dort Freude zu entfachen. Irgendwie fand ich Gefallen daran. Ich durfte nur nicht drüber nachdenken. Denn es war demütigend einer Frau, die jünger war als ich, auf diese weise Lust zu bereiten. Dennoch ließ das erotisierte Blut meine eigenen Schamlippen anschwellen. Ich wusste, dass ich feucht war, und ich hoffte, baldigst die gleiche Erlösung zu bekommen, die ich Chloé soeben bescherte.

Ein Zucken jagte durch Chloés Körper, ehe sie mich am Schopf packte und unwirsch von sich warf.

Ihr Arm hing schlapp von der Lehne. Sie formte ihre Lippen zu einem Lächeln, dann erst öffnete sie die Augen. Schnell neigte ich den Kopf nach unten. Mein Speichel und die Nässe ihrer Lust hafteten an meinem Mund, aber ich traute mich nicht, sie wegzuwischen.

»Bring mir meinen Rock.« Ihre Stimme schwächelte noch unter dem Nachklang des Höhepunkts. Sie hob den Zeigefinger an und deutete auf das Bett hinter mir.

Ich drehte mich um und erblickte etwas Schwarzes, das auf dem Bett lag. Gerade als ich mich erheben wollte, trafen mich erneut ihre Worte, diesmal kräftiger. »Habe ich gesagt, du sollst aufstehen?«

Mit großen Augen sah ich sie an und schüttelte den Kopf. Wie sollte ich denn dann ...? Sie hob eine Braue und trommelte mit den Fingern auf der Peitsche.

»Nein, Herrin, das haben Sie nicht.«

»Auf allen vieren, na los!«

Wie bitte? Ich war doch kein Hund!

Doch ich spielte mit. In der Hoffnung, dass sie dadurch Gefallen an mir finden würde und mich mit zu sich nach Hause nahm. Auch wenn mir lieber war, ein Mann würde mich aus diesem Gefängnis befreien. Alex zum Beispiel. Wieder fiel mir das Telefonat ein, das er geführt hatte. Konnte es tatsächlich diese Chloé sein, die sich offenbar für das selbe Geschlecht interessierte? Welches Verhältnis könnten sie zueinander haben?

Ein süffisantes Lächeln lag auf Chloés Lippen, als ich den ledernen Minirock, in meinen Mund geklemmt, zu ihr trug – so, wie sie es von mir verlangt hatte. Zärtlich streichelte sie die Schnüre der Peitsche, als wäre sie ein schnurrendes Kätzchen.

»Stell dich aufrecht hin, mit dem Rücken zu mir«, forderte sie, nachdem sie den Rock aus meinem Mund gezogen hatte.

Ich folgte ihrer Aufforderung und lauschte dem Rascheln, als sie sich anzog.

Kurz darauf nahm ich sie direkt hinter mir wahr. Mit der Handfläche begann sie, meinen Körper zu erkunden. Sie streichelte über meinen Rücken, die Schulter, hinunter über meinen Arm und die Hüfte. Anfangs spannte sich in mir noch jeder Muskel an, doch das legte sich bald. Denn ihre Berührung fühlte sich so zart und leicht an, so anders als bei einem Mann. Gänsehaut breitete sich auf den berührten Stellen aus und ein warmer Schauder schwappte durch meinen Körper. Plötzlich griff sie grob in meine Haare und zog meinen Kopf in den Nacken. Ich roch ihr süßliches Parfüm und spürte ihren Atem an der Wange, als sie mir ins Ohr hauchte: »Öffne deine Beine, Sklavenmädchen.«

Gleichzeitig landete ein Peitschenhieb auf meinem Hintern.

Ich hasste es, wie sie mich nannte. Trotzdem zögerte ich nicht und spreizte die Beine. Sie trat vor mich. Glitt mit den

Fingern über meine Nippel und den Bauch, bis hin zu meinem Venushügel. Mit den Riemen der Peitsche fuhr sie mir zwischen die Beine und schüttelte das Schnürwerk über meinem Schambereich. Ein wohliger Schauer durchzuckte mich. Wie Regen prasselten die Schnüre auf meine Klitoris. Es war ein berauschendes Gefühl. Ständig zuckten kleine Blitze durch meinen Schoß. Ein flackerndes Verlangen durchdrang meine Mitte und zog sich bis in die Oberschenkel. Ich hatte Mühe, still zu halten, mein Körper stand kurz davor, wegzufließen. Es war so ein geiles Gefühl, von dem ich nicht genug haben konnte.

»Ich erwarte, dass du dich ab sofort an das hältst, was ich dich gelehrt habe. Hast du mich verstanden?«

Wie in Watte gepackt erreichten mich ihre Worte, denn sie hörte nicht auf, meine Klitoris mit der Peitsche zu stimulieren.

»Wenn du gefragt wirst, antwortest du unverzüglich und ohne Umschweife.«

»Ja«, sagte ich schnell, scheute aber davor zurück, sie anzusehen. Weil ich Angst hatte, sie würde mir die Lust entziehen, sobald sie das Verlangen in meinen Augen funkeln sah. Ohne die Peitsche abzuwenden, griff Chloé erneut in meine Haare und zog sie nach unten, sodass sich mein Kopf hob und ich ihr in die Augen sehen musste. Die Lust an meiner Scham übertönte den Schmerz, und das Gefühl, dass beides meine Aufmerksamkeit forderte, zerriss mich auf unerklärlich, erregende Weise.

»Sieh mich gefälligst an! Und gib mir eine anständige Antwort.«

»Ja, Herrin, ich werde mich ... daran halten«, säuselte ich. Meine Knie zitterten. Mein ganzer Körper verzehrte sich nach der Erlösung, die schon dabei war, den Gipfel der Ekstase zu erklimmen.

Als hätte sie es an meiner Mimik erkannt, dass ich kurz davor war, hörte sie auf, mit der Peitsche zu fächern. Nein, hauchte ich lautlos. Sie ignorierte mein Seufzen und Wimmern und trat einen Schritt zurück. Meine Scheide schnappte wie ein Fisch, den man aus dem Wasser gezogen und an Land liegen gelassen hatte.

»Dreh dich um, beug dich nach unten und umfasse deine Knöchel. Zwei Schläge erhältst du dafür, weil du mir deinen Blick und eine ausführliche Antwort verweigert hast.«

Anstatt dass es Angst in mir ausgelöst hätte, heizte die bevorstehende Strafe meine Erregung noch weiter an. Meine Scham fühlte sich heiß und prall an, als wäre sie vollgepumpt, wie ein Ballon. Insgeheim hoffte ich sogar, einer der Riemen würde meinen intimen Bereich erwischen und die beinahe schmerzlich aufgestaute Lust endlich zum Explodieren bringen.

Doch beide Schläge trafen exakt auf meinen Hintern. Ich hätte heulen können. Nicht, weil es so wehgetan hatte, sondern weil meine Begierde mich innerlich zerriss.

»Verlasse den Raum, ich bin fertig mit dir.«

»Was?« Ich wollte nicht glauben, was ich gerade gehört hatte. Sie wollte mich entlassen, ohne dass ich kommen durfte?

»Und noch etwas«, fuhr sie fort. »Ich verbiete dir, dich selbst zu berühren. Einzig deine Herrin oder dein Herr hat das Privileg, dir diese Erlösung zu verschaffen. Auf welche Weise auch immer. Sollte mir zu Ohren kommen, dass du dir selbst Befreiung verschafft hast, lasse ich dich auspeitschen, bis du dich vor Schmerzen windest.«

***

Ich konnte es kaum fassen. Stand es mir nicht zu, nachdem was ich für sie getan hatte?

Selbst als ich wieder in der Zelle war, pochte die Erregung noch immer zwischen meinen Schenkeln.

Unter der Dusche übermannte mich schließlich der Gedanke, mich ihrem Verbot zu widersetzen. Das Wasser perlte verheißungsvoll über meine erigierten Brustspitzen. Das Rauschen des Strahls flüsterte mir zu: »Tu es!«

Ich ließ den Schwamm zwischen die Schamlippen gleiten. Sofort überflog mich ein Gefühl des freien Falls, hinab ins Tal der Glückseligkeit. Gierig rieb ich über meine empfindsame Stelle, als mir mit einem Mal bewusst wurde, was Mila gemeint hatte, als sie sagte, man müsse Mumm haben, wenn man sich unterwirft.

Ich wollte stark sein und alles hinnehmen. Damit ich gefiel und nicht bestraft wurde. Doch ich war es nicht. Nicht jetzt, wo meine Hand dabei war, endlich meinen Rausch zu stillen.

Sekunden später tauchte ich ein, in das fantastische Gefühl des freien Falls. Es ging so schnell, viel zu schnell. Mein Leib vibrierte unter der starken Brandung. Ekstase zuckte durch meine Glieder. Ich versteifte mich, schaffte freien Durchgang für die Wellen, die durch meinen Körper strömten, bis hinab in die Zehenspitzen. Meine eben noch erstarrten Muskeln gaben langsam nach und wogen mich in den Zustand der Schwerelosigkeit. Ich sackte an die Wand, das Wasser strömte wie ein leichter Wind über meine Haut, wiegte mich noch eine Weile in dem schönen Gefühl des Friedens.

Als ich die Augen öffnete, sah ich Mila, wie sie vor mir stand und mich mit offenem Mund anstarrte.

Mein Herz machte einen Satz. »Bitte verrate mich nicht«, flehte ich sie an.

»Ich werde nicht lügen, wenn man mich fragt. Denn würde

ich lügen, wäre ich ebenso respektlos wie du.«

Sie stülpte sich ein Haargummi übers Handgelenk und verließ mit erhobenem Haupt das Bad.

Ich stand da wie ein begossener Pudel. Das Wasser tropfte von den Haaren und Kälte überzog meine Haut. Ich hob den Schwamm auf und hängte ihn zurück an den Haken. Dann griff ich nach dem Handtuch und legte es mir wie einen Umhang um die Schultern.

Eine Zeit lang blickte ich meinem Spiegelbild entgegen. Registrierte, wie es mich ansah – mein schlechtes Gewissen.

Chloé war streng und ich wusste, dass es keine leere Drohung gewesen war. Sie würde mich peitschen lassen. Aber nicht, um mir Lust zu bereiten, sondern um mir ihre Härte zu demonstrieren. Es war nur eine Frage der Zeit, wann Mila ihrer Pflicht nachging und unser ohnehin schon wackeliges Verhältnis komplett entzweite.

8

Am späten Nachmittag des nächsten Tages sollten wir für den Clubevent, der an diesem Abend stattfand, vorbereitet werden. Jeff führte Mila und mich in einen hellen, langen Raum. An der Längsseite hingen große Spiegel. Es roch nach Föhnluft und Haarspray. Ein Mann und zwei Frauen mit schwarzen Hosen und Poloshirts standen an höhenverstellbaren Stühlen. Die Shirts waren an der Brust mit einem gelben Logo bestickt und an ihren Hüften hing eine Umhängetasche mit Scheren, Kämmen und Rundbürsten. Ich kam mir vor wie in einem Friseursalon. Eine junge Frau mit rotblonden Haaren saß auf dem mittleren Stuhl, drehte sich aber nicht zu uns um. Ihre Haare waren zu einem Dutt gebunden, an dem ein dünnes Lederband baumelte. Sie musste eine von uns sein, denn bis auf die Manschetten an Hals und Händen war ihre bleiche Haut unbedeckt.

Jeff drängte mich zu einem der äußeren Stühle. Sobald ich darauf saß, befestigte er meine Handmanschetten an den Armlehnen. Ein mulmiges Gefühl beschlich mich. Ich hatte plötzlich Angst, der Mann mit den gegelten Haaren und der schwarz umrahmten Brille könnte mir die Haare abschneiden. Obwohl ich wusste, dass es mir unmöglich war, die Arme zu heben, riss ich daran. Ein leises Klirren quittierte meinen Versuch, als die Ringe der Manschetten an das Edelstahl der Lehnen stießen. Mehr als ein paar Zentimeter konnte ich sie nicht anheben.

»Bitte nicht schneiden«, flehte ich.

Kaum merklich schüttelte der Mann mit den gegelten Haaren den Kopf und setzte ein vertrauenswürdiges Lächeln auf. Dann hielt er eine Haarbürste und ein Lederband in die Höhe. Es war das gleiche Band, das auch die Rothaarige neben mir in den Haaren trug. Erleichtert atmete ich auf.

Mila wurde der letzte freie Stuhl zugewiesen. Jeff verzichtete darauf, ihre Handgelenke zu fixieren. Warum auch, Mila nahm ihre Rolle als folgsame Sklavin sehr ernst. Zu ernst, wie ich nach meiner gestrigen Privatsession erleben durfte.

Mit festem Zug begann der Mann hinter mir meine Haare zu bürsten. Im Spiegel konnte ich das Gesicht der Rothaarigen sehen. Die Kopfform war rundlich, Nase und Mund zierlich. Ihre Augen waren schwarz geschminkt und halb geschlossen, als würde sie sich langweilen. Mit einem dicken Pinsel gab die Frau im Poloshirt Rouge auf ihre Wangen.

Dann bemerkte die Rothaarige meinen Blick und öffnete die Augen. Ein sattes Blau funkelte mir entgegen. Sie wirkte entspannt und lächelte mir zu. Nur halbherzig erwiderte ich ihr Lächeln. Ich wendete den Blick ab und beobachtete den Mann hinter mir, wie er unablässig an meinen Haaren zerrte. Auch ich bekam einen Dutt, in den er das Lederband knüpfte.

Währenddessen stand die Rothaarige von ihrem Stuhl auf und verließ den Raum durch einen bordeauxroten Samtvorhang, der einen Türbogen verdeckte.

Sekunden später trat durch denselben Vorhang eine andere Frau mit kurzen, blonden Haaren und üppigen Kurven, die in einen eng anliegenden Catsuit aus transparentem Latex gezwängt waren. Durch die glatte, glänzende Oberfläche wirkte ihr Körper wie Plastik. Sie setzte sich neben mich auf den freien Frisierstuhl. Liebend gern hätte ich das Material berührt, das sich wie eine zweite Haut an ihren nackten Körper schmiegte. Ich fragte mich, wie es sich wohl anfühlte, würde ich es selbst auf der Haut tragen.

Während der Visagist mein Gesicht mit Make-up betupfte, blinzelte ich wieder zur Latexlady und riss entsetzt die Augen auf.

Ähnlich einer Badehaube, zog ihr die Frau im Poloshirt eine hautfarbene Silikonhaube über den Kopf und krempelte sie über ihr Gesicht nach unten bis zum Schlüsselbein. Kein Flecken Haut oder Haar war mehr zu sehen. Sogar ihre Augen waren bedeckt. Lediglich zwei kleine Löcher an Nase und ein großes, rundes Loch am Mund ließen Luft zum Atmen. In die Öffnung am Mund war offenbar ein Ringknebel eingearbeitet, der sich hinter ihre Zähne stülpte und die verdeckten Lippen zu einem O formte.

Ich war so fasziniert, dass ich gar nicht mehr wegsehen konnte. Entgegen meiner Annahme schien die Frau kein Problem damit zu haben, was mit ihr geschah. Ihre mit fingerlosen Latexhandschuhen bekleideten Hände lagen frei beweglich auf der Stuhllehne. Die Beine standen gespreizt und ausgestreckt vom Stuhl weg, sodass lediglich ihre Fersen den Boden berührten. Erst jetzt bemerkte ich die Öffnung am Schritt des Latexanzugs.

Als wollte mein Visagist mir den Anblick ersparen, drückte er meinen Kopf nach oben, woraufhin ich mich wieder mit ihrem Spiegelbild begnügen musste. Ich konnte mir ein Schmunzeln nicht verkneifen. Da Nase und Ohren der Latexfrau als Erhöhungen erkennbar waren, sah ihr Kopf aus wie eine verbeulte Bowlingkugel.

Sichtlich genervt drückte der Visagist erneut mein Kinn nach oben und fing an, meine Augen zu schminken. Mit einer Palette Lidschatten in der Hand forderte er mich auf, die Augen zu schließen. Ich tat ihm den Gefallen.

Während ich die Augen geschlossen hielt, hörte ich ein Geräusch, als würde jemand unaufhaltsam Haarspray versprühen. Erst als ich die Augen wieder öffnete, erkannte ich, woher das Geräusch stammte. Mit einer Airbrushdüse malte die Frau im Poloshirt große blaue Augen auf die Silikonhaut meiner Sitznachbarin. Auf dem Kopf trug sie inzwischen eine Perücke, deren glatte, blonde Haare bis zur Brust reichten.

Ich kicherte, als ich begriff, dass man aus ihr eine lebendige Gummipuppe machte. Mein Visagist räusperte sich und klopfte den Rougepinsel gegen seine Handkante.

Nach dem letzten Pinselstrich löste er meine Handmanschetten von den Armlehnen. Seine Stirn war in Falten gelegt, in denen winzige Schweißperlen hafteten. Ob es wegen mir war? Er bat mich aufzustehen und sagte, ich sollte neben dem Vorhang warten, bis ich geholt würde.

Auch Mila stand auf. Bis auf die scharlachroten Lippen war sie im Gegensatz zu mir dezent geschminkt. Auf ihren Warzenhöfen klebten schwarze Nippelpads, an denen Fransenquasten baumelten. Und passend zu dem Häubchen aus Spitze, das man in ihre Haare gesteckt hatte, wurde ihr nun noch ein Schürzchen umgebunden, das gerade mal ihren Schambereich verdeckte. Sie sah aus wie die Kellnerin einer Burlesque-Show.

Es dauerte nicht lange und Jeff kam durch den Vorhang. Er umklammerte meinen linken Oberarm und brachte uns in einen weitläufigen Raum, der mindestens doppelt so groß war wie der Vergnügungsraum. Mehrere rote Lounge-Sofas, die an den braunen Wänden standen, wurden von Wandleuchten im Tiffanystil erhellt. Bei jedem Schritt sanken meine Füße in den weichen Flor des Teppichbodens, der sich über den gesamten Raum erstreckte. Ob er braun oder eher dunkelrot war, konnte ich nicht eindeutig erkennen, weil das Licht dafür zu schwach war. In der Raummitte knisterten auf einer offenen Kaminstelle große aufflammende Holzscheite. Die akzentuierte Beleuchtung und die klassische Musik im Hintergrund schufen ein gediegenes Ambiente, ähnlich einem Casino.

Im vorderen Bereich des Raumes befanden sich nur eine Handvoll Frauen. Sie alle trugen dasselbe Outfit wie Mila. Einige von ihnen standen hinter der langen Bar und räumten Gläser aus den Regalen, andere warteten mit Tabletts an Bistrotischen, die entlang der Bar verteilt waren.

Während Mila sich mit einem Tablett voller Champusgläser an einen der Bistrotische zu stellen hatte, führte mich Jeff an der Feuerstelle vorbei in den hinteren Teil.

Unter einem Lichtkegel sah ich die Rothaarige und ahnte, was mir bevorstand. Man hatte sie im Vierfüßlerstand auf einen Wagen mit Rollen geschnallt. Ihr Kopf war geradeaus gerichtet, die Augen hielt sie geschlossen. Vielleicht war ihr Blick auch nach unten gerichtet, das konnte ich nicht genau erkennen. Aber es war mir auch egal, mich beschäftigte mehr, dass mir dasselbe Schicksal blühte und das wiederum behagte mir gar nicht. Zumal ich auch nicht wusste, wozu das Ganze.

Jeff umklammerte meinen Arm fester. Vermutlich, weil er damit rechnete, dass ich gleich losrennen würde. Am liebsten hätte ich es getan. Mir erschien alles äußerst bizarr. Vor allem diese runden Käfige in den Ecken. Doch Jeff ließ mir keine Wahl. Er drängte mich zu dem freien Wagen, der ebenfalls von einem Deckenspot beleuchtet war.

»Versuch dich zu entspannen. Es erwartet dich ein Erlebnis, an das du dich noch lange zurückerinnern wirst«, sagte er, nachdem er mich auf den gepolsterten Wagen gezwungen hatte und gerade meine Knöchel, Kniekehlen und Handgelenke mit Lederriemen daran fixierte. Meinte er das im positiven oder negativen Sinne?

»Und was wenn ich nicht will?«

»Es ist besser für dich, wenn du dich fügst. Ansonsten wirst du diejenige sein, die wir am Schluss der Veranstaltung auspeitschen werden.«

Okay, auch das behagte mir nicht.

Er griff in seine Hosentasche und holte einen Ballknebel heraus. Ehe ich protestieren konnte, steckte er schon in meinem Mund.

»Ich bin gleich wieder da. Ich habe noch eine besondere Überraschung für dich.«

Er streichelte mir über den Kopf und ging Richtung Vorhang. Obwohl ich nicht wusste, was mich erwarten würde, verspürte ich ein Ziehen zwischen den Beinen und meine Scham begann spürbar anzuschwellen.

Als Jeff wiederkam, glitzerte etwas Silbernes in seinen Händen. Es war ein Metallhaken in der Größe einer Brechstange.

Am gebogenen Ende saß eine Kugel, nicht größer als ein Golf-
ball, und am langen Ende hing ein Lederriemen, der identisch
war mit dem an meinem Dutt.

»Ich werde dir diesen Analhaken einführen. Lass ganz locker,
dann tut es nicht so weh. Das Kalte, das du gleich spüren
wirst, ist nur Gleitmittel.«

Oh Gott, mit so was hatte ich gar nicht gerechnet. Ich
rüttelte an meiner Fesselung, wollte ihm sagen, dass ich nicht
dazu bereit war. Doch mehr als ein Glucksen brachte ich an
dem Ball, der meinen Mundraum füllte, nicht vorbei. Sanft
streichelte er über meinen Hintern. Dann spürte ich das kalte
Gel am Anus und krampfte sämtliche Muskeln zusammen.
Mit kreisenden Bewegungen verrieb er es über meine enge
Öffnung. Mühelos glitt sein Finger ein Stück weit in mein
Inneres. Ein wohliger Schauer ergriff mich und breitete sich
bis hin zu meiner Kehle aus, die diese milde Welle mit einem
Seufzen entließ. Bis jetzt war es nicht schlimm, doch die Kugel
war um einiges dicker als sein Finger. Vorsichtig dehnte er die
Öffnung, indem er noch einen zweiten Finger in mich schob.
Mein Atem stockte, ich brachte keinen Ton heraus. Es begann
fürchterlich zu brennen und ich war mir sicher, mein Anus
war gerissen. Behutsam tastete Jeff sich weiter vor, spreizte hin
und wieder seine Finger und verstärkte das Brennen. Dann
zog er sie nacheinander raus. Wieder drängte sich etwas Kaltes,
Glitschiges an meinen Anus. War das die Kugel? Ich bemühte
mich, ruhig zu atmen. Wenn ich mich entspannte, würde es
bestimmt nicht so wehtun.

»Versuch zu pressen, während ich die Kugel in dich schie-
be«, sagte Jeff.

Ich presste und spürte die losgelöste Welle, als der Fremdkörper in mich tauchte. Mein Muskel wehrte sich gegen den

Eindringling, versuchte ihn unentwegt herauszudrücken. Der Haken fixierte sich und etwas Dünnes, Hartes legte sich zwischen meine Pobacken.

Ich sah nach hinten, soweit es ging. Das lange Ende des Analhakens ruhte entlang der Wirbelsäule auf meinem Rücken. Jeff nahm das daran festgebundene Lederband und zog gleichzeitig am Band, das an meine Haare geknotet war. Der straffe Zug zwang meinen Kopf nach hinten, sodass mein Gesicht nach oben zeigte. Meine hintere Öffnung brannte, der Druck am Anus war kaum auszuhalten. Ich schwitzte aus allen Poren und wünschte, mein Gesäß würde sich bald an diesen Haken gewöhnt haben. Einige Male zurrte er am Lederband, bis es etwas nachgab und ich den Kopf wieder ein Stück nach unten senken konnte. So weit, dass ich geradeaus sah. Gleichzeitig zwang mich der Haken in ein leichtes Hohlkreuz und hinterließ einen ziehenden Druck, der sich verstärkte, sobald ich den Kopf auch nur einen Zentimeter nach unten bewegte. Jeff befreite mich vom Knebel und lächelte mich an.

Ich war so konzentriert auf das, was in meinem Körper steckte, dass ich ihm sprachlos hinterherblickte. Er ging zur Bar und wies gestikulierend die Burlesque-Frauen an.

Ich fühlte mich hilflos, ausgeliefert und bereitgestellt für die lüsterne Meute, die nun zunehmend den Raum füllte.

Mein Atem stockte, als ich plötzlich Chloé erblickte. Sie stolzierte von einem Tisch zum nächsten, immer darauf bedacht, die Blicke der Anwesenden einzufangen. Mit einem aufgesetzten Grinsen begrüßte sie einige der Gäste, reichte ihnen die Hand und tauschte Worte aus, begleitet von einem Lachen, das bis zu mir nach hinten drang.

Erst als sie sich an einen freien Bistrotisch vorgeschoben hatte, bemerkte ich, dass sie in Begleitung war. An einer Kette, die sie um ihr Handgelenk gewickelt hatte, hofierte sie einen Sklaven in geduckter Haltung. Die Kette hing an seinem Halsband, das rundherum mit silbernen Stacheln besetzt war. Er trug einen schwarzen Lackanzug mit ausgesparten Hinterbacken. Chloé fächerte einmal mit der Hand, schon reichte er ihr ein Vorhängeschloss. Brav stand er da, während Chloé die Kette mit dem Tischbein verband. Dann sah sie durch die Menschenmenge.

Am liebsten hätte ich den Kopf gesenkt, damit sie mich nicht erkennen konnte, doch der Haken hinderte mich daran. Chloé musste sich nur zur Seite drehen und schon hätte sie ungehinderte Sicht auf mich. Ich ließ den Blick durch den Raum schweifen, suchte nach Mila und hoffte, ich würde sie außerhalb Chloés Reichweite finden. Ich entdeckte sie schließlich an der Bar, wo sie leere Gläser gegen volle tauschte. Sie standen nur wenige Meter voneinander entfernt. Ständig sah ich hin und her, ließ keine von beiden aus den Augen. Ich konnte nur hoffen, dass sich Mila anderen Gästen zuwendete. Zumindest waren genügend da. Die meisten standen vorn an den Bistrotischen und unterhielten sich lautstark. Von den Kellnerinnen ließen sie sich mit Champagner und Häppchen verwöhnen. Schwappte versehentlich ein Glas über oder fühlte sich ein Gast nicht aufmerksam bewirtet, wurde die Kellnerin an Ort und Stelle bestraft. Sie musste sich nach unten beugen und kassierte mit einem breiten Lederriemen, den sie auf dem Tablett trug, einen Hieb auf ihr entblößtes Hinterteil.

Gerade als ich eine Kellnerin beim Entgegennehmen ihrer Strafe beobachtet hatte, und sie sich wieder aufrichtete, sah ich Alex hinter ihr vorbeihuschen. Ich hielt den Atem an. Mein Herz trommelte gegen den Brustkorb. Hitze stieg in mir auf. Warum faszinierte mich dieser Idiot nur so?

Als würde er jemanden suchen, irrte er durch die Menge. Eine Frau, die er zu kennen schien, hielt ihm ein Champagnerglas entgegen, das er mit wenigen Worten und einem breiten Lächeln ablehnte. Immer wieder zogen ihn Gäste zu sich, um ihn in ein Gespräch zu verwickeln. Bis Chloé in seine Richtung winkte und er lächelnd auf sie zu schritt. Mein Magen zog sich zusammen, als er ihr ein Küsschen auf die Wange drückte.

Ich fixierte ihn wie ein wildes Tier. Dann plötzlich sah er zu mir. Das Blut schoss in meinen Kopf und mein Herz bemühte sich, mit Pumpen nachzukommen. Ich wollte wegsehen und spürte sofort das Ziepen an den Haaren und den Druck im Hintern.

Während Chloé unentwegt auf Alex einredete, ruhte sein Blick auf mir. Ein Lächeln zeichnete sich auf seinen Lippen ab und mich beschlich das Gefühl, dass nicht Chloé der Anlass war. Er formte Worte mit dem Mund, dann sah auch Chloé zu mir.

9

Ich öffnete die Lippen, um mehr Luft zu bekommen, als Alex und Chloé nach einem kurzen Wortwechsel ihre Gläser auf dem Tisch abstellten und in meine Richtung schritten. Mein Herz kam mit Pumpen kaum noch hinterher und irgendwie hoffte ich, dass ich mich geirrt hatte, und sie gar nicht mich angesehen hatten. Alex gab Theo, der gerade eine Kiste Spirituosen hinter den Tresen trug, Handzeichen, woraufhin dieser nickte. Er stellte die Kiste ab und trat hinter der Bar hervor.

Alex deutete zuerst auf die Rothaarige und mich, dann auf eines der Sofas. Oh nein, das war eindeutig. Er hatte mich gemeint.

Theo kam zu mir, ging vor mir in die Hocke und holte irgendetwas unter dem Wagen hervor. Er stand auf und hielt ein langes Seil in der Hand. Plötzlich erfasste mich ein Ruck und der Wagen setzte sich in Bewegung. Wie ein Schaukelpferd zog er mich über den Teppichboden. Hin zu einem der Sofas, auf dem Alex und Chloé Platz genommen hatten. Sie lachten und alberten herum. Obwohl ich spürte, dass sie nicht meinetwegen lachten, schämte ich mich. Mein Gesicht fühlte sich ganz heiß an.

Chloé deutete mit dem Zeigefinger zu ihrem Schoß und raffte das Kleid hoch, bis sich ihre mit Strapsen bekleideten Beine zeigten. Als sie diese spreizte, schob mich Theo genau dazwischen. Ich glaubte mich in einem Déjà-vu, als ich ihre rosarot glänzende Scham vor Augen hatte. Sie rutschte noch ein Stück tiefer, sodass mein Mund nur wenige Millimeter von ihrer Perle entfernt war. Auf ihrem Unterbauch legte sie ihre Peitsche ab und streichelte einmal über die Riemen, als wollte sie mich warnen. Ich hob den Blick und sah Alex. Er setzte sich gerade auf, um seine Hose zu öffnen. Aus dem Augenwinkel konnte ich die Rothaarige erkennen, Theo hatte sie zwischen Alex' Beine positioniert. Ich ärgerte mich, dass nicht ich an ihrer Stelle war. War ihm Chloé zuvorgekommen? Oder hatten sie sich abgesprochen?

»Worauf wartest du?«, hörte ich Chloé. »Leck mein Fötzchen.«

Ich spürte Wut in mir aufsteigen. Ihre gebieterische Art und die Weise, wie sie mit mir sprach, widerstrebte mir. Aber was blieb mir anderes übrig? Weder konnte ich weglaufen, noch den Kopf zur Seite drehen. Und bevor sie mich die Peitsche spüren ließ, tat ich lieber, was sie von mir verlangte. So konnte ich Alex wenigstens zeigen, was er versäumte.

Langsam öffnete ich die Lippen und streckte die Zunge aus, bis sie auf das zarte Fleisch traf. Ich schielte nach links. Gierig lutschte die Rothaarige an Alex' Glied. Plötzlich bemerkte ich, dass er mich ansah. Erschrocken richtete ich den Blick wieder nach vorn auf die neunschwänzige Katze. Zumindest glaubte ich, dass es eine war.

Ich züngelte über Chloés empfindsamste Stelle, während sie sich mit Alex über irgendwelche Investitionsgeschäfte unterhielt. Beinahe mechanisch erfüllte ich meine Pflicht und lauschte dem Gespräch. Ich erfuhr, dass Chloé ein Bordell besaß, das gerade umgebaut wurde.

»Ich habe für die Eröffnung ein paar Highlights geplant. Es ist wirklich schade, dass du nicht kommen kannst, Alex. Und verschieben kann ich sie auch nicht mehr, weil die Einladungen schon alle draußen sind. Aber ich bestehe darauf, dass du ein anderes Mal vorbeischaust.«

Sie legte ihre Hand auf seinen Schenkel und streichelte in Richtung seines Glieds, an dem die Rothaarige eifrig zugange war. Lief da etwas zwischen Chloé und Alex? Diese Geste war eindeutig.

»Die Gelegenheit wird sich finden«, sagte Alex.

Mein Blick wanderte nach oben. Da bemerkte ich, dass auch er mich ansah. Als sich unsere Blicke trafen, legte er den Kopf in den Nacken. Warum sah er mich immer an?

»Ah«, stöhnte er, »mein Mädchen macht das gut, ich werde sie später noch dafür belohnen müssen.«

»Ich wünschte, ich hätte mich für deine entschieden«, sagte Chloé. »Meine ist noch lange nicht so weit.« Ihre Hand umklammerte den Griff der Peitsche. Ich sah noch, wie sich die Riemen vor meinen Augen bewegten, dann traf der harte Schlag auf meine Schulter. Ich zuckte zusammen.

»Streng dich mal an. Ich möchte nicht noch eine Stunde hier sitzen müssen!«

Ich kniff die Augen zusammen und beschleunigte mein Tempo. Noch immer fühlte ich den Schlag auf meiner Schulter. Am liebsten hätte ich ihr in den Kitzler gebissen. Wie konnte sie mich nur so bloßstellen, meine Zunge hing ohnehin schon wie Blei aus dem Mund.

Ihre Hand griff erneut nach der Peitsche. Nein, bitte nicht noch einmal. Zügig umkreiste ich ihren Kitzler, leckte immer wieder über das weiche Fleisch. Mit den Lippen sog ich die Klitoris kurz ein und ließ sie wieder frei. Ich versenkte die Zunge in ihrer Vagina und bemerkte, wie Alex mich schon wieder ansah. Sein Kopf lehnte an der Rückenlehne und ein Hauch von einem Lächeln umspielte seine Mundwinkel. Lächelte er mich etwa an? Oder war es, weil die Rothaarige so gut war? Chloé redete auf ihn ein, doch er schien nicht wirklich zuzuhören. Antwortete nur mit einem flüchtigen »Ja« oder gab zustimmende Laute von sich. Und die ganze Zeit über sah er mich an.

Warum hörte sie nicht auf zu quatschen? Sie sollte sich lieber auf die Stelle konzentrieren, um die ich mich gerade ausgiebig bemühte. Kein Wunder, dass meine Mühe nicht fruchtete.

Endlich wurde sie stiller und ich entlockte ihr ein erstes Stöhnen. Dann packte mich der Eifer. Ich wollte sie vor Alex zum Jaulen bringen. Unaufhaltsam leckte ich über die glitschige Stelle, bis Chloé lüstern ihr Becken hob. Das Lederband zerrte an meinen Haaren und der grelle Schmerz an meiner Rosette verstärkte sich, je mehr ich mich vor und zurück bewegte. Doch ich wollte gegen die Rothaarige gewinnen. Ich wollte, dass Alex es bereute, nicht mich genommen zu haben.

Ich wusste, dass er immer noch zu mir sah. Ich spürte es. Doch ich ließ mich nicht beirren. Chloés Stöhnen trieb mich an, forderte mich heraus. Wieder sog ich an ihrem Kitzler, zärtlich aber konsequent. Ich schloss die Augen und konzentrierte mich nur auf mein Zungenspiel. So lange, bis sie unter mir zerfloss. Ihr Leib zitterte, durchtrieben von den Wellen der Erlösung und ihre Vulva pulsierte noch lange nachdem sie gekommen war.

Ich nahm meine Zunge von ihr und schluckte den seidigen Geschmack hinunter. Enttäuscht stellte ich fest, dass Alex bereits fertig war. Sein Glied ruhte halb erigiert auf seiner Bauchdecke. Während die Rothaarige mit gesenktem Blick und starr wie eine Statue neben mir posierte. All die Mühe war umsonst gewesen. Sicher hatte der Gierschlund alles geschluckt und sauber geleckt, denn ich konnte nicht mal mehr Spuren entdecken.

»Uuh, du kannst es ja doch«, lobte mich Chloé. »Aber es wird deine Strafe nicht mildern, die du erhältst, weil du dich gestern meinem Verbot widersetzt hast.«

Ich riss die Augen auf.

Chloé lachte und stieß mit dem Fuß meinen Wagen weg. »Dachtest du im Ernst, mir bleibt so etwas verborgen? Es gibt Sklavinnen, die ihre Pflichten ernster nehmen als du. Du solltest dir an deiner Zellengenossin ein Beispiel nehmen.«

Mila.

Chloé schien das Entsetzen in meinem Gesicht bemerkt zu haben.

»Keine Sorge, heute verschone ich dich noch. Für das, was ich mit dir vorhabe, werde ich mir ein anderes Mal Zeit nehmen.«

Mit erhobenem Kinn stand sie auf und zupfte ihr Kleid zurecht. Dann mischte sie sich mit Alex unter die Besucher.

Je länger ich auf den Fleck starrte, auf dem Chloé gesessen hatte, desto mehr brodelte es in mir. Ich hätte heulen können. Einerseits schien ich Alex egal zu sein und andererseits warf mich Mila auch noch diesem Dämon zum Fraß vor. Ich hasste Chloé. Sie war egozentrisch und selbstsüchtig.

***

Irgendwann schob uns Theo wieder unter den Lichtkegel. Wenig später entdeckte ich Alex und Chloé. Seite an Seite tingelten sie durch den Raum.

Es machte mich wütend, Chloés Lachen zu hören, sobald Alex ihr etwas ins Ohr flüsterte. Warum gab er sich nur mit dieser Hexe ab? Erbärmlich, wirklich erbärmlich. Ich sollte mich endlich auf jemand anderes konzentrieren. Er war es doch gar nicht Wert, dass ich mich so auf ihn versteifte. Es waren genügend andere Männer da, die mich mit neugierigen Blicken ergründeten. Ich musste nur ihre Blicke einfangen, sie zu mir locken und mich in ihr Herz dienen.

Doch bei genauerem Hinsehen blickte ich nur in leere Gesichter, weil Alex' so hell strahlte, dass er alle anderen in den Schatten stellte. Immer wieder fiel mein Blick auf ihn. Bis Jeff sich vor mich hinstellte und mir die Sicht nahm. Neben ihm stand ein mir unbekannter Mann.

»Ja, die nehm ich«, sagte der Mann. Meine Gedanken hingen noch so bei Alex, ich musste erst realisieren, dass er mich damit gemeint hatte.

Mit wenigen Handgriffen löste Jeff das Lederband von dem Analhaken. Endlich konnte ich den Kopf wieder bewegen. Ein kurzer Schauder erfasste mich, als er die Kugel aus meinem Hintern zog. Auch als sie schon draußen war, spürte ich noch deutlich den geöffneten Schließmuskel. Ein sehr merkwürdiges Gefühl.

»Steh auf«, befahl er, nachdem er die Gurte gelöst hatte.

Das jedoch war leichter gesagt, als getan. Meine Gelenke schmerzten und das Gewicht verlagerte sich auf meine Füße, sodass ich ins Wanken geriet. Sofort griff mir der Fremde unter die Arme und half mir auf. Er hob mein Kinn, damit ich ihn ansah. Ich versuchte zu lächeln. Auch wenn mir nicht danach zumute war. Mir tat alles weh und meine Gedanken hingen immer noch bei Alex. Aber sicher war es wieder mal zu meinem Besten, wenn ich mich diesem Mann gegenüber gutstellte. Und so schlecht sah er ja nicht aus. Er war schlank und mindestens einen Kopf größer als ich. Seine blonden Haare reichten ihm bis zum Kinn und umrahmten das kantige Gesicht. Er lächelte und seine großen blauen Augen strahlten mich an. Er hatte was Unschuldiges, Jungenhaftes, obwohl er höchstens ein bis zwei Jahre jünger war als ich.

Ich hörte plötzlich ein Klimpern und spürte, wie sich etwas um mein Fußgelenk schlang. Es waren Manschetten, die Jeff um meine Knöchel legte und mit einer Kette verband, die etwa einen halben Meter lang war. Mit einer zweiten Kette in derselben Länge verband er nun noch meine Handgelenke.

Ohne mich aus den Augen zu lassen, griff der blonde Mann nach der Kette.

Zwar hörte ich bei jedem Schritt das Klirren, doch zumindest konnte ich mich wieder bewegen.

Er führte mich zu einem freien Bistrotisch.

»Du bist neu, hab ich recht?«

Ich nickte. »Ja, bin ich«, fügte ich schnell hinzu. Weil ich hoffte, er würde mehr Gefallen an mir finden, wenn ich die Regeln einer Sklavin befolgte. Vorerst. Bis er mich hier rausholte und sich eine Möglichkeit bot, abzuhauen. Trotz des kühlen Blaus hatten seine Augen etwas Warmes an sich. Und er lächelte mich die ganze Zeit an. Ich konnte mir nicht vorstellen, dass er die Härte besaß, eine Frau zu dominieren. Ich überlegte, ob ich ihm sagen sollte, dass ich nicht freiwillig hier war.

»Nick, du hier?«, riss mich eine vertraute Stimme aus dem Gedanken. Ich drehte mich um. Gerade, als ich mal keinen Gedanken an ihn verschwendete, stand er neben mir. Sofort nistete sich ein aufgeregtes Gefühl in meiner Magengrube ein.

»Alex, hi«, sagte Nick und legte die Hand auf Alex' Schulter. »Schön dich hier zu sehen.«

»Wo warst du die letzten Monate?«, fragte Alex. »Hast du dich etwa einer Sklavin verpflichtet?«

Nick lachte. »Du wirst es nicht glauben. Beinahe wäre es so weit gekommen. Sie machte es mir nicht leicht, unser Verhältnis aufzugeben. Doch Gefühle sind schlecht in diesem Metier, das weißt du ja. Aber jetzt bin ich wieder bereit für neue Spiele.«

»Und wie ich sehe, hast du dir schon eine Spielpartnerin ausgesucht.« Alex sah nur kurz zu mir. Aber in seinen Augen sah ich ein Funkeln. Passte es ihm etwa nicht, dass Nick sich für mich interessierte? War er eifersüchtig? Oder bildete ich mir das nur ein?

»Ja, ich hab mir die Hübscheste rausgepickt«, sagte Nick. »Mach dich auf was gefasst, sie ist frech.«

Wie bitte? Was hatte er bei unserem Zusammentreffen erwartet? Dass ich ihm stöhnend jeden Wunsch erfüllte?

»Du hast sie schon ausprobiert?«, fragte Nick, als wäre ich ein Spielzeug für zwischendurch.

»Ein Mal. Und es brauchte eine Menge Kraft, sie zu zähmen.«

Versuchte er etwa, mich schlecht zu reden? Wozu? Ich konnte mich nicht mehr zurückhalten und startete einen verbalen Angriff. »Dabei sehen Sie kräftig genug aus. Oder ist das nur Fassade?«

Alex drehte sich zu mir. Mein Herz pochte. Er schmunzelte. So schnell schien ihn nichts aus der Fassung zu bringen.

»Meine Kraft reicht, um dich in die Knie zu zwingen, Lydia. Ich bezweifle nur, dass du die Kraft besitzt, es auszuhalten.«

Er entlockte mir ein müdes Lächeln. »Ist es nicht vielmehr so, dass Sie mich nur deshalb in die Knie zwingen wollen, weil Sie nicht wissen, wie man mit einer Frau umzugehen hat, die sich nicht jedem freiwillig vor die Füße wirft?«

»Dein Stolz steht dir im Weg. Es liegt an dir, diese Grenze zu überschreiten und dich dem zu fügen, was du bist.« Seine Ruhe erstaunte und faszinierte mich.

»Sie ist tatsächlich frech«, fuhr Nick dazwischen. »Ich sollte sie an Ort und Stelle bestrafen für ihr loses Mundwerk.«

»Ich werde das tun«, sagte Alex. »Wenn die Zeit gekommen ist und sie bereit ist, die Qualen zu ertragen.«

Ich stieß die Luft durch die Nase aus und forderte ihn mit Blicken heraus. Glaubte er wirklich, er würde mich so leicht klein kriegen? Offensichtlich dachte er das. Er sah mir fest in die Augen. Sein Lächeln verriet mir, dass es ihm gefiel, mich aus der Reserve zu locken. Statt mich zu tadeln, trat er einen Schritt auf mich zu. Er stand so nah bei mir, dass ich seine Aura spüren konnte. Ohne dass er etwas sagen oder mich berühren musste, fühlte ich mich zu ihm hingezogen und ihm weit unterlegen. Und seinem selbstsicheren Ausdruck zufolge war er sich dessen bewusst. Es war, als würde die Luft zwischen uns knistern. Sein Blick fesselte mich und ich wünschte, er würde mich berühren. Mit seinen warmen, seidigen Händen. Ich wünschte, er würde meinen Körper erkunden und sich nehmen, was ihm zustand. Wild und züngellos, vor allen anderen. Sein Blick wurde weicher. Es war, als würde er tief in mein Innerstes sehen. Wollte er mich auch? Ich träumte mit offenen Augen, während ich mich in den seinen verlor. Er sollte mich bestrafen, für meine wollüstigen Gedanken und mein ungehobeltes Verhalten. Am besten jetzt sofort.

»Alex!«, rief Chloé. Sie stand hinter ihm und legte gerade ihre Hand um seinen Arm. Er wendete sich von mir ab. Ich verdrehte die Augen, als Chloé mir einen bösen Blick zuwarf. Dann zog sie Alex ganz von mir weg. Ich hasste diese Frau.

»Ich wollte dir noch etwas zeigen. Und du haust einfach ab.« Sie schürzte die Lippen und sah ihn an, wie ein kleines Mädchen, dem man den Teddy gestohlen hatte.

»Chloé, darf ich vorstellen? Das ist Nick. Er ist ein alter Freund von mir.« Alex legte seine Hand auf Nicks Schulter. »Nick, Chloé ist eine enge Vertraute, wir haben uns vor einem halben Jahr auf der Virgin Charity kennengelernt.«

»Eine sehr enge Vertraute«, verbesserte ihn Chloé und schüttelte Nick die Hand.

»Kommst du?«, sagte sie zu Alex gewandt. »Es ist wichtig.«

»Ja«, sagte Alex und klopfte Nick auf die Schulter. »Wir sehen uns später.«

Plötzlich spürte ich eine sanfte Berührung, die vom Ellenbogen bis zum Handrücken reichte. Ich drehte mich um, und während Alex weiterging, suchten seine Augen die meinen.

Nick griff nach der Kette an meinen Handgelenken und zog daran. Ich hörte das Klirren, sah aber nicht zu ihm auf. Er schien bemerkt zu haben, dass ich gedanklich dem Geschehen nachhing. Ich fragte mich, was mir Alex' Blick sagen wollte. In mir mischte sich alles auf. Zweifel und Hoffnung kämpften gegeneinander an.

»Ich möchte dich besser kennenlernen«, sagte Nick und zog mich in die Mitte des Raumes.

Er griff nach einem Schürhaken, der zusammen mit anderem Kaminbesteck im Ständer neben der Feuerstelle steckte. Ich wich zurück, weil mir das Werkzeug Angst einflößte. Eben noch wirkte Nick so harmlos und jetzt fuhr er solch harte Geschütze auf?

Mit ruhiger Hand zog er am Griff und fuhr die darin verborgene Teleskopstange aus.

Als er das gebogene Ende zur Zimmerdecke führte, flaute meine Sorge ab. An der Decke befand sich eine Rolle, um die eine dicke Kette gewickelt war. Er zog den Haken, der am Kettenende hing, nach unten, bis er einen Meter über meinem Kopf endete. Jetzt hob Nick die Kette an meinen Händen und hakte das mittlere Glied ein, sodass meine Arme nach oben gestreckt am Haken hingen. Sofort tauchte mein Unwohlsein wieder auf. Ich stand hier mitten im Raum, jeder konnte mich sehen. Und die ersten Blicke erkundeten bereits meinen dargebotenen Leib.

»Ich bin gleich wieder bei dir. Lauf nicht weg«, sagte er und grinste.

Sehr witzig. Ich starrte ihm hinterher, wie er sich durch die Menge schob. Bald bildete sich eine Traube Schaulustiger um mich. Ihre hungrigen Blicke hafteten an meinem Körper, während sie an ihren Gläsern nippten und untereinander tuschelten. Hitze schoss in meinen Kopf und ein Prickeln quoll in meinem Schoß. Ich wusste nicht, wo ich hinsehen sollte, also neigte ich den Kopf nach unten. Es war mir unangenehm und trotzdem erregte es mich. Ich hoffte, Nick würde bald wieder auftauchen. Damit ich die Konzentration auf ihn richten konnte, und die Menschen um mich herum hoffentlich vergaß.

Zum Glück dauerte es nicht lange und er kam zurück. Mit einem schwarzen Stück Stoff in der Hand. Er trat hinter mich und kniff neckisch in meine Pobacke. Nicht grob, aber fest genug, um mich zu einem Ausfallschritt zu bewegen. Die Ketten rasselten und einige Zuschauer raunten. Ich sah in die vielen Gesichter. Dann fiel mein Blick auf Alex. Er stand in der ersten Reihe und verfolgte mit ernster Miene das Geschehen. Als wolle er auf mich aufpassen. Etwas Weiches legte sich über meine Augen und verdunkelte alles um mich herum. Im ersten Moment schüttelte ich den Kopf. Ich wollte das Ding loswerden. Ich wollte sehen können, was mit mir geschah. Ich wollte Alex sehen. Doch der Stoff saß eng um meinen Kopf.

Schwer atmend stand ich da, wartete auf eine Berührung, einen Schlag, irgendwas. Doch es kam nichts. Ich hörte nur Stimmenwirrwarr, unterlegt mit einer Ballade von Chopin. Alles klang so laut, so nah. Wortfetzen, Gekreische und Ge-lächter überrollten mich.

Plötzlich glitten Finger über meine Taille. Ein Schauer jagte über meinen Rücken. Geduldig erkundeten sie meinen Bauch, meine Brüste, meine Arme, mein Gesicht. Kaum dass sie mich berührten, spürte ich das wohlige Kribbeln durch und durch. Gänsehaut straffte meine Haut. Ich fiel immer tiefer in diesen beruhigenden Zustand. Die Gedanken an Alex verblassten. Denn das Gefühl, das diese Finger auf meiner Haut hinter-ließen, war so sinnlich, so allgegenwärtig. Meine Gedanken begannen den fließenden Berührungen zu folgen, die dem Flaum einer Feder glichen.

Es war eine Wohltat, nichts sehen zu können. Ich konnte mich einzig auf das Streicheln besinnen. Mein Atem wurde ruhiger, die Stimmen rückten in den Hintergrund. Immer mehr Finger wanderten über meine Haut. Überall, gleichzeitig. An den Beinen, Armen, am Rücken und am Bauch. So zart, so sinnlich. Als würde mich eine warme Brise durch ein Feld mit

Pusteblumen tragen. Ein wohliges Prickeln bebte unter meiner Haut, an all den Stellen, wo sie ihre Spuren hinterließen. Es war ein unglaublich berauschendes Gefühl. Während die sanften Kuppen mich bis in den kleinsten Winkel bemalten, schwappte mein Körper über vor Lust. Sie streichelten über die Brustspitzen und meine geschwollene Scham. Und jedes Mal hoffte ich, sie würden an den Stellen verweilen und ihren Druck verstärken. Doch statt meinen Durst nach mehr zu stillen, verschwanden die Finger nacheinander, bis irgendwann nur noch zwei Hände auf der Hüfte ruhten und mich festhielten. Ich zitterte, obwohl mir warm war. Plötzlich packte jemand meine Füße und riss sie in die Luft. Ich zappelte, hatte Angst zu fallen, obwohl mich die Hände an der Hüfte stützten. Etwas Gepolstertes schob sich unter meinen Steiß, ein Hocker oder Ähnliches. Die Hände ließen meine Füße los. Doch sie hingen noch immer in der Luft. Jemand musste die Fußkette am Haken befestigt haben.

Als auch die stützenden Hände sich von meiner Hüfte lösten, bewegte sich das Polster mit mir. Als säße ich auf einer Schaukel. Ich umklammerte die Ketten und spreizte die Beine, um in der Fußkette Halt zu finden. Ich wusste, dass ich damit genau das tat, was sie wollten. Ich eröffnete ihnen den Zugang zu meinem Inneren, das sie sich schon längst gefügig gemacht hatten.

Ein Fingerpaar berührte plötzlich meine Scheide. Es streifte nur kurz darüber und verteilte die aufgenommene Feuchte um meine Spalte. Ich winselte, obwohl ich es kaum erwarten konnte.

Ein kehliger Laut entwich mir, als sich das harte Fleisch zwischen meine Schamlippen zwängte und mühelos in mich hineinglitt. Ein unglaublich geiles Gefühl durchströmte meine Beine. Ich wusste nicht, wer es war. Vielleicht Nick, vielleicht einer der Zuschauer. Umso dankbarer war ich, dass ich die

Augen verbunden hatte, denn so konnte ich mir vorstellen, es sei Alex, der gerade meine Taille umklammert hielt und sanft in mich stieß. In mäßigem Tempo schickte er ekstatische Beben durch meinen Körper, die mir den Atem raubten. Dann ließ er mich los und ich spürte nichts außer seinem Glied, das ich mit jeder Schaukelbewegung in mir aufnahm und sogleich wieder entließ. Obwohl ich festgebunden war, fühlte ich mich frei. Mit jedem Stoß strömten Endorphine durch meinen Bauch und meine Beine. Ich legte den Kopf in den Nacken und genoss das Gefühl der Schwerelosigkeit, das mich immer höher in Ekstase schaukelte. Bis der Orgasmus mich einfing – packend und intensiv.

Ich sog Luft in die Lunge und stieß sie aus. Meine Glieder wurden schwer und mein Gesicht glühte. Das Schaukeln hatte aufgehört und ich lauschte der klassischen Musik, während ich den erschlafften Penis noch immer in mir spürte. Seine schweißnassen Hände legten sich um meinen Nacken. Dann riss er den Stoff von meinen Augen.

Es war Nick, der vor mir stand und sich mit einem Lächeln aus mir zurückzog. Obwohl ich damit gerechnet hatte, war ich enttäuscht. Ich blickte durch die Reihen, sah entspannte Gesichter. Doch Alex war nicht dabei.

***

Irgendwann, mitten in der Nacht, brachte mich Jeff wieder in meine Zelle. Ich fühlte mich, als hätte man mir Adrenalin gespritzt. Mein Kopf war voll mit Gedanken, die alle durchgekaut werden wollten. Und zwar noch bevor ich in den Schlaf fiel.

Momentan war ich ohnehin zu aufgeputscht, um schlafen zu können. Ich lag auf dem Rücken und drückte die Bettdecke wieder von mir, bis sie nur noch meine Beine bedeckte. Mir war heiß. Und das, obwohl ich gerade kalt geduscht hatte.

Mila schlief bereits. Ich hörte sie atmen, ruhig und gleichmäßig. Hin und wieder stieß sie die Luft laut aus. Diese Verräterin. Ich traute ihr zu, dass sie Chloé höchstpersönlich aufgesucht hatte, um ihr jede Einzelheit unter die Nase zu reiben.

Ein weiteres Mal begann ich, die Erlebnisse dieser Nacht Revue passieren zu lassen. Und immer blieb ich an denselben Stellen hängen, verbunden mit der Frage: Konnte es sein, dass Alex mit mir geflirtet hatte? Oder kam es mir nur so vor? In Gedanken sah ich seine Augen vor mir, die mich mehr als einmal beobachtet hatten. Ich malte mir aus, was passiert wäre, hätte Chloé ihn nicht von mir weggerissen. Er hatte so nah vor mir gestanden, dass er mich beinahe berührt hätte. Er hätte sich nur nach unten beugen müssen und unsere Lippen hätten sich getroffen. Nicht Nick hätte mich ins Land der Ekstase geführt, sondern er. Am Ende wäre ich es gewesen, die auf dem Sofa in seinen Armen gelegen hätte, und nicht diese Rothaarige.

Ich drehte mich auf die Seite und sah durch das Fenster in die blaue Nacht. Es war nicht gut, ständig an Alex zu denken. Überhaupt nicht gut. Er hätte an diesem Abend genug Chancen gehabt, mich zu nehmen, aber er hatte sie alle nicht genutzt. Weil er sie nicht nutzen wollte und ich musste das endlich akzeptieren.

Aber er machte es mir nicht leicht, ihn zu vergessen. Im Gegenteil. Nur zwei Tage später stand er plötzlich vor meiner Zellentür.

10

Ich sog Luft in die Lungen und pustete sie leise aus, um die Röte aus meinem Gesicht zu vertreiben. Noch vor ein paar Minuten wurde Mila geholt und ich hatte es noch nicht geschafft, die Wut gegen sie unter Kontrolle zu bringen. Gerade wollte ich mein angeblich zerknautschtes Kopfkissen durch das Zimmer schleudern, weil sie mich mit ihrem Ordnungsdrang in den Wahnsinn trieb, da knackte es plötzlich an der Tür.

Theo stand mit Alex im Türrahmen. Meine Wut verpuffte augenblicklich. Ich brauchte nur Alex' Stimme zu hören und schon machte mein Herz einen Sprung. Doch das wollte ich mir keinesfalls anmerken lassen. Er sollte nicht denken, dass er mich in der Hand hatte. Denn ich wusste, er würde nur triumphieren.

Ich hielt den Kopf gesenkt, während Theo meinen Arm packte und mich, gefolgt von Alex, durch den Gang führte. Ich nutzte die Zeit, um wieder runterzukommen. Schließlich sollte Alex nicht denken, meine Wangen seien wegen ihm gerötet.

Wir blieben vor der Tür des Vergnügungsraums stehen. Alex trat vor mich, hob mit einem Finger mein Kinn und sah mich an. Weder verzogen sich seine Lippen zu einem Lächeln noch wirkte er ernst. Seine Mimik blieb ausdruckslos, undurchschaubar. Was dachte er wohl gerade? Freute er sich, mich zu sehen? Wahrscheinlich, sonst hätte er mich doch nicht geholt, oder?

Theo reichte ihm eine schwarze Augenmaske und ließ uns allein.

Einige Sekunden sah Alex mir noch in die Augen, dann spannte er die blickdichte Maske um meinen Kopf.

Ich atmete tief durch, um mich für das zu wappnen, was mir bevorstand. Seine Hand legte sich auf meinen Rücken und ich hörte, wie er die Tür aufmachte.

Zaghaft schritt ich über den Dielenboden. Behutsam, ohne zu drängen, wies er mir den Weg. Nach einigen Schritten stieß ich mit der Fußspitze gegen etwas Hartes und hob mein Bein.

Es war die Stufe, die auf das Podest führte. Nach zwei weiteren Schritten fühlte ich das weiche Laken am Schienbein.

»Knie dich aufs Bett, mit dem Rücken zu mir«, sagte Alex und hielt meine Hand, damit ich auf die Matratze klettern konnte.

Sobald ich auf den Fersen saß, fasste er an mein Handgelenk und zog meinen Arm ein Stück weit vor. Ich konnte mir nicht im Geringsten denken, was er damit bezweckte, aber ich ließ mich von ihm leiten – weil ich ihm vertraute. Warum, wusste ich selbst nicht. Ich kannte ihn kaum, aber das, was ich von ihm kannte, imponierte mir. Sehr sogar. Seine Gelassenheit strahlte mich an und allein seine Hand auf meiner zu spüren, war ein Gefühl, als würde eine Schar Schmetterlinge durch meinen Brustkorb flattern. Ich war jetzt schon ganz feucht.

Als meine Fingerspitzen plötzlich auf etwas Warmes, Glattes trafen, erschrak ich. Alex hielt meine Hand fest, sodass ich sie nicht zurückziehen konnte. Skeptisch drückte ich die Finger in den weichen Untergrund und erkannte schnell, dass ich gerade nackte Haut betastete. Aber es war nicht Alex' Körper, denn er stand noch immer hinter mir am Bettrand. Er drückte meine Hand nach unten, indem er seine flach drauflegte. Mein Handballen berührte etwas Hartes, vermutlich einen Hüftknochen und meine Finger ruhten auf der Bauchdecke. Es waren ruhige, gleichmäßige Atemzüge, die mich sanft auf und ab trugen. Um ein Vielfaches ruhiger als meine.

»Streichle diesen Körper, als wäre es dein eigener«, sagte Alex. »Ich möchte sehen, was dir gefällt.«

Mir blieb kaum Zeit, um über seine Worte nachzudenken, schon bewegte er mich über den flachen Bauch. Die Haut fühlte sich seidig zart an. Langsam entspannten sich meine Muskeln, woraufhin Alex meine Hand losließ. Schutzlos mir selbst überlassen begann ich, die Odyssee fortzusetzen. Obwohl ich ahnte, dass es der Körper einer Frau war, schreckte ich zurück, als ich über ihren glatt rasierten Venushügel streifte.

»Warum so scheu?«, fragte Alex. »Du müsstest inzwischen doch Erfahrung mit diesem Geschlecht gesammelt haben.«

Ein Stich durchfuhr mich, als mir in den Sinn kam, es könnte Chloé sein, die sich mir soeben stillschweigend darbot. Ich hörte auf zu streicheln. Die Vorstellung, sie könnte es sein, hielt mich davon ab, weiterzumachen. Mit verneinendem Laut schüttelte ich den Kopf und zog die Hand zurück.

»Mach weiter!«, hörte ich Alex. Er drückte meinen Arm wieder nach unten, hielt ihn fest.

In meinem Schritt prickelte es. Nur weil ich seine Hand auf meiner Haut spürte. Zögernd tastete ich über den regungslosen Körper hinweg. Nach oben Richtung Brüste. Das Blut strömte in meine Wangen, meine Finger zitterten. Ich war bemüht, sie ruhig zu halten, doch es funktionierte nicht. Ich erreichte die Wölbung und kurz darauf fanden meine Fingerspitzen die harten Nippel. Erleichtert atmete ich auf und umfuhr noch einmal die flache Rundung. Die Frau auf dem Bett hatte kleine Brüste. Chloés Oberweite war gut dreimal so groß, sie konnte es also nicht sein.

Ich beugte mich nach vorn und strich noch ein Stück weiter, weil es mir unangenehm war, ihre Brüste unter den Fingern zu spüren. Plötzlich berührte ich das Halsband und mir wurde klar, dass sie eine Gefangene war, wie ich. Mein Mund fühlte sich trocken an. Ich schluckte und leckte dann über die ebenso trockenen Lippen.

Was sollte ich jetzt tun, wo sollte ich sie berühren, wie sollte ich sie berühren? Nach genauerem Überlegen wusste ich selbst nicht einmal, was mir gefiel. Ich liebte es, mit Männern intim zu sein, von ihnen begehrt zu werden. Ihnen nahe zu sein und den maskulinen Körper zu spüren und daran zu riechen. Mir war nicht wichtig, wo genau sie mich berührten, mir war nur wichtig, dass sie mich berührten. Einen Orgasmus bekam ich sowohl äußerlich, als auch innerlich und bisher hatte fast jeder Mann mindestens einen dieser Punkte getroffen. Und trotzdem war es jedes Mal anders, mal besser, mal schlechter. Gleichzeitig musste ich mir eingestehen, dass ich noch nie etwas Erregenderes erlebt hatte, als hier. Hier, an diesem Ort, der mir gleichzeitig meine geliebte Freiheit raubte. Und wieder war da dieses flaue Gefühl im Magen, weil ich mich noch immer nicht damit abfinden konnte, was gegen meinen Willen mit mir geschah. Denn ich wollte keine Marionette sein, die man bespielt und danach wieder in die Truhe sperrt.

Heftig schüttelte ich den Kopf und zog die Hand zurück. Ich wollte nicht weitermachen, ich wollte und konnte ihm nicht zeigen, was mir gefiel.

Mit einem Ruck entriss Alex mir die Augenbinde. Ich atmete laut ein. Zum einen, weil ich mit seiner Reaktion nicht gerechnet hatte und zum anderen, weil ich nun sah, wer vor mir auf dem Bett lag. Nämlich Mila.

»Wenn du es nicht zu Ende bringst, dann übernehme ich das. Während du uns dabei zusiehst und geduldig auf deine Strafe wartest«, sagte Alex. »Noch hast du die Wahl.«

»Ich nehme die Strafe in Kauf«, sagte ich. Niemals würde ich diese pedantische Irre verwöhnen. Milas Augen funkelten vor Schadenfreude und ein anmaßendes Grinsen lag auf ihren dünnen Lippen.

Alex packte meine Handgelenke und verhakte die Manschetten hinter meinem Rücken.

Er deutete auf eine der Säulen. »Ich möchte, dass du dich

dorthin stellst.«

Ich erhob mich vom Bett und folgte mit erhobenem Haupt seinem Befehl. Niemals würde ich Mila Lust bereiten. Niemals.

Die Säulen standen im schwachen Licht der Bodenspots, während sich das Bett unter dem dominanten Schein des Lampenschirms präsentierte. Alex drehte an einer Ringschraube, die über meinem Kopf in der Säule steckte. Als er dieselbe Schraube in Höhe meiner Hände in den Marmor drehte, bemerkte ich, dass die Säule über mehrere Schraublöcher verfügte. Er stand direkt neben mir und hakte die Ringe der Manschetten daran fest. Mein Herz pochte wie verrückt und ich hoffte, er würde mich auf irgendeine Art berühren. Nur damit ich das Gefühl bekam, ich wäre ihm wichtiger als Mila.

Doch nichts dergleichen geschah. Stattdessen wendete er sich Mila zu, die, auf Ellenbogen gestützt, vor uns auf dem Bett lag und mich selbstgefällig musterte.

»Du wirst Lydia nicht aus den Augen lassen. Jedes Mal, wenn sie ihren Blick von uns wegbewegt, erhöht sich ihre Strafe um zehn weitere Schläge.«

Das konnte doch nicht sein Ernst sein! Sie würde mir absichtlich eine höhere Strafe aufbrummen wollen, da war ich mir jetzt schon sicher.

Alex stellte sich neben das Bett und zog Milas Beine zu sich, sodass sie quer über dem Bett lag. Sofort drehte sie ihren Kopf zur Seite und fixierte mich mit stechendem Blick. Ein abfälliges Grinsen lauerte auf ihren Lippen.

Demonstrativ spreizte sie die Beine. Alex öffnete seine Hose und sein erigierter Penis schwang heraus. Er kniete sich auf das Bett und schob sich zwischen Milas Schenkel. Dann stieß er in sie. Eifersucht stieg in mir hoch. Ich sollte für meine Verweigerung also zweimal bezahlen. Zum einen würde Alex mich mit Schlägen bestrafen, zum anderen hatte ich Mila das Vergnügen beschert, von ihm genommen zu werden – während ich zusehen musste. Dass mich Letzteres so treffen würde, hätte ich nicht gedacht. Wie gern wollte ich an ihrer Stelle sein. Ob sie wusste, dass ich etwas an Alex fand? Hatte ich mich verraten, als ich sie gefragt hatte, ob auch er beim Clubevent sei?

Ohne mich aus den Augen zu lassen stöhnte sie laut auf. Ihr Blick lachte mich aus. Es war albern, wie sie aufopfernd dalag und bei jedem Stoß so tat, als wäre sie kurz davor zu kommen. Ich verdrehte die Augen, und sogleich hörte ich Milas lechzende Stimme: »Zehn Schläge mehr!«

Das war nicht fair und sie wusste das. Ihr Blick verriet mir, dass sie nur darauf gewartet hatte.

Alex schenkte dem Ganzen keine Beachtung. Er beugte sich über Mila und saugte an ihren Brustwarzen, während er ihre Arme auf das Bett gepresst hielt und sich mit sanftem Rhythmus in ihr bewegte. Seine Muskeln waren angespannt und die Leidenschaft beherrschte seine Gesichtszüge. Er benutzte Milas Körper, ohne ihre Bedürfnisse außer Acht zu lassen. Immer wieder küsste er ihre Haut oder leckte mit der Zungenspitze über ihre Nippel, woraufhin sich ihr Brustkorb ihm gierig entgegenbäumte.

Obwohl ich so tat, als ließe es mich kalt, tobte in mir ein Hurrikan. Mit voller Wucht drückte er Neid und Eifersucht gegen meine Bauchdecke. Mir war übel und ich hätte sie am liebsten beide wüst beschimpft, nur um endlich wieder frei atmen zu können.

Zu allem Überfluss blinzelte ich viel zu oft, denn die Pflicht, ständig hinsehen zu müssen, entwickelte sich zur Qual. Doch ich wollte mich vor Mila beweisen. Und allein das erforderte mehr Disziplin, als ich aushielt. Die Emotionen schwappten über und füllten meine Augen mit Wasser. Beim nächsten Blinzeln löste sich eine Träne und blieb an meiner Wange haften. Ich versuchte die Augen möglichst lange offenzuhalten, damit die Tränen schnell versiegten. Bald sehnte ich nur noch den Moment herbei, wo Mila ihre Augen endlich schließen würde, damit ich das angestaute Wasser unbemerkt aus den Augen pressen konnte. Doch Mila tat mir den Gefallen nicht. Selbst als sie ihren Mund ein letztes Mal öffnete und mit angespannter Mimik das finale Beben aus ihrem Körper stöhnte, beließ sie ihren Blick auf mir.

Ich beobachtete Alex, der sich langsam aus ihr zurückzog. Sein Penis war noch immer prall, als er sich seitlich neben Mila aufs Bett legte und ihre Wange streichelte.

»Danke, Herr«, sagte sie.

Ich stieß einen Seufzer durch die Nase. Diese Heuchlerin.

Milas Körper hob sich unter den tiefen Atemzügen, während Alex seine Finger über ihren Körper gleiten ließ. Ihre Augen wirkten leer, entspannt. Die Schadenfreude war verschwunden, stattdessen zeichnete sich Glückseligkeit auf ihren Lippen ab. Dann gab Alex einen Kuss auf Milas Schulter und drehte mit den Fingern ihr Gesicht in seine Richtung. Als er ihr ein Lächeln schenkte, neigte ich den Kopf nach unten. Ich schluckte den Kloß hinunter und versuchte, die aufkeimende Eifersucht wegzuatmen.

Ich verabscheute Mila und hätte sie niemals zum Orgasmus bringen wollen. Doch viel weniger wollte ich sie zusammen mit Alex sehen. Dabei hatte ich mir das selbst zuzuschreiben. Ob er gewusst hatte, was das in mir auslösen würde? Womöglich war es sogar seine Absicht gewesen. Ich sollte es bereuen, dass ich die Aufgabe abgebrochen hatte.

»Zwanzig Schläge mit dem Paddle«, sagte Alex. »Und bring den kleinen Stock mit.«

Mila nahm ein Holzbrett, das aussah wie ein Tischtennisschläger, und griff dann nach einem zwanzig Zentimeter langen Stöckchen mit Lederschlaufe.

Ich atmete tief durch. Mit dem Paddle würde er mir wohl den Hintern versohlen. Aber was zum Teufel hatte er mit dem Stock vor?

Alex löste meine Hände von der Säule und verband die Manschetten vor meinem Körper. Er fasste meine Hüften und drehte mich mit dem Gesicht zur Marmorsäule. Erneut fixierte er meine Handgelenke am Haken. Obwohl die Angst in mir flackerte, genoss ich jede seiner Berührungen. Seine Nähe erregte mich.

»Geh zwei Schritte zurück und beuge dich nach vorn, sodass dein Rücken gerade ist.«

Ich neigte mich nach unten und öffnete die Beine, auch um Halt zu finden. Ein kalter Luftzug streifte durch meine Mitte. Seine Hand lag sanft auf meinem durchgestreckten Rücken. Mehrmals streichelte er über meine Kehrseite. Ich schloss die Augen, weil ich diesen schönen Moment für mich haben wollte.

»Öffne deinen Mund.«

Ich riss die Augen auf und blickte auf den Stock, den er mir quer vors Gesicht hielt.

»Ich möchte, dass du ihn im Mund behältst, während Mila dir die Strafe verabreicht. Hast du mich verstanden?«

Eine Woge des Protestes erfasste mich, als er ihren Namen nannte. Warum musste ausgerechnet sie mich bestrafen?

»Ich verspreche es«, sagte ich. Denn ich wollte keine Schwäche zeigen, nicht vor ihr. Alex schob mir den Stock in den Mund und ich klemmte ihn zwischen die Zähne. Ich würde beweisen, dass ich Mumm besaß. Gegenüber Mila, Alex und mir selbst.

Behutsam tätschelte sie mit dem Paddle mein Gesäß. Meine Muskeln verspannten sich, da holte sie aus und verpasste mir einen kräftigen Hieb. Ich sog scharf die Luft ein.

»Eins«, rief sie und machte mir die Tragweite meines Versprechens bewusst. Es folgte ein zweiter Schlag auf die andere Backe. »Zwei!«

Ich wippte nach vorn und stemmte die Handflächen gegen den glatten Marmor. Unerwartet legte Alex seine warme Hand auf mein Rückgrat. Ich fragte mich, warum er das tat. Wollte er mir Halt geben? Oder mich beruhigen?

Wieder trafen zwei Schläge meine Kehrseite, begleitet von Milas monotoner Stimme.

Nach dem fünfzehnten Hieb stand mein Hintern in Flammen und jeder weitere brannte, als hätte man glühende Scheite draufgelegt. Am liebsten hätte ich den Schmerz hinausgeschrien, doch ich durfte und wollte den Stock nicht fallen lassen. Ich biss so fest zu, dass ich befürchtete, er würde jeden Moment zerbrechen. Meine Beine zitterten vor Anspannung, aber das war mir egal.

»Mila«, rief Alex plötzlich. »Gönn ihr eine Pause. Und bring sie auf andere Gedanken.«

Was? Warum musste er gerade jetzt die Strafe hinauszögern?

Eine Handfläche rieb über mein loderndes Gesäß. Ein Finger strich durch die Furche meiner Pobacken und arbeitete sich bis zu meiner Mitte vor. Ich stieg von einem Fuß auf den anderen und atmete scharf ein.

»Sieh mich an«, sagte Alex und hob mein Kinn. »Deine Strafe ist noch nicht vorbei. Nutze die Zeit, um runterzukommen. Du bist viel zu verkrampft.«

Er lehnte an der Säule und hielt mit beiden Händen meinen Kopf, während Mila ihre Finger über meine Klitoris tanzen ließ. So lange, bis wohlige Schauer im Schoß das Brennen übertönten und ich nur mit Mühe ein Aufstöhnen zurückhielt. Deutlich spürte ich die Macht, die Alex über mich besaß. Ich spürte sie tief in mir. Sie erregte mich. In dem Moment war mir egal, ob es Mila war, die mich stimulierte. Ich sah nur Alex vor mir, spürte seine Hände an meinem Gesicht. Sein Blick erforschte jede meiner Regungen und er schien zufrieden zu sein, mit dem, was er in meinem Gesicht zu lesen bekam. Ich entspannte den Kiefer, um gezielter in die wachsende Erregung atmen zu können, als Mila ihren Finger in meine Scheide schob. Sie tastete sich exakt zu der Stelle vor, die eine unerträgliche Lust durch meinen Leib jagte. Ich zitterte vor Erregung. Und sie hörte nicht auf, über diesen einen Punkt zu reiben, bis sich ein lautes Stöhnen aus meiner Kehle löste. Der Stock glitt über meine Lippen und fiel klappernd zu Boden. Alex hob eine Braue und ließ meinen Kopf los, der sich sofort der Schwerkraft ergab. Langsam zog Mila ihren Finger aus mir.

»Noch die fünf Schläge, dann darfst du gehen«, sagte er und trat von der Säule weg.

Hitze stieg mir ins Gesicht, das nun direkt auf meine geschwollene Scham gerichtet war. Alex ging an mir vorbei, während der sechzehnte Hieb mich traf und das Feuer auf meinem Hintern neu entzündete.

Die darauf folgenden Schläge waren hart, aber ich ertrug sie. Das Einzige, was ich nicht ertrug, war mein Versagen. Wieder hatte ich ihn enttäuscht und wieder war eine Chance dahin. Ich verdiente die Schläge. Und mehr noch verdiente ich es, gehen zu müssen.

***

Als das brennende Echo langsam abgeklungen war, hob ich den Kopf. Ich hielt nach Alex Ausschau, blickte an der Säule vorbei durch den Raum und sah stattdessen Theo. Er stand im Lichtkegel, der vom Flur ins Zimmer drang. Mila senkte den Kopf und folgte ihm in den Flur. Mit einem lauten Knall fiel die Tür ins Schloss und ein dunkles Grau legte sich über diesen Teil des Zimmers.

Ich ließ meinen Blick durch den Raum schweifen. Obwohl ich es nicht schaffte, den Kopf bis zum Bett zu drehen, glaubte ich, Alex darauf erkannt zu haben. Direkt hinter mir.

»Du hast Courage bewiesen. Zu schade nur, dass du dein Versprechen nicht gehalten hast. Doch ich möchte dich für das, was du geleistet hast, belohnen.«

Ich spürte, wie Glück meinen Körper durchströmte, und fühlte mich Mila plötzlich überlegen. Sie musste gehen und ich durfte bleiben. Bei ihm.

Er löste die Handmanschetten, streichelte über meinen Rücken und zeichnete mit den Fingern meine Taille nach. Ich schmolz unter seinen zarten Händen. Dann reichte er mir die Hand, damit ich mich wieder aufrichten konnte.

»Leg dich aufs Bett und halte die Augen geschlossen.«

Ich folgte seinem Befehl, legte mich rücklings in die Mitte des Bettes und schloss die Augen.

Eine Woge erfasste mich, als er sich neben mir niederließ.

Es verstrichen nur Sekunden und doch kam es mir vor, als wären es Minuten gewesen, die ich unberührt hier lag. Liebend gern hätte ich die Augen geöffnet, nur um zu sehen, was er gerade tat. Ob er mich beobachtete, oder überlegte er womöglich, was er mit mir anstellen könnte? Nein, ich war mir sicher, er wusste genau, was er mit mir tun würde.

»Was fühlst du? Jetzt in diesem Moment«, fragte er unerwartet.

Ich schluckte, meine Pupillen rasten ein paar Mal unter den Lidern umher, dann öffnete ich den Mund und holte Luft. Ich wollte Zeit gewinnen, um das in Worte zu fassen, was sich in mir abspielte.

»Ich bin aufgeregt. Einerseits kann ich es kaum erwarten, andererseits fürchte ich mich vor dem, was kommt.« Ich war selbst erstaunt über meine offenen Worte. Mit einem Mal fühlte ich mich so erleichtert, jetzt wo er wusste, wie es in mir aussah. Ich hörte ihn lächeln.

»Ich hatte erwartet, dass du so empfindest. Warum hast du dich geweigert, mir zu zeigen, was dir gefällt?«

»Weil ich Mila nicht mag.«

Er lachte. »Das erklärt so einiges.«

»Und ich möchte mich nicht zu Dingen zwingen lassen, die ich einfach nicht kann.«

»Sieh mich an.«

Ich öffnete die Augen. Seine Worte trieben einen Schauder durch meinen Körper. Sie kamen so plötzlich und im ersten Moment glaubte ich, er würde mich tadeln wollen. Dabei klang er weder hart noch machte er einen wütenden Eindruck.

»Mit dem, was ich von dir fordere, werde ich dich an Grenzen bringen. Es wird dir nie leicht fallen, sie zu überwinden. Aber ich verspreche dir, ich lasse dich damit nicht allein und passe auf dich auf.«

Ich sah ihn nur an. Was würden das wohl für Grenzen sein?

»Und jetzt möchte ich wissen, was dich erregt.«

Ich öffnete den Mund, aber mir fehlten die Worte. Er sah mir tief in die Augen, als würde er in meine Seele blicken.

»Was findest du schön, wenn du mit einem Mann intim wirst?«

Ich lächelte und sprach einfach das aus, was ich mir von ihm gerade wünschte: »Ich mag es, wenn er mich berührt. Wenn er mich streichelt.«

»In etwa so?«

Seine Hand berührte meinen Arm, strich nach oben zum Hals und über mein Schlüsselbein wieder nach unten, bis er meine Brust erreichte. Die Berührung glich einem Lufthauch, so leicht und zart. Meine Muskeln entspannten sich und ein Kribbeln marschierte durch den ganzen Körper.

»Ja«, hauchte ich und nickte.

Sacht umkreiste er meinen Warzenhof. Zeichnete mit dem Finger eine immer kleiner werdende Spirale bis hin zur Brustspitze, so als würde er gemächlich einen Berg erklimmen. Ich leckte mir über die Lippen und spürte, wie sich meine Spitze verhärtete und die Lust hindurchströmte. Doch statt die Warze zu berühren, setzte er die Linie nach unten hin fort zu meinem Bauchnabel, um den er ebenfalls einen sich verjüngenden Kreis zog. Ich gab mich seiner Berührung hin, dachte an nichts mehr, fühlte nur noch. Er rutschte kurz in die Vertiefung meines Nabels, ehe sein Finger sich wieder weiter bewegte. Noch tiefer, geradewegs ins Tal der Leidenschaft. Und schon jetzt brodelte die Lava der Lust in meinem Schoß, der seinen Finger sehnsüchtig erwartete.

»Was noch?«, fragte er und machte kurz vor meinem Kitzler Halt.

Ich räusperte mich. Was sollte ich sagen? Er schien doch genau zu wissen, was mir gefiel. Ich wollte nur seinem Finger folgen und nicht nachdenken müssen. Wieder zog er einen, zwei, drei Kreise um meine äußeren Schamlippen. Und noch bevor sein Finger den Spalt erreichte, berührte plötzlich etwas Feuchtes meine Brustspitze.

»Wie ist es damit? Gefällt dir das auch?«

Mehr als ein Stöhnen brachte ich nicht hervor. Er hauchte auf die feuchte Spitze und sofort breitete sich Gänsehaut auf mir aus. Erneut berührten seine Lippen meine Brustwarze. Ich stöhnte und seufzte. Tausend Blitze zuckten durch die Glieder, als er heftig daran zu saugen begann. Oh, es fühlte sich so entsetzlich gut an. Seine Lippen schlossen sich um meine Warze, während seine Zungenspitze sie in zügigem Tempo tätschelte. Ich konzentrierte mich einzig auf das Gefühl, das seine Zunge in mir heraufbeschwor. Ein Gefühl als würde ich schweben, vom Nordwind getrieben, durch eine Flut von Gewitterwolken. Ekstatische Ladungen strömten durch meinen Leib, wild, reißend versetzten sie meinen Brustkorb in Schwingungen. Ich wollte mehr, mehr von ihm und diesem berauschenden Gefühl.

Unvermittelt hielt er inne, woraufhin ein Seufzen meinen Mund verließ. Ich fühlte die Nässe zwischen den Schenkeln und glaubte vor Lust zu zerfließen.

Wieder lenkte er die Aufmerksamkeit auf meinen Schoß. Sein Finger machte weiter, wo er zuvor aufgehört hatte. Schlüpfte endlich in den Spalt und rüttelte die angestaute Leidenschaft aus mir heraus. Ich spürte die Hitze, spürte die angespannten Muskeln, die meinen Körper lähmten. Und urplötzlich wieder locker ließen. Nein, nicht. Sein Finger war verschwunden. Noch immer spürte ich die Hitze, die geschwollenen Schamlippen und das sehnsüchtige Pochen. Dann endlich machte sein Finger weiter. Rüttelte ein zweites Mal, bis ich kurz davor war, den Orgasmus zu erklimmen. Bitte hör nicht auf, riefen meine Gedanken. Doch er ließ wieder von mir ab. Warum machte er das? Ich knurrte, war kurz davor nach ihm zu treten. Warum ließ er mich so leiden?

Dann plötzlich packte er meine Beine. Zog mich über das Laken, bis ich seine glatte Eichel an der Pforte spürte. Ja, bitte, ich war bereit. Er legte meine Schenkel über seine Schultern und drückte sich in mich hinein. Eine Flut an Empfindungen überschwemmte mich, während sein Penisansatz immer wieder an meinen reifen Kitzler stieß. Mein Atem wurde rascher und mein Herz klopfte wie verrückt. Ich wippte mit dem Becken, weil ich nicht wusste, wohin mit meiner Geilheit. Er stieß schneller. Ich spürte meine Brüste, wie sie heftig auf und ab wogen und seine Schenkel, wie sie gegen meine Pobacken stießen. Der Moschus unserer Körper hing in der Luft und berauschte mich. Alex bewegte sich mit kreisenden Bewegungen in mir, stimulierte jeden Winkel meiner Vagina, bis ich nur noch stöhnte. Die Geilheit überrannte mich. Immer wieder zog er sich aus mir zurück und stieß erneut zu. So gewaltig, dass ein Schwall pures Verlangen durch meinen Körper bebte.

Plötzlich hörte er auf.

Entsetzt riss ich die Augen auf, sah in die seinen, die mich blinzelnd anstarrten. Ich fühlte noch das sanfte Zucken in mir, während sein Schaft sich bis zum letzten Tropfen entlud. Meine Scham pochte, sehnte sich danach, endlich auch von den Leiden erlöst zu werden. Doch Alex hatte nicht vor, es so weit kommen zu lassen.

»Mehr hast du dir nicht verdient.«

Mit diesen Worten stand er auf und ließ mich mit offenem Mund auf dem Bett zurück.

»Nein«, rief ich. »Das können Sie mir nicht antun!«

»Du hast dein Versprechen nicht bis zum Schluss eingehalten, es ist die gerechte Strafe dafür.«

»Bitte!«, flehte ich. »Peitschen Sie mich, schlagen Sie mich, mit was auch immer Sie wollen. Aber bitte geben Sie mir das, was ich jetzt so dringend brauche.«

»Steh auf, Lydia. Jeff kommt und bringt dich zurück in deine Zelle.«

Nein, dachte ich, ich steh nicht auf. Er beugte sich über mich, meine Lust bebte. Doch anstatt mir das zu geben, was ich brauchte, packte er mich am Schopf. Mir blieb nichts übrig, als ihm hinterher zu krabbeln. Er hielt meine Haare fest, bis ich mit beiden Füßen den Boden berührte. Erst dann ließ er los. Wackelig stand ich am Fußende des Bettes. Die Nässe und das Sekret seiner Lust liefen mir die Schenkel hinab. Ich fühlte mich im Stich gelassen, unbefriedigt.

Enttäuscht sah ich ihm nach, wie er fertig angezogen zur Tür schritt und auf einen kleinen Knopf drückte. Ich konnte nicht glauben, dass er mich auf diese Art bestrafen würde. Ich wollte es nicht glauben. Erst als Jeff im Türrahmen stand, gab ich die Hoffnung auf.

***

Ich wälzte mich unter der Bettdecke. Aufgeladen mit Lust, die in mir pulsierte. Mein gesamter Körper reagierte sensibel auf die kleinste Berührung des Stoffes. Ich konnte so nicht schlafen. Meine Gedanken drehten sich nur um meine unerfüllte Sehnsucht und um ihn. Alex. Langsam kreiste mein Finger um den kleinen Lustknopf, rubbelte schneller, als er schon bald die Nervenenden gefunden hatte. Das Laken bewegte sich auf und ab, als würde es ein Erdbeben erschüttern. Ich war mir dessen bewusst. Genauso, wie ich mir darüber bewusst war, dass Mila neben mir auf ihrem Bett saß und immer wieder zu mir rüberlugte.

Ich wollte, dass sie es sah. Ich wollte, dass sie sich darüber empörte.

Weil ich wusste, dass ich Alex dann wiedersehen würde, wenn auch nur, um mich dafür zu bestrafen. Mila hatte mich schon einmal verraten und ich war sicher, sie würde es ein zweites Mal tun.

Ich fragte mich, wie es sein konnte, dass ich seine Strafe einerseits fürchtete, und andererseits mich so sehr danach sehnte, dass ich sie absichtlich heraufbeschwor. Hatte er doch tatsächlich mein Innerstes getroffen, mit allem, was er getan und gesagt hatte? Dabei war es ihm nicht erlaubt, dieses tief liegende Gebiet zu betreten. Jahrelang hatte ich eine Mauer drum herum gebaut, sie verstärkt und der Umgebung angepasst, unauffällig, weit weg vom Geschehen. Niemand sollte auch nur in die Nähe dieser Festung gelangen, geschweige denn, sie berühren. Doch er hat es getan. Einzig mit seinen warmen Händen, so sanft, so fordernd. Er hatte die Substanz verändert. Marode gemacht, vorbereitet für ein Gefühl, das mich durch die Luft wirbeln ließ. Bevor es viel zu schnell wieder abklang und nichts als Leere hinterließ.

Ein letztes Mal stieß ich den Atem aus. Meine Finger ruhten erschöpft auf meiner besänftigten Scham, während Mila unentwegt ihren Kopf schüttelte. Ich tat so, als würde ich sie nicht bemerken und ging an ihr vorbei ins Bad, um die verbotenen Spuren der Lust von mir zu waschen.

11

Ich kam mir so schäbig vor, als ich ein paar Tage später über die Sprechanlage dazu aufgefordert wurde, in den Jutesack zu schlüpfen, der neben sündhaft teuren Spitzen-BHs im Kleiderschrank hing. Wie ein Waisenmädchen aus dem frühen Mittelalter stand ich neben Mila in der Mitte des Raumes und wartete auf meinen nächsten Herrn. Es fehlte nur noch der Dreck im Gesicht und der angenagte Laib Brot in der Hand.

Dann endlich öffnete sich die Tür. Ich hatte gehofft, Jeff würde mich holen kommen, schließlich war er es, der über die Sprechanlage zu mir gesprochen hatte. Doch zu allem Übel stand Theo in der Tür und rief mich zu sich. Erst gestern hatte er mich mit fünf Rohrstockhieben bestraft, weil ich vergessen hatte, mir ein Haargummi ums Handgelenk zu krempeln.

Er mochte mich nicht, und ich mochte ihn nicht. Von allen, mit denen ich hier zu tun hatte, behagte er mir am wenigsten. Zusammen mit einer weiteren Person, die gerade im Vergnügungsraum auf mich wartete.

Schon als mir ihr süßlicher Parfümgeruch entgegenschlug, hätte ich am liebsten die Flucht ergriffen. Doch es war zu spät. Theo schloss hinter mir die Tür und schon hörte ich ihre Stimme: »Komm her, Sklavenmädchen.«

Ich schritt zum Diwan. Mein Herz klopfte. Kurz sah ich auf den in Leder gekleideten Mann, der an der linken Säulen stand. Mit vor der Brust verschränkten Armen und einer Ledermaske auf dem Kopf, die lediglich Augen und Mund freiließ, verkörperte er den gnadenlosen Henker – passend zu meinem Sackgewand.

Ich hielt den Kopf gesenkt, als ich mich vor Chloé hinkniete. Diesmal lag kein Teppich unter meinen Knien, trotzdem wollte ich Ehrfurcht zeigen. Ich hoffte, das würde meine Strafe mildern, denn ich wusste, sie war nur deswegen gekommen.

»Steh auf!«, fauchte sie mich an.

Sobald ich mich wieder aufgerichtet hatte, stand auch sie auf und schlich um mich herum wie ein Tiger um seine erlegte Beute.

»Ich weiß, dass du versuchst, Alex für dich zu gewinnen.«

Ich war irritiert, dass sie das Gespräch auf Alex lenkte. Zumal es Unsinn war, was sie behauptete.

»Das ist nicht wahr, ich …«

»Schweig!« Sie hob ihren Finger direkt vor meine Augen und fuhr fort: »Ich habe dich beobachtet, wie du ihn angesehen hast, mit deinen unschuldigen Blicken. Du verzehrst dich nach ihm. Aber ich warne dich, Alex gehört einzig und allein mir! Du solltest deine Ansprüche etwas nach unten schrauben. Denn ihn wirst du nicht bekommen. Sklavenmädchen.«

Sie packte meine Haare und zerrte mich zwischen die Säulen.

»Und jetzt zieh diesen Lumpen aus!«

Ihre Bosheit traf mich wie ein Faustschlag. Ich war fassungslos und umklammerte das braune Netz, als wäre es eines meiner liebsten Kleider. Dann sah ich ihr direkt in die Augen. Trotz des Sklavenoutfits besaß ich immer noch Stolz. Ich trotzte ihrem Blick, der mich von oben herab ansah, und mich mit voller Härte unter sich zermalmen wollte. Meine Augen hafteten an ihren, bewiesen Stärke und zeigten, dass ich nicht gewillt war, mich zu beugen. Trotzdem zitterte es in mir, weil ich wusste, sie war mir überlegen. Sie bräuchte nur einen Knopf drücken und Theo würde mich bezwingen. Ihre Augen verengten sich. Es missfiel ihr sichtlich, dass ich den Mut besaß, gegen ihre Regeln zu verstoßen und mich derart aufzulehnen. Und für einen Moment fühlte ich mich ihr überlegen, weil ich nicht huschte, so wie sie es von mir erwartet hatte.

»Zieh es ihr aus. Und dann kette sie an die Säulen!« Sie machte eine flüchtige Handbewegung in Richtung des Henkers, dann drehte sie sich um und stolzierte zum Diwan.

Sofort packte mich der in Leder gehüllte Mann und schob seine Hand unter den Jutesack. Ich klammerte meinen Arm um den Sack und wand mich unter seinem festen Griff. Er stand hinter mir und umfasste meinen Bauch, dann drückte er so fest zu, dass mir die Luft wegblieb. Ich wollte nicht kampflos aufgeben, zerrte an seinem Arm und trat gegen sein Schienbein.

Doch ich hatte keine Chance. Er zog mir den Sack über Arme und Kopf und warf das starre Geflecht zu Boden. Noch immer den Arm um meinen Bauch gespannt, hob er mich in die Luft, und ehe ich mich versah, war mein rechtes Handgelenk an der Säule fixiert. Er stellte mich wieder auf die Füße, zog meinen linken Arm zur zweiten Säule und machte auch diesen daran fest.

Mit ausgestreckten Armen stand ich zwischen den Marmorpfeilern und blickte direkt auf Chloé, die auf dem Diwan saß und ihre Beine genüsslich übereinanderschlug.

Eine Zeit lang sah sie mich an, weidete sich an meinem wütenden Blick. Dann fasste sie hinter sich und hielt kurz darauf eine Rolle Klebeband in der Hand. Sie warf sie dem Henker zu, der neben mir an der Säule lehnte. Gekonnt fing er die Rolle auf und zog einen Streifen davon ab. Ich verabscheute dieses reißende Geräusch.

Mit geschlossenem Mund und erhobenem Haupt ließ ich das Unvermeidbare mit mir geschehen. Ich wollte stark sein, sie sollte nicht glauben, sie könnte mich einschüchtern. Ein paar Mal wischte er noch mit festem Druck über das Klebeband, das meinen Mund jetzt dicht verschloss.

Sichtlich zufrieden stand Chloé von ihrem Thron auf und schritt langsam auf mich zu. Sie umfasste mein Kinn und zwang mich, sie anzusehen.

»Zukünftig möchte ich, dass du dich Alex verweigerst. In allen Einzelheiten. Wenn er dich dafür bestraft, nimmst du es hin, weil ich es so will. Du wirst an mich denken, wenn er dich züchtigt. Hast du mich verstanden?«

Mit finsterem Blick entriss ich mich ihrer Hand. Niemals würde ich das tun, was sie von mir verlangte.

Chloé gab sich unbeeindruckt und setzte einen Schritt zurück.

»Zeig ihr, was sie erwartet, sollte sie sich meinem Befehl widersetzen.«

Er nahm eine lange, geflochtene Peitsche von der Halterung und trat gemächlich hinter mich. Angstschweiß sammelte sich auf meiner Stirn und das Blut rauschte durch meine Ohren. Er ließ die Peitsche einmal durch die Luft sausen. Mein Atem zwängte sich aus der Nase. Ich ahnte, dass es diesmal richtig wehtun würde.

Chloé saß wieder auf dem Diwan und verzog ihren Mund zu einem genüsslichen Lächeln. Ich stierte zu Boden, klammerte den Blick an eine der Holzdielen, spannte meine Muskeln an und wartete auf das fauchende Surren, bevor der Schmerz zupackte und mich zerfleischte.

Nach nur wenigen Atemzügen durchschnitt das dünne Leder die Luft und der beißende Schmerz zog sich über meinen Rücken. Ein quiekender Schrei fuhr mir durch die Nase. Der Schmerz ließ noch nicht einmal nach, schon traf mich der geschmeidige Rattenschwanz ein zweites Mal. Die Hiebe brannten sich in meine Haut, wie heißer Draht ins Kerzenwachs.

Kaum dass er mir Zeit ließ, den Schmerz zu verarbeiten, schnalzte das feine Leder ein drittes Mal über meine Haut. Sechs oder sieben weitere Schläge folgten im Sekundentakt. Ich bäumte mich unter der Qual und diesem entsetzlichen Schmerz, der sich in meinem gesamten Körper ausbreitete. Mein Mundraum füllte sich mit einem Schrei, bis das Klebeband zum Zerreißen gespannt war und meine Augen schließlich das Ventil öffneten und sich mit Tränen füllten. Mein Gehirn konnte keine Gedanken fassen, zu sehr war es damit beschäftigt, den wiederkehrenden Qualen entgegenzuwirken. Die so heftig waren, dass alle bisherigen Bestrafungen einem Streicheln glichen.

»Genug!«, rief Chloé.

Für einen Sekundenbruchteil war ich ihr dankbar, dass sie Gnade walten ließ und mich von meinem Leid erlöste. Erschöpft hing ich in den Fesseln und stieß in kurzen Abständen Luft durch die Nase. Mein Rücken glimmte wie glühende Holzscheite. Ich konnte an nichts mehr denken, als an diesen entsetzlichen Schmerz, der sich an mir festgebissen hatte und nicht mehr losließ.

»Du weißt jetzt, was dich erwartet. Und glaube mir. Solltest du dich Alex nicht widersetzen, wird dich ein Bündel dieser Schläge zur Ohnmacht treiben«, sagte sie mit dem melodischen Stimmenklang einer Adeligen. Ich war zu schwach, um den Kopf zu heben. Ungehindert tropften meine Tränen auf das dunkle Holz.

Ihre Absätze klackerten auf dem Boden, entfernten sich zu meiner Rechten, hielten kurz inne und kamen wenige Sekunden später wieder zu mir zurück. Chloé stand direkt vor mir, als plötzlich ein Lederriemen mit zweigeteiltem Ende vor meinen Augen baumelte.

»Denkst du, das wäre alles? Das war erst die Hälfte. Wir haben noch eine Rechnung offen. Die folgende Strafe soll dich lehren, dass es einem Sklavenmädchen strikt untersagt ist, selbst Hand anzulegen.«

Nein, das durfte nicht wahr sein! Ein Schluchzen zuckte durch meinen Bauchraum. Ich winselte gegen den Knebel und bettelte schließlich mit angsterfülltem Blick um Erbarmen. Noch mehr Schmerz ertrug ich nicht.

Eiskalt grinste sie mich an. Dann reichte sie dem Henker

das schwarze Leder, machte kehrt und schmiegte sich wieder in das Polster.

Ich nahm einen tiefen Atemzug, richtete den Blick zur Decke und betete zu Gott. Dann raste die gespaltene Zunge auf meine Pobacke. Tausend Nadelstiche bohrten sich in jede Pore meines Gesäßes, forderten mich auf, der Folter zu entkommen. Ich zerrte an den Manschetten, wand mich und versuchte, das Klebeband von meinem Mund zu schreien.

Ein ums andere Mal klatschte der glatte Riemen auf meine zarte Haut. Scharf, beißend, intensiv. Ich fühlte nichts, als diesen Schmerz, der meinen Hintern gnadenlos zum Lodern brachte. Schweißperlen rollten über meine Schläfe, bis sie am Kinn hängen blieben und schwerfällig zu Boden tropften. Irgendwann hing ich nur noch in den Fesseln, aufgelöst, gedankenlos. Viel später erst merkte ich, dass die Folter ein Ende genommen hatte.

Der Henker löste die Manschetten von den Säulen, woraufhin ich bleiern zu Boden sackte. Mir fehlte die Kraft. Ich fühlte nur diese Hitze und dieses anhaltende Flackern des Schmerzes.

***

Irgendwann schlug ich die Augen auf und blickte ich auf die schwarzen Lederschuhe des maskierten Mannes. Langsam regten sich meine Muskeln und ich spürte den harten Boden unter mir. Dann holte mich der Schmerz ein und ich hoffte, nein, betete, dass es vorbei war.

Chloé wartete, bis ich halbwegs bei Kräften war, dann wies sie ihren Folterknecht an, mich auf die Füße zu stellen und mir das Klebeband vom Mund zu ziehen. Er tat es, ohne zu zögern und ließ mich wackelig stehen.

»Reiß dich zusammen«, warf Chloé mir entgegen und ging zur Tür. Ich sah ihr hinterher.

Als sie die Tür öffnete, trat Theo in den Raum. Zum ersten Mal war ich erleichtert, ihn zu sehen. Weil ich wusste, es war vorbei. Er würde mich endlich zurück in meine Zelle bringen.

Er kam zu mir, packte meinen Oberarm und zog mich so ruckartig mit, dass ich strauchelte.

»Ich muss mich für Ron entschuldigen. Er ist noch unerfahren im Umgang mit Peitschen. Er hat ein paar Mal zu fest zugeschlagen«, sagte Chloé beiläufig, als wäre es ein Kavaliersdelikt.

Theo schüttelte den Kopf und winkte ab. »Sie ist zäh und wird es überleben.«

Tatsächlich hatte ich nichts anderes von Theo erwartet. Weder sah er sich meinen Rücken an noch bekundete er Mitgefühl. Dabei musste er doch bemerkt haben, dass ich kaum das Gleichgewicht halten konnte und mein Körper sich bei jedem Schritt versteifte. Mein Gesäß glühte und der Schmerz zog sich über meinen Rücken. Ich war mir sicher, die Haut war aufgeplatzt, es brannte und pochte.

Noch immer schallte Chloés Drohung durch meine Gedanken. Ich fragte mich, wie ich mich von Alex fernhalten sollte. Wollte sie, dass auch er mich bis aufs Blut peitschte, weil ich mich ihm widersetzte, obwohl ich mich mit jeder Faser meines Körpers nach ihm verzerrte? Ja, das wollte sie. Sie wollte mich leiden sehen, mich an den Rand meiner Kräfte treiben, weil sie eine Gefahr in mir sah. Eine Gefahr, die es auszuschalten galt, mit allen erdenklichen Mitteln.

***

Zu meiner Überraschung ließ Mila mein Zustand nicht kalt. Mit offenem Mund stand sie da, als Theo mich bäuchlings aufs Bett stieß und den Raum verließ.

»Was ist passiert?«, fragte sie. Besorgnis lag in ihrer Stimme, zum ersten Mal zeigte sie Mitgefühl.

Allein ihr Verhalten schaffte es, dass ich in Tränen ausbrach. Ich war gerührt, hatte endlich das Gefühl, sie verstand mich.

»Warte kurz«, sagte sie und verschwand ins Bad. Mit einem Glas Wasser und einem kleinen, weißen Tiegel kam sie wieder zurück. Sie setzte sich neben mich aufs Bett und hielt mir eine weiße Tablette hin.

»Nimm die, sie ist gegen deine Schmerzen.«

Ich lehnte mich auf meine Ellenbogen und nahm die Tablette. Mit dem Wasser, das Mila mir reichte, spülte ich sie runter.

»Leg dich wieder hin. Ich werde dir eine Salbe auftragen, damit die Wunden schneller heilen.«

Sorgfältig verteilte sie die kühlende Salbe auf meinem Rücken und Hintern. Es brannte und schmerzte. Doch sobald ich zusammenzuckte, mäßigte sie sofort den Druck. Sie nahm sich Zeit und ließ keinen Quadratzentimeter aus.

»Wer war das?«, fragte sie und suchte gleichzeitig meinen Blick.

»Chloé. Es war Chloé. Sie hatte wohl ihre Gründe.« Ich wollte Mila prüfen. Ich wollte mich nicht weinend in ihre Arme geben, um dann mit den Worten »du bist selbst schuld«, abgespeist zu werden. Denn so schätzte ich sie ein.

»Nein«, wies Mila zurück. »Was sie dir angetan hat, war falsch. Dein Körper ist diese Schmerzen nicht gewöhnt. Du bist noch nicht so weit. Das hätte sie wissen müssen.«

Natürlich wusste Chloé, dass es falsch war. Doch das wollte ich Mila nicht sagen. Schließlich war sie es, der ich einen Teil der Strafe zu verdanken hatte. Es fühlte sich zu gut an, wie sie mir gerade Beistand leistete. Ich wollte diesen Moment nicht zerstören, indem ich ihr Vorwürfe machte. Womöglich ahnte sie es sowieso.

»Ich hasse dieses selbstgefällige Miststück so sehr«, schluchzte ich.

Statt etwas darauf zu sagen, sah Mila mich nur an.

»Magst du sie denn?«, fragte ich.

»Das erübrigt sich, denn sie mag mich nicht.« Mila schraubte den Deckel auf den Tiegel.

»Gibt es denn irgendeinen Gast, den du nicht ausstehen kannst?«

»Ich achte sie alle. Ich bin dankbar dafür, was sie mir geben. Es wäre absurd, sie zu verabscheuen.«

Ich nahm es ihr nicht übel, dass sie so dachte. Im Grunde machte sie damit genau das Richtige, sie katapultierte sich nicht in einen solchen Schlamassel.

»Chloé meint, ich würde mich an Alex ranwerfen, sie wollte mir einen Denkzettel verpassen.«

»Nichts gibt ihr das Recht, dich so zu behandeln.«

Nein, dachte ich, es gab ihr kein Recht. Doch hier passierte so einiges, was nicht rechtens war. Wenn es danach ginge, sollte ich gar nicht hier sein. Mir wurde plötzlich bewusst, was in mir geschehen war, seit Jeff mich hierhergebracht hatte. Ließ mich meine Geilheit immer mehr vergessen, dass ich nicht hierher gehörte? Fand ich mich etwa schon mit meinem Schicksal ab?

»Tust du es denn?«, durchschnitt Mila plötzlich meine Gedanken.

»Was?«

»Na, dich an Alex ranwerfen.«

Sie sah mich fragend an. Ich schüttelte den Kopf.

»Ich weiß es nicht«, sagte ich. »Ich wollte mich nie verlieren, an ihn, an niemanden. Und doch ist es passiert. Und ich fühle, wie ich die Kontrolle über mich verliere. Das macht mich verrückt. Ich weiß nicht, was in mir geschieht. Ich weiß nur, dass alles aus den Fugen gerät. Die Sessions erregen mich. Obwohl es meiner Lebensweise widerspricht, schafft es eine Gefühlsgewalt in mir, die ich bisher noch nicht kannte.«

Ein Lächeln zuckte über Milas Lippen. Es war das erste Mal, dass sie mich so ansah. So verständnisvoll, so warmherzig.

»Weshalb kämpfst du mit aller Gewalt dagegen an? Warum lässt du es nicht einfach geschehen?«, fragte sie mich. »Sobald du dich darauf einlässt, auf das, was mit dir geschieht, behältst du die Kontrolle über dich. Indem du es zu dem machst, was du willst.«

Doch ich wusste nicht, was ich wollte. Nicht mehr. Ich atmete tief durch, um meine verwirrten Gedanken zur Vernunft zu treiben. Doch so einfach ging das nicht. Es kam mir vor, als würden alle Teile eines großen Puzzles vor mir liegen, kreuz und quer auf dem Boden verteilt. So wie meine Empfindungen, meine Gedanken, diese neue Umgebung, die Menschen um mich herum, jeder anders und doch von derselben Leidenschaft getrieben. Von der Leidenschaft, die auch mir zweifelsohne innewohnte. Ich wagte es nicht, diese Puzzleteile zu einem Bild zusammenzufügen, weil ich nicht wusste, ob ich dieses Bild ertragen konnte. Ob ich so leben konnte. Willenlos und ohne Rechte, des eigenen Lebens enteignet.

»Wie bist du hierhergekommen?«, fragte ich Mila. »Haben sie dich auch in die Falle gelockt?«

Sie lächelte, als ahnte sie, dass ich nicht länger mein Innerstes ergründen wollte.

»Mein Herr hat mich verkauft. Auch ich habe es so gewollt«, sagte sie.

»Schon klar, du bist glücklich, wenn dein Herr glücklich ist.« Ich merkte, dass meine Stimme kalt klang. »Tut mir leid. Es fällt mir einfach schwer zu glauben, dass es so ist.«

»Da bist du nicht die Einzige«, sagte Mila. »Würde meine Mutter wissen, wie ich lebe, würde sie mich sofort in die Klapse sperren lassen. Ich bin mit vierzehn von zu Hause ausgezogen, kurz nachdem mein Vater uns verlassen hatte. Meine Mutter ist sehr religiös und konservativ, aber ich war schon immer anders. Lieber wollte ich mich einem Mann unterwerfen, als irgendeinem Gott. Ich wohnte zwei Jahre teils bei Freunden, teils im Motel und tagsüber jobbte ich in einem Sushi-Restaurant. Dort fand mich auch mein erster Herr. Er war fünfzehn Jahre älter als ich, wohnte in einem alten Gutshaus mit hohen stuckverzierten Decken, antiken Möbeln und einem Innenhof, in dem Hortensien und Veilchen blühten. In dieser atemberaubenden Kulisse lehrte er mich, was Lustschmerz bedeutet. Er war ein Meister der Reitpeitsche und hinterließ wahre Kunstwerke auf meinem Rücken, die mich noch lange an die gewaltigen Höhenflüge erinnerten.«

Mila blickte an mir vorbei. Wehmut spiegelte sich in ihrem Blick und ich glaubte, Tränen in ihren Augen zu erkennen.

»Hat *er* dich verkauft?«, fragte ich.

»Nein. Ich wusste von Anfang an, dass seine Gefühle nicht für eine Beziehung reichten. Er führte mich einem befreundeten Dom vor. Und stellte mir frei, mit ihm zu gehen. Ich tat es und blieb von da an in der Szene. Jeder andere konnte meine Neigung nicht verstehen. Mein zweiter Herr hat mich an Jeff verkauft. Denn er konnte mir nicht das bieten, was ich brauche, nicht in dem Ausmaß. Aber auch hier begegneten mir immer wieder Frauen, die mich beleidigten, die nicht verstehen wollten, dass ich es als meine Bestimmung sehe, mich zu unterwerfen. Zum Glück waren sie nicht lange hier, ehe man sie wegbrachte. Wohin auch immer. Es war mir egal.«

»Und dann kam ich. Wieder ein Neuling, der dir andichtete,

du hättest dich selbst aufgegeben.«

Mila schmunzelte und ich tat es ihr gleich. Wir sahen uns lächelnd an, als hätte nie etwas zwischen uns gelegen. Es war ein merkwürdiges und gleichzeitig inniges Gefühl, das mich zu Tränen rührte.

»Ja, du hast dich am Anfang aufgeführt, wie all die anderen«, sagte sie mit einem Schmunzeln. »Aber du hast dich mir gegenüber immer zurückgehalten. Du akzeptierst meine Lebensweise, und das schätze ich sehr an dir. Vielleicht, weil du inzwischen erkannt hast, was es bedeutet, sich jemandem zu unterwerfen. Ich habe es gemerkt, als wir bei Alex waren. Ich habe deine Lust zwischen meinen Fingern gefühlt. Es tut mir leid, dass ich so zu dir war.«

Ich kam mir plötzlich schuldig vor. Schließlich hatte ich mich nur deshalb mit dummen Bemerkungen zurückgehalten, weil ich sie brauchte, um hier rauszukommen. Ihre Aufrichtigkeit berührte mich. Ich konnte nicht anders, ich musste Mila in die Arme nehmen. Nichts lag mir in diesem Moment näher, als mich mit ihr zu versöhnen. Weil ich jetzt auch verstand, warum sie so war. Und weil ich ihr, nach all dem, was ich über sie wusste, verzeihen wollte.

***

Ich lag noch lange wach und dachte über das nach, was Mila mir von sich erzählt hatte. Sie faszinierte mich. Ja, ich beneidete sie sogar. Nicht weil ich so sein wollte wie sie, sondern weil sie eins war mit ihrer Bestimmung, und das, obwohl sie noch so jung war.

Ich hatte immer geglaubt, ich würde ein erfülltes Leben führen. Ich hatte gedacht, ich würde meine Sexualität voll ausschöpfen, indem ich es mir zwei Mal in der Woche besorgen ließ. Dabei hatte ich erst hier erfahren, was Lust bedeutete.

Dass es ein Gefühl war, das tief in einem brodelt und sich kontinuierlich auf die Spitze treiben ließ, bis es mit einer atomaren Druckwelle explodierte.

Ich holte das Buch mit dem blauen Einband aus dem Bücherregal und knickte eine neue Ecke um. So wie ich es jeden Abend machte, um die Tage meiner Gefangenschaft mitzuzählen. Ich hatte nie vorgehabt, das Buch zu lesen. Ich wusste nur, es ging darin um eine junge Frau, die in einer Kristallkugel ihre Zukunft vorhersah und nun damit klarkommen musste, was sie dort erwartete. Ich fand es irgendwie passend. Außerdem war es das dünnste Buch gewesen, das ich finden konnte, mit gerade mal 170 Seiten. Denn ich hatte nicht vor, lange zu bleiben. Inzwischen war ich auf Seite acht und war am Überlegen, ob ich das Buch vielleicht doch lesen sollte.

12

Es vergingen fünf lange Tage, bis ich Alex wiedersah. Fünf Tage, in denen ich mich mit jeder Faser meines Körpers nach ihm gesehnt hatte. Ich war mit dem Gedanken an ihn eingeschlafen und mit dem Gedanken an ihn aufgewacht. Es war schlimm. Weil ich nicht wusste, was er für mich empfand. Ob er überhaupt etwas für mich empfand. Jedes Mal, wenn mich Jeff oder Theo für einen Gast aus der Zelle geholt hatte, hob ich kurz den Blick, weil ich sehen wollte, ob er es war, der mich empfing.

Und jetzt endlich, nach langem Ausharren, stand er da, schick gekleidet mit Anzughose und grauem Seidenhemd wartete er vor der Tür des Vergnügungsraums – auf mich! Während ich mit Jeff den Flur entlangging, schaffte ich es kaum, das breite Grinsen zu vertreiben, das sich in mein Gesicht geschlichen hatte. In mir flatterten Glück und Aufregung um die Wette, kaum dass ich das Zittern in meinem Leib bändigen konnte.

Wie sollte ich mich nur an das halten, was Chloé von mir verlangt hatte? Meine Gefühle tanzten auf rosaroten Wolken, während meine gefesselten Hände es kaum erwarten konnten, seinen nackten Körper anzufassen.

Ich dachte nicht daran, mich an Chloés Befehl zu halten. Die vielen Tage, die seit ihrem Besuch vergangen waren, machten es mir leicht. All die Striemen und Blutergüsse waren inzwischen verblasst, die Schmerzen vergessen. Vor allem jetzt, wo ich wusste, dass Alex einzig wegen mir dort stand. In diesem Moment wollte ich nichts mehr, als ihn für mich gewinnen. Ich wollte, dass er sich alle Finger nach mir ableckte und mich nie wieder gehen ließ. Ich wollte seinen Jagdinstinkt wecken. Ihn in dem Gedanken lassen, dass es nicht leicht sein würde, mich zu bekommen. Denn dann, so wusste ich, würde er mich haben wollen.

***

Jeff begleitete mich noch bis zwischen die Säulen, dann verließ er wortlos den Raum.

»Knie dich hin und nimm die Hände hinter den Kopf«, hörte ich Alex sagen. Allein dieses strenge Timbre in seiner Stimme trieb mir einen wohligen Schauer über den Rücken. Mein Blick war auf das Bett gerichtet, und Alex stand wenige Meter hinter mir. Ich kniete mich hin und verschränkte die Hände im Nacken. Doch statt auf die Holzdielen zu sehen, hielt ich den Kopf gerade. Mein Blick krallte sich an ihm fest, als er an mir vorbeiging und, mit dem Rücken zu mir, am Bett stehen blieb. In seiner Hand hielt er ein mit schwarzem Samt überzogenes Kästchen, das etwa so groß war wie ein Ziegelstein. Schwer sank es in das weiße Laken, als er es behutsam auf dem Bett ablegte. Dann knöpfte er sein Hemd auf, zog

157

es aus und warf es aufs Bett. Staunend betrachtete ich seine männliche, durchtrainierte Rückseite. Von hinten sah er aus wie ein Latino. Die gebräunte Haut passte perfekt zu den dunklen, im Nacken kurz rasierten Haaren. Er beugte sich nach unten. Durch den Spalt seiner Beine konnte ich sehen, dass er den kleinen goldenen Riegel des Kästchens zur Seite schob. Ein leises Knirschen zog sich durch die Stille, als er es öffnete. Er nahm etwas Zierliches heraus, das silbern glänzte. Doch ich erkannte nicht genau, was es war, zu schnell ließ er es in seiner Hand verschwinden. Neben dem Kästchen lag ein Rohrstock, den ich erst bemerkte, als er ihn aufhob.

Sofort verkrampften sich meine Muskeln und der eben noch entspannte Atem gewann an Tempo. Ich senkte nun doch meinen Blick, denn ich wollte ihn nicht unnötig reizen. Langsam schritt er auf mich zu. Mein Herz trommelte gegen den Brustkorb und meine am Hinterkopf verschränkten Finger klebten an den Haaren. Sanft berührte der Rohrstock meine Wange, streichelte langsam meine zarte Haut.

»Hast du mich vermisst?«, fragte er.

Was? Warum stellte er mir diese Frage, auf die es nur eine Antwort gab? War ich so leicht zu durchschauen?

»Sollte ich?«, entgegnete ich, nachdem ich all meinen Mut zusammengefasst hatte.

Er nahm den Stock von meinem Gesicht und ließ ihn genüsslich über meinen Hals gleiten. Dann zog er mit der Spitze eine Linie in Form einer Acht um meine beiden Brüste und stoppte seitlich an der linken Brust. Gerade als ich einen neuen Atemzug nehmen wollte, holte er aus und ließ den Stock auf mein weiches Fleisch sausen. Fest genug, um mir ein Keuchen zu entlocken. Unruhig rutschte ich auf den Knien hin und her.

»Vielleicht solltest du deine Antwort noch einmal überdenken und etwas konkreter werden«, sagte er ruhig.

Ich schluckte schwer. So einfach schien ich nicht davonzukommen.

»Ich hatte Sie nicht mehr als jeden anderen Gast vermisst«, log ich und sah ihm fest in die Augen. Ich hoffte, ihm reichte diese Antwort. Er hielt meinem Blick stand, als wartete er darauf, dass sich meine Lüge zeigte. Doch ich ließ mir nichts anmerken, absichtlich verengte ich den Blick und spießte ihn förmlich damit auf. Ohne mich aus den Augen zu lassen, führte er den Stock tiefer zu meiner blank rasierten Scham. Dann hielt er das Holz zwischen meine Beine und klopfte damit abwechselnd an die Innenseiten meiner Schenkel. Ich wusste, was das zu bedeuten hatte und spreizte die Beine. Ein Lächeln zeigte sich um seine Mundwinkel. Mit der Spitze des Rohrstocks teilte er meine Schamlippen und stieß an den Kitzler. Ein Stöhnen zwang sich durch meine Nase. Der Lustsaft benetzte meine Spalte. Immer wieder streiften Schauder durch meinen Körper. Am liebsten hätte ich ihn angefleht, mir endlich das zu geben, wonach ich mich die letzten Tage so gesehnt hatte. Doch ich verbot es mir.

Als hätte er meine Gedanken gelesen, ließ er den Stock fallen und sagte: »Willst du nicht dein Geschenk auspacken?«

Mein Blick wanderte zur Beule in seiner Hose und wieder nach oben in sein Gesicht. Er neigte den Kopf zur Seite.

»Worauf wartest du? Öffne meine Hose.«

Wieder sah ich nach unten und blieb kurz an seiner zur Faust geballten Hand stehen. Ehe ich das silberne Metall, das nur andeutungsweise hervorlugte, erforschen konnte, nahm er seine Hände hinter den Rücken. Sicher wusste er, dass ich zu gern erfahren wollte, was er in der Hand verbarg.

Als würde es mich nicht weiter interessieren, nahm ich die Hände nach vorn und legte sie an seine Hose. Meine Finger zitterten. Vorsichtig öffnete ich den Knopf und zog den Reißverschluss nach unten. Nachdem meine Handgelenke miteinander verbunden waren, fiel es mir schwer, seine Hose von der Hüfte zu ziehen. So zupfte ich mal rechts, mal links am Hosenbein, bis der Stoff nach unten fiel. Er trug einen schwarzen Hipster, unter dem sich sein Penis wie ein dicker Pfahl abzeichnete. Verdammt sexy. Ich ließ es mir nicht nehmen und streichelte einmal über den festen Strang. Als Nächstes befreite ich die warme, pralle Eichel und zog dann das zarte Stück Stoff über seine Lenden nach unten. Vielversprechend reckte sich sein Penis mir entgegen. Ich konnte es kaum erwarten, ihn in Empfang zu nehmen. Doch dann trat Alex einen Schritt zurück.

»Natürlich möchte ich, dass auch du deinen Spaß hast.« Er hielt mir zwei silberne Klammern vor die Augen, an denen jeweils eine murmelgroße Metallkugel hing. Der Anblick jagte mir einen Schrecken ein. Ich konnte mir nicht vorstellen, dass mir dieser Christbaumschmuck Freude bereiten könnte. Entsetzt schüttelte ich den Kopf. Alex ging in die Hocke und hantierte an meiner Schamlippe. Und schon spürte ich den dumpfen Schmerz, der das Stück Fleisch packte und gewichtig nach unten zog. Das Gleiche an meiner zweiten Schamlippe. Es war ein sehr einnehmendes Gefühl. Obwohl der Schmerz erträglich war, nahm er mich in seiner Unnachgiebigkeit gefangen. Irgendwie erregend. Als Alex dann noch mit einem Fingerstoß die beiden Kugeln zum Schwingen brachte, stieß das Metall der Klammer immer wieder an den Kitzler. Mein Schoß zuckte, mein ganzer Körper stand unter Dauerstrom, jede kleinste Bewegung heizte mich weiter an.

Als wäre genau das sein Plan gewesen, leckte und sog ich gierig an seiner Eichel, die mir nun wieder stramm zu Gesicht stand. Er packte meine Haare und zog sie nach hinten, sodass ich zu ihm aufsehen musste. Noch immer hielt ich sein Glied mit den Lippen fest umschlossen und nuckelte daran. Ein Lächeln zog sich über sein Gesicht. Er genoss es sichtlich, Macht über mich zu haben und versank tiefer in mir.

»Schluck, damit dein Mund meinen Schwanz tiefer aufnehmen kann.«

Fragend sah ich ihn an, während er ohne Rücksicht bis in meinen Rachen vordrang. Ich kämpfte gegen den drohenden Brechreiz und versuchte, mich ein Stück weit zu entziehen, doch er presste meinen Kopf dicht an seinen Schoß.

»Schluck!«, forderte er ein zweites Mal. »Und sieh mich an.«

Ich tat, was er verlangte und schluckte. Es war ein Gefühl, als würde ich das Fleisch in einem Stück verschlingen wollen. Doch tatsächlich war der Würgereiz verschwunden. Er bewegte sich tief in mir, berührte beinahe mein Zäpfchen. Während ich das harte Fleisch in mir behielt, als wäre es ein Teil von mir. Er drückte meinen Kopf unausweichlich an sein Becken, ließ sanft seine Hüften kreisen und hielt damit gleichzeitig die Gewichte in Bewegung. Es war ein unglaublich erregendes Gefühl. Ich überlegte, ob es die Klammern waren, die mich so erregten oder ob es die Macht war, die er gerade über mich walten ließ. Oder war es ein Zusammenspiel von beidem?

Langsam bewegte er sich in mir. Vor und zurück, wurde immer schneller. Er fickte meinen Mund, als wäre er eine Vagina. Bis es pulsierte, und seine Schübe allmählich langsamer wurden. Ich wusste, er war kurz davor abzuspritzen, und wollte meinen Kopf wegziehen. Doch er hielt ihn fest.

Als Alex sich tief in mir entlud, zuckten die finalen Schübe über meine Zunge, hinein in den Rachen.

Ich musste mehrmals schlucken, um die zähe Masse nach unten zu bekommen. Er hatte sich aus mir zurückgezogen, sein glänzender Schwanz hing erschöpft vor mir.

»Zunge raus«, dirigierte er.

Überrumpelt öffnete ich den Mund und streckte die Zunge heraus. Ich dachte, er wollte prüfen, ob ich alles geschluckt hatte, dabei nahm er sein Glied und wischte es an meiner Zunge ab. Ein paar Mal tätschelte er darauf und ich ahnte, was er von mir wollte. Gehorsam und ohne viel nachzudenken, leckte ich die letzten Spuren von seiner Eichel. Als ich ihn sauber entließ und den salzigen Geschmack auf der Zunge schmeckte, fühlte ich mich erniedrigt und gedemütigt. Aber gleichzeitig, und das verwirrte mich, machte es mich unendlich stolz. Weil er es war, der mir diese Härte zu teil werden ließ. Und weil ich es war, die er ausgewählt hatte. Es war eine Ehre, wie ich fand. Ich genoss es, von ihm dominiert zu werden, seine Strenge in der Stimme zu hören und am eigenen Leib zu spüren. Ich mochte seine warmen Hände auf meiner Haut, die sich, auch wenn er mich fest im Griff behielt, trotzdem weich und sanft anfühlten.

Er hob mein Kinn. »Sag, dass du meine Sklavin bist.«

Ich sah ihn an, dann schüttelte ich den Kopf. Obwohl ich mich danach verzerrte, von ihm wie eine solche behandelt zu werden, wollte ich mich nicht damit betiteln. Es hätte für mich zu endgültig geklungen, als würde ich ihm damit die Erlaubnis erteilen, mich zu benutzen, wann immer er es wollte. Ich erschauderte, weil ich befürchtete, er würde darauf bestehen, dass ich mich ihm vollkommen unterwarf.

Er zückte den Rohrstock und legte ihn drohend an meinen Schenkel.

»Ich muss dir also erst zeigen, dass du meine Sklavin bist.«
Er sah mich fordernd an und brachte die Lust in mir zum
Brodeln.

»Ich bin es nicht freiwillig«, entgegnete ich scharf. Hitze
schoss in meine Wangen und das Brodeln erlangte seinen
Höhepunkt. Warum nur erregte mich das so?

»Inzwischen solltest du dich doch an deine neue Rolle gewöhnt haben.«

»Ich werde mich nie daran gewöhnen, eine Gefangene zu
sein. Genauso wenig werde ich je eine freiwillige Sklavin sein.«

Was ich sagte, meinte ich auch so. Ich ließ mich nicht
brechen, von niemandem, auch nicht von ihm.

Seine Hand umfasste meinen Hals und drückte mich nach
oben, zwang mich aufzustehen. Er blickte mir tief in die Augen.

»Du hast dich deinem Herrn zu unterwerfen, ob du willst
oder nicht. Ich werde dich zu meiner Sklavin machen, weil
ich weiß, dass du es willst.« Seine Stimme klang ruhig aber
bestimmt. »Und ich verspreche dir, du wirst es genießen.«

»Niemals!« Meine Gesichtszüge wurden hart.

Amüsiertheit zuckte in seinen Mundwinkeln. Als er meinen Hals losließ, sackte mein Kopf nach unten. Ich schämte
mich. Weil ich meine Bestimmung verleugnete, weil ich ihm
damit gleichzeitig weismachen wollte, es würde nichts in mir
auslösen. Dabei reichte nur seine Nähe und meine Scham
begann zu pochen.

»Du willst mir also sagen, dass du nichts empfindest? Dass
es dich nicht geil macht, hier vor mir zu stehen und dich dem
zu fügen, was ich von dir verlange?«

»Nein. Bestimmt nicht!«, sagte ich betont laut, um auch
meine Gedanken zu übertönen, die ganz anderer Meinung
waren. Ich wollte mir nicht die Blöße geben.

»Öffne deinen Mund«, befahl er und hielt den Stock an meine Wange.

Entsetzt sah ich zu ihm auf. Seine Worte klangen hart, anders als sonst.

»Entweder machst du es aus freien Stücken oder ich öffne ihn dir.«

Zaghaft öffnete ich den Mund. Aus freien Stücken, wie er es nannte. Dabei war ich nicht frei. Selbst meine Empfindungen musste ich verbergen. Ich war nicht nur in diesem Haus gefangen, sondern auch in mir selbst.

»Ich möchte deine Zunge sehen.«

Ich tat, was er verlangte und streckte die Zunge raus. Misstrauisch blinzelte ich zum Rohrstock, der noch immer an meiner Wange lehnte. Was hatte er vor?

Plötzlich spürte ich seine Finger an meiner triefenden Öffnung. Er streifte einmal kurz hindurch. Vom Glanz meiner Lust überzogen, hob er Zeige- und Mittelfinger vor meine Augen, wendete sie hin und her und wischte sie schließlich an meiner Zunge ab.

»Merk dir eins, wenn du mich weiterhin belügst oder glaubst, mir etwas vormachen zu können, wird der Weg zur Sklavin kein Spaziergang für dich.«

Ich hielt seinen Blick fest. Tränen brannten in meinen Augen. Es war zu viel für mich. Ich setzte einen Schritt zurück, doch er hielt mich fest. Packte meine Arme und drückte mich gegen die Säule.

»Ich weiß, was du empfindest, Lydia. Ich weiß, dass deine Lust in dir brodelt wie ein Vulkan. Und wenn sie nicht gestillt wird, verschaffst du dir in deiner Zelle selbst Erlösung. Also versuche nicht, mich für dumm zu verkaufen.«

Ich schüttelte entrüstet den Kopf. Mein Mund öffnete sich,

doch mir fehlten die Worte. Er hatte mich ertappt, bloßgestellt und forderte nun meine Kapitulation.

»Du denkst, ich weiß es nicht, was du in deiner Zelle treibst?«

»Woher?«, stammelte ich.

Er lachte.

Entsetzt sah ich ihn an. Dabei war es doch mein Plan gewesen. Ich hatte gewollt, dass er es erfuhr. Ich wollte ihm einen Grund geben, mich wiederzusehen. Doch war er wirklich nur deshalb gekommen?

»Du weißt, dass ich dich auch dafür bestrafen muss?«

»Auch?«

»Für deine Lüge von eben und dafür, dass du dich ohne Zustimmung selbst berührt hast. Einer Sklavin ist es strikt verboten, sich selbst zu berühren. Deine Lust gehört mir, ebenso wie dein Körper, deine Gefühle und deine Gedanken. Du gehörst mir, auch wenn ich nicht in deiner Nähe bin. Ich habe immer die Macht über dich. Sieh das endlich ein!«

Er stand vor mir, stemmte seine Hand neben meinem Kopf an die Säule und sah mich an. Sein Blick strotzte vor Überlegenheit, während sich der Zorn durch meine Gedankengänge biss.

»Ich hasse Sie!«

»Weißt du was? Es ist mir egal, ob du mich gerade liebst oder hasst. Mir ist wichtig, dass ich deine Gefühle beherrsche. Und das tue ich bei beidem.«

Ging es ihm tatsächlich nur darum? Mich zu beherrschen? Macht über mich zu besitzen? Ich wollte nur noch weg. Raus aus dieser Situation, die mir mehr zusetzte, als ich aushielt. Ich drehte mich von ihm weg und rannte los. Stolperte über den Dielenboden, der unter meinen nackten Füßen nachzugeben schien. Die Gewichte zerrten an den Labien und schlugen gegen meine Schenkel. Alex hielt mich nicht zurück, wahrscheinlich, weil er nicht damit gerechnet hatte. Ich erreichte die Tür, drückte den Griff nach unten und hielt plötzlich inne. Die Tür war nicht verschlossen. Vor mir erstreckte sich der lange Flur, menschenleer.

Es war still, beängstigend still.

Ich drehte mich um, sah zu Alex, der noch immer an der Säule stand. Mit einem Lächeln im Gesicht, das mich mehr verunsicherte als die unverschlossene Tür. Erstarrt blieb ich stehen. Mein Puls trommelte im Hals und meine Knie fühlten sich weich an. Ich sah ihm zu, wie er sich mir Schritt für Schritt näherte. Ganz langsam, als wüsste er um die Anziehung, die er auf mich verübte. Ich schaffte es nicht, mich von ihm loszureißen, ich begehrte diesen Mann so sehr.

Dann, er stand nur einen Schritt von mir entfernt, sah er mir tief in die Augen. Als würde der Moment stillstehen, blendete ich alles um mich herum aus. Ein Kribbeln erfasste mich und ich konnte das Knistern zwischen uns fühlen. Noch immer funkelte die Überlegenheit in seinen Augen, doch da war noch etwas anderes. Etwas, das mir sagte, er wollte mich beschützen. Plötzlich packte er mich, zog mich zu sich und presste seine Lippen auf die meinen. Seine Zunge drang in meinen Mund und entfachte pure Leidenschaft. Meine Gedanken wirbelten umher, überrumpelt vom Geschehen. Ich wollte ihn nur noch schmecken, ihn betasten, mich an ihm festsaugen. An seinen weichen Lippen und seiner geschmeidigen Zunge, die sich mit meiner aufs Innigste verbündete. Ich wollte ihn nicht mehr loslassen, diesen Moment, dieses intensive Gefühl, das mir zeigte, dass auch er mich begehrte. Ich spürte nur noch seinen warmen, weichen Kuss und wünschte, es würde nie enden. Ohne von mir zu lassen, zog er mich durch den Raum. Ich stolperte über die eigenen Füße, doch das war egal, denn er hielt mich fest, ließ nicht zu, dass ich fiel.

Dann hob er mich hoch und wir sanken aufs Bett. Er vergrub mich unter seinem starken Körper und er roch so gut, schmeckte so gut. Unsere Münder verschmolzen, während seine Hand über meine Silhouette strich. Ich umklammerte sein Glied, das sich wie ein Zepter in meine gefesselten Hände legte, und drückte seinen Schaft nach unten, hinein in meine Höhle, deren Eingang durch die Klammern weit geöffnet war. Er entzog mir seine süßen Lippen und stützte sich auf den Händen ab. Er befand sich direkt über mir. Seine Augen waren geschlossen, seine Lippen leicht geöffnet. Er schob sich tief in mich hinein. Ich sah ihn an, prägte mir sein Gesicht ein, seine markanten Züge, die in weichen Kanten mündeten. Seine dichten, dunklen Brauen und das volle, strubbelige Haar. Er sah so gut aus und es fühlte sich so fantastisch an, wie er sich mit sanften Stößen in mir bewegte. Er hob seinen Oberkörper, öffnete die Augen und sah mich an. Mit einem Blick, der Feuer und Eis in sich vereinte. Er legte die Gewichte auf meinen Kitzler und bedeckte sie mit seiner Hand. Mit jedem Stoß rollten sie über die elektrisierte Stelle. Schauder schossen mir über den Rücken, tosten durch die Beine. Lauthals stöhnte ich sie heraus. Er zog sich zur Hälfte aus mir zurück und hielt inne. Ich sehnte mich nach seinen Stößen. Ich fühlte ihn, seine Wärme, seine Männlichkeit, seinen Blick, der mich so durchdringend ansah, als genoss er es, mich zappeln zu lassen. Und plötzlich stieß er wieder in mich, schickte eine Flut an Empfindungen durch meinen bebenden Leib. Ich konnte und wollte meine Erregung nicht mehr vor ihm verbergen. Zu sehr war ich davon ergriffen. Plötzlich öffnete er eine Klammer und ein reißender Schmerz schlang sich um meine Lust, als das Blut durch die stillgelegten Adern schoss. Er löste die zweite

Klammer und ich schrie aus Leibeskräften. Dann beugte er sich zu mir nach unten, hielt seinen Mund dicht an mein Ohr.

»Es ist Zeit für deine erste Bestrafung. Du hast die Wahl. Entweder entlasse ich dich ohne Orgasmus oder du entscheidest dich für die Schläge mit der Tawse.«

Orgasmus, Schläge, Orgasmus, Worte, die sich in meinen Ohren verfingen, während er ununterbrochen an der Innenseite meiner Vagina entlangrutschte.

»Ich möchte kommen, bitte«, stöhnte ich, ohne mir darüber im Klaren zu sein, wozu ich mich entschieden hatte. Mein Verstand war gerade nicht fähig, logische Schlüsse zu ziehen. Einzig mein Körper war aktiv, von Lust durchschwemmt und ständig in Bewegung. Fordernd wippte ich mit dem Becken seinen Stößen entgegen. Saugte mich an ihm fest, melkte ihn förmlich. Ich wollte nicht aufhören, ich wollte, dass er meine Lust weiter trug, bis zum frohlockenden Ende. Doch er entzog sich mir, enthakte die Manschetten und drückte meine Beine nach oben über meinen Kopf, sodass ich direkt auf die Knie blickte. Sofort schlang er meine Arme um die Schenkel und hakte die Manschetten ineinander.

»Zuerst die Strafe, dann das Vergnügen«, sagte er und stand auf.

Ich lag da wie ein verschnürtes Bündel, unfähig mich zu entknoten. Ich schaffte es gerade mal, mich hin und her zu wälzen. Meine Scham pochte sehnsüchtig, fühlte sich leer und verlassen an. Hilflos musste ich zusehen, wie er zwei Manschetten, zwei Nylonseile und eine Tawse mit dreigeteilter Lederzunge holte. Die mittlere Zunge war ein Stück länger als die beiden äußeren und der Griff war aus dunklem Holz gefertigt. Ich spürte ein mulmiges Gefühl in mir, weil ich daran denken musste, dass auch Chloé mich mit einem ähnlichen Teil für meine Selbstbefriedigung bestraft hatte. Konnte das Zufall sein? Oder war dieses Instrument dazu bestimmt, schlimmere Vergehen zu bestrafen, weil es besonders hart schmerzte? Warum hatte ich mich nur für den Orgasmus entschieden? Wo ich ihn sowieso nicht bekam und meine Lust nun wieder auf der Kippe stand.

Alex legte die Tawse auf das Bett und hakte die Handgelenksmanschetten in den Ring der Halsmanschette. Dabei sah er mir immer wieder in die Augen. Er schien meinen Unmut bemerkt zu haben und drückte mir einen Kuss auf die Stirn.

Dann legte er die Ledermanschetten um meine Füße und knüpfte jeweils ein Seil daran. Die Seilenden band er an den jeweiligen Bettpfosten, oberhalb meines Kopfes fest, sodass sich meine Beine spreizten und meine intimste Stelle auseinanderklaffte. Ich konnte mich kaum bewegen, dachte nur an die entsetzlichen Schmerzen, die ich sicher bald erleiden musste.

Alex stand neben mir und sah mich an. Unsere Blicke hafteten aufeinander.

»Du bist so schön«, sagte er plötzlich. Seine Stimme klang weich. Ich war irritiert, überrascht. »Auch wenn du gefesselt bist, strahlst du Stärke und Anmut aus. Du bist wirklich etwas Besonderes.«

Ich war baff. Niemals hätte ich damit gerechnet, dass er so etwas zu mir sagen würde. In mir blühte ein Gefühl auf, das mich vergessen ließ, was mir bevorstand. Ich wollte, er würde weitersprechen, denn ich konnte nicht genug davon bekommen.

Alex lächelte, dann hob er die Tawse auf und setzte sich vor mein dargebotenes Hinterteil. Anstatt zum Schlag auszuholen, streichelte er mit seiner freien Hand ausgiebig über meinen Schambereich. Es fühlte sich gut an, aber ich wollte mich nicht fallen lassen. Ich wusste, er hielt die Tawse in der Hand, ich würde ihr nicht entkommen. Mir blieb nichts anderes übrig, als unter seiner sanften Hand darauf zu warten. Es war eine Qual, eine süße Qual. Dann traf mich der erste Schlag, direkt auf den Venushügel, beißenden wie eine Stichflamme. Ich versuchte, in den Schmerz zu atmen, ihn rauszupusten und sofort spürte ich wieder seine Hand auf meiner Scham. Sanft verrieb er den Schmerz. Er schaffte es tatsächlich, dass ich mich beruhigte. Gerade als ich sein Streicheln zu genießen begann, holte er aus und schnalzte das Leder ein weiteres Mal auf meine Haut. Dabei traf die mittlere Zunge genau auf meine Klitoris und entlockte mir einen spitzen Schrei. Es war ein kurzer, heller Schmerz gewesen, der sofort wieder abklang, als Alex seine Hand darauf legte. Zärtlich wärmte und beruhigte er meine gerötete Haut. Schon nach drei weiteren Schlägen und langen Streicheleinheiten dazwischen stand ich wie unter Strom. Ich lauerte auf den nächsten Hieb, sehnte ihn sogar herbei. Erst seine warme Hand, die mich liebevoll darauf vorbereitete, dann der harte, kurze Schlag, der das Ganze zu vollenden schien. Es war ein Wechselspiel aus heiß und kalt, das mich immer mehr erregte. Irgendwann war es kein Schmerz mehr, den ich fühlte, nein, es war pure Lust. Meine Scham war geschwollen, ein stechendes Kribbeln zog sich unentwegt durch meinen Schoß. Und jedes Mal, wenn das Leder die Klitoris traf, schob sich eine Welle durch meinen Leib, bis hin zu den Zehenspitzen. Es war unglaublich, ich hatte eine Grenze überschritten, die mich geradewegs in die Ekstase trieb. Schmerz wurde zu Lust, bis die Lust beinahe schmerzte. Ich sehnte jeden Schlag herbei, weil er mich höher in die Lüfte schoss.

»Ja«, stöhnte ich laut. Ja, ja ..., wiederholte mein Gedanke, immer wieder. Jedes dieser Worte entfachte eine noch größere Gefühlsgewalt. Ich bettelte um jeden Hieb und begrüßte ihn mit lautem Stöhnen. Schwelgte immer höher, bis ich nur noch aus Lust bestand. Langsam baute sich der Orgasmus auf, ganz tief in meinem Inneren. Ich streckte die Füße durch, alles in mir spannte sich an. Bis das Verlangen zwischen zwei Schlägen plötzlich zersprang und ich die Wucht, die mich traf, so laut es ging, hinausschrie. Schweißnass gab ich mich dem Beben hin, das noch Sekunden danach durch meinen Körper zuckte. Es war unglaublich!

Leichte Wellen lockerten die Anspannung in den Muskeln. Ich fühlte mich erschöpft und glücklich. Meine Gliedmaßen klebten aneinander, Schweißperlen sammelten sich in der Ritze meiner Brüste und Hitze durchströmte mein Gesicht. Ich war dankbar, als Alex die Fesseln löste und ich nichts weiter tun brauchte, als nur dazuliegen. Zärtlich streichelte er über meine Haut.

Ich fragte mich, wie es sein konnte. Wie es sein konnte, dass ich so empfand. So tief, so überwältigend. So intensiv. Ich hatte noch nie etwas Derartiges erlebt.

»Hat es dir gefallen, meine Sklavin?«

Ich nickte.

Und wieder huschte ein Schmunzeln über seine Lippen, von dem ich mich nie sattsehen würde.

**

Ich war froh, dass Alex mir noch Zeit gab, meine Kräfte zu sammeln, ehe er Jeff kommen ließ, der mich zurück in die Zelle bringen sollte. Aber nicht, bevor Alex mir noch das Entsetzen ins Gesicht jagte, indem er Jeff bat, mich für meine Selbstbefriedigung zu strafen.

»Nein, bitte«, flehte ich und blickte von Alex auf Jeff und wieder zurück auf Alex. Ich wollte von Alex bestraft werden, nicht von Jeff oder gar von Theo!

»Sie wird eine gerechte Strafe bekommen, noch heute«, sagte Jeff, ohne mich zu beachten. Alex nickte. Warum nur ließ er mich von jemand anderem bestrafen?

Jeff zog mich über den Flur. Wieder sah ich zurück zu Alex. Er stand noch immer an der Tür zum Vergnügungsraum. Ließ mich nicht aus den Augen. Warum tat er das? Warum übergab er mich jemand anderem? Ich war unsagbar enttäuscht.

Jeff schubste mich ruppig in die Zelle. »Ihre Hände bleiben gefesselt und du wirst sie für den Flur vorbereiten«, rief Jeff in Milas Richtung, dann schloss er die Tür und der Riegel beendete seinen Auftritt mit einem lauten Schnalzer.

13

Mit Tränen in den Augen stand ich vor Mila. Sie sah mich nur an, ihr Mund stand offen, formte ansatzweise stumme Laute und wartete darauf, bis ich etwas sagte.

Doch ich konnte nichts sagen, die Tränen schossen mir in die Augen und das Schluchzen raubte mir den Atem. Ich fühlte mich abgewiesen, verstoßen und musste mich erst beruhigen. Zitternd setzte ich mich aufs Bett und stützte das Gesicht in die Hände. Warum nur hatte er die Strafe in andere Hände gegeben? Ich verstand es einfach nicht.

»Ich weiß nicht, was vorgefallen ist, und es geht mich auch nichts an«, sagte Mila. »Aber wir sollten damit beginnen, dich vorzubereiten, um es nicht noch schlimmer zu machen. Denn ich weiß nicht, wann Jeff dich holen kommt.«

Ich hob den Kopf und sah auf Mila. Sie stand am Fußende meines Bettes und zupfte unruhig an ihren Fingern herum.

Ich nickte und wischte mir die Tränen aus dem Gesicht, auch wenn sie ununterbrochen aus meinen Augen rollten. Mila konnte nichts dafür und ich wollte nicht, dass sie meinetwegen Ärger bekam.

»Was wirst du mit mir machen?«, fragte ich und versuchte, mich der Sache zu stellen.

Mila schenkte mir ein zaghaftes Lächeln, während ihre Augen eindeutig Mitleid bekundeten.

Sie forderte mich auf, ausgiebig die Toilette zu benutzen. Alles Weitere würde ich danach erfahren.

Ich ging ins Bad und tat, was sie von mir verlangt hatte. Mir war überhaupt nicht wohl dabei, was den Toilettengang zum Glück beschleunigte. Meine Gefühle waren aufgemischt, ich war wirr und nervös, weil ich nicht wusste, was mir bevorstand.

Kurz nachdem ich die Spülung gedrückt hatte, kam Mila ins Bad. In ihrer Hand hielt sie Ketten, ein Gebilde aus Glas und ein schwarzes Leder, an dem ein Schlauch hing, mit einer kleinen Pumpe am Ende.

»Ich muss dich als Erstes waschen. Dazu werde ich dich fixieren«, sagte sie und hob die großgliedrigen Ketten kurz in meine Richtung. »Stell dich bitte in die Dusche.«

In meinem Magen rumorte es beim Anblick der Gegenstände und gleichzeitig bemerkte ich das vertraute Ziehen im Schoß. Ich hatte gerade einen heftigen Orgasmus gehabt, wie konnte es sein, dass mein Körper schon wieder erregt war? Mila holte einen Hocker und stellte ihn neben mir in die Mitte der Dusche. Ich sah ihr zu, wie sie mit einer Kette in der Hand auf den Hocker stieg und ein Glied davon in den Haken an der Zimmerdecke fädelte. Die Kette hing nun ungefähr einen Meter herab und endete direkt neben meinem Kopf. Mila stieg vom Hocker, fasste meine auf dem Rücken gefesselten Handgelenke und zog sie nach oben, sodass ich mich notgedrungen nach vorn beugen musste. Sie zog so fest, dass ich glaubte, sie wollte mir die Arme ausreißen. Dann endlich ließ die Spannung nach und ich hing an der Kette wie ein Skispringer auf der Schanze. In meiner Mitte sammelten sich die Säfte, als Mila nun noch eine zweite Kette am Halsband einhakte und sie straff gespannt mit einem Haken am Boden verband. Meine Arme und Beine waren nun gestreckt und mein Kopf auf Höhe der Knie fixiert.

Als Mila kurz das Bad verließ, suchte mein Blick nach den Gegenständen. Ich wollte sie mir genauer ansehen, doch ich konnte sie nirgends entdecken. Mila musste sie entweder mit nach draußen genommen haben oder sie lagen außerhalb meines Sichtfeldes. Wenig später kam sie zurück und trug eine Eisenstange bei sich, an deren Enden jeweils eine Manschette hing. Ich wusste, dass es eine Spreizstange war. Mir kam der Gedanke, dass sie mich auch an den intimen Körperöffnungen waschen würde. Das behagte mir gar nicht.

»Warum darf ich mich nicht selbst waschen?«, fragte ich, als Mila eine der Manschetten um meinen rechten Knöchel legte.

»Weil Jeff es so wollte. Außerdem sind deine Hände auf dem Rücken gefesselt, du würdest nie an alle Stellen gelangen«, sagte Mila und schloss die zweite Manschette am linken Fuß.

An alle Stellen, wiederholte ich in Gedanken und wollte es nun doch genau wissen. »Welche Stellen wirst du denn waschen?«

»Na alle. Bis auf deine Haare und dein Gesicht. Denn dein Kopf wird ohnehin verhüllt sein. Es würde auch zu lange dauern, bis deine Haare wieder trocken sind.«

Nun wusste ich nicht, was mir mehr Sorgen machte. Dass sie mich an den intimsten Stellen berühren wollte oder dass man meinen Kopf verhüllen würde.

»Wie sieht die Strafe aus, für die du mich vorbereiten musst?«

»Du wirst die Nacht ihm Flur verbringen. Man wird dich im Stehen festbinden und, ja ...« Es schien ihr unangenehm, darüber zu sprechen. Sie stand vor mir und fasste gerade meine Haare zu einem Zopf zusammen, den sie dann zu einem Dutt drehte und mit dem Haargummi fixierte.

»Was noch?«, wollte ich wissen. »Was werden sie sonst noch mit mir tun?«

»Du hast Glück, dass es schon Abend ist und wahrscheinlich kein Gast mehr kommen wird, der dich anfasst und sich an dir vergeht. Normalerweise findet diese Strafe nur tagsüber statt, wenn viele Gäste hier sind.«

Ich schluckte schwer. Mit so einer Strafe hatte ich nicht gerechnet. Hiebe mit der Peitsche oder dem Rohrstock, ja, aber dass man mich zur Schau stellen würde, als Lustobjekt, an dem sich jeder bedienen konnte, das erschreckte mich.

»Hast du diese Strafe schon einmal über dich ergehen lassen?«, fragte ich.

»Nein. Aber ich habe hin und wieder ein Mädchen dort stehen sehen. Und ich habe auch schon einige dafür vorbereitet.«

»Und?«

»Ich kann dir nicht mehr dazu sagen, Lydia. Schließlich betrete ich den Flur nur, wenn ein Gast mich sehen will. Und die, die ich dafür vorbereiten musste, sprachen sowieso kein Wort mit mir.«

»Du weißt also nicht, wie lange ich dort stehen werde? Ob ich morgen Früh erlöst bin oder womöglich bis Mittag ausharren muss?«

»Nein, das weiß ich nicht.«

Wasser plätscherte und einige kalte und heiße Spritzer trafen meine Füße, bis das Wasser eine angenehme Temperatur erreichte. Dann ließ sie es über meinen Rücken fließen. In kleinen Rinnsalen lief das Wasser über meine gespreizten Beine, bis auch Mila in einer Pfütze stand.

»Ich habe Angst«, sagte ich. »Ich habe Angst, dass mich etwas erwartet, was ich nicht aushalte.«

»Mach dir keine Sorgen. Sie kennen deine Grenzen und werden nichts tun, was du nicht ertragen kannst.«

»Und das sagst du nicht nur, um mich zu beruhigen?«

»Nein, das weiß ich.«

Bei Theo war ich mir da nicht so sicher. Er mochte mich nicht.

Plötzlich schob sie etwas Raues über meine Haut. Wahrscheinlich einen Schwamm. Langsam bewegte er sich über meinen Rücken und glitt mehrmals die Arme auf und ab. Der Geruch des Duschgels mischte sich mit der feuchtwarmen Luft. Schaumschwaden flossen meine Beine abwärts zum Boden und hinein in den Abfluss. Mila rieb den Schwamm über die Beine, die Hüfte und bewegte ihn dann zum Bauch. Ihre zarten Finger drückten sich in den Schwamm und schoben ihn sogleich über meine Brüste. Sofort richteten sich die Spitzen auf. Als wollte sie meine Erregung anheizen, rieb sie mehrere Male über die Warzen. Durch meinen Leib schossen Blitze und meine Scham vibrierte. Ich formte den Mund zu einem O und ließ den Atem leise entweichen. Ob sie das absichtlich machte? Schließlich war sie auch eine Frau, sie musste ahnen, dass mich das erregte. Mir drängte sich die Frage auf, ob es sie womöglich sogar selbst erregte, wenn sie mich so sah. Angekettet, wehrlos und mit Lust bombardiert.

Plötzlich ließ sie den Schwamm fallen und verrieb Duschgel in den Händen. Was dann geschah, ließ meinen Atem stocken. Zwar wusste ich, dass es geschehen würde, doch jetzt, wo ich es am eigenen Leib spürte, war es mir unsagbar peinlich. Sie grub ihre Finger tief in meine Vagina. Drehte sie mühelos immer tiefer hinein, was darauf schließen ließ, dass ich doch ziemlich feucht sein musste. Sie wusch mich von innen, ließ dabei kaum einen Schlupfwinkel aus und entlockte mir einen leisen Seufzer. Leider sah ich nicht, wie sie mich befingerte, weil die Ketten verhinderten, dass ich mich nach unten beugen konnte. Ich hatte das Gefühl, sie wäre inzwischen mit mindestens drei Fingern in mir und bewegte diese nach und nach in alle Richtungen. Ich fühlte mich vollkommen ausgefüllt, es war ein komplett neues Gefühl für mich, irgendwie besitzergreifend. Und allein dieser Gedanke erregte mich. Langsam zog sie die Finger wieder heraus, aber nur, um danach den Duschkopf an meinen geöffneten Schlitz zu halten. Mit hohem Druck presste sich das Wasser in die Vagina, drängte darauf, mich zu füllen. Zur gleichen Zeit drückte Mila den Schwamm auf meinen Venushügel. Sanft rieb sie auf und ab und schickte wohlige Schauder durch meinen Leib. Als sie den Strahl auf die Klitoris richtete und keine Anstalten machte, ihn wieder wegzubewegen, wusste ich, sie wollte mich erregen. Ob das zum Vorbereiten gehörte? Ich war momentan nicht in der Lage zu fragen und es wäre mir auch peinlich gewesen. Lieber genoss ich im Stillen und hoffte, dass sie den Strahl noch lange genug darauf halten würde. Ich versteifte mich, um das intensive Gefühl in Schwingung zu versetzen. Meine Beine fingen an zu zittern, und ich begann, die Hüfte kreisen zu lassen. Doch dann wendete sie den Strahl ab, woraufhin meine Scham sehnsüchtig pochte.

Das Wasser hörte auf zu plätschern und ein Schraubgeräusch ertönte. Sie legte den abmontierten Duschkopf auf den Boden. Es schepperte, gefolgt von einem dumpfen Geräusch, als würde sie eine Flasche Duschgel abstellen.

Als sie mit der freien Hand meine Pobacken spreizte, geriet ich in Panik. Ich wusste, was geschehen würde.

»Nein, bitte«, winselte ich.

Doch sie ließ sich nicht davon beirren und legte den Finger an meinen Anus. Er fühlte sich glitschig kalt an. Mit kreisenden Bewegungen massierte sie die enge Öffnung, was sich überraschend angenehm anfühlte. Dann steckte sie den Finger gemächlich in den Eingang. Ich riss die Augen auf und konzentrierte mich darauf, wie sie sich in mir bewegte. Zum Glück verweilte sie nur kurz darin. Doch mir blieb keine Zeit, mich zu entspannen, denn wieder griff sie nach dem Wasserschlauch. Ich sah auf den abmontierten Duschkopf, der noch immer am Boden lag. Nein, das würde sie nicht tun! Doch sie tat es. Sie hielt den Schlauch dicht an meine Rosette, woraufhin ich ein heftiges Kribbeln spürte. Es war so berauschend, dass ich glaubte, sie müsse nur wenige Minuten den Strahl darauf richten und ich würde kommen. Leider ließ sie mich diese Erfahrung nicht machen. Stattdessen drückte sie das Schlauchende in meinen Anus. Die ersten Zentimeter hatte ich das dringende Bedürfnis zu schreien. Es kribbelte am Eingang, die Öffnung brannte und das Wasser strömte in mein Inneres, während mein Schließmuskel mit Pressen dagegenhielt. Doch schon bald steckte der Schlauch locker in mir und mein Muskel schaffte es nicht, ihn auszuscheiden. Ich spürte nur den Schlauch an der engen Pforte und fühlte mich irgendwie angeleint. Es war ein merkwürdiges Gefühl und ein erregender Gedanke, der meine Lust weiter anstachelte.

Mein Bauch wurde langsam schwerer, der Darm füllte sich merklich, dann endlich drehte sie das Wasser ab. Doch anstatt den Schlauch aus mir zu ziehen, seifte sie mich noch in aller Ruhe ein.

»Du hast einen tollen Körper«, sagte sie, als wäre es das Normalste, in einer solchen Situation ein Kompliment zu machen. Ich schwieg. Denn ich war nicht in der Stimmung, ein Gespräch zu führen. Außerdem wollte ich sie nicht davon abhalten, endlich den Schlauch aus mir zu ziehen. Das viele Wasser im Bauch machte mich unruhig und ständig spürte ich den Schlauch am Anus, weil ich es nicht lassen konnte, den Schließmuskel zu bewegen.

Dann endlich zog sie ihn heraus. Es dauerte einige Sekunden, bis die Ladung zu mehreren Schwallen meinen Hintern verließ.

Mila spülte alles weg und richtete noch einmal den Wasserstrahl auf meine Rosette. Das Kribbeln setzte wieder ein und meine geschwollenen Schamlippen bebten. Ich war so erregt, dass ich sie am Liebsten gefragt hätte, ob sie mir Erleichterung verschaffen könnte. Doch ich wusste, dass sie sich strikt an Befehle hielt und mir den Gefallen ausschlagen würde. Also hoffte ich, dass ich später noch in den Genuss kommen würde.

Plötzlich drückte sich ein harter, glitschiger Gegenstand an meinen Anus. Es brannte wie Feuer.

»Lass locker«, mahnte mich Mila. »Es ist gleich vorbei.«

Ich versuchte es, doch der Schließmuskel kämpfte von ganz allein gegen den Eindringling. Ich zerrte an den Ketten und flehte sie an, aufzuhören. Dann plötzlich flutschte er hinein, füllte mich ganz aus, und obwohl mein Körper noch versuchte, ihn wieder auszustoßen, verlor er kläglich.

»Was ist das?«

»Ein Plug. Du wirst dich bald daran gewöhnt haben, und wenn es so weit ist, wirst du ihn nicht mehr missen wollen.«

Ein letztes Mal spülte sie meinen Körper von oben bis unten ab, dann drehte sie das Wasser aus und rubbelte mit einem Handtuch über meine Haut.

Ich glaubte, das Schlimmste wäre überstanden. Bis Mila an meinen Ohren rumhantierte und irgendetwas hineinsteckte. Es mussten Ohrstöpsel sein.

»Wozu sind die?«, fragte ich und hörte meine Stimme laut im Kopf.

»Es ist zu deinem Besten. So kannst du besser abschalten und schreckst nicht vor jedem Geräusch zurück.« Ihre Stimme hatte einen dumpfen Klang, als befände ich mich unter einer Käseglocke.

Mila holte das schwarze Leder, an dem der Schlauch mit Pumpe hing. Sie faltete es auseinander und ich erkannte, dass es eine Kopfmaske war. Noch bevor ich Protest einlegen konnte, stülpte sie mir das Ding über. Dabei drängte sich etwas Gummiartiges in meinen Mund, das sich anfühlte wie ein halb aufgeblasener Ballon. Die Maske nahm mir das Augenlicht und ließ lediglich durch die Nasenöffnungen Luft. Mila schloss den Reißverschluss an der Rückseite und die Maske schmiegte sich eng an mein Gesicht. Ich hatte das Gefühl, im eigenen Körper eingesperrt zu sein. Meiner Sinne beraubt und abgeschottet von der Außenwelt. Einzig der Geruch des Leders strömte mir in die Nase. Ich wusste nicht, ob ich das lange aushalten würde, denn weder konnte ich hören noch sehen, was um mich herum geschah.

Plötzlich bewegte sich der Ballon in meinem Mund. Er wuchs, Stück für Stück. Während sich Zunge und Zähne in das Gummi drückten, füllte sich der Ballon weiter mit Luft, bis mein Mundraum vollkommen ausgefüllt war. Ich brachte kaum einen Ton zustande. Es war kurios, ich hörte mein eigenes Winseln, als sei es im Kopf eingeschlossen.

Mila befreite mich von den Ketten. Sie ließ meine Handgelenke auf dem Rücken gefesselt und wies mir den Weg, indem sie mich am Arm festhielt. Ich konnte nicht einmal die Hände gebrauchen, um Hindernisse zu ertasten, was zur Folge hatte, dass ich sehr langsam ging und Mila mich geradezu vor sich herschieben musste. Bei jedem Schritt spürte ich den Plug. Er fühlte sich angenehm an und steigerte das Gefühl, ausgeliefert zu sein.

Unter den Füßen spürte ich Teppichboden und wusste, wir waren im Schlafraum. Sie drückte mich mit dem Rücken an etwas Glattes, Kaltes. Eine Wand. Dann machte sie sich an meinen verbundenen Handmanschetten zu schaffen. Als ich die Arme bewegen wollte, stellte ich fest, dass sie mit einem Ring an der Wand verankert waren. Mila streichelte mir noch einmal über die Schulter, dann war sie weg. Ich hatte keine Ahnung, wo sie war und ob sie noch einmal zu mir kommen würde. War ich fertig vorbereitet? Ich wusste es nicht. Und genau diese Ungewissheit machte mir zu schaffen. Ich fühlte mich isoliert, hatte keine Möglichkeit, mich mitzuteilen, sondern konnte nur darauf warten, bis mich jemand oder etwas berührte.

***

Ich wusste nicht, wie lange ich nun schon an dieser Wand gestanden hatte. Das Zeitgefühl war verschwunden. Es war irgendwo dort draußen. Außerhalb dieser Maske, die sich inzwischen wie eine zweite Haut anfühlte. Einzig meine Gedanken waren mir ganz nah. Mindestens jeder Zweite drehte sich um Alex. Immer wieder dachte ich an den Moment, als er mich zu sich gerissen und geküsst hatte. Er war so leidenschaftlich, so anders gewesen. Als wäre er ausgebrochen aus seiner dominanten Rolle. Als wäre sie eine Bürde, die ihm nicht erlaubte, solch tiefe Gefühle zu zeigen. Dabei stärkte er durch diese intensiven Gefühle mein Vertrauen. Ich konnte mich zum ersten Mal fallen lassen und der Orgasmus, den er mir allein durch die Schläge mit der Tawse beschert hatte, war unglaublich gewesen.

181

Ich war erstaunt, diese Erinnerung erregte mich so sehr, dass es zwischen meinen Beinen kribbelte.

Plötzlich streifte ein Lufthauch meine Haut und ließ mich erschaudern. Mein Atem ging schneller und ich versuchte, mich auf alles zu konzentrieren, was meine Haut wahrnahm. Ich schreckte zurück, als mich etwas am Arm berührte. Es fühlte sich an wie Stoff, Kleidung. Dann waren da Hände an meinen Händen, sie lösten die Manschetten von der Wand. Und sogleich spürte ich einen Griff an der Schulter.

Ich überlegte, wer es sein könnte. Es war eindeutig ein Mann. Die Hand war groß und kräftig. Er drückte mich in den Flur. Der kalte, glatte Stein unter meinen Sohlen verriet es mir. Ich wusste von Mila, dass er mich zum Ende des Ganges bringen würde. Und ich leistete keinen Widerstand. Warum auch. Ohne meine Sinne und mit auf dem Rücken gefesselten Händen war ich machtlos. Würde ich weglaufen, wäre die Gefahr groß, dass ich gegen die nächste Wand knallte. Obwohl er mich vorandrängte, war er nicht grob zu mir. Sein Griff war fest, aber er verzieh es mir, wenn ich einige Male stehen blieb.

Dann hielten wir an. Er umfasste meine Arme und rückte mich zwei Schritte nach hinten. Plötzlich zog sich mein Kopf nach oben. Er musste die Haube an einem Haken befestigt haben, denn ich konnte den Kopf nur noch in der Waagerechten bewegen.

Ein weicher Gurt schlang sich, oberhalb der Ellenbogen, um meine Arme. Mit einem Ruck schnürte er sich zu und zog meine Arme zurück, bis die Schultern straff nach hinten gezogen waren. Das Blut pulsierte in meinem Geschlecht und ohne es steuern zu können, sammelte sich Nässe um meine Pforte.

Dann drehte er mich um. Eine fingerdicke Kette zog sich

von hinten zwischen die Beine. Das kalte Metall legte sich tief in die Pofalte. Sanft drückte er meine Beine auseinander. Ich wusste, dass er spätestens jetzt die Nässe zwischen meinen Schenkeln sehen würde. Und offenbar kam ihm das ganz gelegen, denn plötzlich öffneten seine Finger meine Schamlippen und etwas Festes schob sich langsam in die Scheide. Es musste ein Dildo sein.

Während mein Körper vor Lust zerfloss, lehnte sich mein Verstand dagegen auf. Mir war heiß und ich winselte in den Knebel. Hörte aber sofort wieder auf, weil es schrecklich klang, mich selbst zu hören. Ich spürte die harten Gegenstände, wie sie in Scheide und Anus saßen. Sie drückten sich an meine Innenwände und lösten gleichzeitig Erregung und Unbehagen in mir aus. Ich wollte nicht mit all diesen Gegenständen befüllt sein. Ich hatte Angst, es nicht auszuhalten. Nicht die ganze Nacht.

Als der Dildo tief in mir saß, verschwand die Hand. Ich wartete schon darauf, dass er von allein wieder aus der glitschigen Höhle rausrutschte, doch bevor es dazu kam, legte sich die Kette über den Eingang. Er führte sie weiter über meinen Schambereich und platzierte die feinen Glieder akkurat auf meiner Klitoris. Ein Lufthauch streifte mich und ich vermutete, dass er aufgestanden war. Die Kette schien er noch in der Hand zu halten, denn sogleich spannten sich die Glieder über meinen Intimbereich und schnitten in das Fleisch des Schamhügels. Das Halsband zog sich nach unten und der Metallstrang legte sich zwischen die Brüste. Offenbar hatte er die Kette am Ring des Halsbandes eingehakt.

Dann schob er meine Beine zusammen und legte einen breiten Gurt um die Oberschenkel. Er zurrte ihn straff zusammen, bis meine Beine bewegungslos aneinandergefesselt waren. Ein

Glück, dass die Maske von oben gehalten wurde, denn sonst hätte ich Probleme gehabt, das Gleichgewicht zu halten.

Noch einmal korrigierte er den Sitz der Kette und achtete darauf, dass sie exakt auf meiner Klitoris lag. Ich verspürte den Reiz, mich daran zu reiben, doch dafür waren meine Beine zu dicht beisammen.

Es war dieses Gefühl der Hilflosigkeit, das mich erregte. Es zwang mich dazu, mich auszuliefern. Ich vertraute Mila und glaubte ihr, dass er mir nichts antun würde. Zumal er sehr vorsichtig mit mir umging. Immer wieder prüfte er den Sitz der Fesseln, sodass ich keine unangenehmen Druckstellen spürte. Und trotzdem brachte er meinen Körper an Grenzen, forderte ihn dazu auf, alles zu ertragen. Der Druck in den Genitalien, die Isolation meiner Sinne und die Unmöglichkeit, mich zu bewegen. Ich sah mich gezwungen aufzugeben, mich dem Willen eines anderen Menschen zu beugen, und genau das erweckte mein Verlangen. Allein das Wissen, ich verbüßte die Strafe einzig und allein für Alex, jagte mir einen Schauder über den Rücken. Gleichzeitig wühlte ein Prickeln im Schoß, das mich fast um den Verstand brachte. Ich wünschte, er wäre hier. Insgeheim hoffte ich sogar, dass er es war, der mich gerade in den Kokon meiner selbst eingeschlossen hatte. Ich würde es vermutlich nie erfahren. Es war unfassbar, sogar wenn er nicht anwesend war, besaß er Macht über mich. Er hatte gesagt, er wollte meinen Körper, meine Gefühle und Gedanken beherrschen, auch wenn er nicht in meiner Nähe war. Und er schaffte es tatsächlich. Er war der Grund, warum ich hier stand. Ganz logisch, dass ich die ganze Zeit nur an ihn denken musste. Alles, was mit mir geschah, verband ich mit ihm. War das sein Plan gewesen? Hatte er mich deshalb auf diese Art bestrafen lassen? Um sich einen Platz in meinen

Gedanken zu verschaffen? Er war raffiniert, das musste ich zugeben.

***

Ich hing nun schon eine ganze Weile an dieser einen Stelle, stramm wie ein Zinnsoldat. Und inzwischen überfiel mich auch die Müdigkeit. Gerade, als ich in einen leichten Dämmerschlaf sickerte, riss mich ein Vibrieren in die Realität zurück. Es war so heftig, dass nicht nur die Scheidenwände zitterten, sondern auch die Kette, sie sich über meine Klitoris spannte. Ich musste mich erst fangen, als das berauschende Gefühl mich überrannte. Kontinuierlich baute es sich auf, dann urplötzlich stoppte das Vibrato.

Ich wurde unruhig, wusste nicht, was das zu bedeuten hatte. Beobachtete mich etwa jemand? Würde er mich gleich berühren oder würde er mich gar die Peitsche spüren lassen? Ich geriet in Panik, versuchte, mich aus dieser Enge zu befreien, doch es war zwecklos, ich konnte mich kaum bewegen. Und wieder setzte die Vibration ein. Innerhalb kürzester Zeit stand mein Körper wie unter Strom. Die Knie wurden weich, mein Körper hing an diesem Kopfgefängnis, wie ein nasser Sack. Ich zuckte, während die Erregung meine Schamlippen durchblutete, bis sie prall und heiß waren. Und wieder hörte es auf. Zurück blieb ein Pochen, genau an meiner Mitte.

So ging es viele Male ohne erkennbaren Rhythmus. Mal dauerte es länger, mal kürzer. Jedes Mal kämpfte ich mich bis vors Ziel. Und kurz davor ließ es mich ein ums andere Mal unbefriedigt zurück. Ich sehnte mich nach Erlösung, versteifte mich jede Sekunde der Vibration darauf zu kommen. Doch es war wie ein Fluch. Der Vibrator verweigerte immer wieder seinen Dienst und stellte mein Gefühl zurück auf null, ehe er wieder ansprang.

Hitzewallungen durchströmten mich. Ich war fix und fertig, während die Scham vor Durst fast schmerzte. Der Saft rann über meinen Schenkel, bildete wahrscheinlich schon eine kleine Pfütze unter mir. Ich schämte mich. Weil ich befürchtete, es könnte mich jemand beobachten. Die Abstände verlängerten sich, die Vibrationen wurden kürzer. Als wüsste er, wie empfindlich meine Scham inzwischen war.

Lange regte sich nichts mehr. Ich glaubte, es war vorbei. Zurück blieben nur dieses schmerzliche Pochen und die gebeutelte Lust. Ich nickte immer wieder ein. Bis das Beben erneut einsetzte und mich aus dem Schlaf riss. Ich schrie in den Knebel. Ich wollte nicht mehr, ich konnte nicht mehr. Meine Müdigkeit vereinte sich mit Lust, Sehnsucht und Wut. Ein Gemisch, das an Wahnsinn grenzte.

Und wieder verspürte ich den Drang, das Becken kreisen zu lassen. Es war wie eine Sucht. Nach diesen Gefühlen, die mir nicht vergönnt waren.

Die Folter setzte sich noch lange fort. Bis ich irgendwann ausgelaugt und mit zum Zerplatzen geschwollener Klitoris einschlief.

***

Plötzlich bewegte mich etwas. Ich wachte auf und war noch ganz benommen. Es war finster. Mir fiel die Maske ein. Ich stand noch immer hier im Flur. Mein Schoß fühlte sich hohl an. Sie hatten den Vibrator und den Plug entfernt. Ich hatte es gar nicht bemerkt. Plötzlich fiel mein Körper in sich zusammen. Jemand löste die Manschetten und den Gurt an den Armen und stützte mich an der Hüfte. Ich fühlte mich schwach und müde, meine Glieder schafften es nicht, sich zu bewegen.

Sie mussten zu zweit sein, zogen mich über den Gang und blieben kurz stehen. Dann fühlte ich Teppichboden unter mir. Sie legten mich auf etwas Weiches. Es war ein Bett. Mein Bett, vielleicht.

Wenig später, ich wollte nur noch schlafen, drang Luft an mein Gesicht. Mein Mund fühlte sich leer und trocken an. Ich blinzelte, sah Mila. Sah ihr Lächeln und schlief wieder ein.

14

Als ich irgendwann die Augen öffnete, fühlte ich mich müde und ausgelaugt. Ich streckte die Glieder und überlegte, ob alles nur ein Traum gewesen war. Mein Intimbereich fühlte sich wund an, als hätte ich die ganze Nacht durchvögelt. Ich rief mir Alex ins Gedächtnis, als er mich Jeff übergeben hatte, mit der Aufforderung, mich zu bestrafen. Nun hatte ich es hinter mir und trotzdem fühlte ich mich schlecht. Weil ich vermutete, bei Alex versagt zu haben. Einmal mehr baute sich in mir das Gefühl auf, hier nicht herzugehören. Ich konnte mir noch immer nicht erklären, weshalb man mich in dieses Haus gebracht hatte. Und es gab niemanden, der mir etwas dazu sagen konnte oder wollte.

Ich setzte mich auf und ließ den Blick durch den stillen Raum schweifen. Mein Gefängnis, das mir einerseits vertraut und doch so fremd vorkam. Mila war nicht da. Wahrscheinlich war sie bei einem Gast und genoss den Rausch der Lust.

Noch einmal reckte ich Arme und Beine von mir und stand auf. Auf dem Weg zum Bad knurrte mein Magen. Ich sah zum Tisch hinüber. Dort stand tatsächlich noch ein Teller, bedeckt mit einer Haube. Sicher war es schon kalt. Ich wollte erst duschen und die eingetrocknete Lust von mir waschen. Einen kurzen Moment spielte ich mit dem Gedanken, mir das zu geben, was mir diese Nacht verwehrt geblieben war. Doch ich tat es nicht. Irgendetwas in mir sträubte sich dagegen.

Vielleicht mein schlechtes Gewissen oder meine devote Ader. Soweit hatten sie mich schon.

Ich sah aus dem Fenster. Es dürfte später Nachmittag sein. Die Sonne stand schon relativ tief, war aber noch hoch genug, um alles mit ihrem Licht zu bedecken. Ich hatte mich inzwischen daran gewöhnt, die Uhrzeit vom Stand der Sonne abzulesen. Es war gar nicht so schwer, vorausgesetzt sie versteckte sich nicht hinter einer dicken Wolkenschicht. Wusste ich überhaupt noch, wie sich die warmen Strahlen auf der Haut anfühlten? In diesem Haus war es immer warm, es gab kaum Temperaturunterschiede. Zum Glück, dachte ich und trocknete mich ab, schließlich war ich immer nackt. Einzig meine Bettdecke und dieses Handtuch erlaubten es mir, den Körper zu bedecken. Doch ich hatte mich erstaunlich schnell daran gewöhnt, als Nudistin herumzulaufen. Woran ich mich nicht gewöhnen konnte, waren diese wühlenden Gedanken, die sich nur um Alex drehten.

Ich versuchte, die lauwarmen Kartoffeln mit Speck und Zwiebeln runterzubekommen. Aber mir fehlte einfach der Appetit.

Wieder lehnte ich mich ans Fenster, nur um die Schwalben beim Tiefflug zu beobachten. Ich sortierte meine Gefühle immer wieder neu. Es bestand kein Zweifel: Ich war verliebt. Zum ersten Mal seit vielen Jahren. Dabei wollte ich mich nie wieder verlieben. Weil ich Angst gehabt hatte, enttäuscht zu werden.

Ich wusste nicht, was Alex für mich empfand. Er hielt mich auf Distanz, hatte mir nur einmal seine Gefühle gezeigt und sie einen Moment später wieder hinter seiner Dominanz versteckt.

***

Draußen war es dunkel geworden, als sich die Zellentür öffnete. Vielleicht war es gar nicht schlecht, dass Theo mich gleich mit in den Flur nahm, nachdem er Mila in die Zelle entlassen hatte. Ich brauchte dringend einen Umgebungswechsel.

Er brachte mich zum Vergnügungsraum und fesselte meine Hände ans Bettende. Mit einem schwarzen Tuch verband er mir die Augen. Als er sich entfernte und die Tür zufiel, begann ich zu warten. So wie ich es immer tat, wenn ich für einen Gast drapiert wurde und die Minuten oder manchmal auch gefühlten Stunden an mir vorüberzogen. Doch diesmal dauerte es nicht so lange wie sonst. Oder kam es mir nur so vor, weil ich es schon gewohnt war zu warten? Ich hörte die Tür knarren und den Schlag, als sie ins Schloss fiel. Ich lauschte den Schritten, die immer lauter wurden, umso mehr sie sich mir näherten. Mein Herz begann zu trommeln, die Neugierde war geweckt. Dazu gesellten sich Angst und Lust. Ein vertrautes Gespann, ohne das ich nur ein wartendes Objekt gewesen wäre.

Dann war es still. Ich spürte, dass ich beobachtet wurde. Doch etwas war anders. Vertraut. Das verwirrte mich. Denn seit ich hier gefangen war, hatte dieser Mann, der gerade vor mir stand, mich nicht benutzt. Seine Hand glitt über die Rundung meiner Brust. Sofort stellten sich die Warzen auf und Gänsehaut breitete sich auf meinem Körper aus. Seine zweite Hand strich über meinen Kopf und kehrte die Haare von der Schulter.

»Jeff«, flüsterte ich.

Abrupt nahm er die Hand von meiner Brust. Er schien nicht damit gerechnet zu haben, dass ich ihn so schnell erkannt hatte. Es war sein Aftershave, das ihn verriet.

Er nahm mir die Augenbinde ab. Das Licht war gedimmt, ich gewöhnte mich schnell daran und sah ihn an. Er saß, leger gekleidet in Poloshirt und Jeans, neben mir auf dem Bett. Obwohl er sich alle Mühe gab, gefasst zu wirken, konnte ich die Verblüffung an seinem Blick ablesen. Ich fand ihn noch immer sehr attraktiv, wenn er auch nicht so eine faszinierende Ausstrahlung besaß wie Alex. Er war einfach ein komplett anderer Typ.

»Du scheinst dich inzwischen gut eingelebt zu haben«, sagte er.

»Wie kommst du darauf?«

»Es ist selten geworden, dass sich ein Gast über dich beschwert. Und du versuchst nicht mehr zu fliehen.«

Wieder dachte ich an Alex. Hatte er Jeff von unserer Session erzählt?

»Weil ich hier sowieso nicht rauskomme. Wieso sollte ich es dann versuchen?«

Jeff atmete theatralisch ein und wieder aus. »Warum machst du es dir nur so schwer?« Stirnrunzelnd sah er mich an. Er glaubte wohl, so einiges über mich zu wissen. Mein Magen zog sich zusammen und ich erforschte seinen Blick. Ich ahnte, dass er sich nicht umsonst die Zeit für mich genommen hatte. Irgendetwas schien er vorzuhaben. »Du würdest dir selbst einen Gefallen tun, wenn du deinen fiktiven Freiheitsdrang endlich fallen lässt.«

Ich sah ihn mit großen Augen an. Glaubte er allen Ernstes, ich bildete mir nur ein, dass ich hier nicht bleiben wollte?

»Wenn mein fiktiver Freiheitsdrang so stark ist, warum lässt du mich dann nicht einfach gehen?«

Es war typisch Jeff, dass ich keine Antwort darauf bekam. Stattdessen ließ er seinen Blick über meinen Körper wandern.

»Ich kann das nicht, was ihr von mir verlangt«, sagte ich. »Ich kann mich nicht so unterwerfen wie Mila.«

»Bedenklicher wäre es, wenn du sagen würdest, du willst nicht. Dann nämlich müssten wir deinen Willen zuerst brechen. Doch wenn du sagst, du kannst nicht, dann bedeutet es nur, dass dies eine Grenze ist, die du noch nicht bereit bist zu überschreiten. Du brauchst keine Angst davor haben, Lydia.«

Da war es wieder, das Wort Angst aus Jeffs Mund. Es klang so selbstverständlich, wenn er das sagte. Als wäre die Angst ein Kleidungsstück, das man ablegen konnte, wenn es einem zu heiß wurde. Doch so einfach war es nicht.

Plötzlich legte er die Hand auf meinen Schamhügel, sie schmiegte sich wie ein Slip an die Rundung. Fühlte sich warm und geschmeidig an, wie dafür gemacht. Ich wartete darauf, dass er seine Finger bewegte, doch er ließ sie nur ruhig liegen. Und schon wanderte ein Kribbeln durch meinen Schoß.

»Du bist inzwischen sehr beliebt bei unseren Gästen. Irgendetwas scheinst du zu haben, was dich besonders macht.«

Ich schwieg. Was er sagte, floss wie geschmolzener Zucker durch meine Blutbahn. Ich wollte diesen Fluss nicht unterbrechen. Außerdem wollte ich ihn nicht davon abhalten, endlich seine Finger ins Spiel zu bringen. Mein Schoß erwartete sie sehnsüchtig.

»Weißt du Lydia, mit den Jahren bekommt man ein Gefühl für Frauen wie dich. Du kannst Sex und Gefühl trennen. Das können nicht viele Frauen.«

Es war komisch, dass er das sagte. Denn bisher hatte ich auch geglaubt, dass ich Sex und Gefühl trennen konnte. Bis Alex aufgetaucht war und mir diese Illusion genommen hatte.

»Und du liebst es, von einem Mann begehrt, verführt und genommen zu werden. Du gibst dich ihm hin und genießt es. Ohne Kompromisse zu fordern.«

»So was kann man nicht nach ein paar Minuten beurteilen. Du kanntest mich doch gar nicht.«

Mir war klar, dass er mich besser gekannt haben musste, als mir lieb war. Schließlich wusste er, wie ich hieß. Und jetzt war der Zeitpunkt, ihm endlich Einzelheiten zu entlocken.

Jeff lachte. »Wir wählen nie nach dem Zufallsprinzip aus. Du wurdest über Monate hinweg beobachtet. Du bist von einer Stadt zur nächsten gereist, quer durch Europa, ohne irgendwo Halt zu machen. Es war zwar dein Job, und du warst auch erfolgreich darin, weil du es als deine Pflicht gesehen hast, doch diese Verantwortung, die du dir damit auferlegt hattest, machte dich nicht glücklich. Du sehnst dich nach Freiheit. Und diese Verantwortung hielt dich davon ab. Weshalb wir dich gewählt haben, werde ich dir nicht sagen, aber du erfüllst die besten Voraussetzungen für eine Sklavin. Sogar Shazar sagte, du seist wie geschaffen dafür. Er hat schon sehr viele Sklavinnen ausgebildet, er erkennt sofort, ob ein Mädchen diese Leidenschaft in sich trägt.«

Ich musste an den Franzosen denken. War es Jeff, dem er einen Gefallen damit getan hatte? Indem er mich auf den Prüfstand gestellt hatte?

»Ich sehe das anders«, sagte ich.

Jeff schüttelte den Kopf. »Nein, Lydia, du hast es nur noch nicht geschafft, dich darauf einzulassen. Es so hinzunehmen. Dein Verstand steht dir im Weg. Wie es so oft bei Frauen ist, die denken, sie wissen, was sie wollen. Es scheint, als würden sie nur darauf warten, bis jemand kommt, der ihnen zeigt, wo es wirklich lang geht. Der ihnen die Pflichten, die sie sich selbst akribisch auferlegen, abnimmt und sie damit ein Gefühl von Freiheit lehrt.«

Eigentlich hätte ich ihm widersprechen sollen, denn frei war ich meiner Auffassung nach nicht. Doch ich schwieg. Ich wollte es erst sacken lassen, denn ich fand mich tatsächlich wieder in dem, was er gesagt hatte. Wenn auch nicht in allem.

»Warum erzählst du mir das? Hast du mich nur deshalb hier festbinden lassen?«

Seine Hand ruhte noch immer auf meiner Scham, während sich meine Säfte bereits sammelten.

»Es gibt eine Person, der du versprochen bist«, sagte er und nahm seine Hand weg. »Du wirst uns in ein paar Tagen verlassen.«

15

»Du hast es geschafft, du bist hier raus«, beglückwünschte mich Mila, als ich ihr von Jeffs Offenbarung erzählte. Sie strahlte über das ganze Gesicht und sah mich Sekunden später irritiert an. »Aber das wolltest du doch!«

Auch wenn es das war, was ich wollte, ich konnte mich nicht freuen. Ich wagte es nicht.

»Ich weiß nicht, was mich dort draußen erwartet. Wer mich erwartet. Jeff wollte es mir nicht sagen.«

»Mach dir keinen Kopf, dein neuer Herr wird dich gut behandeln. Alle Gäste sind erfahren und wissen, wie weit sie gehen können. Ich finde es spannend. Allein die Vorstellung, mir könnte das passieren, erregt mich.«

Ja, dachte ich, weil es ihr egal wäre, wer ihr Besitzer war. Mir war es nicht egal. Ich überlegte krampfhaft, ging jeden Gast durch, mit dem ich eine Session gehabt hatte. Und immer wieder blieb ich bei Alex hängen. Ich wünschte es mir so sehr.

Noch einmal blickte ich auf die polierte Silberkugel, die Jeff an mein Piercing geklippt hatte, als Zeichen dafür, dass ich nun einen Besitzer hatte. Sie ließ sich nicht mehr abnehmen, genauso wenig, wie das Piercing selbst, das er am ersten Tag hatte anschweißen lassen. Die Kugel war etwa einen Zentimeter groß und mit einer verschnörkelten Gravur versehen, in der eine dreistellige Ziffer stand. 247. Ich hatte keine Ahnung, was diese Nummer zu bedeuten hatte.

***

Die darauf folgenden zwei Tage verbrachte ich durchgehend in der Zelle. Meine Aufregung stieg von Stunde zu Stunde. Ich bekam kaum einen Bissen runter, meine Nerven waren zum Zerreißen gespannt. Die meiste Zeit lag ich im Bett und versuchte, zu schlafen. Denn wenn ich schlief, musste ich mich wenigstens nicht fragen, wessen Besitz ich nun war. Doch ich konnte nicht schlafen, in meinem Kopf prallten die Gedanken aufeinander. Sie ließen mir keine Zeit, zur Ruhe zu kommen. Bei jedem Geräusch, das ich an der Zellentür vernahm, schlugen in meinem Bauch die Alarmglocken. Doch wenn, dann war es Mila, die für einen Gast geholt wurde. Ich blieb in der Zelle zurück, und wartete Stunde um Stunde auf mein Urteil.

Es war Abend geworden, als Theo noch einmal in unsere Zelle kam. Als er sich mir näherte, gaben meine Knie nach, ich zitterte am ganzen Körper. Ich ahnte, dass er mich mitnehmen würde, dass ich das letzte Mal hier gestanden hatte.

Wie in Trance ließ ich mich über den Flur führen. Mitten im Gang blieb er plötzlich stehen und holte eine schwarze Augenbinde aus seiner Tasche. Er legte sie mir über die Augen und verband die beiden Enden am Hinterkopf. Der Puls hämmerte im Hals und alle paar Sekunden hatte ich das Bedürfnis tief atmen zu müssen. Er drückte mich noch einige Schritte vorwärts, dann hörte ich, wie er eine Tür öffnete und mich hineindrängte. Er ließ mich an Ort und Stelle stehen und Sekunden später fiel die Tür ins Schloss. Ich starrte ins Dunkel, fühlte die leere Luft um mich herum und den Holzboden unter den Füßen. Die Dielen wippten, als sich Schritte näherten und

194

sofort bildeten sich Schweißperlen auf meiner Stirn.

»Du hast Angst«, hörte ich eine mir vertraute Stimme. »Das ist gut so.«

Es war Alex. Er stand vor mir und wischte mit einem Finger über meine Stirn. Mit einem Mal lösten sich die verspannten Muskeln, nur mein Puls raste weiter. Alex zog den Stoff von meinen Augen und ich sah in sein vom Schatten verdunkeltes Gesicht. Mit nacktem Oberkörper stand er vor mir, füllte mein ganzes Sichtfeld. Seine Nähe machte mich nervös, sie wirbelte Gefühle in mir auf, die sogleich durch meinen Körper schossen. Ich schwenkte den Blick und sah, dass ich im Vergnügungsraum stand.

Er trat einen Schritt zur Seite und gab den Blick frei auf das hell erleuchtete Bett. Die Lampe darüber war die einzige Lichtquelle im Raum. Es lagen Ketten auf dem Bett, von jeder Ecke aus zog sich eine bis hin zur Bettmitte, wie ein angedeutetes X. Ich wusste, sie waren für mich bestimmt. Er würde mich bald daran festketten, meine Arme und Beine weit gespreizt. Dann würde er mich quälen, leidenschaftlich, hart, bis die Nässe aus mir tropfte und meine Scham nach Erlösung schrie. Er wollte, dass ich dieses Arrangement sah. Er hielt mich nicht davon ab, hinzusehen. Weil er wusste, dass es mich vor Verlangen zittern ließ.

»Ich habe etwas Besonderes für dich vorbereitet. Für dein letztes Mal an diesem Ort. Zum letzten Mal mit mir. Aber zuvor möchte ich, dass du mich gebührend begrüßt. Knie dich hin.«

Ich sah ihn an. Zum letzten Mal mit ihm? Hieß das, er war nicht gekommen, um mich zu holen?

»Auf die Knie!«, wiederholte er streng.

Gedanken und Gefühle rannten durch mich hindurch. Angst, Panik, Entsetzen. Er wird mich nicht mitnehmen. Er nicht.

Ich sank auf die Knie, schwer, als würde mich ein Stein auf den Grund ziehen.

»Du wirst mich die ganze Zeit ansehen, während du an meinem Schwanz lutscht.«

Entgeistert blickte ich auf die Beule, die sich an seiner Hose abzeichnete, dann sah ich zu ihm auf. Das letzte Mal, echote es in meinem Kopf.

Meine Finger zitterten, als wären sie dem Erfrieren nahe. Ich hatte Mühe, den Zipper seines Reißverschlusses zu fassen. Er entglitt mir immer wieder. Gebannt starrte ich auf diesen winzigen Metallstift. Meine Finger bebten, schwitzten, und mein Kopf fühlte sich heiß an, während es tief in mir fröstelte. Warum? Warum, fragte ich mich unentwegt. Warum das Ganze, wenn er mich sowieso nicht haben wollte.

»Sieh mich an!«

Ich hob den Blick, spürte den Schweißfilm auf der Stirn. Er formte die Augen zu Schlitzen, offensichtlich war ich ihm zu langsam. Dann endlich bewegte sich etwas, ich hörte das Ratschen des Reißverschlusses. Ich zog seine Hose nach unten und sein Penis drängte sich in mein Sichtfeld. Ohne den Blick von seinen Augen zu wenden, stülpte ich den Mund über seine Eichel und begann, die Zunge kreisen zu lassen. Doch ich spürte ihn nicht, ich spürte nur diese Leere in mir. Ich sah ihn nicht wirklich an, ich sah durch ihn hindurch. Als fände ich dort oben all die Antworten, nach denen ich suchte. Plötzlich veränderte sich sein Gesicht, es wurde hart, finster. Er wich einen Schritt zurück und zog seinen Schaft aus meinem Mund.

»Beug dich nach unten. Ellenbogen auf den Boden!« Die Härte in seiner Stimme schlug mir um die Ohren. Ich gehorchte.

»Du scheinst dich nicht zu freuen, mich zu sehen«, sagte er beherrscht. Dennoch vernahm ich Bissigkeit in seiner Stimme. Er schlich um mich herum, während ich ehrfürchtig vor ihm kniete, der Kopf nahe dem Boden und mein Hintern weit in die Luft ragend.

»Doch«, murmelte ich. Es stimmte, ich konnte mir nichts Schöneres vorstellen, als ihn zu sehen. Doch der Grund, warum er mich sehen wollte, drängte meine Euphorie ins Abseits.

»Warum zeigst du es mir dann nicht?«

Ich wusste nicht, was ich antworten sollte. Sollte ich mich selbst verraten? Sollte ich ihm sagen, dass ich mich in ihn verliebt hatte und mir in Gedanken schon vorgestellt hatte, wie er mich als mein einziger Herr mit Schlägen und Liebkosungen gefügig machte?

Plötzlich klatschte seine Handfläche auf meine Pobacke. Ich keuchte, wippte nach vorn und spreizte die Finger auf dem glatten Holz, um Halt zu finden.

»Sprich mit mir!«

»Ich ... bin ...« Noch bevor meine Gedanken einen Satz bilden konnten, traf ein weiterer Hieb auf die andere Hälfte, fester als der Erste.

»Ich habe solche Angst vor dem, was mir bei meinem neuen Herrn bevorsteht«, sagte ich schnell. Ich hörte ihn schnauben.

»Steh bitte auf und sieh mich an.« Seine Stimme klang weich. Sie ließ mich immer noch hoffen, auch wenn alles bereits besiegelt war. Die Kugel am Piercing meiner Schamlippe bewies es. Ich gehörte einem anderen.

Er hob mein Kinn. »Es ist gut, wenn du Angst hast. Weil die Angst dich an Grenzen bringt. Grenzen, die es auszuloten und zu überschreiten gilt. Nur so wächst du über dich hinaus.

Dein neuer Herr wird sich dieser Aufgabe verantwortungsbewusst stellen, da bin ich mir sicher.«

Ich schüttelte den Kopf. Eine Träne suchte sich den Weg über meine Wange. Ich wollte nicht zu irgendjemandem. Ich wollte, dass *er* mich an meine Grenzen brachte. Niemand sonst. Mir kam plötzlich alles so unwirklich vor. Die Gedanken kreisten nur noch um meine Zukunft ohne ihn. Tränen rannen mir aus den Augen. Warum nicht er? Ich fühlte mich dem Ganzen nicht gewachsen und hatte einfach nur Angst. Es war, als würde ich in ein tiefes Loch fallen. Ich fühlte mich überwältigt von dieser plötzlichen Angst. Mein Körper begann zu zittern, ich spürte es, aber konnte nichts dagegen tun. Ich hatte Angst nicht auszuhalten, was mich erwartete. Wie erstarrt stand ich vor ihm, fühlte mich auf einmal so verloren in mir selbst.

»Lydia, was ist los? Sag, was geht in dir vor?«

Doch ich konnte nichts sagen. Ich weinte und starrte einfach nur ins Leere. Da fühlte ich plötzlich seine Hand an meiner Schulter. Fühlte seinen Körper dicht an mir. Er nahm mich in die Arme, drückte mich ganz fest an sich.

»Lydia«, hörte ich ihn sagen. »Es ist gut. Es ist alles gut.« Er klang so sanft, aber so weit weg. Ich schaffte es nicht, zu reagieren. Ich spürte noch immer diese Angst in mir, wie sie mich lähmte, mich überschattete. Einzig die Tränen brachen aus mir heraus. Und er hielt mich fest.

»Es ist gut«, sagte er immer wieder und küsste meine Stirn. Ich schloss die Augen und atmete tief.

»Ich habe solche Angst«, sagte ich. Wagte es aber nicht, ihn anzusehen. Weil ich mich so schämte.

»Ich weiß«, sagte er. »Ich verstehe, dass du Angst hast. Gib dir Zeit. Du bist eine starke Frau. Ich weiß, dass du es kannst. Ich verspreche dir, es wird alles gut.«

Ich sah in Alex' Augen. Spürte seinen Köper, seine Arme, die mich ummantelten. Warum nicht er?

Er lächelte mich aufmunternd an.

Seine Augen waren so warm, so verständnisvoll. Es war ein Moment, den ich am liebsten nie losgelassen hätte. Ich nickte. Fühlte mich verstanden und hatte das Gefühl, er war für mich da. Das gab mir Kraft.

»Wissen Sie, wo ich hinkomme?«, fragte ich.

Er wirkte gefasst, als hätte er mit dieser Frage gerechnet. »Ja.«

»Wohin? Bitte sagen Sie es mir.«

»Ich werde es dir nicht sagen. Du wirst es selbst herausfinden müssen.«

Seine Stimme klang sanft, sein Gesicht blieb entspannt. Er löste die Umarmung, umfasste mein Handgelenk und zog mich zum Podest, auf dem das Bett stand.

»Leg dich hin«, sagte er sanft. »Gönne deinen Gedanken eine Auszeit.«

Ich legte mich aufs Bett und ließ ihn nicht aus den Augen, als er meinen rechten Arm zur Kette zog und sie mit der Manschette verband. Er griff nach meinem zweiten Arm und zog ihn auf die andere Seite, befestigte auch ihn an einer Kette. Zuletzt fixierte er noch meine Füße, bis ich weit geöffnet und unbeweglich vor ihm lag.

Ich würde ihn nie wiedersehen. Ein Gedanke, der mich zerfleischte, mehr noch, als die Tatsache, dass ich bei einem erbarmungslosen Herrn verenden könnte. Ich würde nie wieder dieses Gesicht sehen, ihn nie wieder spüren und doch, das wusste ich, würde er weiterhin meine Gedanken beherrschen.

Er trat vom Podest und verschwand durch die Tür, die zum Nebenraum führte. Ich starrte zur Decke und realisierte immer mehr, dass es mein letztes Mal mit ihm sein würde.

Ich lauschte einem Rascheln und leisen Rumpeln, dann kam er zurück. Irgendetwas versteckte er in seiner Hand.

»Ich möchte, dass du dich mir vollkommen hingibst und dich auf das konzentrierst, was ich mit dir tun werde.«

Ich nickte.

Er zückte ein Nadelrad aus poliertem Stahl. Das Instrument war nicht größer als ein Esslöffel und jagte mir allein beim Anblick der langen, dünnen Zacken einen Schrecken ein. Ich beobachtete, wie er die feinen Spitzen auf meinem Bauch anlegte und in mäßigem Tempo nach unten räderte. Anfangs spürte ich ein Kitzeln, bis es leicht zu piken begann. Je mehr er zum Schambereich vordrang, desto fester drückte er die Nadeln in meine Haut. Ich atmete tief und presste den Hintern in die Matratze, weil ich glaubte, er würde mir wehtun. Doch es tat nicht wirklich weh. Es kratzte nur, als würde er mit dem Fingernagel eine Linie zeichnen. Es tat gut, mich auf dieses Gefühl zu konzentrieren, weil es meine wühlenden Gedanken verdrängte.

Kurz bevor er an meinen Kitzler stieß, nahm der das Rad weg.

Ich wippte mit der Hüfte, weil ich wollte, dass er weitermachte. Sogleich schellte seine Handfläche auf meinen Schamhügel. Fest genug, um mich ruhig zu stellen. Wieder setzte er das Rad an, zog einen kratzenden Pfad kreuz und quer über meinen Hügel und als ich versuchte, dem Druck auszuweichen, ließ er ein weiteres Mal seine Hand niedersausen. Das machte er im ununterbrochenen Wechsel.

Bald erkannte ich, dass er mich mit den Schlägen nicht bestrafen wollte, dazu waren sie viel zu sacht. Er wollte mich mit zweierlei Empfindungen bedecken, die sich ohne Pause abwechselten. Erst brannte es, dann pikte es und gleichzeitig zirkulierte die Lust in meinen Schamlippen. Meine Scham war geschwollen und erhitzt. Ich dachte an nichts mehr, sondern fühlte nur diese Reize, die mein Körper empfing.

Langsam erhöhte er die Schmerzen und damit auch meine Lust. In meiner Mitte pikte es, obwohl das Nadelrad weit davon entfernt war. Er sah mich an, tief und innig. Leidenschaft funkelte in seinen Augen. Ich wusste, es gefiel ihm, mich so zu sehen, so lustvoll leidend. Nässe drückte sich aus meiner Scheide, Erregung flirrte durch meinen ganzen Körper.

Plötzlich legte er das Rad beiseite. Mein Schoß pulsierte sehnsüchtig. Es brannte und hämmerte.

Alex beugte sich nach unten und leckte über die gerötete Haut. Zuerst fühlte sich seine Zunge kalt an, dann erhitzte sich die nasse Stelle, fühlte sich an wie Sonnenbrand unter der warmen Dusche. Sein heißer Atem verstärkte dieses stechende Gefühl. Er züngelte tiefer, zog eine flammende Spur, hinein ins Tal der Leidenschaft. Noch bevor er an die Klitoris stieß, stöhnte ich auf. Mein Verlangen war zu groß. Alles in mir zog sich zusammen, ich wollte unbedingt. Das Blut rauschte durch die Adern, als seine Zunge endlich über meine pralle Knospe rieb. Ich bäumte das Becken auf, ließ ihn wissen, dass er weitermachen sollte. Dieses prickelnde Gefühl mischte sich mit der Hitze meines Schoßes, schaukelte mich immer höher. Er hörte nicht auf, steigerte sein Tempo, leckte um meinen Kitzler, saugte sich daran fest. So weich und fordernd, bis ich innerlich zu schweben begann. Ich spürte nur seine geschmeidige Zunge, wie sie meine Scham liebkoste, ohne Halt zu machen. Ich krallte mich an den Ketten fest, spannte alle Muskeln an und ließ die Strömung über mich hinwegrollen. Es gab kein Zurück mehr, keine Unterbrechung, die das finale Ende hätte aufhalten können. Die Schwelle war überschritten.

Ich stöhnte und schrie aus Leibeskräften, als mich die Flut an Empfindungen durch die Zielgerade schwemmte und mich noch eine Vielzahl von kleinen Wellen ans Ufer schwappten. Ein letztes Mal, wie er mir sagte, bevor er mich meinem Schicksal übergab. Es sollte ein Geschenk sein, für eine Sklavin, die er nur ungern in andere Hände gab.

16

Am Morgen des nächsten Tages war der Moment gekommen. Ich wurde aus der Zelle geholt und sollte für den Transport vorbereitet werden, zu meinem neuen Herrn. Dazu brachte mich Jeff in einen weißen, kahlen Raum. Er verbot mir zu sprechen und bat mich still stehenzubleiben.

Alles war weiß gefliest und roch nach Desinfektionsmittel. Fenster hatte der Raum keine. In der Mitte thronte eine sargähnliche Kiste auf einem niedrigen Tisch. Davor stand ein Schemel, der offenbar den Einstieg erleichtern sollte. Direkt vor mir, an der gegenüberliegenden Wand, hing an einem Kleiderbügel ein schwarzer Latexcatsuit, der an einen Tauchanzug erinnerte. Eine sehr schmal geschnittene Hose, lange Ärmel und eine Kopfmaske. Alles aus diesem glänzenden gummiartigen Material. Daneben war eine große weiße Aufzugtür.

Seit ich diesen Raum betreten hatte, drückte sich dieses schale Gefühl gegen meine Magenwand. Gut möglich, dass es davon stammte, dass ich bis auf diesen Haferbrei heute Morgen nichts zu Essen bekommen hatte. Aber viel wahrscheinlicher rührte es daher, dass ich genau wusste, ich würde bald in diese Latexhaut gezwängt werden, würde mich in die Kiste legen müssen und dann den Transport in die neue Hölle antreten. Gestern hatte ich mich noch lange in den Schlaf geweint. Und als ich heute Früh aufgewacht war, hatte ich gehofft, dass ich alles nur geträumt hatte. Doch es war kein Traum gewesen, ich würde diesen Ort verlassen und die einzige Hoffnung, die mir blieb, war, dass ich an dem neuen Ort ein Schlupfloch in die Freiheit finden würde.

Theo öffnete den Deckel der Kiste und hantierte im Inneren herum. Jeff griff nach der Schere, die neben der Kiste lag. Instinktiv schreckte ich zurück. Erst als er die Klinge unter die Manschette schob, wusste ich, dass er mich davon befreien wollte. Mit einem Mal sammelte sich Wasser in meinen Augen, weil es mir so endgültig vorkam. Ich werde diesen Ort verlassen. Es war eine Fahrt ins Ungewisse. Auf jeden Fall würde ich die neue Umgebung, die mich erwartete, bis in den kleinsten Winkel durchsuchen. Mein Gefühl sagte, ich könnte einen Fluchtweg finden, wenn ich nur aufmerksam danach suchte. Denn die Wahrscheinlichkeit war gering, dass ich noch einmal in einen ähnlichen Hochsicherheitstrakt geriet wie hier.

Theo nahm den lappigen, schwarzen Catsuit vom Kleiderbügel. Ein Kribbeln strömte durch meine Blutbahn. Ich musste an diese lebendige Gummipuppe denken und daran, dass ich zu gern wissen wollte, wie sich das Material auf der Haut anfühlte.

»Zieh das an. Du hast zehn Minuten. Solltest du es bis dahin nicht schaffen, wird die Fahrt für dich nicht ganz so angenehm.« Er sah auf die große, weiße Uhr, deren schwarze Zeiger auf zehn vor neun standen. Dann warf er mir den Anzug vor die Füße und folgte Jeff aus dem Raum. Sogleich verschloss der Riegel die Tür.

Zuerst dachte ich, die Zeit würde mir locker reichen, doch als ich versuchte, die Latexhose über das Bein zu ziehen, bemerkte ich die Tücken des Materials. Obwohl das Gummi innen mit einem Puder bestäubt war, rutschte es nicht wie Stoff, sondern klebte an meiner Haut. Es knisterte und knirschte, sobald ich die Falten auseinanderzog. Hinzu kam, dass meine Finger durch die Aufregung feucht waren und ich das glatte Gummi kaum zu fassen bekam. Es ziepte und zwickte auf der Haut. Immer wieder sah ich auf die Uhr. Der Sekundenzeiger tickte wie eine drohende Zeitbombe. Nach drei anstrengenden Minuten hatte ich es geschafft, das Hosenbein gerade mal bis zum Knie hochzuziehen. Schon jetzt war ich ins Schwitzen gekommen. Dabei gab es noch mehr Körperteile zu bedecken. Ich blies mir ins Gesicht, setzte mich auf den Schemel und begann, das zweite Hosenbein über die Haut zu ziehen.

Fünf Minuten waren inzwischen vergangen, die Hälfte der Zeit. Und meine Beine waren erst halb bedeckt. Mein Herz begann schneller zu schlagen und meine Finger zitterten. Doch ich wollte nicht aufgeben. Konzentriert rollte ich das glatte Material abwechselnd über beide Oberschenkel und sah zu, wie es sich dehnte und immer mehr die Beine einhüllte. Bis es endlich meinen Schoß erreichte. Ich stand auf und zog den oberen Teil des Anzugs über die Hüften. Irritiert betrachtete ich die Öffnung im Schritt. Meine Schamlippen ragten wie rosa Fleischlappen hervor und dem Gefühl nach, waren auch meine beiden Öffnungen unbedeckt. Das Oberteil ließ sich am Rücken mit einem Reißverschluss schließen, doch bis dahin musste ich erst einmal in die beiden Ärmel schlüpfen. Mir blieben nur noch drei Minuten.

Ich hob das Ärmelloch und zwängte den Arm hinein. Nein, so ging das nicht. Ich entschloss, den Ärmel zu raffen und ihn mir dann wie eine Strumpfhose überzustreifen. Es war ein Kraftakt, bis ich meine Hand endlich durch die kleine Öffnung gequetscht hatte. Durch Zupfen und Ziehen versuchte ich, die Falten über den Arm zu ziehen. Mehrmals musste ich absetzen und meine zittrigen Hände mit tiefen Atemzügen zur Ruhe bringen.

Der große Zeiger war gerade auf eine Minute nach neun geschnellt, als sich der Riegel in der Tür zur Seite schob. Halb angezogen stand ich da, der Ärmel war noch nicht mal bis zum Ellenbogen aufgezogen. Ich hätte heulen können. Es war alles umsonst gewesen.

Jeff trat in den Raum, gefolgt von Theo. Beide standen vor mir und sahen mich an. Ich fühlte mich wie ein Versager. Wie jemand, der es nicht würdig war, auf sich selbst stolz zu sein.

»Ich helfe ihr, bereite du die Spritze vor«, sagte Jeff und kam zu mir.

»Spritze?«, entwich es mir. Ich beobachtete Theo, der ein Kästchen aus weißem Kunststoff auf den Tisch legte.

»Welche Spritze?«, wiederholte ich. Meine Stimme klang rau, leise und mein Atem ging flach.

»Sei still, sonst ist deine zweite Chance vertan und du bleibst die Fahrt über bei vollem Bewusstsein«, warf mir Theo entgegen, der eine Kartusche aus dem Kästchen nahm und den Aufdruck kontrollierte. Einige Strähnen seiner gegelten Haare verdeckten sein Gesicht. Er musste gar nicht zu mir aufsehen, bereits am Ton seiner Stimme hatte ich erkannt, dass er wütend auf mich war. Weil ich es nicht geschafft hatte, diesen Anzug anzuziehen.

Ich war so perplex, dass ich nur noch zu Boden starrte. Gedankenfetzen wirbelten durch meinen Kopf. Fahrt bei vollem Bewusstsein, Spritze, zweite Chance. Was hatte das zu bedeuten? Mir war übel. Mein Körper stand da wie gelähmt, während sich alles in mir zusammenzog. Ich bemerkte nur am Rande, wie Jeff am Ärmel zerrte.

Er schaffte es tatsächlich, mir innerhalb weniger Minuten den Anzug komplett anzuziehen. Langsam schloss er den Reißverschluss und das Latex schmiegte sich wie eine zweite Haut an meinen Oberkörper. Es sah aus, als wäre ich von einer schwarzen Lackschicht überzogen. Zugegeben, es war ein angenehmes Gefühl, den glatten, geschmeidigen Latex zu spüren. Ich fühlte mich warm umhüllt. Doch genießen konnte ich es nicht. Ich sah zu Theo, der gerade die Spritze mit transparenter Flüssigkeit aufzog.

»Beug dich nach unten«, befahl Jeff.

Als Nächstes sollte ich die Beine spreizen. Plötzlich drückte sich etwas Glitschiges an meinen Anus. Ich wurde nervös und versuchte, dem Gegenstand zu entwischen.

Sofort klatschte seine Hand auf meinen Hintern.

»Halt still«, warnte mich Jeff und stieß den Pfropfen in meine enge Öffnung. Doch dabei blieb es nicht. Ich hörte ein Pumpen und merkte, wie sich dieses Etwas in mir dehnte. Es brannte und schmerzte, als wollte es mich zerreißen. Obwohl ich keuchte und unruhig die Hüften bewegte, machte er weiter. Der Druck im Darm wurde immer größer, dann endlich hörte er auf. Als ich mich aufrichtete, spürte ich, dass es mich vollkommen ausfüllte. Ein schwarzer Pumpball baumelte an einem dicken Schlauch zwischen meinen Schenkeln. Mir blieb nichts anderes übrig, als breitbeinig dazustehen, weil dieser Ballon es mir unmöglich machte, die Beine zu schließen.

»Bind deine Haare am Hinterkopf zusammen und zieh dir das über«, sagte Jeff und hielt mir die schwarz glänzende Kopfmaske und ein Haargummi vors Gesicht. Mit zittrigen Fingern nahm ich den Gummiring. Jeff sah mir dabei zu, wie ich einen lockeren Dutt formte. Die ganze Zeit über starrte ich auf diese wabbelige Kopfmaske, die er vor seinem Körper in den Händen hielt. Ich verstand es nicht, aber ich wusste, dass mich der Anblick nicht nur erschreckte, sondern auch erregte. Als er mir die Haube entgegenstreckte, wuchs meine Lust. Ich wollte sie nicht aufsetzen, wurde aber dazu genötigt, es zu tun. Es war demütigend, erniedrigend und unheimlich prickelnd.

Ich nahm die Haube und suchte nach dem Einschlupfloch. Sie verfügte über einen Reißverschluss, der sich später am Hinterkopf schließen ließ. Ich erkannte eine Ausbuchtung für die Nase, mit zwei kleinen Löchern und darunter einen breiten Schlitz für den Mund. Die Augen blieben verdeckt. Als ich mir die Haube überzog, blickte ich ins Dunkel. Es war ein befremdliches Gefühl, das glatte Material mit den Fingern am Kopf zu betasten und gleichzeitig darin eingeschlossen zu sein. Es roch stark nach Gummi und sofort staute sich die Hitze, weil mein Atem gegen die Latexhaut stieß. Plötzlich erfasste mich ein Rütteln und ich hörte das Ratschen des Reißverschlusses. Irgendetwas drückte sich an meinen Hinterkopf und das Material schmiegte sich ganz eng an mein Gesicht. Deutlich nahm ich die Öffnung am Mund wahr, durch die sich meine Lippen drängten. Der Gummigeruch wurde milder und ich bekam nun auch durch die Nase gut Luft.

Jeff drehte mich und führte meine Hand, damit ich auf den Schemel steigen konnte. Bei jedem Schritt zog und streckte sich das Latex über meine Haut.

Nachdem ich über den Rand der Kiste gestiegen war, wollte Jeff, dass ich mich auf den Rücken legte. Es dauerte einige Zeit, bis ich gerade und ohne den Rand der Kiste zu berühren auf dem harten Untergrund lag, so, wie er das wollte. Obwohl ich nichts sehen konnte, fühlte ich mich eingeengt. Rechts und Links von mir betastete ich die hölzernen Innenwände und stieß an irgendwelche Gegenstände, die neben und unter mir in der Kiste lagen. Es waren Gurte, wie ich bald feststellen musste. Denn sogleich schlangen sie sich um meine Knöchel und Oberschenkel. Die Beine wurden gespreizt an den Boden der Kiste gegurtet. Danach folgte ein Gurt unter meinen Brüsten und jeweils zwei an den Handgelenken und Oberarmen. Irgendjemand drückte meinen Kopf nach unten und ein weiterer Gurt quetschte sich in meinen Mund. Ich zappelte, hatte Angst zu ersticken. Doch als die Hand meinen Kopf losließ, bemerkte ich, dass ich weiterhin atmen konnte, sowohl durch die Nase als auch durch den Mund. Es war ein Riemen aus glattem Leder, etwa fingerbreit. Er wurde so straff gezurrt, dass ich weder den Mund schließen, noch den Kopf bewegen konnte. Sie machten mich vollkommen bewegungs-unfähig. Diese Situation und das Gefühl der Wehrlosigkeit drückten die Nässe aus meiner Spalte. Ich schämte mich und war froh, dass ich nicht sehen konnte, wie Jeff und Theo meine Erregung bemerkten, als sie nun auch noch etwas langes Hartes in meine glitschige Höhle schoben.

Plötzlich spürte ich, dass jemand meine Hand festhielt.

»Halt still. Wir werden dir Schlafmittel injizieren, du wirst erst wieder zu dir kommen, wenn deine Reise zu Ende ist«, hörte ich Jeff sagen. Und schon pikte es am Handrücken. Sekunden später ließ mich die Hand wieder los. Ich glaubte, die Müdigkeit würde mich sofort überfallen, doch so war es nicht. Ich bekam noch alles mit. Direkt über mir hörte ich ein lautes Poltern. Dann war es still. Die Geräusche drangen ge-dämpft in das Innere der Kiste. Der Deckel war allem Anschein nach geschlossen. Panik keimte in mir, ich versuchte, mich zu bewegen, doch die Gurte hielten mich an Ort und Stelle und der Riemen im Mund erlaubte mir nicht, zu sprechen. Was, wenn das Schlafmittel nicht wirkte? Wie lange würde ich in dieser Truhe verbringen müssen, bis man mich wieder daraus befreite? Ich konzentrierte mich auf meine Sinne. Es roch intensiv nach Holz und Gummi. Gab es überhaupt eine Öffnung in dieser Kiste, die das Eindringen von unverbrauchter Luft erlaubte? Plötzlich hörte ich ein leises Knacken, gefolgt von einem dumpfen Geräusch, das gegen die Kiste stieß. Ich lauschte einer Stimme, sie war leise und gedämpft. Ich verstand kein Wort, konnte nicht mal sagen, ob es Jeff oder Theo war, der da sprach. Die Stimme wurde unwichtiger und leiser, als wäre sie ganz weit weg. Ich merkte, wie ich langsam abdriftete. Ich war plötzlich so müde und konnte mich nicht dagegen wehren. Es war, als fiele mein Körper in sich zusammen, während mein Geist allmählich entschwand.

***

Alles um mich herum war dunkel, ich schaffte es nicht, mich zu bewegen. Fühlte aber meinen Körper. Das Schlafmittel. Ich war noch immer benommen, aber ich war eindeutig wach. Alles um mich herum war still, nichts bewegte sich. Ich spreizte die Finger, tastete das raue Holz ab. Ich lag noch immer in dieser Kiste. Doch es roch nicht mehr nach Holz und Gummi, nicht mehr so intensiv. Ich atmete frische Luft. Plötzlich fiel eine Tür ins Schloss, Schritte traten durch die Stille. Ich vernahm sie laut und deutlich. Der Deckel musste offen sein. War ich am Ziel? Sollte ich besser so tun, als würde ich noch schlafen? Mein Leib begann zu zittern, ich war nervös und fürchtete mich vor dem, was mir bevorstand. Die Schritte kamen näher, beschleunigten meinen Herzschlag. Meine Reise war zu Ende.

17

Mein Atem ging viel zu schnell, er oder sie musste bemerkt haben, dass ich wach war. Die Schritte verstummten, direkt neben meinem Kopf. Allem Anschein nach wurde die Kiste auf dem Boden abgelegt. Ich schnupperte, doch kein Parfümgeruch beschwerte die Umgebung, der mir einen Hinweis liefern könnte, wer gerade neben mir stand.

Die Schritte setzten ihren Weg fort, gingen um mich herum. Sie klangen schwer und stämmig, wie die von einem Mann.

Ich japste nach Luft, als dieser Jemand plötzlich meine Schamlippen teilte. Eine kühle Brise überflog meine heiße Vulva. Ich lauerte auf eine gezielte Berührung, die sich meiner Lust bediente. Eine meiner Schamlippen wurde wieder losgelassen und fiel zurück an ihren Platz, während die Finger meine zweite am Ansatz fassten. Unerwartet kniff etwas hinein, biss sich daran fest. Es war vermutlich eine Klammer, deren Gewicht sich nun über meinen Schenkel legte und die Schamlippe weit nach außen klappte. Ich wetzte an den Hand- und Fußfesseln. Nicht zu wissen, warum der Unbekannte dies tat, schürte meine Angst. Ich hatte Sorge, er könne mir wehtun.

Wieder spürte ich die Finger, diesmal an der anderen Schamlippe. Wieder fassten sie den Ansatz und eine Klammer heftete sich ins Fleisch. Zog auch diese Lippe nach außen und öffnete zur Gänze meinen intimsten Bereich. Schließlich flutschte der Dildo aus meiner Scheide und hinterließ eine eigenartige Leere. Mein Körper hatte sich an die Fremdkörper gewöhnt und nun klemmte nur noch dieser aufgeblasene Plug in mir.

Während der Schweißfilm unter dem Latex meine Haut warm umhüllte, kühlte die Nässe meine Scham. So, als wäre sie zu Eis gefroren. Ich fühlte mich an dieser Stelle schutzlos, verletzlich und zur Schau gestellt.

Die Schritte entfernten sich, ließen mich geöffnet zurück. Es dauerte nicht lange und sie kamen wieder. Etwas Kaltes legte sich über mein geöffnetes Feld. Ich hielt die Luft an.

Es fühlte sich schwer und glatt an, bedeckte zu allen Seiten meinen präsentierten Schambereich. Obwohl es nur still dort lag, stimulierte es meine Klitoris. Leichte Wellen umspülten den Lustpunkt. Nur ein Vorspiel, denn plötzlich vibrierte das Ding. Es begann mit einem Kitzeln und steigerte sich langsam zu einem Beben. Ich biss in den Lederriemen und spannte die Muskeln an, während meine Lust wuchs.

Das Beben wanderte durch meine Schenkel, brachte das Wasser unter dem Latex zum Fließen. Ich glaubte, in Inbrunst zu schwimmen. Es dauerte nicht lange und die Vorwehen des Orgasmus kündigten sich an, schaukelten mich in diese flaumige Leichtigkeit. Ich wusste, das Ziel stand kurz bevor.

Plötzlich schoss ein beißender Schmerz nacheinander in beide Schamlippen. Ich keuchte, atmete hektisch. Es waren die Klammern, die den Weg für das angestaute Blut freigegeben hatten. Plötzlich, viel zu früh, verließ auch der Gegenstand meine geschwollene Scham. Meine Scheide zuckte sehnsüchtig, fühlte sich betrogen und schaffte es kaum, sich zu beruhigen.

Sogleich löste sich der Riemen am Mund. Nacheinander gaben auch die anderen Fesseln meine Körperteile frei. Eigentlich hätte ich froh sein müssen, dass man vorhatte, mich aus dieser Kiste zu befreien, doch mein Körper sehnte sich nach einer Fortsetzung. Ich empfand es als Qual, mich aufsetzen zu müssen, als jemand mein Handgelenk packte und daran zog. Meine Glieder schmerzten von der Anspannung und dem langen Liegen. Ich fühlte mich ermattet, mein Körper war schlapp und konnte sich der Schwerkraft kaum entziehen. Doch die Hand gab mich nicht frei, als wüsste der Besitzer nicht, welche Mühe es für mich bedeutete, die kraftlosen Muskeln zu bewegen. Doch, kam es mir in den Sinn, er wusste es ganz genau und trieb sein Spiel damit. Dieser Jemand musste bemerkt haben, wie erschöpft ich war. Meine Arme hingen schlaff an den Schultern und meine Nackenmuskulatur war zu schwach, um den Kopf zu heben.

Plötzlich traf ein Schlag auf die Innenseite meines Schenkels. Ich zuckte zusammen und gab einen Schmerzlaut von mir. Wieder forderte mich die Hand auf, ich sollte mich erheben. Und schon traf mich ein zweiter Hieb.

Schwankend stieg ich aus der Kiste und wartete auf weitere Anweisungen. Plötzlich öffnete sich der Reißverschluss am Rücken. Ich spürte sofort die frische, kalte Luft auf der nassen Haut.

»Zieh ihn aus«, hörte ich seine Stimme.

Ich hielt die Luft an und verspannte alle Muskeln. Meine Finger begannen zu zittern, mein Herz polterte gegen den Brustkorb. Es waren diese drei Worte gewesen, die mich erschreckt hatten. Die mich glauben ließen, Alex' Stimme gehört zu haben. Sicher ließ die Latexhaube nicht den vollen Klang zu mir durch, doch ich erkannte dieses tiefe Timbre und die ruhige Dominanz, die seinen Befehlen stets eine subtile Gewalt verlieh. Er musste es sein oder täuschte ich mich doch? Gebannt wartete ich darauf, dass er noch einmal etwas sagte. Auch als ich nicht sofort den Catsuit von mir streifte, ließ er, anstatt etwas zu sagen, seine Hand auf meinen Schenkel sausen.

Kurz darauf stand ich nackt da und fror am ganzen Körper. Der Schweiß war kalt und trocknete nur langsam. Ich erfasste jeden Windhauch und wusste, dass er mich von allen Seiten taxierte. Obwohl ich es nicht sehen konnte, erregte es mich. Er beließ die Haube auf meinem Kopf und streichelte sogar darüber. Seine Hand wanderte weiter über meinen Hals, meine Schulter und meinen Rücken. Sie fühlte sich warm, glatt und sanft an. Hinterließ eine Gänsehaut auf meinem Körper. Ich überlegte, ob es tatsächlich Alex sein konnte. So sehr ich mich auch konzentrierte, ich kam zu keinem Ergebnis. Mein Brustkorb hob und senkte sich. Während die Gedanken noch um diese Stimme kreisten, begann mein Körper die Berührungen zu genießen. Ich spürte, wie sich meine Brustwarzen unter seiner streichelnden Hand aufstellten. Ein Kribbeln wanderte durch meinen ganzen Körper. Ich stellte mir vor, wie Alex hinter mir stand, mich zufrieden taxierte und meine Empfindungen bis ins Detail kontrollierte. Es war ein unheimlich erregender Gedanke und ich wollte nun nichts anderes mehr, als dass er mir die Maske abnahm und ich endlich die Gewissheit bekam.

Plötzlich umfasste er mein Genick und drückte meinen Kopf nach unten, zeitgleich ließ er einen Stock oder Ähnliches auf die Rückseite meines Oberschenkels sausen. Ich keuchte und beugte mich tiefer, bis meine Hände den Boden berührten. Meine Scham pulsierte und der Pumpball des Plugs stieß abwechselnd an die Schenkel. Mit den Füßen schob er meine Beine auseinander. Er streichelte über meine Kehrseite und kontrollierte dann den Sitz des Plugs, indem er daran rüttelte. Ich schloss die Knie, nur ein Stück weit. Schon schnalzte es auf meinem Hintern. Ich kippte nach vorn und die Lust durchfuhr mich wie ein Paukenschlag. Wieder öffnete ich die Beine, soweit es mir möglich war. Noch einmal rüttelte er am Plug, als wollte er meinen Gehorsam testen. Ich hatte Sorge, er könnte ihn noch weiter aufpumpen, aber ich verharrte in der Position, auch wenn es mich insgeheim reizte, ihn zu einer weiteren lustvollen Züchtigung herauszufordern. Die nach unten gebeugte Haltung war mir dann doch Strafe genug. Denn das Blut schoss in meinen Kopf, schmieriger Schweiß sammelte sich unter dem engen Kopfgefängnis und mein Mund fühlte sich staubtrocken an. Doch ich kam nicht dazu, die

Lippen zu befeuchten, denn schon rutschte sein Finger in meinen nassen Schlitz und entlockte mir ein Stöhnen. Ich war wieder so weit, mein Körper schrie nach Befriedigung und die Empfindungen bettelten darum, benutzt zu werden. Doch den Gefallen schlug er mir aus, er packte meine Schulter und zwang mich in eine aufrechte Position. Dann öffnete er den Reißverschluss an meinem Hinterkopf. Das Latex lockerte sich um mein Gesicht, bis er mich schließlich ganz davon befreite.

Die Haare klebten an Stirn und Wangen, doch mein Gesicht kam endlich in den Genuss von frischer Luft. Ich musste mehrmals blinzeln, um mich an die Helligkeit zu gewöhnen.

Für einen kurzen Moment glaubte ich, ich stände im Freien. Der kurz geschorene Rasen vor mir, vereinzelt mit Zypressen verziert, deren Zipfel leicht im Wind schwankten, und dazu kugelige Buchsbäume in verschiedenen Größen. Alles grenzte direkt an einen dichten Wald. Als befände ich mich inmitten einer Lichtung. Wäre da nicht die große Fensterscheibe zwischen mir und der Natur gewesen, die diese Freiheit für mich nur zu einem Bild rahmte. Ich war lediglich der Betrachter, stand auf einem dunkelroten Teppich, der einen Teil des hellbraunen Parkettbodens bedeckte. Neben mir ein frei im Raum stehender Schreibtisch aus massivem Teakholz mit Glasplatte, auf dem ein Laptop, ein schnurloses Telefon und einige Papierstapel lagen. Zu meiner Rechten erspähte ich einen Schrank mit Büchern und ein paar Ordnern. Ich tippte auf eine Bibliothek oder ein Büro. Mich umdrehen und den Rest des Zimmers erkunden, traute ich mich nicht. Denn er stand noch immer hinter mir. Der Holzboden knackste und ich spürte sein Kinn an meiner Halsbeuge. Seine Bartstoppeln kitzelten an meiner Haut. Er küsste mich unterhalb des Ohrläppchens. Zärtlich. Ich erschauderte, meine Augenlider flatterten.

»Dreh dich zu mir«, flüsterte er in mein Ohr.

Ich drehte mich um und da stand er. Alex! Niemand sonst war im Raum. Ort und Zeit verschmolzen augenblicklich, alles um mich herum war nicht mehr existent. Irritiert hielt ich seinem Blick stand, hatte ich doch jemand anderes erwartet. Berühr mich!, schrien meine Gedanken. Berühre mich endlich! Zeig mir, dass ich nicht träume.

Er ließ mich unberührt stehen, ging zum Schreibtisch und setzte sich auf den Ledersessel, der nach hinten wippte, als er sich zurücklehnte und die Arme hinter dem Kopf verschränkte. Seine Ausstrahlung faszinierte mich aufs Neue. Wie konnte ein Mann nur so unwiderstehlich sein?

»Du hattest wirklich keine Ahnung, nicht wahr?«, fragte er.

Gebannt blickte ich auf seinen Mund, dann in die Augen. Schadenfreude funkelte mir entgegen.

»Sie haben mich angelogen«, sagte ich leise, kaum hörbar. Ich schüttelte nur noch den Kopf. Offenbar war ihm jedes Mittel recht, um über mich zu herrschen.

»Hab ich das? War es etwa nicht dein letztes Mal an diesem Ort, mit mir? Ich habe dich nicht angelogen, keine Sekunde. Es war einzig deine Interpretation. Ich gebe zu, es war ein Genuss, dich in die Irre zu führen. Die anderen Gäste müssen dich ziemlich rangenommen haben, wenn du sie so fürchtest. Du musst mir unbedingt erzählen, was sie alles mit dir angestellt haben. Vielleicht morgen Abend, bei einem Glas Rotwein. Oder übermorgen. Wir haben ja nun genug Zeit.«

Ich sah ihn nur an. Hunderte Gedanken verknoteten sich zu einem Gefühlswirrwarr. War er mein neuer Herr und ich seine Sklavin? Oder war ich seine Geliebte, die bei einem gemütlichen Abend mit ihm Rotwein trank? Konnte ich ihm überhaupt noch vertrauen? Nachdem er mich absichtlich im

Unklaren schwelgen lassen hatte, nur um sich an meiner Furcht zu ergötzen?

»Was bin ich für Sie?«, fragte ich.

Er sah mich eindringlich an. Dann streckte er den Finger und zeigte zur Wand gegenüber dem Schreibtisch. »Stütz dich mit den Händen an der Wand ab.«

Sein Befehl jagte sofort einen Schauder der Erregung durch meinen Leib. Ich wusste nicht, was er damit bezweckte und schritt zaghaft zur angedeuteten Stelle.

»Hände an die Wand«, dirigierte er noch einmal.

Ich stand zwischen einer Kommode aus demselben Teakholz wie der Schreibtisch und einem schwarzen Barcelona Sessel. Das Gesicht zur Wand gerichtet, drückte ich die Hände gegen die glatte, weiße Fläche.

Plötzlich klingelte ein Telefon. Er ließ es zweimal läuten, bevor er den Hörer abnahm.

»Cedric«, begrüßte Alex den Anrufer, er klang erfreut.

»Natürlich werde ich heute Abend kommen ... Ja, Lydia ist da, sie wird mich begleiten ... Ich schlage vor, wir besprechen dann auch die Details. Es gibt einige Punkte, über die wir uns einigen sollten ... Bis dann.«

Er legte den Hörer auf, dann war es still. Ein mulmiges Gefühl beschlich mich. Schon als ich meinen Namen gehört hatte, war ich zusammengezuckt. Ich sollte ihn begleiten? Wohin?

Ein Knirschen unterbrach die Stille und ich vermutete, er war aufgestanden. Langsame Schritte näherten sich, dann blieb er stehen, direkt hinter mir. Mein Herz pulsierte, ebenso meine Scham. Alles in mir spannte sich an, mein Körper stand wie unter Strom.

Als er seine Hände an meine Hüfte legte, sammelten sich die Säfte in meiner Mitte. Mit einem Ruck zog er mein Becken zu sich, gleichzeitig rutschten meine Hände tiefer.

Er streichelte meine rechte Pobacke, dann holte er aus und konfrontierte mich mit drei harten Schlägen, von denen mich jeder Einzelne zum Keuchen brachte. Meine Fingerspitzen pressten sich an die Wand, während mein Atem sich stoßweise aus dem Mund zwängte.

»Öffne die Beine, Lydia! Deine Schonzeit ist vorbei. Ab sofort wirst du ohne Zögern hinnehmen, was ich von dir verlange und dich verhalten, wie es sich für eine Sklavin gehört. Denn nichts anderes bist du. Du bist mein Eigentum, ohne Rechte und ohne Anspruch auf ein eigenes Leben. Ich allein bestimme, was mit dir geschieht und ich dulde keinen Ungehorsam.«

Mit geöffnetem Mund starrte ich an die Wand. Sein Eigentum. Kein eigenes Leben. Während sich mein Innerstes schon längst danach sehnte, voll und ganz ihm zu gehören, wehrte sich mein Verstand gegen die Bedeutung dieser Worte. Er wollte über mich und meinen Körper verfügen, mich vorführen oder irgendetwas anderes mit mir machen lassen, heute Abend. Und ich musste es hinnehmen. Wenn nicht, was würde er dann mit mir tun? Ich atmete tief. Unglaublich. Sogar dieser Gedankengang erregte mich.

Wieder hantierte seine Hand am Plug. Ein Zischen surrte durch die Luft und der Zapfen verlor an Größe. Bis er so klein war, dass Alex ihn mühelos aus meinem Hintern ziehen konnte. Ich war froh, dieses Monstrum endlich loszusein. Nun würde ich auch nicht mehr mit gespreizten Beinen gehen müssen.

Er warf ihn in den Holzsarg, der vor dem Bücherschrank lag. Obwohl der Plug noch immer einige Zentimeter aufgeblasen war, hatte ich ihn beim Herausziehen kaum gespürt.

Langsam drückten Alex' Hände meine Backen auseinander. Offenbar war mein Eingang noch weit gedehnt, denn ohne dass ich viel Druck auf den Schließmuskel legen musste, drängte sein Penis bis in mein Innerstes vor. Ich wippte seinen Stößen entgegen. Schon traf ein mahnender Schlag auf meinen Hintern. Ein lustvoller Schauer durchstreifte mich und gleichzeitig auch das Bewusstsein, dass er die Kontrolle über mich besaß. Er nahm mich in schnellem Tempo, so wie es ihm beliebte. Seine Schenkel klatschten an meine Pobacken und seine Finger gruben sich in meine Hüften. Er benutzte mich wie ein Lustobjekt, das nur zu diesem Zweck geliefert wurde. Und ich genoss es. Tausend Schmetterlinge flatterten aufgescheucht in meinem Bauch umher, jede Sekunde genoss ich seine Nähe und konnte kaum glauben, dass es so weitergehen sollte. Allein die Vorstellung, ihm ein Leben lang ergeben zu sein, bündelte meine Glücksgefühle. Gleichzeitig aber verabscheute ich den Gedanken, meinen freien Willen für ihn opfern zu müssen, ohne selbst darüber entscheiden zu dürfen. Es verletzte mein Selbst, weil es mich zu einem Gegenstand degradierte, der keinen Wert besaß.

Starr und von den Gedanken zerrissen blickte ich gegen die Wand. Auch als sein Schaft tief in mir pulsierte, das Sekret der Lust hatte er schon längst in mich gespritzt, schaffte ich es nur mit Mühe, mich wieder ins Geschehen zurückzuholen.

Zügig zog er sein bestes Stück aus meinem Hintern. Dann beugte er sich zum Holzsarg und griff nach dem Plug. Schon regte sich in mir der Widerstand. Ich wollte nicht noch einmal diesen Ballon in mir tragen müssen. Abwehrend schob ich die Hüfte hin und her, um ihm den Zugang zu verwehren. Doch ein Schlag auf meinen Hintern und ein starker Griff an der Taille genügten, um mich vorerst ruhigzustellen.

Schnell schob er den Plug in meine Öffnung und pumpte

ihn auf. Zum Glück nicht ganz so prall wie Jeff. Ich spürte nur einen leichten Druck, der sich angenehm anfühlte.

»Ich möchte nicht, dass du in meinem Haus eine Sauerei hinterlässt. Bis du in deinem Zimmer bist, darfst du meinen Samen in dir behalten.« Er gab mir einen Klaps auf den Po, sodass der Pumpball demütigend an meine Schenkel stieß. Es klang, als wäre es eine Ehre, sein Sperma mit mir herumtragen zu dürfen. Ich hatte das Gefühl, ich müsste mich dafür bedanken. Obwohl ich zugeben musste, es machte mich tatsächlich stolz, einen Teil von diesem Mann immer noch in mir zu haben.

Er öffnete eine Schublade an der Kommode und holte ein fingerdickes Seil heraus, das gleichmäßig zu einem Bündel gewickelt war.

Er verlangte, dass ich mich zu ihm drehte, dann sollte ich die Hände vorstrecken, damit er sie mit dem Seil fesseln konnte. Gebannt blickte ich auf seine gepflegten Hände, als er das Seil wie eine Acht, um meine Handgelenke schlang und die beiden Enden miteinander verknotete. Er wickelte das lange Ende mehrmals um die Fessel zwischen meinen Gelenken und rüttelte daran, bis das Seil festsaß, ohne in meine Haut zu schneiden.

Warum nur machte mich alles, was er tat so geil? Ich konnte kaum erwarten, was er mit mir vorhatte.

18

Er brachte mich in ein helles Foyer. Neben einer zweiflügeligen Eingangstür führte eine Treppe, die nur aus massiven Holzstufen bestand, in das obere Stockwerk.

Bereits nach einem kurzen Mauervorsprung zeigte sich der angrenzende Wohn- und Essbereich – mit doppelter Raumhöhe. Ich kam aus dem Staunen nicht heraus.

Mein Blick wanderte durch die riesige Glasfront, die den Blick auf einen türkisfarbenen Pool freigab. Das Haus musste sich auf einem Hang oder einer hoch gelegenen Plattform befinden, denn bis auf den blauen Himmel, der nahtlos an den Pool grenzte, konnte ich von hier aus kein Stück Land erkennen.

Ein Ruck am Seil ermahnte mich, weiterzugehen. Mit offenem Mund ließ ich mich über die anthrazitfarbenen Natursteinplatten ziehen, die den Boden unter meinen nackten Füßen pflasterten und sich auf der Terrasse fortsetzten.

Wenn etwas das Prädikat Luxus verdiente, dann dieses Haus. Allein den massiven Esstisch aus Walnussholz und die acht schwarzen Stühle, die aussahen wie hohe Hocker mit Rückenlehne, hatte er sicher nicht in einem Möbeldiscounter gekauft.

Alex führte mich zu einer Kochinsel, die mit einem Tresen und vier Barhockern der Angelpunkt der Küche war. Ohne das Seil loszulassen, öffnete er eine der dunklen Fronten, die sich allesamt ins Weiß der Wände fügten. Er holte ein großes Trinkglas heraus, das er auf dem schwarzen Steintresen abstellte. Hinter der nächsten Front verbarg sich ein Kühlschrank, gefüllt mit verpackten Lebensmitteln, einem Blumenkohl, einem Bündel Karotten und einer Flasche Wasser. Er griff nach der Flasche und einer Banane und stieß die Tür wieder zu.

Das Wasser sprudelte und knisterte, als er das Glas damit befüllte.

»Trink das«, sagte er und schob es in meine Richtung.

Erst jetzt bemerkte ich, wie ausgedörrt ich war. Ein Blick auf die Wanduhr verriet mir, dass es schon vier Uhr nachmittags war, ich hatte seit heute Morgen nichts mehr gegessen und getrunken.

Mit den gefesselten Händen umklammerte ich das Glas

und trank es in einem Zug leer.

»Trink noch ein Glas und iss dann die Banane. Abendessen gibt es erst später, ich möchte nicht, dass du bis dahin Hunger hast.« Er goss den Rest der Flasche ins Glas. Wieder war es bis oben hin gefüllt.

Ich schüttelte den Kopf. Mein Durst war gestillt und mein Körper war es nicht gewohnt, einen ganzen Liter auf einmal zu trinken.

»Ich schaffe das nicht«, sagte ich und wollte gerade zur Banane greifen.

Alex' Augen verengten sich zu schmalen Schlitzen, dann trat er um die Kochinsel. Er öffnete eine Schublade, kramte darin herum und legte einen hölzernen Pfannenwender auf die Arbeitsfläche.

»Ich sehe keinen Grund, warum du das Wasser nicht trinken solltest. Also werde ich dich so lange damit schlagen, bis du mich anflehst, es trinken zu dürfen.« Die ruhige Autorität in seiner Stimme löste ein Beben in mir aus. Fassungslos blickte ich auf den Pfannenwender.

»Sie wollen mich zwingen, dieses Glas leer zu trinken, obwohl ich keinen Durst mehr habe?«

»Ich zwinge dich nicht. Ich erziehe dich. Was gut für dich ist, entscheide ich. Und wenn du dich mir widersetzt, muss ich zu Maßnahmen greifen, die Einsicht in dir bewirken.«

Er kam zu mir, packte das Seil und zog meine Arme mit einem Ruck nach unten. Er schlang gerade das Seilende um die Trittstange des Tresens, als ich den Ernst der Lage begriff. Doch so schnell konnte ich gar nicht reagieren, da stand ich schon nach unten gebeugt neben ihm. Meine Hände waren an diese Messingstange gebunden, nur eine Handbreite vom Boden entfernt. Das hatte zur Folge, dass mein Hintern freien

Zugang für die Schläge bot, die ich nun mit Sicherheit erhalten würde. Damit ich mich nicht wegbewegen konnte, band er das Seil noch um mein linkes Fußgelenk.

»Bitte, Alex«, krächzte ich.

Ein fester Hieb schnalzte auf meine Hinterbacke. Spitz und tief biss er sich ins Fleisch und zwang mich ein Stück weit in die Knie.

»Halt still und spreiz die Beine.«

Ich vergrößerte den Abstand meiner Füße und streckte die zitternden Knie durch. Gleichzeitig durchschwemmte mich die Lust, nur weil ich seinem Befehl folgte.

»Du vergisst sehr schnell, Lydia. Ich werde mir etwas überlegen müssen, damit in Zukunft dein Zugang für mich geöffnet bleibt.«

Genüsslich fuhr er mit dem Finger zwischen meiner Pospalte nach unten, rüttelte kurz am Plug und tauchte dann in meine Mitte ein. Ich war nass. Und das schon die ganze Zeit. Meine Vagina schloss sich fest um seinen Finger, als wollte sie ihn daran hindern, wieder abzuhauen. Verheißungsvoll drehte er sich in mir und betastete die Innenwand, die sich zwischen seinem Finger und dem Plug befand. Ein Stöhnen entrang sich meiner Kehle. Ich war bereit. Und er wusste es. Vielleicht zog er gerade deshalb seinen Finger wieder aus mir. Ich hätte schreien können, so gierig war mein Verlangen.

»Jetzt sag mir, was ich von dir hören will.«

Ich schluckte und sah ihn förmlich hinter mir stehen, mit dem gehobenen Pfannenwender in der Hand.

»Ich möchte trinken.« Meiner Stimme mangelte es eindeutig an Enthusiasmus, das merkte ich selbst. Denn eigentlich wollte ich etwas ganz anderes.

Wieder klatschte das flache Holz auf meine malträtierte

Kehrseite. Der Schmerz fuhr mir sofort durch Mark und Bein.

»Ich habe dich nicht verstanden. Sag laut und deutlich, was du tun wirst.«

Alles, dachte ich. Alles, nur damit es aufhörte. Und er endlich zu dem kam, was meine angestachelte Lust befriedigte.

»Ich werde das Wasser trinken«, sagte ich schnell, ehe er zum nächsten Schlag ausholen konnte.

»Das nennst du ›mich anflehen‹?«

Wieder sauste ein Schlag auf meinen Hintern. Das Blut zirkulierte in meinem Kopf, ebenso in meinem Gesäß. Er machte das absichtlich. Er wollte mich leiden sehen. Mich an den Rand der Verzweiflung bringen. Und ja, er schaffte es. Ich war ein geiles Häufchen Lust, das mit jedem Schlag, den er mir verpasste, verstand, dass ich mich seinem Willen beugen sollte.

»Bitte Alex, ich flehe Sie an. Bitte lassen Sie mich das Wasser trinken. Ich möchte es tun. Ich möchte es wirklich.«

Ich wusste, dass er mit ausgebeulter Hose hinter mir stand und ich war mir sicher, er würde sich liebend gern in mir versenken wollen. Meine einzige Hoffnung bestand darin, dass er mich nicht mehr lange warten ließ und es endlich tat.

Er gab sich mit meiner Bitte zufrieden und band mich los. Als ich mich aufrichtete, wurde mir kurz schummrig. Sofort griff er mir unter den Arm und stützte mich. Ich nutzte die Gelegenheit, lehnte mich an seine durchtrainierte Brust und sog seinen herben Duft in mich auf. Er legte seinen zweiten Arm um mich. Hüllte mich ein wie ein Mantel.

»Es tut mir leid«, sagte ich.

Er küsste meine Stirn und streichelte mir über den Rücken. Ich genoss die Wärme, die sein Körper verströmte, und fühlte mich wohl in seinen Armen. Geborgen und beschützt. Es war ein wunderschönes Gefühl, das alle Gelüste für den Moment ins Abseits drängte. Ich war bei ihm, weil er es so wollte, das machte mich glücklich.

»Trink jetzt«, sagte er sanft und löste die Umarmung, behielt aber noch eine Hand auf meinem Rücken.

Ich nahm das Glas und ließ das Wasser durch die Kehle fließen. Bis es komplett leer war. Dann schälte ich die Banane und aß sie, während er mir zusah. Auch wenn es keine vollwertige Mahlzeit war, fühlte ich mich durch das viele Wasser satt bis oben hin.

»Ich werde dich jetzt mit deinem neuen Zuhause vertraut machen«, sagte er und zog am Seil, sodass ich ihm wohl oder übel folgen musste.

Diese neue Situation erschien mir noch immer so unwirklich, dass ich alles, was er mir erzählte, wie einen Film an mir vorüberrattern sah.

Er zeigte mir, wo sich die Toilette befand und erklärte, wie ich mit der Steuerungszentrale für die Elektronik umzugehen hatte. Von diesem kleinen Display aus ließ sich so gut wie alles bedienen, was an den Strom angeschlossen war. Von den Jalousien über die Beleuchtung und Lüftung bis hin zur Musikanlage. Wobei sich die Türen und Fenster nur mit einem Zahlencode entriegeln ließen, den er mir natürlich nicht verriet.

»Du darfst dich tagsüber im Haus frei bewegen. Möchtest du einen Raum betreten, in dem ich mich aufhalte, bittest du darum, eintreten zu dürfen. Mein Büro und mein Schlafbereich sind für dich tabu.« Er führte mich an der großen, weißen Ledercouch vorbei, in Richtung Treppe.

Ich war beeindruckt von dem puristischen Stil und den klaren Linien, die jedem Bauelement und jedem Möbelstück seine Ordnung wiesen. Bis auf die Yuccapalme im Foyer, die mir bis zum Bauchnabel reichte, gab es keine Pflanzen und einzig zwei abstrakte Gemälde mit sich kreuzenden Linien in verschiedenen Blautönen zierten die Wand hinter dem Esstisch.

»Wenn ich nach dir rufe, bist du sofort zur Stelle, kniest dich ohne Aufforderung vor mich hin und wartest auf meine Anweisung.

Du stellst keine Fragen und sprichst auch nicht mit dem Personal.«

Er hatte Personal? Ich verknüpfte den Gedanken automatisch mit Flucht. Warum mir dieser Gedanke kam, wusste ich selbst nicht. Obwohl es für mich das Schönste war, bei Alex zu sein, schien mich mein Freiheitsdrang einfach nicht loszulassen.

»Das Personal ist nicht für dich zuständig. Sie wissen, dass du meine Sklavin bist, und haben die Anweisung, dir aus dem Weg zu gehen. Ich habe dich ausgewählt, damit du mich in allen Belangen zufriedenstellst. Deine Bedürfnisse zählen nicht.«

»Ich habe also kein Recht darauf, ein freier Mensch zu sein«, stellte ich fest.

»Du hast alle Freiheiten, die ich dir als Sklavin bieten kann. Mehr Freiheiten brauchst du nicht. Ich weiß, was gut für dich ist und ich werde dich verantwortungsbewusst leiten. Solltest du dich nicht daran beteiligen oder auch nur einen meiner Befehle infrage stellen, werde ich dich bestrafen. Nur so lernst du.«

Meine Scham zuckte bei dem Gedanken bestraft zu werden, sollte ich mich ihm nicht vollkommen unterwerfen. Ich musste zugeben, es war ein reizvoller Gedanke, obwohl er damit mein Weltbild komplett auf den Kopf stellte.

Wir gingen die Treppe nach oben und gelangten in eine Galerie, von der aus man den gesamten Wohn- und Eingangs-bereich überblicken konnte. Hier oben gab es fünf Türen. Doch nur eine davon würde er heute für mich öffnen. Nämlich die zu meinem Zimmer.

Alex ließ mir den Vortritt, indem er die Tür aufmachte und mich sanft in das helle Zimmer schob. Vor mir eröffnete sich ein großzügiger Raum, in dem ein Kingsize Bett mit Metallverstrebungen und eine Kommode standen. Doch das Besondere war, dass man über zwei Stufen zu einem angrenzenden Badezimmer gelangte, das nur durch eine Glaswand vom Schlafraum abgegrenzt war. Ich hatte freien Blick auf Dusche, Waschtisch und Toilette, alles in Weiß. Erst als ich mich im Raum umdrehte, sah ich einen Spiegel, der die gesamte Wand einnahm, die dem Bad gegenüberlag.

Es war ein merkwürdiges Gefühl, mich neben Alex zu sehen, nackt und gefesselt, während er mit Hose und Poloshirt an mir vorbeiging. Demütigend und trotzdem irgendwie erregend.

Er zog mich weiter in den Raum. Ich war erleichtert, dass im Zimmer ein Fenster war, durch das ich Ausblick auf den Garten und den angrenzenden Wald hatte. So bekam ich wenigstens das Gefühl, nicht komplett von der Außenwelt abgeschieden zu sein.

Als Alex mich um das Bett führte, stockte mir plötzlich der Atem. Zwischen Bett und Treppenstufen lag eine schwere, lange Kette. Sie war fest mit der Wand verankert und am anderen Ende hing eine Schelle, wie gemacht für ein Hand- oder Fußgelenk.

»Setz dich auf dein Bett, Lydia.«

Er wird mich anketten, schoss es mir durch den Kopf. Er wird mich an die Wand ketten. Mein Atem ging stoßweise und alles in mir zog sich zusammen. Wie paralysiert ließ ich mich in das Bett sinken und beobachtete, wie er mir den Stahlreif um das linke Fußgelenk legte. Ein Klicken signalisierte, dass die Schelle fest verschlossen war. Eng schmiegte sie sich an meinen Knöchel. Die Innenseite war mit weichem Kautschuk ausgekleidet, und obwohl die Fessel sehr dünn war, wog sie mindestens ein halbes Kilo.

Ich fühlte mich eingekerkert in einer modernen Burg. Alex zupfte an der Handfessel und löste nacheinander die Knoten, bis das Seil meine Hände freigab.

»Geh dich bitte waschen. Wenn ich dich später holen komme, erwarte ich dich kniend auf dem Fußboden.«

Noch bevor ich etwas darauf sagen konnte, verschwand er durch die Tür und ließ mich allein zurück.

Was meinte er mit später? In einer halben Stunde oder in drei Stunden oder gar noch später? Und natürlich gab es hier auch keine Uhr. Es hätte also kaum etwas gebracht, wenn er mir eine Antwort gegeben hätte.

Noch eine Weile blieb ich auf dem Bett sitzen und versuchte, mich in meinem neuen Zuhause einzufinden. Mein komplettes Leben hatte sich verändert, innerhalb kürzester Zeit. Ich konnte noch immer nicht begreifen, was um mich herum geschah. Mir wurde mein Leben gestohlen, einfach so. Und nun war ich bei Alex. Er wollte mich. Einzig und allein mich. Dabei hatte es auf dem Clubevent ein großes Angebot an Sklavinnen gegeben. An willigen Sklavinnen. Ich musste an die Rothaarige denken, die sich auf der Lounge in seinen Arm kuscheln durfte. Warum hatte er sich nicht für sie entschieden? Vielleicht weil sie schon vergeben war? Hatte er deshalb mich gewählt? War ich doch nicht erste Wahl gewesen? Ich bemerkte, wie die Eifersucht in mir keimte. Mit einem tiefen Atemzug versuchte ich mich zu beruhigen. Ich durfte gar nicht erst darüber nachdenken. Ich war bei Alex und sollte es verdammt noch mal genießen. Doch aus irgendeinem Grund wollte ich meinem Glück nicht trauen.

Die Kette schepperte über den Fliesenboden, als ich die beiden Treppenstufen zurück in den Schlafraum nahm. Meine Haare waren noch feucht, denn ich konnte keinen Föhn finden. Alex hatte mir nur das Nötigste ins Bad gestellt. Shampoo, Seife, Zahnputzsachen und Handtücher. Nichts, womit ich mich hätte verletzen können und nichts, womit ich das Schloss der Fußfessel hätte knacken können.

Ich atmete tief durch und überblickte den Parkettboden des Schlafzimmers. Eine Weile stand ich nur da und lauschte in die Stille. Dann kniete ich mich hin. Zwischen Bett und Treppe, mit dem Blick zur Tür. Ich konnte nicht genau sagen, warum ich es tat. Ich hatte einfach das Bedürfnis, es zu tun. Als ich auf meine Fersen sank und wartete, machte sich ein merkwürdiges Gefühl in mir breit. Vorfreude. Ja, ich freute mich auf ihn. Ich sehnte mich nach seinem Blick, seinem Körper, nach der Art, wie er sich verhielt. So ruhig und seiner selbst so sicher. Aber ich hatte auch Angst. Angst, dass er mich wieder zurückgeben könnte. Wie ein Pullover, der vor dem heimischen Spiegel dann doch nicht mehr so passte. Meine größte Sorge war, dass ich mich falsch verhalten könnte und ihn dadurch enttäuschte. Ich wollte, dass er glücklich war. Damit er mich nie wieder hergab.

In meinem Bauch begann es zu kribbeln, als plötzlich die Tür aufging und Alex eintrat. In einem maßgeschneiderten Nadelstreifenanzug, ganz in Schwarz. Er sah unwahrscheinlich sexy darin aus. Überrascht sah er mich an und im nächsten Augenblick huschte ein Lächeln über seine Lippen. Ich spürte Erleichterung, trotzdem klopfte mein Herz wie verrückt. Er bat mich, aufzustehen. Dann ging er zur Kommode, öffnete eine Schublade und drehte sich, mit einem weißen Baumwoll-

Top in der Hand, zu mir um.

»Zieh das an«, sagte er und streckte es mir entgegen. Mit der anderen Hand angelte er einen kleinen Schlüssel aus der Hosentasche.

Schnell langte ich nach dem Top und schlüpfte hinein. Es reichte mir bis knapp unter den Hintern und der Kragen war so weit geschnitten, dass ein Ärmel über meine Schulter rutschte. Gespannt sah ich zu, wie er sich zu meinen Füßen beugte. Er steckte den Schlüssel in das Schloss der Schelle und entsperrte sie. Ich genoss es, wie er an mir herumhantierte und seine Schulter dabei immer wieder mein Knie streifte. Jede Berührung löste ein Beben in mir aus. Ich atmete seinen Duft, der mich geradezu in Trance versetzte. Am liebsten hätte ich ihn ganz nah an meinem Körper gespürt. Ich fühlte mich zu ihm hingezogen, wie ein Span Eisen zum Magnet. Ich wollte ihn, am liebsten jetzt sofort, auf diesem Bett. Doch er hatte etwas anderes mit mir vor.

19

Als ich gefolgt von Alex die Treppe nach unten schritt, sah ich eine blond gelockte Frau im Foyer. Sie stand neben einem Stuhl und breitete gerade einen Föhn und verschiedene Rundbürsten auf einem Beistelltisch aus. Der aufgeklappte Schminkkoffer zu ihren Füßen ließ darauf schließen, dass sie wegen mir gekommen war.

Sie wischte ihre Hände am knielangen Rock ab und sah zuerst auf Alex, dann auf mich. Lächelnd zückte sie einen Stilkamm aus ihrer kleinen Schürze und trat hinter den Stuhl, offenbar bereit, mit der Arbeit zu beginnen.

Zu gern wollte ich erfahren, was der ganze Aufwand sollte, als mir plötzlich das Telefonat einfiel, das Alex mit diesem Cedric geführt hatte. Wie konnte ich das nur vergessen? Ich sollte Alex heute Abend begleiten, zu was auch immer. Reflexartig zog sich mein Magen zusammen. Tief atmend ließ ich mich von Alex zum Stuhl führen und setzte mich auf das weiche Polster.

Ohne ein Wort zu verlieren, fasste die Frau in meine noch feuchten Haare, zog mit dem Stil des Kamms einen Seitenscheitel und trennte mit großen Clips einzelne Partien ab.

Eine merkwürdige Stille hing im Raum. Das vereinzelte Klimpern der Clips wirkte beinahe störend.

Alex setzte sich an den Tisch und blätterte durch ein geheftetes Dokument. Hin und wieder warf er einen Blick in meine Richtung. Er tippte ständig mit dem Fuß, als wäre er nervös.

Ich hörte ein säuselndes Brummen und spürte den warmen Wind des Föhns am Nacken. Mit der Rundbürste zerrte die Friseurin an den offenen Strähnen und föhnte sie zu großen Locken, die mir nach und nach über die Schulter fielen.

Ich beobachtete, wie Alex zum Handy griff, eine Nummer wählte und sich vom Stuhl erhob. Er ging zum Fenster und blickte in die Weite, während er gestikulierend ins Telefon sprach. Der Föhn dröhnte so laut an meinen Ohren, dass ich kein Wort verstand.

Gerade, als die Frau den Ruhestörer beiseitelegte, nahm Alex das Handy vom Ohr und steckte es zurück ins Jackett. So ein Mist, ich hätte zu gern erfahren, mit wem er telefoniert hatte. Er sah noch eine Weile aus dem Fenster, seine Hände steckten in den Hosentaschen und die Beine waren durchgestreckt. Irgendetwas schien ihn zu beschäftigen. Ob es wegen dem Telefonat war oder wegen heute Abend? Ich hoffte inständig, es hatte nichts mit mir zu tun.

Während die Frau meine Haare zur Seite fasste und Strähne für Strähne hochsteckte, ließ ich Alex nicht aus den Augen.

Er hatte sich wieder an den Tisch gesetzt und notierte etwas auf der Rückseite des Dokuments. Dann stand er auf und verschwand in sein Büro. Sekunden später kehrte er zurück, mit einem Kleidersack über dem linken Arm und einer Schatulle aus schwarzem Leder in seiner rechten Hand.

Er hängte den Kleidersack über die Stuhllehne und legte die Schatulle auf den Tisch. Dann öffnete er den Deckel, blickte kurz auf den Inhalt und klappte ihn wieder zu. Als er sich plötzlich zu mir drehte, durchfuhr mich ein Ruck. Ich fühlte mich ertappt.

Lässig lehnte er sich an die Tischkante und stützte seine Arme auf der Platte ab. Er sah mir direkt in die Augen. Erstarrt hielt ich seinem Blick stand, ich konnte mich einfach nicht von ihm lösen.

Sein Ausdruck blieb nüchtern, sodass ich nicht deuten konnte, ob er zufrieden war, mit dem was er sah.

Nachdem die Frau den Pinsel, mit dem sie gerade meine Lippen rot bemalt hatte, weglegte, schien sie Alex ein Zeichen gegeben zu haben, denn er nickte zustimmend und drückte sich vom Tisch weg.

Die Frau legte ihr Schürzchen ab und räumte es zusammen mit den Schminksachen und Bürsten in den Koffer.

»Das ist doch nicht notwendig, Alex. Ich schaffe das schon«, sagte sie mit piepsiger Stimme, als Alex den Koffer zur Tür brachte. Er ließ sich nicht davon abhalten, ihn noch nach draußen zu tragen. Mit kleinen Schritten tippelte der Lockenschopf hinterher.

Gebannt blickte ich ihnen nach. Frische Luft, Freiheit kam es mir in den Sinn, sobald ich durch den Türspalt nach draußen lugte. Zu sehen war ein gepflasterter Weg und in der angrenzenden Wiese entdeckte ich ein paar vom abendlichen

Sonnenschein beleuchtete Zypressen, die ihren Schatten auf den Weg warfen. Ich hatte das Gefühl, es sei eine andere Welt dort draußen. Eine verbotene Welt, die mich so sehr reizte, dass ich unruhig auf dem Stuhl hin und her rutschte.

Dann stand auch schon Alex im Türrahmen und ließ die Tür mit einem lauten Knall ins Schloss fallen.

Mit großen Schritten ging er an mir vorbei zum Tisch. Er hob den Kleidersack hoch und öffnete den Reißverschluss.

»Du wirst mich heute Abend zu einem Empfang begleiten«, sagte er, ohne mich dabei anzusehen. Dann schälte er ein langes kirschrotes Kleid aus dem Sack und musterte die Robe von oben bis unten, ehe er sie über die Stuhllehne legte.

Ich wusste nicht so recht, was das zu bedeuten hatte. Sollte ich mich freuen oder mir Sorgen machen? Würde es ein normaler, harmloser Empfang? Mit Leuten, die über Oberflächlichkeiten sprachen und sich hin und wieder zuprosteten?

Heute Nachmittag hatte er mir noch klar gemacht, dass ich nur seine Sklavin sei. War eine Sklavin in seinen Augen doch mehr als ein Sexobjekt?

»Ich erwarte, dass du folgsam bist und keine Schwierigkeiten machst. Hast du mich verstanden?« Sein Blick fixierte mich, bis ich ihm eine Antwort gab.

Ich nickte eifrig. »Ja, ich habe verstanden.«

»So ist es gut.« Sein Blick wurde milder und seine Mundwinkel formten sich zu diesem sexy Lächeln. »Damit du nicht auf dumme Ideen kommst, habe ich Vorkehrungen getroffen, die dich in Schacht halten werden.«

Ich wusste, dass es einen Haken gab. Gebannt beobachtete ich, wie er die Schatulle öffnete. Als er sich zu mir drehte, hielt er einen silbernen, runden Anhänger in der Hand, der einer Taschenuhr glich.

»Komm bitte her und zieh das Shirt aus«, wies er mich an.

Mit einem mulmigen Gefühl im Bauch stand ich vom Stuhl auf, stellte mich vor ihm hin und streifte mir das Stück Stoff vom Leib. Er ließ den Anhänger, zwischen Daumen und Zeigefinger geklemmt, baumeln und grinste mich diabolisch an.

»Was ist das?«, fragte ich.

»Das, meine Liebe, ist das Pendant zu diesem Schmuckstück hier.« Er holte einen Plug aus poliertem Edelstahl aus der Schatulle. Der ovale Kopf hatte einen Durchmesser von etwa fünf Zentimetern und am flachen Ende hing eine Kette, die so lang war, wie der Plug selbst.

»Beide sind über Funk miteinander verbunden. Sobald der Plug mehr als zehn Meter von diesem Empfänger entfernt ist, beginnt Strom durch deinen hübschen Hintern zu fließen.«

Entsetzt sah ich ihn an. Wollte er mich etwa in Lebensgefahr bringen? Mein Herz schlug bis zum Hals. Allein die Vorstellung, mit Strom in Berührung zu kommen, versetzte mich in Panik.

Er steckte den Anhänger in die Innentasche seines Jacketts.

»Leg deinen Oberkörper auf den Tisch und öffne die Beine.«

Seine Aufforderung ließ meinen Körper verrückt spielen. Auf meiner Stirn sammelte sich Schweiß, weil mir überhaupt nicht wohl dabei war, was er mit mir vorhatte, und gleichzeitig pochte die Erregung zwischen meinen Schenkeln, weil er es trotzdem tun würde.

Zuerst sah ich auf den Plug, der demonstrativ in seiner Hand lag, dann in sein Gesicht. Sein ernster Blick signalisierte, dass es keinen Ausweg gab.

»Ich werde nicht abhauen«, krächzte ich, noch bevor ich mir die Zeit nahm, den Kloß im Hals hinunterzuschlucken.

»Auf den Tisch«, forderte er ruhig und zeigte mit ausgestrecktem Finger auf die besagte Stelle.

Es war, als würde eine ganze Ameisenkolonie durch meinen Schritt marschieren, als ich den Oberkörper nach unten beugte und ihn auf dem Tisch ablegte. Ich spreizte die Beine und versuchte, mich im Sekundentakt auf den Eindringling an meiner Pforte gefasst zu machen. Doch statt an meinen Hintereingang hielt Alex mir den Plug an den Mund.

»Leck ihn schön feucht, damit er besser rutscht«, sagte er.

Ich riss die Augen auf und öffnete mechanisch meinen Mund. Es war so entwürdigend, als er mir den Plug zwischen die Lippen schob, ihn kurz drehte und ihn dann noch eine Weile darin liegen ließ.

Wie ein massives Stück Eisen beschwerte er meine Zunge. Er bewegte sich kein Stück. Ich saugte, und benetzte ihn mit so viel Speichel, wie ich nur konnte. Schließlich lag es an mir, wie viel Dehnungsschmerz ich beim Einführen ertragen musste.

Als er mir den Plug wieder entnahm, ging alles ganz schnell. Es dauerte nur wenige Sekunden und das Gewicht zwängte sich in meine enge Öffnung. Es brannte und der schwere Eindringling machte sich sofort bemerkbar. Es fühlte sich an, als hätte man meinen Hintern zuerst gepfählt und ihn dann mit Blei gefüllt. Mein Schließmuskel kämpfte dagegen an, und verlor kläglich. Der Kopf des Plugs war einfach zu groß. Fest und sicher saß er in meinem Mastdarm.

Um den Plug zusätzlich abzusichern, holte Alex ein kleines Schloss aus der Schatulle und verband die Kette mit dem Piercing. Würde ich den Plug verlieren, würde das gesamte Gewicht an meiner Schamlippe hängen und ich konnte mir denken, dass dies keineswegs angenehm wäre. Abgesehen davon musste ich davon ausgehen, dass die Kette aus einem leitenden Material bestand, das den Strom ungehindert an meine Schamlippe weitergab.

»Nach zehn Metern wirst du ein leichtes Kribbeln spüren, je weiter du dich von mir entfernst, desto mehr Volt fließt durch deinen Körper. Es ist also zu deinem Besten, wenn du in meiner Nähe bleibst. Wir wollen doch nicht, dass dir etwas passiert.«

Für ihn schien es keine große Sache zu sein, mir dieses Folterinstrument einzusetzen. Für mich dagegen schon. Am liebsten hätte ich mich ganz fest an ihn geklammert, nur damit ich nicht Gefahr lief, unter Strom zu stehen.

Zehn Meter. Ich schätzte den Durchmesser des Wohnbereichs. Würde er zum Fenster gehen und ich hier am Tisch stehen bleiben, wäre der Abstand um Längen überschritten.

Jeden noch so kleinen Schritt, den er machte, folgte ich ihm. Und ständig zog dieses horrende Gewicht mein Gesäß nach unten.

Alex nahm das rote Kleid von der Stuhllehne und verlangte, dass ich es anzog.

»Einfach so? Sollte ich nicht etwas unterziehen?« Der Stoff bestand nur aus hauchdünner Seide. Sobald sich meine Brustwarzen aufstellten – und ich war sicher, das würden sie – konnte jeder sehen, dass ich keine Unterwäsche trug.

Alex sah mich an und lachte. »Das ist ja gerade das Reizvolle. Dein nackter Körper unter diesem Hauch von Nichts.«

Ich war von der Idee nicht begeistert. Aber er musste ja auch nicht die lüsternen Blicke der Männer und die abfälligen deren Begleiterinnen ertragen. Ich wusste jetzt schon, dass es eine Blamage werden würde.

Alex hielt mir den aufgeschlagenen Rocksaum entgegen, sodass ich hineinschlüpfen konnte. Ich nahm einen tiefen Atemzug und beugte mich mit gestreckten Armen nach vorn. Der Stoff rutschte seidig zart über meinen Oberkörper und schmiegte sich um meine Hüften. Am Bein fiel das Kleid gerade und verfügte über einen seitlichen Schlitz, der bis knapp über mein Knie reichte.

Ich zog das Oberteil über Bauch und Brust. Es bedeckte mein Dekolleté und verjüngte sich zum Hals hin. Sofort stand Alex hinter mir und verknotete die beiden Bänder des Neckholders. Der gesamte Rücken blieb unbedeckt.

Zu meiner Überraschung legte Alex noch einen schwarzen Karton auf den Tisch. Ich rechnete schon mit dem Schlimmsten, als er ihn öffnete und ich ein Rascheln vernahm. Aber es waren nur Schuhe. Zarte, silberne High Heels mit mörderisch hohen Absätzen. Ich war es gewohnt, auf hohen Hacken durch die Gegend zu laufen, doch diese hier brachten es auf mindestens zehn Zentimeter und stellten für mich eine ungeahnte Herausforderung dar.

»Du siehst wunderschön aus«, sagte Alex, als er einen Schritt zurücktrat und mich staunend betrachtete. Sein Kompliment rann wie heißes Wachs durch meine Adern. Ich sah an mir nach unten und musste zugeben: Das Kleid war atemberaubend. Es saß perfekt und sah sehr edel und ladylike aus. Unterwäsche hätte sich nur störend abgezeichnet und ein BH wäre für den tiefen Rückenausschnitt ohnehin nicht infrage gekommen.

Alex legte seine Hand auf meinen Rücken und führte mich zur Eingangstür. Als er die Tür öffnete, wirbelten meine Gefühle umher wie eine aufgescheuchte Staubwolke. Ich fühlte eine seltsame Mischung aus Aufregung, Angst und Neugier. Einen knappen Monat lang war ich von der Außenwelt abgeschottet gewesen. Und jetzt würde ich endlich wieder am Leben dort draußen teilhaben können. Dass ich dabei in Alex' Nähe bleiben musste, war das geringste Übel. Eigentlich war es gar kein Übel. Es erfüllte mich mit Stolz, zeigen zu können, dass ich an seine Seite gehörte.

Der Weg führte von der Eingangstür zu einer kreisförmigen, mit Kieseln bedeckten Einfahrt, in deren Mitte eine prächtige Ulme stand.

Ich atmete die warme Brise ein. Es roch nach Tannen und nach warmer Erde. Die Luft hier draußen fühlte sich ganz anders an, als im Haus. Viel dichter und weicher.

Das schmiedeeiserne Tor zur Einfahrt stand offen und ein schwarzer Mercedes mit verdunkelten Scheiben parkte wenige Meter vor dem Haus. Der Fahrer schien auf uns gewartet zu haben, denn während wir den Weg entlangschritten, stieg er aus dem Auto und öffnete uns die Tür zur Rückbank.

»Es werden viele Leute dort sein«, sagte Alex, als sich das Fahrzeug in Bewegung setzte. »Die meisten kennen mich. Du wirst dich im Hintergrund halten, ich möchte nicht, dass du unnötig auffällst. Du wirst nur sprechen, wenn ich dich dazu auffordere.«

Ich nickte still und blickte dann aus dem Fenster. Lange Zeit fuhren wir durch ein Waldstück. Erst als wir an einer Weggabelung rechts abbogen, lichteten sich die Bäume und ich konnte weit in der Ferne hinter vereinzelten Häusern die untergehende Sonne beobachten. Alex wohnte sehr abgelegen. Keine Nachbarn und keine befahrenen Straßen in der Nähe. Wahrscheinlich aus gutem Grund. Zu seinem Anwesen verirrte sich niemand. Keiner würde je erfahren, dass ich bei ihm wohnte. Ich war ein gut gehütetes Geheimnis. Fragte sich nur, wie lange.

20

Der Wagen hielt vor einem hell erleuchteten Hotel mit der Aufschrift »Figaros Garden Hotel«.

Während der Fahrer die Tür offen hielt, verbeugte sich neben uns ein Concierge und wies mit ausgestreckter Hand zum Hoteleingang. Er begleitete uns bis in die Empfangshalle, ehe er sich ein weiteres Mal verbeugte und wieder nach draußen huschte.

Wir schritten durch die luxuriöse Halle, vorbei an einem schallenden Wasserfall und einer mit glitzernden Spots beleuchteten Rezeption. Das Klackern meiner Absätze hallte bei jedem Schritt und verstummte erst, als wir einen roten Teppich betraten, der in ein Nebengebäude führte. Wir spiegelten uns in den großen Fensterscheiben, die rechts und links den Blick auf einen mit Spots akzentuierten Garten lenkten. Es sah sehr elegant aus, wie wir den Gang entlangschritten. Das Kleid flatterte um meine Beine und Alex' Hand lag die ganze Zeit auf meinem Rücken. Ich fühlte mich wie eine Prinzessin, die auf dem Weg zum Ballsaal war. Seite an Seite mit ihrem Märchenprinzen.

Als eine zweiflügelige Tür für uns geöffnet wurde, empfingen uns Klänge von Geige und Klavier. Es waren viele Leute im Saal, alle elegant gekleidet, passend zur gehobenen Einrichtung: Stühle mit weißen Hussen an festlich gedeckten Tischen, eine Bühne mit Frackträger am Piano, dahinter zwei Geigenspieler und zwischendrin ein langes Buffet mit kaum überblickbaren Köstlichkeiten.

Mir kam es so vor, als hätten all diese Leute auf uns gewartet. Denn sobald Alex den Raum betreten hatte, füllte er diesen mit seiner Gegenwart, wurde von allen Seiten begrüßt und beobachtet. Erst dann schwenkten die Blicke der Anwesenden zu mir. Wandelten sich von Freude in Erstaunen. Einige tuschelten sogar hinter vorgehaltener Hand.

Ob sie wussten, dass mich Alex als Sklavin hielt? Wenn

nicht, würden sie es nicht erfahren, denn Alex hatte mir verboten, den Anwesenden auch nur den kleinsten Hinweis zu geben. Sollte er bemerken, dass ich gegen einen seiner Befehle verstieß, würde er mich in den nächstgelegenen Park zerren, mich nackt an eine Laterne ketten und sich dann soweit von mir entfernen, bis der Strom wie ein Laserstrahl durch meine Glieder schoss. So seine Worte. Ich schwor mir, es nicht so weit kommen zu lassen.

Ein Mann um die fünfzig mit grau meliertem Haar und randloser Brille kam ohne Umschweife auf uns zu. Sein wohlgenährter Wanst wölbte den dunkelgrauen Anzug und das breite Grinsen bescherte tiefe Falten um Augen und Mund.

»Alex, wir haben Sie schon erwartet. Vor gerade mal zwei Minuten sagte ich noch zu Martin: Der kommt nicht mehr. Und sieh an, jetzt sind Sie da. Mit Ihrer bezaubernden Lydia im Schlepptau. Ich hoffe, sie ist nicht ein Bestechungsversuch, mit dem Sie die höchstmöglichen Kontingente rausschlagen wollen.«

»Sie haben mich durchschaut, Cedric«, sagte Alex trocken, während der Mann mich mit Stielaugen taxierte und mir dann die geschwollene Hand entgegenstreckte.

Ich reichte ihm die meine. Er verschlang sie mit festem Griff und hielt sie eine gefühlte Ewigkeit fest.

»Ich hoffe, Lydia, Sie genießen das Ensemble, das ich extra für Ihren Begleiter veranstalte. In der Hoffnung, er bringt genug frischen Wind in die Angelegenheiten, um unsere Konkurrenz platt zu machen.« Er schmetterte ein derbes Lachen zu Alex, woraufhin der schmunzelte und mit dem Kopf nickte.

Mehr als ein Lächeln brachte ich dem Mann nicht entgegen. Ich fand ihn unsympathisch und hatte keinen blassen

Schimmer, worüber er sprach. Abgesehen davon durfte ich sowieso nichts sagen.

»Oh, Alex, darf ich vorstellen, das ist Eva Meyer, sie ist unsere Vertriebschefin«, sagte Cedric, als sich eine blonde Frau mit einem hellblauen Etuikleid an seine Seite stellte. »Sollte Ihr Konzept bei unseren Investoren Anklang finden, werden Sie in Zukunft viel mit Eva zu tun haben.«

»Es freut mich außerordentlich, Sie kennenzulernen«, sagte Eva mit einer verführerischen Stimme und hob neckisch ihre Brauen.

»Ganz meinerseits«, sagte Alex im selben schwulstigen Tonfall und hauchte ihr einen Kuss auf die entgegengestreckte Hand.

»Ich lasse euch mal ein wenig beschnuppern und hole mir noch einen Drink, bevor es losgeht. Wir sehen uns gleich«, sagte Cedric und mischte sich unter die Leute.

»Ich hörte, Sie haben einen neuen Absatzweg für unsere Sansoric-Reihe ins Auge gefasst. Ich hoffe, Ihr Plan sieht so tadellos aus wie Sie«, sagte Eva und schürzte die Lippen, ohne Alex aus den Augen zu lassen.

»Das kommt darauf an. Wenn die Vertriebschefin mir keine Steine in den Weg legt, könnte der Abend für uns beide sehr vielversprechend werden.«

»Wo denken Sie hin? Für einen Mann wie Sie würde ich alles tun.«

Ich konnte es kaum fassen. Diese Schnepfe warf sich an Alex ran, als hätte sie Cedrics Vorschlag, sich zu beschnuppern, komplett falsch verstanden. Dass Alex mit mir gekommen war und ich nur einen Schritt von ihr entfernt stand, hielt sie nicht davon ab, ihm mit zweideutigen Bemerkungen und eindeutigen Gesten an die Wäsche zu gehen.

Alex lachte. »Vielleicht sollten wir es drauf ankommen lassen.«

Eva schloss sich seinem Lachen an und sah dann zu mir. Ihr Gesicht wurde sofort ernst. Vielleicht, weil sie an meinem Blick bemerkt hatte, dass mir ihr Benehmen missfiel.

»Wollen Sie mir Ihre charmante Begleitung nicht vorstellen, Alex?«, fragte sie – immerhin schon, nachdem sie das zweite Mal ihre Chancen abgecheckt hatte. Und das, so wie es aussah, auch noch erfolgreich.

»Natürlich. Das ist Lydia, die Seele meines Hauses. Sie steht mir täglich zur Verfügung.«

So wie er das sagte, hörte es sich an, als sei ich seine Angestellte. Seine persönliche Assistentin oder seine Haushälterin. In Wirklichkeit übertrumpften beide dieser Posten meinen tatsächlichen Status.

Eva nahm seine Vorstellung mit einem Nicken zur Kenntnis, durchbohrte mich mit einem herablassenden Blick und wendete sich dann wieder Alex zu.

Ich fragte mich, was er an ihr fand. Sie war nicht einmal hübsch. Die kurzen, nach hinten gestriegelten Haare betonten das spitze Gesicht und ihre Augen waren rund, wie die einer Puppe. Okay, die Figur war ganz passabel und ihr Lächeln mochte sympathisch wirken. Aber je mehr sie von diesem Lächeln zeigte, umso mehr widerte es mich an.

Wie eine Besessene starrte ich Alex ins Gesicht, gab mir alle Mühe, seinen Blick zu fangen. Doch er sah nur zu Eva. Als sei ich gar nicht existent. Angeregt unterhielt er sich mit ihr, lächelte mit ihr um die Wette und hielt sogar den Kellner an, nur um für sie einen Aperitif vom Tablett zu nehmen. Während ich leer ausging und danebenstand, wie ein junges dummes Ding, das nicht begriff, dass ihr Schwarm kein Interesse an ihm hegte.

Eva hob ihr Glas, prostete Alex zu und sah dann kurz zu mir. Als sie bemerkte, dass ich kein Glas hatte, schien es ihr auch egal zu sein.

Diese ganze Szenerie gab mir das Gefühl, dass ich mehr sah, als ich sehen sollte. In mir brodelte es. Ich drehte mich zur Seite und tat so, als wäre ich mehr am Publikum interessiert, als an diesem Theater. Ich bemühte mich um eine gleichgültige Mimik und behielt ein Lächeln auf den Lippen, das sich schon bald wie eine Maske anfühlte. Ich zweifelte daran, dass es mir jemand abkaufen würde. Denn in mir sackte alles nach unten, sodass meine Mundwinkel Mühe hatten, diesen Verfall nach oben zu ziehen. Mein Blick schoss durch den Raum, meine Wangen brannten und mein Herz klopfte vor Entrüstung. Ich hoffte, keiner würde sich hinter vorgehaltener Hand ein Urteil bilden, keiner würde merken, wie unbeholfen und gekränkt ich dastand.

Wie konnte er mich nur so demütigen?

Am liebsten wäre ich weggelaufen – so weit weg, dass ich nichts mehr von all dem hier mitbekam. Doch diese Möglichkeit hatte er mir genommen. Ich musste bei ihm bleiben und ertragen, was er mir zuteilwerden ließ.

Als hätte er meine Gedanken gelesen, meinte er plötzlich, ich sollte mir etwas vom Buffet holen, von dem wir zum Glück nur wenige Meter entfernt standen.

»Ich werde in zehn Minuten von Cedric erwartet. Der Tisch dort hinten ist für uns reserviert«, fügte er hinzu und deutete auf einen Tisch mit vier Stühlen, direkt vor einem mit Glas abgetrennten Tagungsraum.

Ich wusste, was das zu bedeuten hatte. Wenn ich nicht in zehn Minuten zurück war, würde der Plug meine Blutbahn als Stromleitung missbrauchen.

»Und Lydia! Bring mir doch bitte zwei dieser Kanapees mit.«

242

Ich nickte.

»Haben Sie schon etwas gegessen?«, fragte er Eva zugewandt.

Ich stieß die Luft durch die Nase, drehte mich um und bahnte mir einen Weg zum Buffet. Obwohl es nicht sein konnte, glaubte ich bereits ein Kribbeln im Hintern zu spüren. Ich stellte mich in die Schlange, die sich vor dem Tisch mit warmen und kalten Speisen gebildet hatte. Immer wieder warf ich einen Blick zu Alex, um mich zu vergewissern, dass er noch an Ort und Stelle stand. Und jedes Mal durchbohrte mich ein Pfeil der Eifersucht, so plötzlich und schneidend, dass ich innerlich erzitterte. Sie betatschten sich beim Reden und ihr Lachen zog sich bis zu mir durch den Raum.

Irgendwie hatte ich mir den Abend anders vorgestellt. Anstatt sich um mich zu kümmern, flirtete er mit dieser Marlene-Dietrich-Imitation. Wozu hatte er mich überhaupt mitgenommen? Genauso gut hätte er mich auch angekettet in meinem Zimmer lassen können.

Eine Frau im schwarzen Kleid aus Spitze reihte sich hinter mir in die Schlange. Immer wenn ich mich in ihre Richtung drehte, fing ihr Blick mich ein. Ich spürte ihre Argusaugen förmlich auf meinem nackten Rücken. Ob sie mich deshalb so anstarrte? Weil mein Kleid bei genauerem Hinsehen sofort preisgab, dass ich nichts darunter trug? Ich kam mir vor, wie im falschen Film. Dieser Abend war der reinste Horror.

Gerade beugte ich mich vor, um ein Schweinemedaillon in Rahmsoße von der Platte auf meinen Teller zu legen, da sprach sie mich von der Seite an: »Ich habe Sie beobachtet. Wie sie da standen, während sich Alex mit dieser Blondine amüsiert hat.«

Ich sah ihr kurz in die Augen und starrte dann auf die Platte mit Tafelspitz. Warum erzählte sie mir das? Ich warf einen flüchtigen Blick durch die Menge und suchte nach Alex. Doch er war nicht mehr dort, wo er zuletzt gestanden hatte. Ich dachte an die zehn Minuten und die zehn Meter, die mir jederzeit zum Verhängnis werden konnten. Alles in mir versteifte sich, während mein Blick hektisch umherflog. Auf der Suche nach ihm.

»Erhoffen Sie sich nicht zu viel von Alex. Es dauert ein paar Wochen und er tauscht Sie gegen eine andere. Glauben Sie mir, ich weiß, wovon ich spreche. Am besten, Sie verlieben sich erst gar nicht in ihn.« Sie legte ein in Schinken gewickeltes Stück Honigmelone auf ihren Teller und machte dann auf ihren hohen Absätzen kehrt. Ich sah ihr noch hinterher, als es plötzlich in meinem Schoß vibrierte.

Wieder sah ich durch den Saal und suchte nach Alex. Bis ich ihn am reservierten Tisch erblickte.

Schelmisch grinste er mich an und trat absichtlich noch ein paar Schritte zurück, sodass der Strom durch meinen Leib pulsierte. Das Kribbeln war in ein Klopfen übergegangen, die Muskeln meiner Schenkel zuckten. Meine Klitoris zog sich zusammen und reagierte auf die Stimulation. Würde ich nicht zwischen all diesen Leuten stehen, hätte mich dieses Bubbern tatsächlich erregt. Aber ich wollte und durfte nicht auffallen, dabei schaffte ich es kaum, mich überhaupt aufrecht zu halten. Mein gesamter Unterleib dröhnte.

Ich musste hier weg. Sollte er sich seine Kanapees doch selbst holen. Ich drehte mich um und wollte gerade vom Buffet wegtreten, als Alex mir einen finsteren Blick zuwarf, zwei Finger hob und dann in Richtung des Buffets deutete.

Ich drehte mich zurück, überflog das Speisenmeer und sah die belegten Brote am Ende des Tisches liegen. Ich seufzte. Ausgerechnet jetzt, wo der Andrang am Größten war. Bleib ruhig, sagte ich mir in einer Tour. Ich kippte das Becken nach vorn, weil ich vermeiden wollte, dass sich das Pulsieren auf mein Kleid übertrug. Es dauerte nicht lange und meine Klitoris feierte das Vibrato. Meine Knie wurden weich, die Stirn feucht und meine Augen stierten nur auf diese Brote, die in greifbare Nähe rückten.

Schnell griff ich nach zwei Sorten, legte sie mir auf den Teller und entschwand in Richtung Alex. Mit jedem Schritt ließ das Kribbeln nach, bis ich nur noch diesen schweren Plug in mir spürte. Und das sehnsüchtige Pumpen meiner Vagina.

Noch bevor ich den gedeckten Tisch erreichte, stand Cedric an Alex' Seite.

»Unsere Investoren sind gerade vollständig erschienen, wir erwarten Sie im Tagungsraum«, hörte ich ihn sagen.

Als Cedric mich sah, rückte er mir einen Stuhl zurecht und deutete mit geöffneter Hand auf die Sitzfläche. »Ich wünsche Ihnen einen guten Appetit, Lydia. Wir haben noch ein ausgesprochen delikates Nachspeisenbuffet. Der Weinschaum ist köstlich, den müssen Sie unbedingt probieren.«

Ich schenkte ihm ein Lächeln und blickte dann zu Alex, der mich entspannt ansah.

»Nun entschuldigen Sie uns, meine Teuerste, die Geschäfte warten«, sagte Cedric und bewegte sich vom Tisch weg.

Alex lächelte mir zu, schob sich noch eines der Kanapees in den Mund und folgte Cedric. Ich fühlte mich im Stich gelassen, als ich ihnen hinterhersah. Wenige Meter neben mir verschwanden sie im Tagungsraum. Ich drehte mich um und sah durch die Glasscheibe. Ich wollte wissen, wo sich Alex befand, wie viele Meter er sich von mir entfernen würde.

Als er um den langen Glastisch schritt, begann es plötzlich zu vibrieren. Er setzte sich, mit dem Blick zu mir, sah mich an und grinste. Sofort drehte ich mich wieder nach vorn. Mein Herz klopfte und mein Hintern vibrierte im selben Tempo wie ein Maschinengewehr. Das machte er doch absichtlich! Sicher hatte er die Entfernung akribisch abgemessen. Genau zehn Meter zwischen seinem Stuhl und diesem reservierten Tisch, der direkt an der Glasscheibe platziert war und mir keine Möglichkeit bot, mich ihm zu nähern, geschweige denn, vom Tisch wegzutreten.

Ich starrte ins Getümmel vor mir, die betuchten Leute mit ihren schönen Kleidern und ihrem künstlichen Gelache. Wenn die wüssten, was ich in meinem Hintern stecken hatte. Es würde sich ein Raunen durch die Menge schieben. Irgendwie machte mich das auch wieder an. Es war ein gewisser Reiz, der mich bei dem Gedanken durchflutete. Angeregt durch das Vibrato in meinem Hintern.

Ich versuchte, mich auf mein Essen zu konzentrieren, das inzwischen lauwarm war. Auf dem Tisch standen eine Flasche Wasser und vier auf den Kopf gestellte Gläser. Ich nahm ein Glas und füllte es zur Hälfte. Viel wollte ich an diesem Abend nicht trinken, denn ich wusste nicht, was ich tun sollte, wenn ich plötzlich zur Toilette musste.

Als ich aufgegessen hatte, blickte ich wieder durch die Glasscheibe zu Alex. Er sprach gerade, hob hin und wieder seine Hand und deutete begleitend zu seinen Worten mit den Fingern in der Luft herum. Eva, die neben ihm saß, nickte eifrig. Wenn ich die schon sehe, murrte ich in mich hinein und drehte mich wieder nach vorn.

Das Hauptbuffet war inzwischen menschenleer, nur einige wenige Leute stibitzten im Vorbeigehen eine der gefüllten Pflaumen oder ein Kanapee. Dafür war das Nachspeisenbuffet gut besucht. Ich hatte ohnehin keine Lust auf Süßes. Ich wollte nur, dass Alex endlich wieder rauskam und sich zu mir gesellte. Er war nun schon eine halbe Ewigkeit dort drin. Und leider war das Vibrato in meinem Hintern zu leicht, als dass ich mir einen Orgasmus hätte abringen können. Es hielt mich geschickt in einer sexuellen Spannung, mehr aber nicht.

Die ganze Zeit über entging mir nicht, dass mich ein Mann um die vierzig mit Glatze und hängenden Schultern schon seit Längerem beobachtete. Er stand neben der Bühne und musterte aus sicherer Distanz die Leute am Buffet. Und immer wieder flog sein Blick zu mir. Ich tat so, als würde ich es nicht bemerken. Dabei wusste ich genau, dass er nur am überlegen war, wie er mich ansprechen sollte.

Es fühlte sich merkwürdig an, die Aufmerksamkeit eines fremden Mannes zu gewinnen, während ich die Präsenz von Alex tief in meinem Leib spürte. Der zitternde Plug, der sich durch das Sitzen in meinen Hintern presste, erinnerte mich daran, wem ich gehörte. Er wachte über mich wie ein Guard des britischen Königshauses, der nur in seinem Verdeck stand und das Haus vor fremden Eindringlingen schützte.

21

Der Mann ließ sich Zeit, marschierte noch eine Runde am Buffet vorbei und kam dann schnurgerade auf mich zu. Als hätte er sich einen Ruck gegeben, mich anzusprechen.

»Eine schöne Frau so allein?«, sagte er, als er an meinem Tisch angekommen war. »Darf ich Ihnen Gesellschaft leisten?«

»Dürfen Sie«, sagte ich. Obwohl ich doch gar nicht sprechen durfte. Aber Alex sah und hörte es ja nicht. Außerdem geschah es ihm ganz recht. Schließlich scherte er sich einen Dreck um mich.

Der Mann mir gegenüber hatte nur leider keine Ahnung, wie man eine Frau verführt. Er stellte sich als Hendrik vor und sprach nur von sich selbst. Er erzählte, er sei Buchhalter und am Wochenende ging er am liebsten zum Bowling. Er spielte für sein Leben gern Skat und noch nie hätte er so eine bezaubernde Frau wie mich gesehen.

Ich war bereits in eine Lethargie versunken und hatte gar nicht bemerkt, dass der Plug zu vibrieren aufgehört hatte. Plötzlich stand Alex neben uns. Ich hielt den Atem an, als unsere Blicke aufeinanderprallten. Alex verzog sein Gesicht und sah mich böse an. Dann richtete er den Blick auf Hendrik, der ihm mit großen Unschuldsaugen entgegensah.

»Suchen Sie sich eine andere Flirtpartnerin«, sagte Alex. »Wir gehen.«

Er packte meinen Arm und zerrte mich vom Stuhl.

Ich wusste, warum er es so eilig hatte. Er raste vor Eifersucht. Und ich genoss es. Es zeigte mir, dass ich ihm doch nicht egal war. Ich konnte mir ein Schmunzeln nicht verkneifen.

Seine Hand schloss sich um mein Handgelenk, dann zog er mich durch die Eingangshalle. Ich hatte Mühe, seinen schnellen Schritten standzuhalten. Meine Füße brannten in den engen Schuhen und zwei Mal wäre ich beinahe umgeknickt. Alex holte sein Handy aus der Innentasche seines Jacketts und orderte den Fahrer zum Eingang. Ich konnte die Wut in seiner Stimme hören, obwohl er nur einen einzigen Satz gesprochen hatte.

Erst als wir im Wagen saßen, ließ er mein Handgelenk wieder los. Doch beruhigt hatte er sich noch immer nicht.

»Du wirst zur Strafe dreißig Hiebe erhalten, sobald wir zu Hause sind.«

»Was hab ich denn getan? Er hat mich angesprochen. Er wollte mir nur ein Kompliment machen, sonst nichts. Er hat mich nicht mal angefasst.«

Ich fand die Strafe nicht gerechtfertigt. Erst steckte er mich in diesen Fummel, der all meine Reize zur Schau stellte, und beschwerte sich dann, wenn ich den ersten Verehrer am Tisch sitzen hatte.

»Du bist mein Eigentum. Wenn jemand versucht, mein Eigentum an sich zu reißen, ist es mein gutes Recht, ihn davon abzuhalten. Als Sklavin hast du dich um ein Verhalten zu bemühen, das mir keinen Grund liefert, eingreifen zu müssen. Du hast dich anflirten lassen und dafür werde ich dich bestrafen.«

»Das heißt, Sie dürfen sich durch die Gegend flirten, während ich mich taub stellen und zu Boden starren soll? Sie haben mich mit Ihrer Flirtattacke zum Gespött der Leute gemacht. War das nicht Strafe genug?«

»Eva Meyer besetzt eine wichtige Position in der Firma, ich musste sie auf meine Seite ziehen. Abgesehen davon bist du nicht meine Freundin. Wenn ich zusätzlich eine Freundin haben will, dann nehme ich mir eine. Du bist meine Sklavin. Du hast keine Rechte. Und schon gar nicht hast du ein Recht auf mich. Ich kann dich jederzeit weggeben und mir nach Belieben eine andere Sklavin nehmen. Je früher du dich damit abfindest, umso besser für dich.«

Seine Worte versetzten mir einen Stich.

»Ich bin also nichts wert.«

»Du besitzt sehr wohl einen Wert für mich. Aber ich möchte nicht, dass du Ansprüche erhebst.«

»Ich finde ...«

»Keine Diskussion mehr!«

Ich presste meine Lippen aufeinander und stieß die Luft durch die Nase. Beleidigt sah ich aus dem Fenster und starrte den vorbeifahrenden Lichtern hinterher.

Die Vorstellung, er könnte neben mir noch eine Freundin haben, die er berührte und liebte, gefiel mir gar nicht. Gut möglich, dass er sich auch mit anderen Frauen getroffen hatte, als ich noch bei Jeff gewesen war. Doch da war es mir nicht so bewusst gewesen. Es war eine andere Situation, ich hatte keine Besitzansprüche, war nur die Sklavin, die jedem und niemandem gehört hatte. Doch jetzt wo ich einzig und allein ihm gehörte, sah ich das ganz anders. Ich wollte ihn nicht teilen müssen, ich wollte sein einziger Besitz sein. Ich allein wollte ihn glücklich machen.

***

Der Chauffeur setzte uns vor Alex' Haus ab und fuhr dann wieder durch das große Tor, das sich Sekunden später mit einem lauten Scheppern schloss. Die Luft war noch immer angenehm warm und der Mond stand groß und hell am sternenklaren Himmel. Ein leichter Wind streifte meine Haut und raschelte in den dunklen Baumwipfeln, die uns wie ein Gebirge umzingelten. Ich nahm noch einmal einen tiefen Atemzug, bevor mich Alex ins Haus lotste. Ich wusste, was mich jetzt erwarten würde und schon als ich das Foyer betrat, kribbelte meine Scham vor Erregung. Doch das wollte ich ihm nicht zeigen. Ich fühlte mich ungerecht behandelt und das sollte er auch spüren.

Er hing sein Jackett an einen Garderobenhaken, packte wieder mein Handgelenk und führte mich durch den Raum bis hin zum Panoramafenster. Der Pool leuchtete in einem tropischen Türkisblau, und als Alex die großen Scheiben komplett zur Seite schob, drang ein leichter Chlorgeruch in den Wohnbereich. Ich kam mir vor wie auf einer Finca am Mittelmeer. Die warme, dichte Luft, der nächtliche Himmel. Ich war weiß Gott nicht romantisch, aber diese Atmosphäre brachte sogar mich zum Schwärmen.

Er stand dicht hinter mir. Ich spürte seine Finger im Nacken, als er am Knoten des Neckholders zupfte. Es war ein berauschender Moment, zu wissen, dass nun ich der Jemand war, um den es ihm ging. Die Sehnsucht in mir hatte ihm bereits verziehen, doch mein Ego wollte sich nicht so leicht geschlagen geben.

Die Bänder kitzelten an meinem Rücken, dann fiel das Kleid von meinen Brüsten.

»Zieh es aus. Aber behalt die Schuhe an«, forderte er mich auf.

Mein Unterleib zog sich zusammen. Erwartungsvoll erregt.

»Nein«, sagte ich.

Er trat vor mich, sah mir in die Augen. Warum war ich nur so schwach? Allein für diesen Blick war ich gewillt, alles zu tun.

»Du scheinst dir noch immer nicht darüber bewusst zu sein, dass du mir untergeben bist.«

Seine Worte hingen in der Luft und er sah mich an, als wartete er darauf, dass ich zuschnappte. Doch ich sagte nichts. Ich konnte es nicht. Mein Verlangen nach diesem Mann zerschlug die Worte, bevor sie meinen Mund erreichten.

Ich sah ihn nur an, verfing mich in diesem starken Blick. Ich wollte ihm untergeben sein, ich wollte, dass er mich als sein Eigen sah. Einzig mich.

Nur eine Nuance näherte sich sein Gesicht dem meinem. Ich spürte seine Nähe so deutlich, dass es mir den Atem verschlug. Ich wollte, er würde mich küssen. Unsere Blicke versanken ineinander, während die Stille um uns herum die Zeit anhielt. Und für einen Moment glaubte ich, er wollte es auch. Seine Lippen waren leicht geöffnet, ich spürte seinen Atem auf meiner Haut. Warum tat er es nicht einfach? Warum küsste er mich nicht?

Plötzlich wich er zurück. Ich fühlte mich herausgerissen aus diesem sinnlichen Moment. Er sah mich eine Zeit lang nur an. Während unsere Blicke aneinander hafteten, hoffte ich, er würde sich einen Ruck geben. Würde seine Dominanz, wenn auch nur für einen einzigen Kuss, fallen lassen. Plötzlich näherte er sich meinem Gesicht und legte seine Lippen auf meine. Es war nur ein kurzer, flüchtiger Kuss, aber für mich war es ein Geständnis, das in leuchtenden Farben schillerte.

»Zieh dein Kleid aus«, sagte er mit weicher Stimme und strich mit der Hand meinen Arm entlang. So sanft, dass sich Gänsehaut auf den berührten Stellen bildete. Dann ging er wieder hinter mich. Stille fing mich ein und vereinte sich mit meinem Lächeln.

Noch immer vom Moment ergriffen, hob ich das Kleid über den Kopf und ließ es neben mir zu Boden fallen. Ich stieß den Atem aus und starrte auf das Wasser. Dann spreizte ich die Beine. Weil ich wusste, dass er es erwartete. Und weil ich hoffte, dass es mich dem näher bringen würde, was ich wollte. Nämlich ihn.

»Bleib stehen und dreh dich nicht um«, sagte er und trat langsam von mir weg. In mir begann alles zu zittern. Es war, als fehlte mir plötzlich der Halt. Deutlich spürte ich das Gewicht des Plugs, das meinen Unterleib nach unten zog. Und die Vermutung drängte sich auf, er könnte aufs Neue seinen Zweck erfüllen. Am liebsten hätte ich einen Blick über die Schulter geworfen, schon spürte ich das Vibrieren. Es wurde fordernder, bis ein Hämmern gegen meine Klitoris prallte und die Muskeln um meinen Unterleib zusammenzuckten. Mehrmals pro Sekunde.

»Verschränk deine Arme hinter dem Kopf. Und halt still, während ich dich schlage. Du zählst mit, bis dreißig. Jedes

Mal, wenn du vergisst mitzuzählen, beginnen wir von vorn.«

Ich hörte ihn direkt hinter mir. Er musste den Anhänger irgendwo abgelegt haben. Denn der Plug hämmerte weiter. Ununterbrochen im immer gleichen Rhythmus.

Ein Schauer zog sich durch meine Adern. Ich fühlte die Spannung inmitten dieses trügerischen Paradieses. Sie hielt mich gefangen und faszinierte mich.

»Und wage es nicht, zu kommen. Ich möchte, dass du mich ab sofort um Erlaubnis bittest, ob du kommen darfst. Ich werde dich mit einem Orgasmus belohnen, wann ich es für richtig halte. Und heute hast du dir keinen verdient«, sagte er, bevor die Peitsche das erste Mal meinen Po traf. Ein brennender Schmerz durchzuckte mich.

»Zähl mit!«, forderte er.

»Eins«, stieß ich mit zusammengebissenen Zähnen hervor.

Der nächste Schlag setzte sich auf meine andere Poseite. Hart und scharf.

»Zwei!«

Ohne Pause prallten die Schläge auf meinen Hintern und ich zählte mit, ohne, dass er mich daran erinnern musste. Erst leise, dann stöhnend.

Jeder Schlag entflammte meine Lust, vereinte sich mit dem Hämmern, das meine Klitoris zum Beben brachte.

Nach dem zwanzigsten Schlag schrie ich die Worte nur noch raus. Ich wollte mehr, fester. Und er tat es, folgte meinen Rufen und ließ den schmalen Riemen mit voller Kraft auf meinen Oberschenkel sausen. Immer wieder umarmte mich der Schmerz. Ich atmete in meine Erregung, in meine Scham, die ohne Einhalt zuckte. Die Empfindungen überschwemmten mich.

»Bitte«, flehte ich. »Bitte, ich komme bald.«

»Dreh dich um.«

Ich drehte mich zu ihm und sah seine Erektion, die sich deutlich von der dünnen Hose abzeichnete. Er wollte mich. Er wollte mich leiden sehen. Ich sah in sein Gesicht. Etwas animalisch Wildes trat in seinen Blick und trieb ein köstliches Schaudern durch meinen Leib. Ich genoss diese Situation auf eine mir unerklärliche Weise. Die Erregung prickelte durch meinen Körper, hielt mich in einer ekstatischen Höhe. Kurz vor dem Fall. Doch ich durfte nicht. Ich durfte nicht. Und wollte es so sehr. Ich bestand nur noch aus Lust. Mein ganzer Körper bebte, tanzte diesen Tanz des Verlangens. Aber ich durfte nicht. Das war die größte Strafe, die er mir geben konnte.

Die Nässe lief in kleinen Rinnsälen an meinen zitternden Schenkeln hinab und sammelte sich am Rand der High Heels.

Der letzte Schlag legte sich auf meinen Kitzler. Ein lautes Stöhnen löste sich aus meiner Kehle. Meine Klitoris schälte sich aus ihrer Hülle, meine Mitte zuckte. Ich fühlte, wie der finale Schub sich aufbaute, wie eine Überschwemmung suchte er sich den Weg durch meine Nervenbahnen. Dann brach er über mich herein. Einer Lawine gleich, so rauschend und gewaltig, spülte er mich fort. In einer Geschwindigkeit, die alle Spannung von mir riss, die durch mich prickelte, bis hin zu meinen Fußsohlen. Meine Knie knickten ein und ein heiseres Schnauben zwängte sich stoßweise aus meiner Kehle. Allein durch diesen einen Schlag. Er hatte mich über die Klippe gestürzt. Mich zu Fall gebracht. Obwohl es mir verboten war. Aber ich konnte nichts tun. Ich war nicht mehr Herr über mich selbst.

Gefangen in dieser Erkenntnis nahm ich kaum wahr, dass Alex dicht bei mir stand. Seine Arme schlossen sich um mich, beruhigten meinen Körper, der ohne Einhalt zitterte. Obwohl das Hämmern schon längst aufgehört und der Orgasmus mich schon lange an Land gespült hatte.

Er legte seinen Arm an meine Kniekehlen und hob meine Beine an. Dann trug er mich zum Esstisch und legte mich rücklings darauf ab. Meine Beine hingen über die Kante, schlaff und weit gespreizt.

Mein Hintern schmerzte und pochte, nachdem der kühle Tisch die Hitze meines Körpers angenommen hatte.

Alex beugte sich über mich. Ich atmete seinen erdigen, männlichen Geruch.

»Du weißt, dass das Konsequenzen nach sich ziehen wird«, sagte er, während seine Hände meine Brüste umrundeten. »Wir werden gleich morgen mit dem Training beginnen. Damit das nicht noch einmal passiert.«

Ich wusste nicht, wovon er sprach, aber in diesem Moment war es mir auch egal. Ich genoss seine Hände, die über meine Stirn und den schweißnassen Haaransatz streichelten. So glatt und weich. Sein Blick erforschte mein Gesicht. Er sah mich so innig und liebevoll an, dass mir ganz warm wurde.

»Ich will nur dich«, sagte er und entlockte mir ein Lächeln.

Zart berührten seine Finger meinen Schamhügel und streichelten gemächlich über meine Taille. Er öffnete seine Hose und packte meine Hüften. Einige Male rieb er seine Eichel durch meinen triefenden Spalt. Dann stieß er in mich, nahm sich, was ihm gehörte. Sein Penis füllte mich vollkommen aus, ein Feuerwerk der Leidenschaft toste durch meinen Unterleib. Der Atem presste sich aus meiner Kehle. Ich vernahm jeden Stoß und versuchte nur eins: nicht noch einmal zu kommen. Es war, als könnte ich mein Vergehen dadurch wieder gutmachen. Ich sah die ganze Zeit in sein Gesicht. Obwohl mich seine schnellen Stöße erschütterten, verfolgte ich jede seiner Regungen. Seine

Lippen, die sich langsam öffneten, seine Augen, die mich die ganze Zeit ansahen, so leidenschaftlich, erotisch. Bis sie sich schlossen und er seinen Kopf in den Nacken legte. Ein Seufzen und Stöhnen zwängte sich durch meine Lippen. Dann spürte ich sein Aufbäumen, zuckend erreichte er den Höhepunkt, hielt sich noch ein paar Sekunden aufrecht und sank dann erschöpft auf mich. Sein Phallus ruhte noch immer tief in mir und der Schweiß ließ unsere Körper aneinanderhaften.

Einen Moment lang drang nur unser heiseres, schnelles Atmen durch die Stille der Nacht. In diesem Moment war ich der glücklichste Mensch auf Erden.

22

Das Erste, was ich sah, als ich am nächsten Morgen in meinem Bett erwachte, war dieses merkwürdige Gerät. Es stand vor dem Spiegel und erinnerte an einen Heimtrainer. Doch bald schon verflog der harmlose Anblick. Bei genauerem Hinsehen entdeckte ich die beiden Dildos auf der Sitzfläche. Sofort zuckte ein Blitz der Erregung durch meine Blutbahn. An den Pedalen und der Griffstange hingen Lederriemen, die nur dazu da waren, den Benutzer am Absteigen zu hindern. Ich wusste nicht warum, aber die Vorstellung, er würde mich bald darauf festschnallen, ließ mich augenblicklich feucht werden.

Ich beschloss, mir das Gerät genauer anzusehen und schlug die Bettdecke zur Seite.

Gerade wollte ich vom Bett rutschen, da bohrten sich schmerzhafte Stiche in meinen Hintern und holten die Erinnerungen an letzte Nacht in mein Gedächtnis. Ich setzte meine Füße auf dem Boden ab und riss unweigerlich die schwere Kette mit, die nun Glied für Glied zu Boden polterte. Gebannt sah ich zur Tür. Wenn nur die Hälfte des Lärms nach draußen gedrungen war, dann wusste Alex jetzt, dass ich wach war. Ich lauschte in die Stille, doch ich hörte nichts. Die Tür blieb geschlossen.

Bemüht leise stand ich auf, drehte meine Rückseite zum Spiegel und betrachtete die Striemen, die sich über meine Oberschenkel zogen. Das dunkle Rot war inzwischen einem hellen gewichen und einige der Linien bildeten einen dünnen Schwulst. Ich hob den Blick und betrachtete mein Lächeln. Es war, als hätte sich mit diesen Malen ein Ehrgefühl in meine Seele gebrannt. Ich war unheimlich stolz, sie tragen zu dürfen, weil es einzig und allein Alex war, der sie mir zum Geschenk gemacht hatte.

Noch einmal konzentrierte ich mich auf verdächtige Geräusche, dann trat ich um das Bett herum. Doch weit kam ich nicht, denn diese dämliche Kette behinderte mich nicht nur beim Gehen, sie schränkte mich auch in der Bewegungsfreiheit ein. Einzig das Bad, die Kommode und das Bett konnte ich erreichen. Sobald ich in die Nähe des Spiegels wollte, hielt sie mich im Zaum wie eine Schlingpflanze.

Ich trat zur Kommode und öffnete alle Schubladen, in der Hoffnung, etwas zu finden, mit dem ich mir wenigstens die Zeit vertreiben konnte. In den oberen Schubladen fand ich einige Longtops und Minikleider, alle in edlen Stoffen und dezenten Farben. Aber keine Bücher, kein Radio, nichts, was der Unterhaltung diente. Als ich die unterste Schublade öffnen wollte, bemerkte ich, dass sie verschlossen war. Gerade als ich daran rüttelte, ging die Tür auf und Alex kam herein. Schnurstracks richtete ich mich auf und stand da wie ein Stock. Der Schreck lähmte meine Glieder. Ich hatte kein einziges Geräusch gehört. Keine Schritte, kein Entriegeln. Klar, warum hätte er die Tür auch abschließen sollen, mit dieser Kette am Fuß konnten ich das Zimmer sowieso nicht verlassen.

»Guten Morgen, Lydia. Ich hoffe, du hast gut geschlafen«, sagte er mit ruhiger, tiefer Stimme und lächelte mich an. »So wie es aussieht, bist du fit genug, um mit dem Training zu beginnen.«

Er schritt zu dem Gerät und schraubte den Deckel von einer Tube, die er zusammen mit einem weißen Handtuch in seiner linken Hand hielt.

Noch immer stand ich da wie angewurzelt, blickte erst zu dem Gerät und dann auf seine Hände.

Er drückte einen Klecks auf seine Handfläche und ölte nacheinander die beiden Gummidildos ein, schon braute sich die Lust in meiner Mitte zusammen. Obwohl meine Erregung danach lechzte, das Gerät benutzen zu dürfen, erfasste mich eine Woge des Widerstands, als er mich plötzlich ansah.

»Das Training wird anstrengend werden. Du solltest noch ein Glas Wasser trinken.«

Ich nickte und ging ins Bad. Meine Hände zitterten, als ich das Trinkglas von der Ablage nahm und es bis oben hin füllte. Was meinte er mit anstrengend? Dass es mich körperlich an meine Grenzen bringen würde oder dass meine Erregung mich fertigmachte? Die ganze Zeit über starrte ich durch die Glasscheibe und beobachtete, wie er noch mehr von diesem Gel auf die beiden Dildos rieb. In großen Schlucken zwang ich das Wasser nach unten.

Er saß gerade auf dem Bett und wischte sich die Hand am Handtuch ab, als ich über die Stufen in den Schlafraum trat. Ich stellte mich wieder neben das Bett und bemerkte, dass meine Hände schwitzten. Alex sah mich unverwandt an, ehe er sich mit dem Schlüssel in der Hand zu meinem Fuß beugte und die Schelle öffnete. Er stand auf und hielt mir die Hand entgegen.

»Darf ich bitten«, sagte er förmlich.

Allein diese Selbstverständlichkeit, die er damit an den Tag legte, trieb mir einen Schauer über den Rücken.

Ich zögerte, bevor ich ihm die Hand reichte. Er musste bemerkt haben, dass ich zitterte. Ein wissendes Lächeln zuckte um seine Mundwinkel, als er mir tief in die Augen sah. Mein Blick verhedderte sich in seinem. Trotz dieser sadistischen Dominanz besaß er eine Ausstrahlung, die mich unheimlich faszinierte. Vielleicht war es auch gerade diese Dominanz, die ihn so anziehend machte. Er roch nach Gefahr und war sich dessen stets bewusst. Gleichzeitig aber fühlte ich mich bei ihm sicher, weil er auf mich achtgab und sich um mich sorgte.

Er zog mich zu dem Gerät und bat mich, auf dem Sattel Platz zu nehmen. Sogleich umfasste er meinen Nacken. Sein Griff gab mir zu verstehen, dass es kein Entkommen gab. Ich blickte auf die beiden Gummizapfen, die stramm aus dem Sitz ragten und fettig glänzten. Der Vordere war beinahe doppelt so groß wie der Hintere und mindestens so dick wie ein Maiskolben.

Erst als ich mit beiden Füßen auf die Pedale gestiegen war, ließ er meinen Nacken los. Jedoch nur, um seine Hände an meine Hüften zu legen und mich auf die kalten Schwänze zu drücken. Mir blieb die Luft weg, als sie sich tief in meine Öffnungen bohrten. Trotz des Gleitgels war der Druck allgegenwärtig. Wie Schraubstöcke hielten sie mich fest auf dem Sattel und füllten mich vollkommen aus.

Alex schloss die Lederriemen um meine Fuß- und Handgelenke, dann drückte er auf einen Knopf, der das Display zwischen meinen festgeschnallten Händen zum Leuchten brachte. Sofort senkte sich eines der Pedale und der Dildo in meiner Vagina zog sich ein Stück aus mir zurück.

Alex beugte sich zum Boden und hob einen schmalen Gurt auf, der vor dem Gerät gelegen hatte.

»Ich werde deinen Puls aufzeichnen. So kann ich jederzeit nachprüfen, ob du einen Orgasmus bekommen hast. Solltest du trotz Verbot einen bekommen, werde ich dich heute Nachmittag noch einmal daran festschnallen.« Er zurrte den Gurt um meinen Oberkörper, direkt unterhalb meiner Brüste.

»Du fängst mit dreihundert Stepps an und steigerst dich Tag für Tag. Sodass du dich langsam daran gewöhnen kannst, deinen Orgasmus hinauszuzögern und nebenbei kannst du an deiner Kondition arbeiten.«

»Dreihundert?« Ich war entsetzt. Zwar hatte ich keine Ahnung, wie viele Schritte ich schaffen würde, doch dreihundert hörten sich nach sehr viel an. Zumal diese beiden Pflöcke in mir steckten.

»Das sollte zu schaffen sein«, sagte er nur und drehte sich von mir weg.

Ich beobachtete im Spiegel, wie er hinter mir zur Kommode ging und die unterste Schublade aufschloss. Meine Hände begannen bereits zu schwitzen und das Blut rauschte durch meinen Kopf. Um zu erfahren, wie viel Kraft ich beim Treten aufwenden musste, drückte ich das höher gelegene Pedal nach unten. Schon zwängte sich der Kolben zurück in meine Vagina und der andere zog sich aus meinem Anus.

»Habe ich gesagt, du sollst anfangen?«, fragte Alex, der mit einem Ringknebel und einem schwarzen Leder, an dem zwei Schnüre hingen, zu mir zurückkam.

»Nein, haben Sie nicht«, sagte ich schnell und blickte auf die rote Eins im Display.

»Damit du dich voll und ganz auf dein Training konzentrieren kannst, werde ich dir eine Haube aufsetzen. Du brauchst dir keine Sorgen machen, durch den Knebel bekommst du genügend Luft zum Atmen.«

Ich schüttelte heftig den Kopf und riss an den Lederriemen, die sich sofort in das Fleisch meiner Handgelenke schnitten.

»Nein, bitte.«

»Denkst du wirklich, du hättest eine Chance diesem Training zu entkommen? Du hast es dir selbst zuzuschreiben. Hättest du dich gestern nicht meinem Verbot widersetzt, würdest du jetzt nicht hier sitzen.«

»Es tut mir ja leid«, winselte ich. Und schon stülpte Alex mir die schwarze Maske über den Kopf. Während ich ins Schwarze blickte, rüttelte und zerrte er an der Schnürung am Hinterkopf, bis meine Nase und Mund an der richtigen Position saßen. Er zog die Schnüre im Nacken straff, schon schmiegte sich das Leder eng an mein Gesicht. Ich roch den würzigen Geruch des Leders, als ich die Lippen aufeinanderpresste. Weil ich doch tatsächlich glaubte, er würde es dann nicht schaffen, mir den Knebel anzulegen. Bis er mir die Nase zuhielt. Ich schnappte nach Luft und fuchtelte panisch mit den Fingern. Schon steckte der harte Gummiring zwischen meinen Zähnen und hielt meinen Kiefer geöffnet.

»Du kannst mit dem Training beginnen«, hörte ich ihn sagen, als er den Riemen des Knebels am Hinterkopf geschlossen hatte. Seine Stimme klang durch die Kopfmaske leise und dumpf. »In zwanzig Minuten bin ich wieder bei dir, solltest du bis dahin die vereinbarten Stepps nicht geschafft haben, wirst du noch einmal von vorn beginnen.«

Die vereinbarten Stepps? Er allein hatte das beschlossen. Und woher sollte ich wissen, wann die zwanzig Minuten um waren? Nachdem ich das Display nicht mehr sehen konnte, blieb mir nichts anderes übrig, als mitzuzählen und zu hoffen, dass ich in zwanzig Minuten mit Zählen fertig war. Ich fühlte mich gefangen in dieser Dunkelheit. Ich spürte nur die rauen Pedale unter den Sohlen und diese beiden Zapfen, die sich abwechselnd in meine Öffnungen schoben, je nachdem welches Pedal ich nach unten drückte. Schon nach zwanzig Schritten brachten sie meine Lust auf Hochtouren. Ein Prickeln jagte durch meinen Unterleib, sobald sich der eine in mein Zentrum schob und der andere meinen Anus verließ. Wie eine Verrückte trat ich in die Pedale, um die dreihundert Stepps schnellstmöglich hinter mich zu bringen. Doch das Tempo rächte sich, denn bald schon stand ich vor dem Gipfel meiner Lust, die Geilheit überschwemmte mich. Bei jedem Schritt strömte ein Stöhnen aus meinem Mund und der Speichel floss ungehindert über meine Lippen, weil mir zum Schlucken der Atem fehlte und der Ring mir nicht erlaubte, den Mund zu schließen. Inzwischen wusste ich nicht mehr, wie viele Schritte ich schon gemacht hatte. Meine Empfindungen hatten mein Rechenzentrum lahmgelegt, ich war nur noch damit beschäftigt, nicht zu kommen. Immer wieder legte ich Pausen ein. Mein Herz pochte, der Schweiß sammelte sich unter der Maske, mein Mund war trocken und meine Beine zitterten. Und immer wieder trat ich in die Pedale, bis sich meine Vagina um diesen Dildo schmiegte und vor Verlangen zuckte. Ich war am Ende meiner Kräfte und doch hörte ich nicht auf zu treten. Die Pausen wurden immer länger. Zum Stöhnen gesellte sich ein Hecheln und mein Unterleib hörte nicht auf, sich nach den Stößen zu verzerren. Wie eine Maschine arbeite ich mich voran. Dabei machte mir vor allem die Ungewissheit zu schaffen. Denn ich wusste nicht, wie viele Schritte ich noch zu machen hatte und wie viel Zeit mir noch blieb.

Plötzlich berührte jemand meinen Arm. Der Lederriemen

um mein Handgelenk öffnete sich, zuerst an meiner linken, dann an meiner rechten Hand. Ohne nachzudenken, fasste ich an meinen heißen Kopf, spürte nur dieses glatte Leder, dann sanken meine Arme schlaff nach unten. Noch immer trat ich in die Pedale. Noch immer glaubte ich mich nicht am Ziel. Bis sich etwas an meinen Kopf drückte. Ein Schwall floss in meinen Mund. Wasser. Ich versuchte zu schlucken, so gut es ging, doch das meiste rannte über meine geöffneten Lippen und ergoss sich auf meinen Schenkeln. Dann nahm er mir den Knebel ab und lockerte die Maske. Kühle Luft drang an mein Gesicht, endlich konnte ich wieder ungehindert schlucken. Ich blickte auf mein Spiegelbild. Die Haare klebten am Kopf und das Gesicht war mit roten Flecken übersät. Ich sah aus, als hätte ich gerade die Ziellinie eines Marathons überquert.

»Du warst fleißig«, sagte Alex.

Mein Blick sank nach unten, fiel auf das Display. 368. Ich atmete aus, meine Glieder fühlten sich schwer an.

»Ich denke, morgen solltest du die Vierhundert-Marke in Angriff nehmen.«

Ich war zu erschöpft, um zu protestieren. Er nahm mir den Pulsmesser ab und tippte ein paar Tasten am Display. Ich sah in seine Augen, die sich prüfend auf eine Balkengrafik richteten. Wenn dieses Ding tatsächlich die Wahrheit sagte, dann würde er nichts finden. Alex zog nur seine Brauen nach oben und drückte eine weitere Taste, woraufhin das Licht am Display erlosch. Dann beugte er sich zu den Pedalen, öffnete meine Fußfesseln und half mir von diesem Folterapparat. Meine Beine zitterten noch immer, nur mit Mühe schaffte ich den Weg zum Bett, auf das ich mich setzte und sogleich zur Seite kippte. Ich war so erledigt, es war mir sogar egal, dass meine Scham noch immer sehnsüchtig zuckte.

»Ruh dich aus. Du hast noch eine Stunde, bis ich Marc vom Flughafen abhole. Bis dahin solltest du geduscht haben und dir was anziehen.«

Alles was er sagte, drang in meinen Kopf, doch ich konnte es nicht verarbeiten. Ich registrierte, wie er ein schwarzes Shirt aus der Kommode holte und sich neben mich aufs Bett setzte. Seine Hand berührte meine Taille. Sanft streichelte er über meine Haut. Seine Finger waren kühl und glatt, es fühlte sich gut an. Dann beugte er sich zu mir und küsste meine Schulter, meinen Hals und meine Wange. Mein Atem beruhigte sich und ich schloss die Augen. Ich ließ mich wiegen von seinen zarten Küssen, die meinen Arm von oben bis unten bedeckten und von seiner Hand, die fortwährend über meinen Kopf streichelte. So, als würde mich ein Hauch von Seide überdecken. So zart und schützend.

***

Ich musste eingenickt sein, denn als ich meine Augen wieder öffnete, empfing mich Stille. Ich war allein im Raum und die Tür stand einen Spaltbreit offen. Mein Blick fiel auf das schwarze Kleidungsstück, das dort lag, wo zuvor noch Alex gesessen hatte.

Ich stützte mich auf meinen Ellenbogen ab und schob die Beine vom Bett. Sie fühlten sich steif an und schmerzten, als hätte ich Muskelkater. Ich streckte die Glieder und bemerkte, dass mein Fuß nicht angekettet war.

Es fühlte sich merkwürdig an, als ich aufstand, zur Tür schlich und sie langsam öffnete. Mir kam es vor, als würde ich etwas Verbotenes tun. Ich konnte von hier aus bis nach unten ins Foyer sehen. Die Sonne erhellte das Treppenhaus und alles wirkte so friedlich. Ein Geräusch, als würde jemand ein Glas auf den Tisch stellen, durchschnitt plötzlich die Stille. Ich setzte meinen Fuß zurück ins Zimmer und drückte leise die Tür ins Schloss.

Als ich mich mit dem Rücken an das Türblatt lehnte, zwängte sich ein Knurren durch meinen Magen. Ich sollte mich waschen und nach unten gehen. Aber durfte ich das überhaupt? Sollte ich nicht lieber warten, bis er mich holen kam? Aber hatte er nicht gesagt, ich dürfte mich im Haus frei bewegen? Die Kette hielt mich zumindest nicht davon ab.

Ich beeilte mich mit Duschen, was nicht schwerfiel, denn ich musste meinen Körper nicht rasieren. Besser gesagt, konnte ich ihn nicht rasieren. Entweder hatte Alex versäumt, mir Rasierzeug hinzustellen oder er wollte mich so. Auf meiner Scham und den Beinen zeichneten sich bereits dunkle Stoppeln ab. Ich empfand diesen Zustand als sehr ungepflegt. Seitdem ich mit fünfzehn mein erstes Date hatte, war der Besuch im Kosmetikstudio für mich obligatorisch, ich war untenrum immer blank.

Ich schlüpfte in das Trägershirt. Wie das von gestern, bedeckte es gerade eben meinen Po. Dann öffnete ich die Tür und betrat den Flur. Ich stand an der obersten Stufe. Ein nervöses Gefühl nistete sich in meiner Magengrube ein. Doch mein Hunger war größer und außerdem brannte ich darauf zu erfahren, was Alex in diesem Moment gerade tat. Also schlich ich Stufe für Stufe nach unten.

Dann sah ich ihn. Er saß am Esstisch und strich Butter auf eine Scheibe Toast. Vor ihm standen eine Tasse, ein Brotkorb, Butter und ein Honigglas. Und ein zweiter Teller.

Als ich unten angekommen war, blieb ich neben der Treppe stehen und blickte zuerst auf den Boden, dann zu ihm und dann wieder zu Boden. Ich war mir unsicher. Sollte ich ihn fragen, ob ich zu ihm gehen durfte? Oder einfach warten, bis er etwas sagte?

»Du darfst dich setzen«, sagte Alex und biss von seinem Toast ab.

Gut, das nahm mir die Entscheidung ab.

Ich trat näher und setzte mich ihm gegenüber. Obwohl der Teller eindeutig für mich bestimmt war, wagte ich es nicht, mich am Brotkorb zu bedienen.

»Iss etwas«, sagte er. »Ich muss um elf am Flughafen sein. Mein Bruder wird zwei Wochen hier wohnen. Er soll dich gesittet sehen, solange er hier ist. Wenn ich dir nicht sage, was du anziehen sollst, wirst du selbst etwas Geeignetes wählen. Und ich möchte unter keinen Umständen, dass du mit ihm über uns sprichst. Hast du das verstanden?«

Ich nickte. »Ja, ich habe verstanden.«

Ich fragte mich, wie viel sein Bruder über mich wusste. Ob er Alex' Geheimnis kannte. Spricht man mit Geschwistern über so etwas? Zumindest setzte es ein vertrautes Verhältnis voraus.

***

Als Alex die Tür hinter sich schloss, um zum Flughafen zu fahren, kniete ich im Foyer, frontal zur Eingangstür, den Blick zum Boden gerichtet. Inzwischen ahnte ich, wie nahe er seinem Bruder stand. Denn er wollte, dass ich so blieb, bis er mir wieder erlaubte, aufzustehen. Was erst dann der Fall sein würde, wenn er mit seinem Bruder durch diese Tür kam. Wie lange das dauern würde, wusste ich nicht. Ich wusste nur, dass meine Knie bereits schmerzten und die Sehnen in meinen Beinen spannten, wie überdehnte Gummibänder. Der Steinboden war hart und kalt. Es war eine Qual, hier auf Knien sitzen zu müssen.

Die ganze Zeit über hörte ich die Uhr in der Küche ticken und zählte schon die Sekunden mit. Wenn ich nur wüsste, wie spät es war, dann könnte ich mich darauf einstellen. Ich könnte mich zwischenzeitlich hinsetzen und mich erst dann wieder vor die Haustür knien, wenn die Zeit knapp wurde. Wie sollte er auch feststellen, was ich während seiner Abwesenheit getrieben hatte?

Plötzlich schoss mir alles Mögliche durch den Kopf. Ich könnte das Haus erkunden, ich könnte sein Büro betreten oder sein Schlafzimmer, das mir aus welchem Grund auch immer strikt verboten war. Ich könnte prüfen, ob ich hier tatsächlich eingesperrt war oder ob es doch einen Weg nach draußen gab.

Ich lauschte einen Moment in die Stille. Dann drückte ich mich mit den Händen vom Boden ab und stand auf.

23

Auf Zehenspitzen lief ich in die Küche und blickte auf die Uhr. Mein Herz schlug doppelt so schnell wie der Sekundenzeiger und ich spürte, wie sich die Härchen an meinen Armen aufstellten.

Es war zehn vor elf. Er musste also noch mindestens zwanzig Minuten weg sein.

Zuerst versuchte ich es mit dem Küchenfenster. Aber der Rahmen verfügte nur über einen Schiebegriff. Keinen Hebel oder irgendetwas, womit ich es hätte entriegeln können. Ich durchquerte den Wohnbereich und musste feststellen, dass auch alle anderen Fenster nur mit diesem Griff versehen waren.

Etwas ratlos sah ich mich um, bis mein Blick an der Bürotür haften blieb. Ich wusste genau, warum er mir verboten hatte, diesen Raum zu betreten. Darin befanden sich nicht nur alle Unterlagen über ihn als Person, sondern auch sein Laptop und das Telefon. Ich konnte damit die ganze Welt alarmieren. Wenn ich wollte. Doch war es nicht vielmehr die Neugier, die mich dazu trieb, nach einem Schlupfloch zu suchen? Dieser Reiz am Verbotenen? Ich wollte nicht von Alex weg, und trotzdem ließ mich der Gedanke, ein freier Mensch zu sein, nicht los.

Ständig nagte das Wissen an mir, dass ich gezwungen wurde, hier zu sein. Ich wusste nicht einmal, ob er meine Gefühle erwiderte. Oder ob er mich nur benutzen wollte. Er hatte mich in sein Leben geholt, aber ließ mich nicht daran teilhaben. Ich erfuhr nicht, wenn er geschäftlich Ärger hatte oder wenn es was zu feiern gab. Ich erfuhr nichts von seinem Leben. Was blieb mir anderes übrig, als es selbst herauszufinden?

Ich ging zurück in den Eingangsbereich und blickte durch das schmale Fenster. Sah die Kieseinfahrt und das geschlossene Tor. Von Alex keine Spur. Zwei Schritte später stand ich vor der Tür zum Büro. Doch als ich die Klinke nach unten drückte, kam die Ernüchterung. Die Tür war verschlossen. Hatte er etwa damit gerechnet, dass ich nicht auf Knien bleiben würde?

Gerade als ich noch einmal durch das Fenster nach draußen sah, öffnete sich das Tor und ein weißer Lieferwagen bog in die Einfahrt. Meine Augen weiteten sich, mein Herz schlug, mitten in meinem Kopf. In meinem Oberbauch erkalteten die Venen und zogen sich mit einem Mal zusammen. Dann geschah es. Gerade als ich lossprinten wollte, stieß ich mit dem Knie an den Pflanzentrog und riss die Yuccapalme zu Boden. Verdammter Mist!

Ich stellte die Palme wieder gerade und überflog die Erde, die sich über den Boden verteilt hatte. Ich schnappte nach Luft und sah aus dem Fenster. Der Lieferwagen parkte gerade am äußeren Rand der Einfahrt, als sich die Fahrertür öffnete. Ein korpulenter Mann in einem olivgrünen Overall stieg aus, schlug die Tür zu und schob dann die große Seitentür auf. War das sein Bruder? Und wo war Alex?

Als der Mann eine Heckenschere aus dem Wagen zerrte und ich nun auch den Aufdruck auf seinem Overall entziffern konnte, atmete ich auf. Er war nur ein Gärtner.

Wieder sah ich auf die verstreute Erde neben mir. Ich ging in die Hocke, schob die feuchten Brocken mit den Händen zusammen und schaufelte sie zurück in den Blumentopf. Dann eilte ich in die Küche, öffnete sämtliche Schränke, bis ich einen Stapel Papierservietten entdeckte. Ich schwitzte und meine Ohren dröhnten. Es war bereits viertel nach elf. Mit zitternden Fingern schnappte ich mir einen Packen Servietten und hielt einige davon unter den Wasserhahn, bis sie tropften.

So schnell ich konnte, rannte ich zum Pflanzentrog und wischte immer wieder über den Steinboden. So lange, bis ich keinen Krümel mehr entdecken konnte. Als ich dann aus dem Fenster sah, rollte ein schwarzer Mercedes über den Kies und kam vor dem Weg zum Stehen. Schnell rannte ich in die Küche, öffnete mindestens drei Schubfächer, bis ich den Mülleimer fand, und warf die Servietten hinein.

Mein Kopf glühte, als ich zur Haustür stürmte und mich auf den Boden kniete. Abwechselnd kühlte ich meine Wangen mit dem Handrücken und versuchte durch Pusten meinen Atem zu beruhigen. Noch einmal sah ich zur Palme, vergewisserte mich, dass ich ja nichts übersehen hatte. Doch jetzt war es ohnehin zu spät. Die Riegel der Haustür schoben sich zur Seite, dann ging die Tür auf.

Vor mir standen zwei hochglanzpolierte Schuhpaare. Noch immer sog ich die Luft tief in meinen Bauchraum. Das Blut hämmerte in meinem Kopf. Ich wagte es nicht, meinem Glück zu trauen und war froh, dass ich den Blick gesenkt halten musste, denn dann würde er meine roten Wangen nicht sehen.

»Lydia, ich möchte, dass du Marc mit einer tiefen Verbeugung begrüßt, dann darfst du aufstehen und uns helfen, das Gepäck ins Haus zu bringen«, sagte Alex.

Ich ließ mir absichtlich Zeit, als ich den Oberkörper nach vorn beugte und meine Hände am Boden abstützte. Mindestens zwei bis drei Sekunden verharrte ich in dieser Position, bevor ich mich aufrichtete. Immer in der Hoffnung, die Röte aus meinem Gesicht würde in der Zeit verschwinden und der Puls würde wieder zum normalen Rhythmus finden.

Nachdem ich aufgestanden war, drückte Alex seine Hand auf meinen Rücken und schob mich nach draußen. Sein Bruder schien uns zu folgen, denn ich hörte hinter uns Schritte, als wir bereits am Wagen angekommen waren. Noch immer hielt ich den Blick gesenkt. Ich roch das frisch gemähte Gras, hörte in der Ferne das Motorengeräusch des Rasenmähers und wieder dachte ich an die verschüttete Erde, von der hoffentlich nichts mehr auf dem Boden lag. Alex öffnete den Kofferraum und drückte mir eine kleine Reisetasche in die Hand. Plötzlich umfasste er mein Handgelenk und drehte meine Hand, sodass sich meine Fingernägel zeigten. Als ich die schwarzen Ränder unter den Nägeln bemerkte, hätte ich beinahe die Tasche fallen lassen. Ich hob den Blick. Alex sah mir direkt in die Augen. Ich spürte sein Misstrauen, es durchbohrte mich förmlich. Dann ließ er mein Handgelenk los und schickte mich zurück ins Haus. In mir fiel alles zusammen. Wie konnte ich nur so dämlich sein?

Als ich mich umdrehte, versperrte sein Bruder mir den Weg. Ich blickte in sein Gesicht, sah, wie er mich anlächelte und innerhalb dieses Augenblicks blieb die Welt für mich stehen. Alles in mir erstarrte. Weil Marc vor mir stand. Marc, meine Affäre aus Paris!

Er sah mich an, als wäre nichts, lächelte und sagte kein Wort. Während meine Gedanken wie ein Gummiball durch meinen Kopf sprangen. In mir tobte ein Gefühlsgewitter, das ich nicht unter Kontrolle bekam. Ich fühlte mich mit der Situation vollkommen überfordert. Marc behielt sein Lächeln und ging einfach an mir vorbei zum Wagen.

Nur langsam schritt ich den Weg zurück zum Haus. Meine Gesichtszüge waren entgleist, ich schaffte es nicht einmal zu blinzeln. Flach atmend blieb ich im Foyer stehen. Die Tasche hing an meiner Hand, als wäre ich ein Kleiderständer. Ich war unfähig, mich zu bewegen. Oh mein Gott, das konnte doch alles nicht wahr sein!

Alex kam ins Haus und nahm mir die Tasche ab. Ich sah ihm hinterher, wie er den Koffer samt Tasche in die Küche schob. Er nahm eine Schere und schnitt die Gepäckanhänger von den Griffen.

Dann zog er das Schubfach heraus, von dem ich genau wusste: Jetzt war ich geliefert. Er starrte in den Mülleimer, dann sah er zu mir, zuerst auf meine Hände, dann in mein Gesicht. Und ich in seines. Seine Augen verengten sich, sein Blick wurde böse und in mir vermischten sich Panik und Entsetzen zu einem unrealistischen Gemisch. Ich glaubte zu träumen, ich schaffte es nicht, mich zu konzentrieren, weil gerade Dinge passierten, die mich überforderten.

»Du kannst dich auf eine Strafe gefasst machen«, sagte Alex und deutete dann zur Treppe. »Jetzt geh auf dein Zimmer, ich möchte dich nicht mehr sehen, bis ich von meinem Termin wieder zurück bin.«

Marc kam gerade zur Eingangstür herein, als ich mich zum Gehen wendete. Ich sah nur kurz in sein Gesicht, versuchte irgendetwas darin zu lesen, doch da war nichts. Ich ging die Treppe nach oben, drückte meine Zimmertür auf und setzte mich aufs Bett. Mein Blick schoss hin und her. Nur langsam bildeten meine Gedanken ein Gefüge. Wie konnte das nur sein? War die Welt so klein, dass ausgerechnet der Mensch hier auftauchte, mit dem ich eine Affäre gehabt hatte? Mir wurde plötzlich ganz kalt. Noch immer sah ich sein Lächeln vor mir. Er musste mich doch erkannt haben. Oder glaubte er, ich wusste nicht, dass er es war? Dabei sah er noch genauso aus wie damals. Das kupferrot gewellte Haar, der Drei-Tage-Bart und das kantige Gesicht. Rein gar nichts hatte sich an ihm verändert. Vielleicht war er genauso erschrocken gewesen wie ich, nur wollte er sich vor seinem Bruder nicht die Blöße geben und hatte seine Mimik absichtlich gezügelt.

Womöglich glaubte er, ich wäre aus freien Stücken hier. Schließlich hatte er in Paris selbst das Spielchen mit mir gespielt. Er war es gewesen, der mir diese Welt gezeigt hatte. Die Welt, in der ich jetzt lebte. Leben musste.

Ich beschloss, mich ihm anzuvertrauen. Auch wenn Alex mir verboten hatte, darüber zu sprechen. Vermutlich sogar genau aus diesem Grund. Sein Geheimnis sollte nicht auffliegen. Aber ich musste es tun, jetzt wo die Freiheit zum Greifen nah war.

Ich hörte Stimmen, dann schlich ich zur Tür und lauschte ins Treppenhaus.

»Ich denke, ich bin spätestens um Zwei zurück. Vielleicht auch schon früher«, hörte ich Alex sagen.

»Viel Glück«, sagte Marc.

Dann fiel die Eingangstür ins Schloss. Eine Zeit lang hörte ich nur meinen Atem, dann plötzlich Schritte. Marc musste in der Küche sein, denn Geschirr schepperte und eine Schublade wurde auf und zu gemacht. Dann war es wieder still. Ich lehnte mich mit dem Rücken an die Wand und fühlte meinen Herzschlag. Ich nahm einen tiefen Atemzug nach dem anderen, bis die Entschlossenheit mich so weit hatte.

Leise setzte ich meinen Fuß in die Tür. Schon als ich die

Treppe nach unten schlich, glaubte ich, mit meinem Vorhaben aufzufliegen. In mir spannte sich jeder Muskel an, sogar das Atmen fühlte sich verkrampft an. Dem Gefühl nach war meinem Gesicht die ganze Farbe gewichen, doch ich wusste, sie würde schnell wieder zurückkehren, wenn ich Marc davon erzählte, was mit mir geschehen war.

Er saß am Esstisch und las gerade in der Zeitung. Ich drängte meine Aufregung ins Abseits und setzte mich ihm gegenüber. Mein Blick flog durch den Raum und immer wieder landete er auf ihm. Ich wollte, dass er mich ansah, aber auch irgendwie nicht. Denn ich war noch nicht sicher, wie ich es ihm sagen sollte.

Er blätterte gerade eine Seite um, da hob er kurz seinen Blick und sah dann wieder in seine Zeitung. Er musste bemerkt haben, dass meine Augen intensiv auf ihn gerichtet waren, denn nur eine Sekunde später sah er mich wieder an. Diesmal länger.

»Du möchtest mir was sagen«, meinte er, behielt seine Zeitung aber weiterhin aufrecht.

»Dein Bruder hält mich hier fest!«

Er nahm einen tiefen Atemzug.

»Ich wusste, dass das kommen würde.« Er klappte die Zeitung zu und legte sie neben sich auf den Tisch.

»Du wusstest es? Was wusstest du?«

Sein Gesichtsausdruck zeigte, dass es eine ganze Menge gab, was er mir zu sagen hatte. Das machte mich nervös.

»Alex tut dir einen großen Gefallen. Du solltest dankbar sein und ihm Respekt erweisen.«

»Ich soll ihm Respekt erweisen? Er hält mich gegen meinen Willen hier gefangen! Du weißt gar nicht, was ich durchgemacht habe.«

Marc schmunzelte. »Warum wundert es mich nicht, dass er Himmel und Hölle in Bewegung gesetzt hat, um dich zu bekommen. Seit er dich damals in Paris gesehen hatte, war ihm jedes Mittel recht.«

»Er hat mich dort gesehen?«

Es war ein Gefühl, als hätte er mir mit der Faust in den Magen geboxt.

»Ich hatte ihm von dir erzählt. Er hat in der Lobby gesessen, als wir uns im *Plaza Athenee* getroffen haben. Du hast ihm sofort gefallen.«

»*Du* hast das eingefädelt?« Ich starrte ihn an und schüttelte ungläubig den Kopf. »Das glaub ich alles nicht. Wieso ausgerechnet ich?«

»Hey, du konntest nicht genug davon haben. Weißt du nicht mehr, du hast mich angefleht, ich solle noch eine Woche dranhängen. Dabei ging es dir nicht einmal um mich, dir ging es einzig und allein um unser Spiel.«

»Und da dachtest du, ich wäre ein netter Zeitvertreib für deinen Bruder?«

»Er dachte das. Er suchte schon lange nach einer Frau, mit der er seine Neigung ausleben konnte. Eine, die ihm gehört.«

Marc sah mich nicht an. Mit den Fingern hielt er sein Wasserglas und schwenkte es, als wollte er das Aroma eines Weins freisetzen. »Als er mir am nächsten Tag alle Einzelheiten über dich entlockte, wusste ich, dass er dich zu seiner 24/7 nehmen würde.«

»24/7?«

»24 Stunden, 7 Tage die Woche seine Sklavin.«

»Und du hast es zugelassen.«

»Alex gab sich noch nie mit Kompromissen zufrieden. Wenn er etwas wollte, dann setzte er das durch. Shazar brachte ihn auf die Idee, dich zu Jeff zu bringen. Es war der ideale Ort, um dich auf dein Leben bei Alex vorzubereiten.«

Mein Leben bei Alex. Zum einen machte es mich stolz, ein Bestandteil in Alex' Leben zu sein, zum anderen klang es so endgültig.

»Ich wurde meiner Freiheit beraubt! Alles war geplant, aber nicht von mir. Es zählte überhaupt nicht, was ich wollte.« Die Gedanken schossen nur so aus meinem Mund. Plötzlich ergab so vieles einen Sinn.

»Oft kann man sich nicht aussuchen, was das Leben für einen bereithält. Und doch fügt sich alles so, wie es sein sollte. Sicher, du weißt, was du willst und glaubst zu wissen, was du nicht willst. Deshalb möchtest du alles unter Kontrolle haben. Und merkst nicht, dass du dir damit die Freiheit nimmst. Gib die Verantwortung ab und du wirst erkennen, was Freiheit bedeutet. Ich weiß, dass du das kannst und auch willst.«

»Ich soll mich einem Kerl hingeben, der über mich herrschen will, der mich für sich allein haben will und selbst aber der Ansicht ist, er könnte mehrere Frauen gleichzeitig haben?«

Marc lachte.

»Ja, das ist Alex. Frauen scharen sich um ihn. Und es gefällt ihm, wenn er eine nach der anderen dazu bringt, dass sie ihm zu Füßen liegt. Doch sobald es so weit ist, verliert er das Interesse. Er spielt nur mit ihnen.«

»So wie mit mir.«

»Mit dir spielt er nicht. Es gibt genügend Frauen, die alles für ihn tun würden, die für ihn in die Rolle der Sklavin schlüpfen würden, nur damit er mit ihnen zusammenbleibt. Doch Alex will diese Frauen nicht. Er will eine Sklavin, die dieses Verlangen tief in sich trägt. Eine, die ihn fordert, die er zähmen kann, bis sie sich ihm unterwirft.«

»Aber das reicht nicht für mich«, erwiderte ich und spürte, wie sich das Wasser in meinen Augen sammelte. »Ich möchte geliebt werden.«

Marc sah mich eindringlich an. Ich verbarg meine Tränen nicht vor ihm, die sich nun den Weg über meine Wange bahnten. Er sollte wissen, dass auch mir Bedürfnisse innewohnten, die sie nicht bedacht hatten. Die ich selbst jahrelang nicht sehen wollte.

»Er liebt dich«, sagte er. »Auf eine gewisse Art und Weise, da bin ich mir sicher.«

»Ach, und was macht dich da so sicher?«

»Weil auch ich einmal geliebt habe.«

»Du hast dir also auch eine ausgesucht, so wie dein Bruder?«

Marcs Augen wirkten traurig. Aber mein Gefühl sagte, dass es nicht meinetwegen war.

»Nein, habe ich nicht. Es war Schicksal, dass wir uns begegnet waren. Aber ich wusste immer, auch wenn ich sie zu ihrem Glück gezwungen hätte, wäre sie nicht weggelaufen.«

»Ich habe auch nicht vor wegzulaufen. Er bräuchte mir keine Elektroden anlegen, nur damit ich bei ihm bleibe.«

»Er verabreicht dir Elektroschocks?«

»Er müsste mir nur beweisen, dass er etwas für mich empfindet. Mehr bräuchte es nicht, um mich zu halten.«

»Er verabreicht dir Elektroschocks?« Seine Stimme klang eindringlich. Die Traurigkeit war aus seinem Gesicht gewichen, einzig die feuchten Augen blieben zurück. Diese standen nun eng beisammen und seine Nasenlöcher weiteten sich.

Noch bevor ich auf seine Frage antworten konnte, öffnete sich plötzlich die Eingangstür und Alex stand im Türrahmen. Als er uns sah, blieb er stehen. Ich spürte sofort die Spannung in der Luft. Keiner sagte etwas, keiner rührte sich.

Bis Marc mit einem Ruck aufstand und zu seinem Koffer ging, der zusammen mit der Reisetasche an der Treppe stand. »Ich räum meine Sachen nach oben, bevor es zu spät ist, und ich jemandem an die Gurgel springe«, schnaubte er in Alex' Richtung und hievte sein Gepäck die Treppe nach oben.

24

»Was hast du ihm erzählt?«, fauchte Alex und kam auf mich zu.

»Nichts«, stammelte ich. Ich wusste nicht, was das sollte. Es ging alles so schnell. Ich versuchte, mich an die letzten Sätze zu erinnern, da packte Alex meine Haare, zog mich vom Stuhl und zerrte mich in sein Büro. Er holte einen Schlüsselbund aus seiner Hosentasche und schloss die Tür auf, ohne meinen Schopf loszulassen. Dann drückte er mich in das Zimmer.

»Leg dich auf den Bauch!«

Ich hatte ihn noch nie so außer sich erlebt. Seine Stimme klang rau und hastig.

Ohne zu zögern, kniete ich mich auf den Boden und legte mich flach auf den Bauch. Ich spürte, dass mir etwas Schlimmes bevorstand, meine Muskeln verkrampften sich, ich hatte keine Ahnung, wie das alles passieren konnte.

Plötzlich spürte ich ein Seil an den Händen. Mehrmals wickelte er es um meine Handgelenke und verknotete die Enden mit hektischen Bewegungen. Dann zog er meinen rechten Fuß nach oben und schnürte ihn an meinen Händen fest. Dasselbe machte er mit meinem linken Fuß. Bis ich verschnürt und bewegungslos vor ihm lag.

»Was hast du Marc erzählt?«

»Ich weiß es nicht.« Tränen tropften aus meinen Augen, nacheinander fielen sie zu Boden. Die Ereignisse prasselten auf mich nieder, ich konnte keinen klaren Gedanken fassen.

Ein schleifendes Geräusch durchschnitt die Luft. Ich drehte den Kopf und sah den Gürtel in seiner Hand.

»Du willst, dass ich deinem Gedächtnis auf die Sprünge helfe?«

Ich keuchte und schüttelte den Kopf.

»Er hat mir erzählt, dass Sie mich in Paris gesehen haben, zusammen mit ihm. Dass Sie mich haben wollten, weil Sie dachten, ich sei die perfekte Sklavin. Ich sagte, dass es nicht reicht. Dass ich mehr will, als nur Ihre Macht spüren. Bitte Alex, ich habe nichts Schlimmes gesagt.«

Eine Zeit lang geschah nichts. Nur mein Schluchzen füllte den Raum. Dann sah ich, wie er den Gürtel auf den Tisch legte und aus dem Büro stürmte.

»Ich kann nicht zulassen, dass du ihr was antust!« hörte ich plötzlich Marc. Er musste im Eingangsbereich gestanden haben, als Alex das Büro verlassen hatte.

»Denkst du wirklich, ich sei mir der Verantwortung meiner Sklavin gegenüber nicht bewusst?« Der Zorn in Alex' Stimme war unüberhörbar. Wenn ich nur daran dachte, dass er mich in dieser Verfassung mit dem Gürtel schlagen wollte, blieb mir allein beim Anblick der vom Schreibtisch herabhängenden Schlaufe die Luft weg.

»Wir haben eine Vereinbarung. Keine Elektroschocks!«, sagte Marc.

»Es war ein E-Plug, Herrgott! Die Stimulation ist so gering, damit könnte ich nicht mal ein Schaf im Gehege halten. Seit das mit Mel passiert ist, übertreibst du es mit deiner Angst.«

»Lass Mel aus dem Spiel!«

»Marc, tu mir einen Gefallen. Überlasse mir, wie ich Lydia erziehe. Ich weiß, was ich tue.«

Dann war es still. Noch einmal versuchte ich, an den Fesseln zu zerren. Vergeblich. Kurze Zeit später hörte ich Schritte. Alex kam ins Büro. Er ging an mir vorbei und ließ sich in seinen Sessel sinken. Ich sah nur seine Hosenbeine unter dem Schreibtisch und konnte nicht erkennen, ob er noch wütend war. Zumindest schien er immer noch aufgebracht, denn sein Fuß tippte ständig gegen die Rollen des Sessels. Ich wünschte, ich wäre nicht da. Diese Seite kannte ich an Alex nicht. Und die Tatsache, dass ich ihm gerade wehrlos ausgeliefert war, zerrte an meinen Nerven. Ich wagte kaum zu atmen.

Dann hörte ich, wie er eine Nummer ins Telefon tippte. Jede Ziffer gab einen leisen Ton von sich.

»Hi Sarina, hier ist Alex. Ich würde es gern auf heute verschieben, hast du in einer halben Stunde Zeit? ... Ich denke schon ... Ja, alles ... Okay, du bist ein Schatz. Bis gleich.«

Als er sich vom Sessel erhob und um den Schreibtisch trat, wagte ich es nicht, ihn anzusehen. Ich spürte, wie er auf mich herabsah. Zu gern wollte ich wissen, was er in dem Moment dachte. Er kam näher und stand jetzt direkt neben mir. Ich schielte kurz nach oben und bemerkte, dass der Gürtel noch auf dem Schreibtisch lag. Zum Glück.

Dann löste sich das Seil von meinen Füßen, bis nur noch meine Hände auf dem Rücken gefesselt waren.

»Steh bitte auf. Wir müssen los.« Seine Stimme klang ruhig. Ich hätte es als ein gutes Zeichen werten können, aber ich hielt mich zurück, weil ich nicht wusste, was er mit mir vorhatte.

***

Ein paar Minuten später saß ich auf dem Beifahrersitz eines roten Sportwagens, den Alex selbst lenkte. Meine Hände waren noch immer auf den Rücken gefesselt, was sehr unbequem war. Ständig versuchte ich eine neue Position zu finden, die nicht irgendwo kniff oder zwickte.

Alex' Gesichtsausdruck hatte sich inzwischen entspannt. Trotzdem wurde ich dieses Bauchgrummeln nicht los, das in mir rumorte, seit wir losgefahren waren. Es gab zu vieles, was ich noch verarbeiten musste. Und dann war da auch noch dieses merkwürdige Telefonat gewesen.

»Wo fahren wir hin?«, fragte ich.

Die Häuser am Straßenrand verdichteten sich und an jeder Kreuzung überholten uns Fahrradfahrer, die das sonnige Wetter für einen Ausflug nutzten. Jedes Mal durchfuhr mich ein Schauder, wenn einer von ihnen an der Scheibe vorbeirollte. Die Vorstellung, jemand könnte bemerken, dass ich halb nackt und gefesselt hier saß, erschreckte und erregte mich zugleich. Durch das Hin- und Herrutschen war der Bund des Shirts so weit nach oben geglitten, dass meine Scham obszön hervorlugte. Sobald ich versuchte, die Beine übereinanderzuschlagen, klatschte mir Alex auf den Schenkel, bis ich sie wieder öffnete. Und sofort tanzte die Erregung einen Freudentanz.

»Du wirst gleich sehen, was dich erwartet. Ich möchte dich heute noch ein wenig leiden sehen. Nachdem du dich meinem Verbot widersetzt hattest und mit Marc über uns gesprochen hast.«

»Ich habe nur, ich musste …«

»Versuch dich besser nicht herauszureden, sonst machst du es noch schlimmer, als es ohnehin schon ist.«

Ich sah aus dem Fenster und dachte über das nach, was Marc mir erzählt hatte.

»Hätten Sie es mir irgendwann gesagt?«, fragte ich.

»Du meinst, dass du von Beginn an meine Sklavin warst? Wahrscheinlich nicht. Aber das wäre auch nicht notwendig gewesen. Ich wusste, dass Marc früher oder später die Bombe platzen lässt.«

»Warum sind Sie dann böse auf mich?«

»Ich bin nicht böse auf dich. Ich möchte dir nur eine Lektion erteilen. Dafür, dass du mein Verbot missachtet hast.«

Er bog in eine Seitenstraße und von dort aus in einen Innenhof, der von hohen Wohnblöcken und kleinen Läden umgeben war. Sonne gab es hier keine, auch keine Pflanzen. Nur parkende Autos und einen großen Müllcontainer, neben dem Alex gerade seinen Wagen parkte. Das Schaufenster des Ladens vor uns war mit schwarzen Schnüren verhangen, an denen ein großer verschnörkelter Pappschriftzug hing, in Neonpink mit dem Wortlaut »S&M Beauty«.

Alex öffnete die Beifahrertür und half mir auszusteigen, indem er meinen Oberarm umklammert hielt. Den ließ er auch nicht mehr los, bis wir durch die offenstehende Glastür den garagengroßen Laden betraten.

Eine Frau um die vierzig mit blonden Ringellocken und fliederfarben geschminkten Augen, passend zur Wand hinter ihr, blickte über die Theke aus dunkelbraunem Ebenholz. Kurz hob sie ihre Brauen, dann stand sie auf.

»Hi. Ich hab mit Sarina gesprochen«, sagte Alex, noch bevor sie einen Ton über die Lippen brachte. »Wir haben den Termin vorverlegt.«

»Ah. Okay. Ich hole sie«, sagte sie mit gerunzelter Stirn und einem Zögern in der Stimme. Dann verschwand sie hinter einem schwarzen Vorhang.

Ich sah mich im spärlich eingerichteten Raum um und hoffte, einen Anhaltspunkt zu finden, was mich hier erwarten würde.

An der Wand hinter der Theke hing ein Schaukasten mit Piercings in verschieden Formen und Größen und davor stand, zwischen zwei Sesseln, ein kleiner Glastisch, auf dem einige

Zeitschriften lagen. Auf einem der Cover war eine nackte Frau abgebildet, um deren Körper sich eine tätowierte Efeuranke schlängelte.

Ich fragte mich, ob er vorhatte, mir noch mehr Schmuck einzusetzen. Oder gar mich tätowieren zu lassen. Als hätte Alex meine Unruhe bemerkt, legte er plötzlich seine Hand auf meine gefesselten Arme.

»Ich will das nicht«, sagte ich schnell und gerade mal so laut, dass er es hören konnte.

»Was willst du nicht?«, fragte er.

Plötzlich trat eine junge Frau mit schwarzen, kinnlangen Haaren durch den Vorhang. Mein Blick haftete sich sofort an das mit Piercings bestückte Gesicht. An den Ohren, der linken Braue und am rechten Nasenflügel steckten kleine Silberringe. Und unter dem Kragen ihres lilafarbenen Kittels lugte eine tätowierte Schlange hervor, die bis zum beringten Ohrläppchen züngelte.

Meine Panik schnürte mir die Luft ab, alles in mir zog sich zusammen. Verzweifelt suchte ich Alex' Blick. Er sah mich nicht an, aber nachdem er gerade meinen Arm umfasste, ging er wohl davon aus, dass ich von hier weg wollte.

»Sarina«, sagte er in diesem charmant singenden Tonfall.

»Hallo Alex«, gab Sarina zurück, schwenkte ihren Blick zu mir und taxierte mich von oben bis unten. Irgendwie empfand ich diesen Blick als Kompliment. Ich wusste genau, was dieses junge Ding jetzt dachte: Was hat sie, was ich nicht habe …

»Na gut«, sagte sie und klatschte in die Hände. »Kommt doch gleich mit. Ich hab schon alles vorbereitet, wir können sofort loslegen.«

Alex' Griff wurde fester, nachdem ich mich keinen Millimeter vom Fleck bewegte. Es störte ihn auch nicht, dass ich versuchte, mich von ihm loszureißen. Er blieb entspannt, als hätte er alles unter Kontrolle. Und das hatte er auch. Natürlich blieb mir keine Möglichkeit, dem Ganzen zu entkommen. Er zog mich einfach mit sich, vorbei an Sarina, die den Vorhang für uns beiseite hielt. Hinein in einen Raum, der nicht viel größer war, als der Vorraum. Es roch süßlich und alles war in Weiß gehalten. Weiße Wände, weißer Fliesenboden, ein weißes Waschbecken und weiße Kästen auf denen verschiedene Behälter und Gerätschaften standen. Nur die Liege, die in der Mitte des Raumes stand, war mit schwarzem Kunstleder gepolstert. An den Seiten hingen schwarze Gurte, die nur zu einem bestimmt waren. Nämlich, mich daran festzuschnallen. Zugegeben, ein aufregender Gedanke – wäre da nicht diese Ungewissheit, die den Gedanken für mich unerträglich machte. Diese Ungewissheit über das, was mich hier erwarten würde.

Alex zupfte gerade an meiner Handfessel, als Sarina an uns vorbeihuschte und sich wartend neben die Liege stellte.

»Zieh bitte dein Shirt aus«, sagte Alex, nachdem er meine Hände vom Seil befreit hatte.

Ich sah ihn an und bettelte mit meinem Blick darum, es nicht tun zu müssen. Ich glaubte tatsächlich, ich könnte ihn davon abbringen, einen Fehler zu begehen.

»Lydia. Zieh dein Shirt aus und leg dich hier drauf«, sein Blick flog kurz auf die Liege, dann wieder zu mir, er traf mich hart. Es war dieser fordernde Blick, mit dem er mich nur anzusehen brauchte und schon durchstreifte ein wohliger Schauder meine Mitte. Aber diesmal war meine Angst größer, als meine Erregung. Ich war wie gelähmt. Ich wollte wissen, was mit mir geschehen sollte. Ob er mir wehtun würde. Ob ich für immer gezeichnet werden sollte. Egal wo ich hinsah, mir machte plötzlich alles Angst. Diese Sarina, wie sie dastand und auf mich wartete. Wie der Teufel in Gestalt eines jungen Mädchens, das durch diese ganzen Ringe im Gesicht durchblicken ließ, dass sie nicht so harmlos war, wie ihr sauberer Kittel vermuten ließ. Diese Liege, die mich festhalten sollte, während etwas mit mir geschehen würde, was ich nicht wollte.

»Was passiert mit mir?«, fragte ich. »Bitte sagen Sie, was Sie mit mir vorhaben.«

»Hab keine Angst. Ich tue nichts, was du nicht auch willst.« Alex lächelte und die Härte wich aus seinem Gesicht. Sein Blick wirkte nun gutmütig, aufmunternd, als wollte er mir sagen, ich könnte ihm vertrauen. Konnte ich das? Sollte ich das? Seit Beginn an forderte er von mir absoluten Gehorsam, aber noch nie hatte er mich überfordert, noch nie hatte er mir Schaden zugefügt. Er brachte mich liebend gern an meine Grenzen, weitete sie immer weiter aus. Aber er behielt stets im Blick, ob ich es ertrug. Als wüsste er genau, was ich brauchte.

Andererseits konnte er sich irren, er könnte jederzeit zu weit gehen. Was machte ihn so sicher, dass ich all das brauchte, was er mir gab?

»Ich will das nicht!«, sagte ich und wich einen Schritt zurück.

Alex hielt mich am Arm fest.

»Du musst«, sagte er. »Ich werde dich dazu zwingen, wenn du es nicht freiwillig tust.«

Dann fasste er um meinen Bauch und zog mir das Shirt über den Kopf. Ich schlug um mich, windete mich in seinem festen Griff. Doch er ließ sich nicht davon abbringen, drückte mich zur Liege und hob mich hoch, bis meine Füße in der Luft strampelten. Dann spürte ich das kalte Kunstleder unter mir. Plötzlich legte sich etwas über meinen Bauch, drückte sich in mein Fleisch, je mehr ich mich bewegte. Ein Gurt. Sarina schloss gerade die Schnalle, dann stand sie links neben mir. Ich fühlte mich vom Geschehen überrumpelt. Mein Blick krallte sich an Alex fest, während er dicht neben mir stand, sich über mich beugte und meine Oberarme auf die Liege presste. Sarina stand auf der anderen Seite, beugte sich ebenfalls über mich. Ich sah ihre Gesichter, wie sie mich überschatteten, wie sie über mich walteten. Ein weiterer Gurt legte sich plötzlich um meinen Hals. Ich atmete hektisch. Schaffte es nicht mehr, mich aufzurichten, ohne dass der Gurt mir die Luft abschnürte. Die Tränen begannen, aus meinen Augen zu laufen. Ich wollte das nicht. Ich wollte das nicht!

»Bitte«, flehte ich. »Warum tun Sie das?«

Zwei weitere Gurte umspannten meine Oberarme und meine Handgelenke.

Plötzlich schob Sarina die Liegefläche, auf der mein linker Arm lag, in einem Bogen nach außen, bis sie oberhalb meines Kopfes einrastete. Das Gleiche machte Alex bei meinem rechten Arm.

Ich wollte mich losreißen, aufspringen und weglaufen. Doch die Gurte hielten mich fest. Dann packten sie meine Füße, jeder von ihnen einen, drückten sie gegen meinen Widerstand nach unten und schnallte sie ebenfalls an der Liege fest. Als wären die Gurte nicht schon straff genug, zog Sarina jeden Einzelnen noch penibel nach. Bis sie sich tief in mein Fleisch drückten.

»Wir sollten ihr einen Beißknebel anlegen, denn nachdem wir alles auf einmal machen, könnte es etwas schmerzhaft werden«, sagte Sarina, als wäre es das Normalste der Welt. Alex nickte.

Ich holte Luft.

»Was meint sie mit ›alles‹?«, fragte ich und blickte gebannt auf Alex, der am Fußende der Liege stand.

»Glaub mir, es ist nur zu deinem Besten. Du wirst mir dankbar sein, wenn wir hier fertig sind. Du vertraust mir doch, oder?«

Ja. Nein. Die Angst ließ mich zweifeln.

Er legte seine Hand auf mein Bein. »Du vertraust mir doch, oder?«

Ich nickte. Auch wenn ich mir diesmal nicht sicher war.

Sarina kam mit einem schwarzen Stab wieder, an dem zwei Lederriemen baumelten. Ohne zu zögern, steckte sie mir den Gummistab längs zwischen die Zähne und verschloss die Riemen am Hinterkopf. Dabei hob sie meinen Kopf so weit an, dass der Gurt um meinen Hals mich strangulierte. Doch das war ihr egal. Hauptsache, der Stab saß tief genug im Mund.

»Möchtest du etwas trinken, Alex? Eine halbe Stunde wird es schon dauern, bis wir fertig sind«, bot Sarina an.

»Ich müsste noch was erledigen und würde einfach in einer halben Stunde wiederkommen. Dann störe ich dich auch nicht beim Arbeiten.«

Ich suchte seinen Blick, um mich zu vergewissern, dass er mir nur einen Schrecken einjagen wollte.

»Ach Quatsch, du störst doch nicht. Aber ich richte mich ganz nach dir«, hörte ich Sarina sagen. Ich konnte sie nicht sehen, sie musste irgendwo hinter mir stehen.

Alex schien es tatsächlich ernst zu meinen. Er hängte mein Shirt an einen der Kleiderhaken und bewegte sich zum Vorhang. Nur ein Bruchteil meiner verzweifelten Worte schaffte es am Knebel vorbei. Doch er ging nicht darauf ein.

Nach einem kurzen »dann bis später«, verschwand er durch den Vorhang.

Ich war entsetzt. Er konnte mich doch nicht mit diesem Freak allein lassen!

»Dann starten wir mal«, sagte Sarina, mehr zu sich selbst, als zu mir. In der einen Hand hielt sie einen hellgrauen Behälter und in der anderen einen Holzspatel. Als sie den Spatel in den Behälter tauchte und mit einer dunkelbraunen Masse bedeckt wieder herausholte, ahnte ich, worauf es hinauslief. Und plötzlich wusste ich auch, weshalb ich kein Rasierzeug im Bad hatte. Alex wollte meinen Haaren längerfristig zu Leibe rücken. Meine einzige Sorge war nur, dass es dabei nicht bleiben würde. Zu gern hätte ich Sarina mit Fragen bombardiert. Ob sie vorhatte, mich mit Ringen oder Steckern auszustaffieren. An welchen Stellen ich diese gesteckt bekommen sollte und ob ich lange leiden müsste. Doch das ging nicht, denn der Knebel behinderte meine Zunge, was zur Folge hatte, dass alles, was ich rausbekam, kein Mensch verstand. Mir blieb nichts anderes übrig, als zu warten und zu hoffen.

Ein warmer Belag bedeckte meine Haut, als sie die Paste auf meinen Unterschenkel schmierte, mit dem Spatel breitflächig verteilte und andrückte. Ich wusste, dass dieses angenehme Gefühl nur der Vorbote des Schmerzes war, den ich gleich empfinden würde. Und schon machte es ritsch und der Schmerz zischte für einen kurzen Moment durch meine Poren.

Zugegeben, an den Beinen war diese Prozedur noch erträglich, auch an den Achseln konnte ich das grelle Ziepen gut wegstecken. Doch das Schlimmste hatte sie sich bis zum Schluss aufgehoben. Sorgfältig trug sie die Paste auf meiner rechten Schamlippe auf. Anstatt sie großzügig zu verteilen und in rasantem Tempo abzuziehen, quälte sie mich, indem sie nur kleinste Stellen bedeckte und nahezu genüsslich daran zupfte, bis sie endlich die wenigen Haare samt Wurzel aus der Haut gezogen hatte. Ich zählte schon nicht mehr mit, wie oft ich inzwischen den Schmerz herausquiekte. Jedes Mal biss ich so fest in den Knebel, dass ich mir sicher war, er trug bereits einen Abdruck meiner Eckzähne. Doch da war nicht nur der Schmerz, den ich empfand. Sobald sie das Wachs andrückte, streifte und wälzte sie mit dem Finger über meinen Kitzler. Ob sie es absichtlich oder unbewusst tat, konnte ich nicht einschätzen. Zumindest trieb sie dadurch eine Woge der Erregung durch mein Zentrum, auf die sich meine ganze Konzentration richtete, bevor der Schmerz zupackte.

Irgendwann stellte sie den Behälter auf den Kasten und hielt kurz darauf eine Sprühflasche in der Hand, mit der sie die behandelten Stellen besprühte. Wie ein kühler Nebel legte sich die Flüssigkeit auf meine gereizte Haut. Ich schloss die Augen und hoffte, das schöne Gefühl würde noch lange andauern.

»Oh, Alex, was für ein Timing, wir sind gerade fertig«, sagte Sarina.

Ich öffnete die Augen und sah, wie er sich neben mich stellte und meine kahlen Stellen betrachtete. Sein Gesicht wirkte zufrieden und allein das zu sehen, ließ in mir alles aufblühen. Zumal ich davon ausging, dass mein Aufenthalt zu Ende war.

»Sollten wir noch ein kleines Ringlein setzen?«, fragte Sarina und hielt einen dicken Silberring, für den die Bezeichnung Ringlein eine maßlose Untertreibung war, an meine Nasenscheidewand.

Mit weit geöffneten Augen starrte ich zu Alex. Während er nachdenklich auf den Ring blickte und mit den Fingern an der Unterlippe zupfte.

»Er hätte den Vorteil, dass du daran eine Leine befestigen könntest, mit der du deine Sklavin nach Belieben anleinen kannst«, fuhr Sarina fort, drehte sich um und holte eine zwei Meter lange, filigrane Silberkette aus einer Schublade, an dessen

Ende ein Vorhängeschloss hing.

Der Gedanke, diese Teile am Körper tragen zu müssen, machte mich wahnsinnig. Wie eine Besessene schüttelte ich den Kopf und versuchte, Alex davon abzubringen.

25

Es waren Minuten, in denen ich mein Vertrauen gegenüber Alex infrage gestellt hatte. Inzwischen war mir klar, es war nicht nur wegen meines Widerstandes gewesen, dass er sich gegen den Ring entschieden hatte. Es gab noch einen anderen Grund: Marc hatte bei seiner Ankunft ein Geschenk für mich mitgebracht, das denselben Zweck erfüllte, wie dieser Nasenring.

Als wir zu Hause waren, packte Alex das Thai Curry aus, das er auf dem Nachhauseweg beim Asiaten abgeholt hatte, und richtete es auf zwei Tellern an. Sogar eine weiße Kerze stellte er in die Mitte des Tisches. Und als wir dann mit dem Essen fertig waren, schob er mir die schwarze Schatulle mit der roten Satinschleife über den Esstisch.

»Das ist für dich, von Marc«, sagte er.

»Warum gibt er es mir nicht selbst?«

»Er ist heute in der Stadt und kommt erst später wieder. Er bat mich, es dir zu geben.«

Zuerst war ich überrascht, doch schon bald verflog mein Übermut. Alex blickte mich so lauernd an, dass ich nur auf eine Gemeinheit schließen konnte, die ihm vermutlich mehr gefiel als mir. Skeptisch beäugte ich die Schatulle. Sie war etwa so groß, wie eine Pralinenschachtel und mutete durch den Samtbezug sehr edel an.

Ich fasste das rote Band, zog die Schleife auf und legte sie zur Seite. Dann klappte ich den Deckel nach oben. Sofort raste ein Kribbeln durch meinen Körper. Gebannt starrte ich auf den Inhalt.

Es war ein Halsreif aus massivem Silber. Flach gearbeitet, dennoch, für ein Schmuckstück war er viel zu breit und wuchtig. Ich schätzte ihn auf fünf Zentimeter, wenn nicht sogar breiter und an der Vorderseite war ein stolzer Ring befestigt. In der Mitte der Schatulle lagen zwei Metallstifte, mit denen die offenen Enden des Reifs verschlossen werden konnten – und zwar unwiderruflich. Zumindest würde ich irgendwelches Werkzeug brauchen, um die Stifte wieder herauszubekommen.

»Willst du mich nicht bitten, ihn dir anzulegen?«, fragte Alex, während ich stumm auf das glänzende Metall blickte. Ich sah zu ihm auf und wusste nicht, was ich darauf sagen sollte. Der Gedanke schreckte mich. Plötzlich war mir lieber, er würde einfach um den Tisch kommen und mir das Teil um den Hals schnallen. Mich vor vollendete Tatsachen stellen. Doch er verlangte, dass ich ihn darum bat. Er wollte es aus meinem Mund hören, es zu meinem eigenen Willen machen. Und das Banale war, ich wollte es tatsächlich. Ich wollte dieses Zeichen an mir tragen, das mich immer wissen ließ, dass ich seine Sklavin war. Doch es war so schwer, diesen Wunsch zu äußern. Es war, als würde ich mich mit diesem einen Satz verraten. Ich wusste, dass es für mich eine Grenze war, die es zu überwinden galt, aber ich brachte nicht den Mut auf, es zu tun.

Ich schüttelte den Kopf. Denn ich konnte es nicht. Ich wollte mir nicht eingestehen, dass ich das war, was ich nie sein wollte.

Plötzlich zog er die Schatulle zu sich und stand auf.

»Na gut, vielleicht sollten wir die noch ausstehende Strafe vorziehen. Möglicherweise fällt es dir danach leichter, dich deiner Bestimmung zu stellen.«

»Strafe?«

»Oh, ich helfe dir gern auf die Sprünge. Hatte ich nicht zu dir gesagt, du sollst vor der Tür auf mich warten, während ich Marc vom Flughafen abhole? Wir wissen beide, dass du dich nicht daran gehalten hast. Dachtest du wirklich, du würdest ungestraft davonkommen?«

Ich schluckte schwer. Ja, vielleicht hatte ich das wirklich gedacht. Zumindest hatte ich gehofft, dass er es nicht mehr wusste, nach dem Trubel mit Marc.

»Steh auf!«, herrschte er mich an.

Sein Ton traf mich mit solcher Wucht, dass ich nicht mal ansatzweise einen Gedanken daran verschwendete, es nicht zu tun. Meine Beine begannen zu zittern, als er den Stuhl nach hinten schob und langsam um den Tisch schritt. Die Erregung flammte in mir auf, vermischte sich mit angstvoller Erwartung.

»Du wirst mich mit deinem Mund verwöhnen. Und damit das Ganze nicht nur mein Vergnügen bleibt, werden wir etwas Romantik ins Spiel bringen.«

Er blies die Kerze aus und zog sie aus dem Ständer.

»Knie dich auf den Boden und beuge dich nach vorn. Ich möchte alles sehen können, was dein hübscher Hintern mir zu bieten hat.«

Es klimperte, als er den Gürtel aus der Hose zog. Ich zögerte keine Sekunde und kniete mich auf den Boden, beugte meinen Oberkörper nach vorn und stützte mich mit den Ellenbogen ab. Dann spreizte ich die Schenkel und gewährte ihm die Sicht auf meine beiden Öffnungen. Ich mochte es, nackt vor ihm zu knien. Allein wie er mich ansah, so von oben herab. Es zeigte mir, dass er Macht über mich besaß. Er allein bestimmte, was mit mir zu geschehen hatte. Während mir nichts übrig blieb, als es hinzunehmen. Es war ein berauschendes Gefühl ihm untergeben zu sein. In meinem Schoß wimmelte es. Meine

Scheide zog sich sehnsuchtsvoll zusammen. Allein dadurch, wie er über mir stand, so überschattend und einnehmend. Er musste mich nicht einmal berühren.

Gemächlich schritt er um mich herum und blieb hinter mir stehen. Ich wusste, er kostete den Anblick aus. Sekundenlang herrschte Stille. Ein Luftzug streifte meine Haut, als er in die Knie ging und den Gürtel neben mich legte. Als wollte er, dass ich ihn im Blick behielt. Ich sollte wohl wissen, was mich erwartete, wenn ich nicht alles tat, was er von mir verlangte. Und allein das brachte meine Lust zum flackern.

Plötzlich berührte sein Finger meine enge Öffnung. Langsam bewegte er sich über die Rosette. Ich zuckte und drehte den Kopf in seine Richtung.

»Blick auf den Boden!« Seine Worte lösten einen Schauder in mir aus. Gehorsam neigte ich den Kopf und fixierte die sich kreuzenden Fugen der Steinplatten. Warum nur erregte mich das so? Er verfügte über meinen Körper, wie es ihm beliebte und meine Endorphine dankten es ihm. War das normal?

Mehrmals kreiste er über meine enge Öffnung und drückte sich langsam aber bestimmt in mein Inneres. Ein Looping nach dem anderen wirbelte durch meinen Körper, bis sich ein beunruhigender Gedanke aufdrängte: Das konnte unmöglich sein Finger sein! Dazu war es viel zu glatt, zu gleichmäßig geformt und eindeutig zu lang. Ich öffnete den Mund, um Luft zu holen. War es etwa die Kerze, die er in meinen Darm drückte? Der Gedanke erschreckte mich. Ich ahnte, dass er sie anzünden würde, dass das Wachs auf meine Schenkel tropfen würde, während ich ihm einen blies. Ich fürchtete den Schmerz, weil ich nicht wusste, wie er sich anfühlte, ob ich ihn aushalten würde. Ich rutschte unruhig hin und her. Hörte für einen flüchtigen Moment das Klimpern der Gürtelschnalle und schon zog er mir den Riemen über die Hinterbacke.

»Halt still«, sagte er und drehte die Kerze noch tiefer in mich. Mein Anus kribbelte.

Als der lange Schaft tief genug in mir steckte, schob Alex meine Beine aneinander und legte den Gürtel oberhalb der Knie um meine Oberschenkel, zurrte ihn fest und verschloss die Gürtelschnalle, sodass ich die Beine nicht mehr öffnen konnte. Dann stand er auf und ging an mir vorbei. Ich wagte nicht, den Kopf zu heben und doch überlegte ich, ob ich es tun sollte. Weil ich wissen wollte, welche Gemeinheit er noch geplant hatte. Meine Haare hingen wie ein Vorhang um mein Gesicht, sodass ich nichts sehen konnte. Unruhig bewegte ich den Hintern. Mein Schließmuskel arbeitete ununterbrochen daran, das lange Teil aus dem Gesäß zu drücken. Die Lust pulsierte erwartungsvoll zwischen meinen Schenkeln, als hätte sie sich gegen mich verschworen. Ich hörte ein Klappern. Eine Schublade schloss sich. Dann näherten sich Schritte. Er trat wieder hinter mich. Ein Reißen surrte durch die Luft. Es war ohne Zweifel Klebeband, das er gerade von der Rolle zog. Schon haftete es an meinem Knöchel. Alex hob meine Waden an und umwickelte sie mehrmals.

Plötzlich schnipste das Feuerzeug. Die warme Flamme näherte sich meinem Gesäß. Die Lust brodelte in mir und meine Mitte kribbelte, während sich Beine, Hintern und Atem verkrampften.

»Es liegt an dir, wie lange du deine Strafe ertragen willst«, sagte Alex und stellte sich vor mich. Ein leichter Windstoß blies mir das Haar aus dem Gesicht, als seine Hose nach unten fiel und sich um seine Beine schichtete. Ich hielt den Atem an, wartete auf den ersten Tropfen, der vermutlich nicht mehr lange auf sich warten ließ.

»Fang an und gib dein Bestes. Und vergiss nicht, mich dabei anzusehen. Ich möchte jeden fallenden Tropfen in deinem Gesicht erkennen.«

Ich hob den Kopf und sah ihn an, schon fiel der erste Tropfen. Brannte sich für eine Sekunde in meinen Schenkel. Ich bemerkte die Anspannung in meinem Gesicht und die Entspannung in seinem.

Je weiter ich den Körper aufrichtete, desto schneller tropfte das Wachs. Es zwickte wie glühende Funken in die Haut.

Ich legte die Hände um den Ansatz seines Glieds und züngelte über die Eichel. Noch gab er sich unbeeindruckt. Er schien in sich zu ruhen. Im Gegensatz zu mir. Meine Klitoris pochte, während die heißen Tropfen im Sekundentakt auf die Schenkel fielen und mir ein Zucken durch den Körper schickten. Es folgten immer mehr in immer kürzeren Abständen. Das Brennen wurde zu einem flammenden Teppich, kaum ließ der eine nach, brannte schon der nächste. Ich konnte das Gefühl kaum beschreiben. Dieser Schmerzregen verknüpft mit dem Wissen, dass er mich unterwarf, zog mich in einen Zustand, der mich vollkommen einnahm. Es machte mich immer gieriger. Ich sah seine wachsende Erregung und fühlte die Ungeduld.

Ich spürte, wie die heißen Wachsfäden über meine Haut rannen. Wie sie kurz brannten und sich dann mit der Haut verklebten. Ich schloss die Augen, weil es mir schwerfiel, mich auf alles gleichzeitig zu konzentrieren. Auf meine Zunge, meine Unruhe und diesen brennenden Schmerz.

Plötzlich entzog er sich mir. Meine Hände griffen ins Leere. Das Wachs tropfte weiter und mein Blick suchte nach einer Erklärung. Er stand einen Schritt von mir entfernt und sah mich skeptisch an.

»Du scheinst deine Strafe nicht sehr ernst zu nehmen.«

»Doch das tue ich«, sagte ich schnell. Ich tat es wirklich. Was blieb mir auch anderes übrig? Das Wachs rann weiter. Ich hatte keine Ahnung, wie weit die Kerze in mir steckte, wie viel Zeit mir noch blieb, bis die Flamme meinen Hintern erreichen würde. Bitte, flehte ich still. Bitte, ich will weiter machen. Er wollte mich herausfordern, das wusste ich.

»Bitte, Alex«, murmelte ich.

Eine Zeit lang stand er nur da und lächelte mich an. Ich kam mir so erbärmlich vor. Wie ein winselndes Lustbündel, das nichts anderes wollte, als seinen Schwanz.

Er trat zu mir und schon wippte mir sein Glied entgegen. Sofort umhüllte ich es mit den Händen und begann, mich daran festzusaugen, ließ die Zunge um den Schaft gleiten und leckte über die kleine Öffnung und den Ansatz der Vorhaut – ohne den Blick von ihm zu wenden.

Ich spürte seine Lust, seine Macht und das heiße Wachs, das mich bestrafte. Es war ein so aufregendes, nervenzerreißendes Gefühl. Plötzlich, vollkommen unerwartet, spürte ich sein Zucken und hörte ein leises Stöhnen. Der Samen schoss durch das harte Fleisch und ergoss sich in pulsierenden Schüben in meinem Mund. Ich schluckte die warme Masse sofort hinunter. Eine Weile behielt ich seinen Phallus noch im Mund, dann leckte ich darüber und ließ keine Ritze aus. Bis er sich vollkommen sauber aus mir zurückzog und mit der Hand meinen Kopf berührte. Zuerst glaubte ich, er wollte mich liebkosen, doch schon bald erkannte ich, dass er mich zu Boden drückte. Erst als meine glühende Wange auf der kalten Steinplatte lag und mein Hintern in die Luft ragte, ließ er mich los. Der süß-herbe Rauch drang zu mir, als er die Kerze ausgeblasen hatte. Doch er ließ sie stecken, entfernte nur das Klebeband von meinen Knöcheln und den Gürtel von den Beinen. Das Wachs klebte angenehm warm an meinen Waden.

»Halt still, meine Sklavin«, sagte er.

Die Aufregung flatterte durch meinen Bauchraum. Mein Atem ging flach und ich wagte es nicht, mich zu widersetzen.

Der Gürtel fauchte durch die Luft und schmetterte mit einem lauten Klatschen das Wachs von meinen Beinen. Ein dumpfer Schmerz drückte sich in meine Waden. Dann folgten der Zweite und der Dritte. Die Schmerzwelle schwappte bis zum Unterleib. Ich zitterte und wimmerte. Noch immer rutschten die Wachsbrocken vom Schenkel. Noch immer hörte er nicht auf, zu schlagen. Der beißende Schmerz begann, sich in eine beinahe unerträgliche Lust zu verwandeln. Ich stöhnte und seufzte.

Dann war es still. Was blieb, war ein Pulsieren, das ich im ganzen Körper spürte. Mein Beckenboden zuckte, trieb Funken durch mein Zentrum. Das Verlangen loderte in mir. Ich wusste, nur eine Berührung an der richtigen Stelle und ich stand in Flammen.

Er streichelte über meinen Rücken und öffnete meine Schenkel. Meine Beine drängten das Wachs beiseite, einige Brocken pressten sich in die Unterschenkel. Er packte meine Hüften und drehte mir die Kerze aus dem Hintern. So langsam, dass ich vor Lust erschauderte. Ich wollte nur noch eins: ihn in mir spüren.

Seine Eichel drückte sich verheißungsvoll an meine Scheide. Doch er triezte mich. Steckte nur seine Penisspitze in meine Vagina und verharrte in der Position.

Ich drängte mich ihm entgegen, wollte, dass er sich tiefer in mich schob. Mein Mund öffnete sich weit, als er mir den Gürtel auf den Hintern klatschte. Ich hechelte in den Schmerz und diese pure Lust.

»Halt still!«, ermahnte er mich.

Seine Finger spielten mit meinen Schamlippen, streichelten sie und tauchten hin und wieder durch den Spalt. Flüchtig streifte er über meinen Kitzler, legte seine Finger dann auf den Damm und näherte sich, wieder nach oben gleitend, langsam aber bestimmt meiner Klitoris. Ich bebte vor Verlangen. Es ging mir alles viel zu langsam.

Ich wollte, dass er mich rieb, ich wollte ihn in mir spüren, so tief es nur ging. Alle Empfindungen überrollten mich, setzten meinen Verstand außer Kontrolle. Ich fühlte mich als Gast im eigenen Körper. Vollkommen klar und hautnah erlebte ich das Spektakel mit. Fühlte mich von seiner Aura berührt. Sanft. Viel zu sanft. Der einzige Gedanke, der sich durch meine Gehirnwindungen arbeitete, war: Was macht er mit mir? Warum hält er mich so lange hin? Er streichelte mir über den Rücken. Küsste mich. Packte mich sanft an den Hüften und zog mich zu sich. Sein Penis verließ mein Zentrum. Warum? Er streifte meine Haare von der Schulter, küsste mich auch dort. Was war nur mit ihm los? Er fiel so zärtlich über mich her. Nicht, dass es mir nicht gefiel. Es war ein schönes Gefühl. Es irritierte mich nur. Er drehte mich zur Seite und legte seine Hand an meinen Nacken, dann drückte er mich sanft auf den Rücken. Ich spürte die Wachsbrocken unter mir und seine streichelnde Hand auf mir. Zärtlich strich sie über meinen Bauch und um die Brust. Er sah mich an, bekundete meinen Körper, bedeckte ihn immer wieder mit Küssen. Ich schloss die Augen und gab mich diesen kostbaren Berührungen hin. Ich wollte mich nicht länger mit der Frage quälen, warum er das tat. Ich wollte es genießen, seine Nähe spüren, mich ihm voll und ganz hingeben. Sanft ließ er seine seidenglatten

Finger über mein Gesicht und durch meine Haare gleiten. Zart schlängelten seine Fingerspitzen über meinen Arm. Die vielen Küsse hinterließen einen warmen Hauch auf meiner Haut. Es wirkte so beruhigend, lieblich. Allein dieses stille Erdulden hinterließ ein Prickeln in mir. Jeder noch nicht liebkoste Bereich meines Körpers, auf den er gerade zusteuerte, begann sich nach seiner Berührung zu sehnen. Ich sank ins Bodenlose und spürte nur noch seine Hand, seine Lippen. So zärtlich, so anders. Seine Finger teilten meine Schamlippen, und alles in mir war darauf vorbereitet. Mit einem tiefen Seufzen quittierte ich die honigsüße Erwartung. Ich fühlte die Lust, sie blühte auf wie eine Knospe. Ich verzerrte mich nach Alex, nach seinen Berührungen, seiner Männlichkeit, tief in mir. Ich wollte ihn mit den Armen umschlingen, ihn nicht mehr loslassen. Zwei Mal glitt sein Finger über meine Klitoris und ich wusste, ich war so weit.

»Bitte, darf ich kommen«, flüsterte ich.

Plötzlich nahm er die Hand weg. Entzog mir seine Nähe. Ich riss die Augen auf. Was war passiert? Es dauerte Sekunden, in denen ich versuchte, seinen Blick zu deuten, ehe er zur Seite sah und mit einem Ruck aufstand.

»Nein«, sagte er.

Er ging zum Tisch und blieb mit dem Rücken zu mir stehen. Ich starrte ihn an, schaffte es nicht mal zu blinzeln. Was war nur mit ihm los? Lag es an mir? Es musste an mir liegen. Warum sonst verhielt er sich so merkwürdig?

»Es tut mir leid. Wegen heute Nachmittag ... es war unmöglich, wie ich mich aufgeführt hatte. Ich hätte Ihnen vertrauen sollen.«

Er schüttelte den Kopf. Dann drehte er sich zu mir.

»Es braucht dir nicht leidzutun. Es ist ganz normal, dass

du hin und wieder zweifelst. Noch ist deine Angst stärker, als das Vertrauen. Es dauert seine Zeit, bis du dich mir bedingungslos übergibst.«

»Wenn Sie mich verstehen, warum erlauben Sie mir dann keinen Orgasmus?«

»Es liegt nicht daran, dass du mir nicht vertraut hast. Ich bestrafe dich nicht dafür, dass du dich bei Sarina widersetzt hast. Ich habe dich bestraft, weil du trotz Befehl nicht an der Tür auf uns gewartet hast. Nur deshalb hast du dir keinen Orgasmus verdient.«

Ich nickte. Und gleichzeitig schämte ich mich für meinen Ungehorsam. Ich wollte ihn nicht enttäuschen.

Alex kam zu mir, kniete sich neben mich und zog mich in die Arme.

»Es ist gut. Hab einfach Geduld«, sagte er und streichelte mir über den Kopf. Ich fühlte mich wohl in seiner Nähe und nahm mir fest vor, in Zukunft zu gehorchen.

»Es ist spät und wir haben noch etwas zu erledigen. Bevor Marc nach Hause kommt«, sagte er und löste die Umarmung.

Was meinte er?

Er stand auf und ging zum Tisch. Als er sich wieder zu mir drehte, hielt er den Halsreif in den Händen. Ich schluckte.

»Na los, meine Sklavin, worauf wartest du? Knie dich hin.« Er trat zu mir. Da war er wieder, dieser intensive Blick, der meine aufgescheuchten Gedanken zur Ordnung zwang.

Als ich seinen männlichen Körper direkt vor mir sah, raste ein Schauer über meinen Rücken. Es erregte mich. Nein, *er* erregte mich. Wie er vor mir stand. So stark, einnehmend. Er drückte meinen Kopf nach unten.

»Nimm die Haare nach oben, damit ich ihn dir anlegen kann.« Seine Stimme klang beherrscht und ruhig.

Ich hob die Haare und schon legte sich das kalte Metall um meinen Hals.

Auch wenn er nicht von mir verlangt hatte, dass ich ihn anflehte, mich in das Metall einzuschließen, fühlte ich mich doch dazu erniedrigt, mich ihm darzubieten. Allein wie ich vor ihm kniete, als wäre es eine Ehre, diesen Reif in Empfang zu nehmen. Und als er ihn mit den Metallstiften endgültig verschloss, ergriff mich unbändiger Stolz. Ich ließ die Haare los und sah zu ihm auf. Sein Blick wirkte zufrieden. Der Reif lag eng an, ich spürte ihn deutlich. Er war schwer und breit, verdeckte fast den ganzen Hals. Im ersten Moment glaubte ich, er würde mir die Luft abschnüren, doch ich konnte ganz normal atmen und schlucken. Wenn es mir auch schwerfiel, den Kopf komplett zu neigen, so schenkte mir dieser Reif ein Gefühl von Erhabenheit und stachelte meine unbefriedigte Lust aufs Neue an.

»Jetzt trägst du das Zeichen einer Sklavin«, sagte Alex. Ein Lächeln umspielte seine Mundwinkel. Ich sah das Funkeln in seinen Augen und hoffte, er würde weitermachen, wo er vorhin aufgehört hatte. Meine Scham war immer noch geschwollen und mit Lust getränkt.

»Steh bitte auf und geh dich waschen. Ich erwarte dich später hier unten.«

***

Als ich mein Zimmer betrat und die Tür hinter mir schloss, stand ich erst mal nur verloren da. Ich gierte nach Erlösung und mein Verlangen war so heftig, dass es schmerzte. Kurz überlegte ich sogar, mich auf die Gummidildos des Trainingsgeräts zu setzen, die mich mit ihrem Anblick provozierten. Nein, wenn, dann wollte ich, dass Alex es war. Ich wollte ihn in mir spüren, nicht diese Kunstzapfen.

Unter der Dusche musste ich nur kurz den Duschkopf an meine Scham halten, um sie zu waschen, schon surrten die Schwingungen durch meine Mitte. Ich wollte wirklich stark sein. Ich hatte mir fest vorgenommen, mich zu bessern. Aber dieser Strahl war einfach zu verlockend. Es waren nur wenige Sekunden und ich spürte das Finale. Spürte, wie es sich aufbaute. Schnell zog ich den Strahl zurück. Und sofort pochte meine Vagina, als wollte sie mir sagen, ich soll weiter machen. Noch ein bisschen, dachte ich, ein bisschen geht noch. Dann höre ich auf. Nur das schöne Gefühl auskosten. Mehr nicht. Doch es war wie eine Sucht. Ich konnte einfach nicht aufhören. Ich nahm den Strahl weg und hielt ihn wieder hin, nur um das milde Prickeln auszukosten. Bis sich der Orgasmus der Oberfläche näherte, wie eine Luftblase im Wasser. Rasant und unaufhaltsam. Und obwohl ich geglaubt hatte, alles unter Kontrolle zu haben, brach er urplötzlich über mich herein, perlte durch die Beine, bis hinab in die Zehenspitzen. Ich stöhnte und keuchte. Die Leichtigkeit wirbelte meine Empfindungen in die Lüfte. Ich atmete tief, ehe das Schuldgefühl mich wieder auffing und ich zu Boden sackte.

Regungslos blieb ich sitzen, das Wasser prasselte auf mich herab. Ich ärgerte mich über mich selbst. Was für ein Schwächling ich doch war und ob es das wert gewesen war. Ich fühlte mich, jetzt wo ich bekommen hatte, was ich wollte, schlechter als zuvor. Eine Zeit lang starrte ich ins Leere und ging mit mir selbst ins Gericht. Hielt mir vor, eine schlechte Sklavin zu sein. Es war nur eine Frage der Zeit, bis Alex das auffiel und er mich nicht mehr haben wollte.

Ich trocknete mich ab und holte ein weißes Shirt aus der Kommode. Wenn ich schon nicht unschuldig war, dann sollte wenigstens das Weiß des Shirts meine Lüge decken.

Ich öffnete gerade die Zimmertür und setzte einen Fuß in den Flur, da trat Alex aus einem Nebenraum.

Eine gefühlte Ewigkeit sahen wir uns an. Ich überlegte, was ich sagen sollte, doch mir fehlten die richtigen Worte. Dann deutete er zur Treppe und ging direkt hinter mir nach unten. Egal wie selbstbewusst ich mich gab, ich hatte das Gefühl, alles an mir verriet mich. Meine Bewegungen, mein Atem, meine Aura. Alles schien ihm zuzurufen: Bestrafe sie, sie hat es getan. Und das Schlimmste war, ein Teil von mir wollte das sogar. Ich wollte, dass er mich bestrafte. Ich liebte dieses Gemisch aus Angst und Erregung, das mich jedes Mal durchströmte, wenn dieser Blick mich traf. Dieser wissende, lüsterne Blick.

26

»Trink auch ein Glas«, sagte Marc und wollte mir gerade roten Wein einschenken.

»Sie bleibt bei Wasser«, sagte Alex und drückte die Flasche nach unten, bevor auch nur ein Tropfen den Flaschenhals verlassen hatte.

Bis genau zu diesem Zeitpunkt hatten sich die beiden erstaunlich gut verstanden. Marc war gut gelaunt zur Tür reingekommen, wenige Minuten, nachdem wir die Treppe nach unten gegangen waren. Er hatte eine Flasche Wein mitgebracht, die er zur Feier des Tages entkorken wollte. Er erzählte von der Eigentumswohnung, die er sich heute gekauft hatte und welchen Ärger er mit dem Immobilienmakler hatte, bis sie sich auf einen annehmbaren Preis von sechshunderttausend Euro einigen konnten. Eine Menge Geld, wie ich fand. Aber für sie schien es eine Summe zu sein, mit der man sich mal eben eine schicke Wohnung leisten wollte. Ich konnte nicht sagen, dass ich als Dolmetscherin schlecht verdient hatte. Ich musste mir um meine Zukunft sicher keine Sorgen machen. Die Hotels, in denen ich mich quartiert hatte, waren keine heruntergekommenen Einöden gewesen, mit denen sich Touristen ihre Städtetouren erschwinglich hielten. Aber Alex und Marc lebten in einer Welt, die einige Stufen über meinem finanzierbaren Level lag. Sie nahmen sich einfach, was sie wollten. Und wenn es nur eine Sklavin war.

Aus dieser einen Flasche Wein wurden schnell zwei und die Stimmung der beiden immer ausgelassener. Während ich mich mit Wasser zu begnügen hatte und auch nur nach Aufforderung etwas sagen durfte. Ich hielt mich dran, weil ich es Alex und mir beweisen wollte. Und weil ich hoffte, dass er mich das nächste Mal mit einem Orgasmus dafür belohnen würde.

»Ach komm schon«, sagte Marc. »Ein bisschen Alkohol hat noch niemandem geschadet.«

»Ich entscheide das, Marc«, sagte Alex und sah ihn eindringlich an. »Sie ist *meine* Sklavin.«

»Aber zu verdanken hast du sie mir.«

»Dann hätte ich eine andere genommen.«

»Klar«, meinte Marc belustigt.

»Was soll das?«, zischte Alex.

»Tu nicht so, als wäre sie nicht erste Wahl gewesen.«

»Es gibt genügend andere Frauen, die mich reizen. Sie ist nur irgendeine Sklavin. Ein Spielzeug in meiner Sammlung, nichts weiter.« Sein Blick fixierte das Weinglas, während er sich darüber ausließ, wie wenig ich ihm bedeutete.

Mein Blut sackte schlagartig nach unten, ich fühlte mich plötzlich ganz leer. Er sah mich nicht einmal an. Als sei ich gar nicht da. Und am liebsten wäre ich nicht da gewesen. Die Tränen liefen mir immer schneller aus den Augen. Ich kam mit dem Wegwischen nicht mehr hinterher. Als ich dann noch Marcs mitleidvollen Blick auffing, konnte ich das Schluchzen nicht mehr aufhalten. Die übelsten Gefühle überrannten mich. Ich wollte weg. Allein sein, weg von Alex, weg von all dem hier. Ich hielt es nicht mehr aus. Kurzerhand stand ich auf und rannte zur Treppe.

»Bleib stehen!«, rief Alex und sprang auf. »Ich habe dir nicht erlaubt, aufzustehen.«

Es war mir egal, was er mir erlaubt hatte und was nicht. Merkte er nicht, dass seine Worte mich verletzten? Ich war kein Gegenstand! Und wenn er mich als einen solchen sah, dann wollte ich ihm nicht gehören. Ich stürmte weinend die Treppe nach oben und bemerkte nur flüchtig, dass Alex mir folgte.

Ich hörte die beiden im Treppenhaus, nur Wortfetzen drangen zu mir nach oben, denn mein Schluchzen war zu laut, übertönte alles und raubte mir den Atem. Es war ein flüchtiger Impuls gewesen, der mich dazu veranlasste, eine andere Tür zu nehmen, als die zu meinem Zimmer. Denn dort würde er als Erstes nach mir suchen. Und ich wollte nicht gefunden werden. Ich wollte ihm nicht in die Augen sehen müssen. Also öffnete ich die Tür nebenan, schloss sie hinter mir und lehnte mich ans Türblatt. Verschwommen blickte ich ins Halbdunkel. Ich konnte nicht aufhören zu weinen, ich war so wütend. Auf mich. Weil ich mich in ihn verliebt hatte, ihm vertraut hatte. Wie konnte ich nur so blind sein. Schon als wir von diesem Empfang nach Hause gefahren waren, hatte er es mir deutlich genug gesagt. Ich war für ihn austauschbar. Wie eine Puppe. Und jetzt hatte ich Gewissheit. Er empfand nichts für mich. Rein gar nichts. Ich sei ihm wichtig, hatte er damals noch gesagt. Dass ich nicht lache. Etwa so wichtig wie ein Möbelstück? Wie konnte ich mich nur so in ihm täuschen?

Stimmen im Flur ließen mich erschaudern. Ich vernahm sie laut und deutlich.

Ich musste mich verstecken! Mit der Hand drückte ich die Tränen aus den Augen und versuchte vergeblich, das Schluchzen zu unterdrücken, das wie ein Schluckauf durch meine Atemwege jagte. Ich tappte durch das Zimmer, erkannte nur die Umrisse eines Bettes und stieß mit dem Bein gegen ein Regal.

Dann plötzlich ging das Licht an, traf mich von der Seite. Stocksteif blieb ich stehen und sah mich um. Es war nur eine Seite des Raumes hell. Ich selbst blieb im Dunkeln. Mit weit geöffneten Augen drehte ich mich dem Licht entgegen. Sah Alex, wie er mit Marc sprach, direkt vor mir. Hörte, wie seine Stimme durch den Flur zu mir drang.

Er stand in meinem Zimmer!

Ich konnte alles sehen, mein Bett, das Bad, das Trainingsgerät, einfach alles. Es war der Spiegel! Ich konnte sie sehen, aber sie mich nicht!

Mir blieb beinahe das Herz stehen, die Tränen waren mit einem Mal versiegt, vom Schock ergriffen.

»Da irrst du dich gewaltig«, hörte ich Marc sagen.

»Ach, tu ich das? Nur, weil du bei Mel nicht wusstest, wann Schluss ist, heißt das nicht, dass ich es auch nicht weiß«, fuhr Alex ihn an.

»Mels Tod hat damit nichts zu tun.«

Mels Tod? Wer war diese Mel? Und was hatte Marc mit ihrem Tod zu tun?

Ich zuckte zusammen, als Alex sich plötzlich zu mir drehte und in meine Richtung sah. Es dauerte, bis mir wieder bewusst wurde, dass er mich nicht sehen konnte.

»Ich weiß, dass sie dir etwas bedeutet«, sagte Marc ruhig.

»Du weißt gar nichts«, sagte Alex. Er ging an Marc vorbei und verließ das Zimmer.

Seine Kälte traf mich wie ein Schwall Wasser. In meiner Nase begann es zu kribbeln und mein Zwerchfell zuckte.

Plötzlich öffnete sich die Tür. Das Licht ging an, meine verweinten Augen brannten und meine Lunge schnappte nach Luft.

Alex stand im Türrahmen. Sah mich an und warf schnaubend den Kopf zur Seite. Eine Weile starrte er ins Leere, als würde er nachdenken. Ich bewegte mich nicht, wusste nicht, was ich tun sollte.

Dann sah er mich an. Sein Blick wirkte entschlossen. Ich trat einen Schritt zurück, rempelte wieder gegen das Regal. Er kam zu mir und packte meinen Arm.

»Nein«, sagte ich. Immer wieder. »Nein!« Ich wusste, er würde mich bestrafen. Mich für mein Davonlaufen züchtigen.

Er zog mich aus dem Zimmer, vorbei an Marc, der fassungslos im Flur stand, hinein in mein Zimmer. Dort warf er mich aufs Bett.

»Bleib liegen«, sagte er und deutete mit dem Zeigefinger auf mich.

Als ich sah, dass er ein paar Handschellen aus der Kommode holte, setzte mein Verstand wieder ein. Ich musste weg. Kurz sah ich zur Tür und schob mich vom Bett. Ich war gerade dabei loszurennen, da fing er mich schon ein. Er packte meine Haare und zog mich zurück auf die Matratze. Der Schmerz am Kopf war mir egal. Ich zerrte an seinem Hemd und trat mit den Füßen nach ihm. Ich hasste ihn und wollte nur noch weg.

Er war zu stark, hielt meine Hände fest und drückte sie über meinem Kopf aufs Bett, direkt an die Metallverstrebungen. Ich hechelte, war nicht gewillt, aufzugeben. Trat noch immer um mich und zerrte an seinem festen Griff. Dann ratschte die Handschelle und das Metall umschloss mein Handgelenk. Wenig später war auch mein zweites Handgelenk gefesselt. Die kurze Kette verlief um eine der Metallverstrebungen. So sehr ich daran riss, ich schaffte es nicht, davon loszukommen. Mein Schluchzen vermischte sich mit hysterischen Schreien. Ich wollte hier nicht bleiben.

»Lass mich doch endlich gehen, wenn du mich sowieso nicht haben willst!«

»Wenn du nicht möchtest, dass ich dich kneble, dann sei still.«

Meine Schreie verwandelten sich in ein leises Schluchzen. Ich hoffte, alles sei nur ein Albtraum, aus dem ich bald erwachte. Aber es fühlte sich so erschreckend echt an. Ich sah Alex vor mir, er drehte das Licht aus. Dann schloss er die Tür und übergab mich der Dunkelheit.

Ich wollte nicht denken, weil es so wehtat. Doch wie ein Karussell drehten sich seine Worte durch meinen Kopf. Ich wollte, dass es aufhörte. Rüttelte und drehte an den Metallverstrebungen, versuchte die Hände durch die Ringe der Handschellen zu quetschen. Ich konnte kaum etwas sehen und meine Handgelenke schmerzten vom vielen Reiben. Erschöpft sank ich in die Matratze, dachte wieder nach.

Irgendwann schienen auch meine Gedanken müde geworden zu sein und ich fiel in einen ruhigen Schlaf. Bis jemand an meiner Schulter rüttelte.

»Lydia.« Marcs Flüstern drang an mein Ohr. Ich öffnete die geschwollenen Augen. Sah ihn auf dem Bett sitzen. Im Flur brannte Licht, das durch die offene Tür ins Zimmer fiel. Es war noch Nacht.

»Wie geht es dir?«, fragte er.

Ich schluckte und bewegte schlaftrunken die Glieder. Die Handschellen klirrten.

»Es tut mir leid«, sagte er.

Was war geschehen? Ich musste mich erst sammeln, als Alex' Worte nacheinander meine Gedanken füllten. Wieder war da dieses aufgewühlte Gefühl in mir.

»Was tut dir leid?«, fragte ich.

»Das mit Alex.« Er streifte eine Strähne aus meinem Gesicht. »Er hat zu viel getrunken. Nimm es ihm nicht übel, was er gesagt hat.«

»Er mag mich nicht«, sagte ich, mehr zu mir selbst, als zu Marc. Die Erinnerung hatte mich schneller eingeholt, als mir lieb war. Ich spürte diese Beklommenheit in mir.

»Das stimmt nicht. Ich weiß nicht, was mit ihm los war. So kenne ich ihn nicht. Es musste der Alkohol sein, er verträgt ...«

»Ich bin nur eine Puppe für ihn.«

»Nein, das ist nicht wahr. Und das weißt du. Er war immer gut zu dir.«

Ich schüttelte den Kopf. Wenn Alex so etwas sagte, meinte er es unmöglich gut mit mir, egal, wie gut er mich behandelte.

Marc streichelte zärtlich über meine Wange und ließ seine Hand auf meinem Schlüsselbein ruhen.

»Du bist eine gute Sklavin und das weiß er.«

Ich glaubte ihm nicht. Denn auch wenn es so war, hielt es ihn nicht davon ab, seiner Sklavin im Herzen wehzutun.

Wärme breitete sich auf meiner Schulter aus. Warum nahm Marc seine Hand nicht weg? Ich sah ihn an. Er spießte mich förmlich auf mit seinem Blick. Das behagte mir gar nicht.

»Wer ist Mel?«, fragte ich.

Er riss die Augen auf. »Wieso fragst du das?«

»War sie deine Freundin?«

»Ja. Aber wir sollten nicht über sie sprechen, wir sollten jetzt über dich sprechen.«

Seine Hand glitt nach unten zu meiner Brust, streichelte über meine Brustspitze. Ich hielt die Luft an und blickte umher.

»Alex sieht uns, durch den Spiegel«, sagte ich schnell und deutete mit dem Kopf an ihm vorbei. Ich hoffte, das lieferte ihm einen Grund, damit aufzuhören.

»Er sitzt unten im Büro. Er wird uns nicht stören.« Marc vergrub sein Gesicht in meiner Halsbeuge. Küsste mich. Ich fand es dreist, was er tat. Ich war in einem Gefühlstief und er nutzte das aus. Ich zog an den Handschellen und überlegte, was ich tun sollte. Ich wollte ihn nicht verärgern. Bisher hatte ich mich gut mit ihm verstanden, er schien sich auf meine Seite zu stellen, was Alex betraf. Vielleicht dachte er, ich wollte das. In Paris hatte ich es schließlich auch gewollt. Aber das war jetzt anders. Alex war der, den ich wollte, niemanden sonst. Der Gedanke, dass ich mich damals danach verzehrt hatte, von Marc genommen zu werden, erschien mir plötzlich so fremd.

»Marc, hör bitte auf.«

Doch er hörte nicht auf. Streichelte weiter, hinab zu meinem Schambereich und schob seine Hand unter mein Shirt.

»Ich werde schreien, wenn du nicht aufhörst.«

»Das wirst du nicht tun«, sagte er in einem herben Tonfall, den ich bisher nicht von ihm kannte. »Alex braucht nicht zu erfahren, dass wir uns ein wenig amüsieren. Und du möchtest doch sicher, dass es dir hier weiterhin gut geht.«

Sollte das eine Drohung sein? Ein beängstigendes Gefühl pulsierte in mir. Ich fühlte mich bedrängt. Benutzt. Ich wollte, Alex wäre hier. Mir reichte schon, wenn er ihm die Schranken wies.

Ich kniff die Beine zusammen und drehte mich mit aller Kraft von ihm weg. »Ich will das nicht.«

Er beugte sich zu mir, bis sein Gesicht nur noch eine Handbreite von meinem entfernt war.

»Du darfst dich ruhig für mein Geschenk erkenntlich zeigen«, sagte er und hakte den Finger in den Ring des Halsreifs. »Und jetzt sei still, so wie es sich für eine gute Sklavin gehört.«

Er drehte mich auf den Bauch und kniete sich über mich. Mein Gesicht presste sich ins Kissen und meine Hände zwängten sich dichter ans Kopfteil. Seine Gürtelschnalle klimperte und seine Hose raschelte. Er spukte in die Hand und verteilte die Nässe am Eingang meiner Vagina. Mein Atem beschleunigte sich. Ich überlegte, ob ich schreien sollte. Welches Risiko ich damit einging. Alex war sauer auf mich und würde womöglich behaupten, ich hätte Marc einen Grund geliefert, mich zu begrapschen und Marc würde sich an mir rächen. Er würde Alex nicht mehr daran hindern, wenn er zu weit ging. Und absurderweise war nun er es, der zu weit ging. Aber was sollte ich tun?

Marc legte sich auf mich, ich fühlte seinen schweren Körper, wusste, dass er es tun würde. Er drückte meine Beine auseinander, die ich mit aller Kraft zusammenhielt, und drängte sich von hinten zwischen meine Schenkel. Mein Wimmern erstickte im Kissen. Und alles, was mir blieb, war, die Situation zu ertragen. Weil ich nicht wusste, was ich sonst tun sollte.

Obwohl er mir nicht wehtat und sich rücksichtsvoll in mir bewegte, mich fast schon stimulierte, fühlte ich mich wie ein Opfer. Ich presste Augen und Mund zusammen und ließ mich willenlos von ihm schaukeln. In mäßigem Rhythmus bewegte er sich, drang immer tiefer in mich ein. Streichelte dabei über meine Taille und die Rundung meines Hinterns. Bis er sich plötzlich aus mir zurückzog. Ich drehte mich nicht um, blieb regungslos liegen, hörte aber, wie er sich mit der Hand befriedigte. Sekunden später flirrte ein leises Stöhnen durch die Stille.

Dann stand er vom Bett auf. Ich sah im Spiegel, wie er die Treppen zum Bad nahm und sich die Hände wusch. Er knöpfte seine Hose zu und kam zu mir, als wäre nichts geschehen. Kurz blieb er neben mir stehen und blickte auf mich, wie ich regungslos auf dem Bauch lag. Ich sah ihn im Spiegel. Sein Gesicht wirkte entspannt, aber keineswegs glücklich. Vielleicht weil er sich darüber bewusst wurde, was er getan hatte. Er ging an mir vorbei und blieb im Türrahmen stehen. Sein Schatten zeigte sich im hellen Schein, der neben mir zu Boden fiel.

»Das bleibt unser kleines Geheimnis. Hast du verstanden?«
Ich nickte, nur ganz leicht. Dann schloss er die Tür.

27

Ich war schon lange wach, als Geräusche von draußen in mein Zimmer drangen. Die Tür war noch geschlossen und meine Hände immer noch ans Kopfteil gekettet.

Eine erdrückende Leere hatte sich in meinem Magen ausgebreitet. Seit ich wach war, dachte ich darüber nach, was gestern alles passiert war. Ich atmete tief durch, versuchte diese Bilder zu vertreiben. Ich wollte an nichts mehr denken, einfach nur in mir ruhen. Doch ständig donnerten die Erlebnisse wie Felsbrocken in meinen Kopf, wühlten mich auf und verschwanden erst, wenn der nächste Brocken sie zur Seite schob.

Erst als die Tür aufging, war mein Kopf schlagartig leer gefegt. Alex stand vor mir und sah mich schweigend an. Die ganze Zeit über hatte ich mich gefragt, ob er mich wirklich als das sah, was er gestern behauptet hatte. Es stimmte, was

Marc gesagt hatte. Alex war nie grob zu mir gewesen, hatte mich immer mit Respekt behandelt, obwohl er konsequent seinen Willen einforderte und alles von mir abverlangte. Aber gerade das war es ja, was mich jedes Mal erregt hatte. Ich wollte zu gern wissen, was er jetzt in diesem Moment dachte. Sein Gesichtsausdruck gab mir keinen Anhaltspunkt, ob es tatsächlich noch Hoffnung gab.

Ich wartete darauf, dass er etwas sagte. Aber es kam nichts. Er ging zu mir und nahm mir die Handschellen ab, räumte sie zurück in die Kommode. Während ich es nicht wagte, mich zu rühren.

»Es gibt Essen. Komm bitte nach unten«, sagte er und verließ das Zimmer. Seine Stimme klang bedrückt. Lag es an mir?

Ich hatte damit gerechnet, dass er mich beschimpfen würde, mich für mein Davonlaufen an den Haaren vom Bett ziehen würde oder sich an mir verging. Zumindest hätte ich dann die Bestätigung, dass er mich tatsächlich als wertlosen Gegenstand ansah. Aber nichts dergleichen geschah. Ich hatte das Gefühl, es gab so viel Unausgesprochenes, was in der Luft hing und darauf wartete, sich endlich zeigen zu dürfen. Er war so merkwürdig in letzter Zeit, sah mich häufig an, ohne etwas zu sagen. Irgendwie gedankenverloren. Auf der einen Seite war er so zärtlich, überhäufte mich mit Aufmerksamkeit und bescherte mir unendlich viel Lust und dann plötzlich war er so hart, als würde er einen Schalter umlegen. Ich war mir sicher, irgendetwas stimmte nicht. Nur was?

Ein merkwürdiges Gefühl machte sich in mir breit, als ich die Treppe nach unten ging. Ich fühlte mich irgendwie unerwünscht und wusste nicht, wie ich mich verhalten sollte.

Ich setzte mich zu Alex an den Tisch und starrte auf den Teller, auf dem ein gebratener Bachseibling und zwei Petersilienkartoffeln lagen. Ich hatte überhaupt keinen Hunger.

»Iss«, sagte Alex. Seine Stimme hinterließ ein Beben in mir, obwohl er es nicht böse gesagt hatte.

Ich nahm die Gabel zur Hand und hoffte, er würde das Gespräch von gestern aufnehmen, damit ich endlich erfuhr, woran ich war. Ich hätte ihn auch einfach fragen können. Die Worte sammelten sich bereits im Mund, ordneten sich immer wieder neu. Stimmt es, was Sie gestern sagten? Bedeute ich Ihnen wirklich nichts? Warum haben Sie mich damals ausgewählt?

Ich stach mit den Zinken der Gabel in die Kartoffel und zerdrückte sie.

»Es tut mir leid«, sagte Alex plötzlich. »Es war falsch, was ich gestern zu dir gesagt habe. Du sollst nicht denken, dass ich dich nur als wertloses Objekt sehe. Denn das bist du nicht.«

Ich war erstaunt und sofort breitete sich ein warmes Gefühl in mir aus. Und doch krochen Zweifel durch die Ritzen. Schließlich konnte er das, was er gestern gesagt hatte, nicht mit ein paar »Es ist nicht so, wie du denkst«-Worten ungeschehen machen.

»Was bin ich dann für Sie?«

Er drehte sein Wasserglas auf dem Tisch hin und her und beobachtete die aufsteigenden Luftbläschen. Es war, als würde er mit sich ringen. Seine Lippen waren aufeinandergepresst und sein Blick wirkte nachdenklich. Ich fürchtete, er könnte etwas sagen, was mir nicht gefiel.

»Du bist mein Besitz. Es ist nicht meine Absicht, dir wehzutun. Mir liegt sehr viel daran, dass es dir gut geht. Mir liegt sehr viel an dir. Ich entschuldige mich dafür, dass ich dich respektlos behandelt habe. Das hast du nicht verdient.« Erst als er die Worte ausgesprochen hatte, sah er mir in die Augen.

Ich fühlte sofort ein Kribbeln in mir aufsteigen. »Marc fordert mich gern heraus, er glaubt, bestimmen zu können, was mit dir zu geschehen hat und er schafft es immer wieder, dass ich die Beherrschung verliere. Das darf nicht sein. Schon gar nicht gegenüber meiner Sklavin. Aber ich bin nicht so beherrscht wie Marc. Er hatte mir schon immer das Gefühl gegeben, er sei besser als ich. Er war es, der die besseren Schulnoten nach Hause brachte, er schafft es, das Segel länger gerade zu halten und er weiß angeblich besser, wie man eine Sklavin erzieht. Ich stehe immer ein Treppchen unter ihm, während er ganz oben steht und mir sagt, was ich alles falsch mache. Er hat mehr Erfahrung mit Sklavinnen und das lässt er mich gern spüren.«

Ich war überrascht, wie offen er mit mir sprach. Ich wusste ja nicht, dass das Verhältnis zu seinem Bruder so zerrüttet war.

»Marc ist nicht so gut, wie Sie denken.« Ich versuchte, meine Tränen zu unterdrücken, doch es funktionierte nicht. Ich sah mich als Verräterin. Als hätte ich Alex betrogen, ihn hintergangen, mit einem Menschen, der nicht das war, was er vorgab.

»Wie kommst du darauf?«, fragte er.

Ich schüttelte den Kopf und sah zur Seite. Ich hatte geglaubt, ich würde es gut wegstecken können. Ich hatte gedacht, ich könnte Marc vergeben, was er gestern mit mir gemacht hatte. Doch plötzlich hatte ich das Gefühl, ich kannte sein wahres Gesicht. Er mimte den perfekten Menschen. Doch das war er nicht. Er war berechnend. Und ohne zu wissen, was mit dieser Mel geschehen war, verstärkte sich in mir die Vermutung, dass er auch bei ihr zu weit gegangen war.

»Ich möchte wissen, was du denkst, Lydia.«

Ich sah ihm in die Augen. Sie zeigten seine Sorge um mich.

Ihm lag tatsächlich etwas an mir, das wurde mir jetzt, wo er mich so bekümmert ansah, bewusst.

»Er war gestern Nacht bei mir. Und er hat mich ... benutzt.«

Alex' Blick verfinsterte sich. Es war, als würde er durch mich hindurchsehen und meine Offenbarung, wie einen Dämonen, gegen die Wand drücken. Plötzlich kam ich mir schlecht vor. Ich hatte es gerade geschafft, einen noch größeren Keil zwischen ihn und seinen Bruder zu treiben. Marc wird mich hassen. Und unabhängig davon, ob er und Alex sich jemals wieder versöhnten, würde er seine Drohung mit Sicherheit wahr machen.

»Wer sagt, dass nur ich dich benutzen darf?«, sagte Alex. Seine Gesichtszüge waren immer noch hart, sein Blick abwesend. Er starrte auf den Tisch, ohne etwas Bestimmtes anzusehen.

Ich konnte nicht glauben, was ich gerade gehört hatte. Es war das Letzte, was ich erwartet hatte. Ich war der Meinung gewesen, er erhob alleinige Besitzansprüche. Ich hatte geglaubt, er wäre wütend auf seinen Bruder und würde mich beschützen und nicht zulassen, dass er sich an mir verging.

Bewegungsunfähig starrte ich auf den Teller, atmete tief, lautlos. Ein Rinnsal stummer Tränen kroch aus meinen Augenwinkeln und floss über die Wangen. Beklommen stocherte ich im Essen herum und schob mir mechanisch die bestückte Gabel in den Mund. Ich schmeckte nur das Salz meiner Tränen, das sich mit jedem Bissen vermischte und den milden Geschmack würzte. Ich war fassungslos, weil er sich nicht scheute, mich mit anderen zu teilen. Eben noch entschuldigte er sich und jetzt das?

»Ich dachte, Sie seien wütend auf Ihren Bruder, wenn ich Ihnen erzähle, was er getan hat«, sagte ich. Weil es mich einfach nicht losließ.

Er sah mich an. Ich rechnete damit, dass er mir sogleich den Mund verbot. Stattdessen sagte er: »Ich heiße es nicht für gut, was er getan hat. Hinter meinem Rücken. Und schon gar nicht war es richtig dir gegenüber. Aber ich darf ihm keine Vorwürfe machen. Er nahm sich nur, was ich ihm schuldete. Wie oft hatte er mir seine Freundin geliehen, damit ich sie lustvoll leiden ließ. Er hatte es zugelassen, weil ich sein Bruder bin. Ist es dann nicht meine Pflicht, ihm auch meine Sklavin zu leihen?«

»Ich bin kein Gegenstand.«

»Nein, das bist du nicht. Aber du gehörst mir. Ich entscheide, was mit dir zu geschehen hat. Und ich weiß, dass Marc dir nicht wehtun würde. Er ist kein Barbar. Aber ich werde mit ihm sprechen, denn es war falsch, dass er sich einfach genommen hat, was ihm nicht gehört. Er hätte mich fragen müssen und ich hätte dich entsprechend darauf vorbereitet.«

»Nein, bitte sagen Sie ihm nichts. Das möchte ich nicht. Es ist schon gut. Ich glaube nicht, dass er es noch einmal tun wird.«

Ich wollte nicht, dass er Marc zur Rede stellte. Denn ich wusste, Marc würde sich an mir rächen. Es würde alles nur noch komplizierter machen.

»Wie du willst. Aber ich möchte, dass du zu mir kommst, sollte es doch noch einmal passieren«, sagte er. »Und jetzt iss. Danach ist es Zeit für dein Training. Inzwischen müsstest du auch wissen, dass mir nichts entgeht, was du in deinem Zimmer treibst. Als Strafe, weil du dich gestern selbst befriedigt hast, wirst du dieses Mal sechshundert Stepps machen, in einer von mir vorgegebenen Zeit. Und ich denke, du weißt, was dir blüht, wenn du es wieder nicht schaffst, deinen Trieb unter Kontrolle zu halten.«

Seine Worte jagten mir ein Pulsieren in den Schoß. Denn

die Vorstellung, er würde mich wieder an dieses Gerät binden und mich zwingen, mich selbst zu befriedigen, erregte mich so sehr, dass ich meine Schenkel zusammenpressen musste, nur damit die Feuchte nicht aus meinem Spalt sickerte.

***

Irgendwann war mein Teller leer. Ich saß nur da und wartete, bis Alex mich nach oben begleitete, um mich für mein Orgasmustraining festzuschnallen. Wieder legte er die Gurte um meine Fuß- und Handgelenke und auch diesmal musste ich die Maske und den Knebel tragen, damit ich ja nicht sehen konnte, wie oft die beiden Dildo bereits in meine Öffnungen stachen. Eine halbe Stunde gab er mir Zeit. Und bevor er das Zimmer verließ, sagte er: »Für heute Abend werde ich etwas Besonderes arrangieren. Es wird Zeit, dass du deine nächste Grenze überschreitest.«

Es war klar, dass ich nun an nichts anderes mehr denken konnte, als an das, was er heute Abend mit mir vorhatte. Und die ständige Penetration machte es nicht gerade leicht, keine lustvolle Erwartung zu spinnen. Ich mäßigte schon bald das Tempo, weil ich deutlich spürte, wie sich der Orgasmus aufbaute. Jeder Gedanke, der in meinen Kopf schoss, erregte mich. Sogar als ich mir vorstellte, Alex würde mich durch die verspiegelte Glasscheibe beobachten, saugte sich meine Vagina fester um den Dildo.

Ich glaubte, dass ich nicht mal die Hälfte geschafft hatte, da spürte ich plötzlich eine Hand an meiner Schulter.

»Du enttäuschst mich«, sagte Alex. »Vielleicht sollte ich dich etwas antreiben, damit du die letzten zweihundert auch noch schaffst.«

Oh nein! Zwar hatte ich mehr geschafft, als ich erwartet hatte, trotzdem lag ich weit unter dem, was Alex von mit verlangt hatte. Ich hörte ein Poltern und versuchte krampfhaft zu erahnen, was er wohl mit antreiben meinen könnte.

»Versteh mich nicht falsch«, sagte er, als er wieder ganz nah bei mir stand. »Ich möchte es dir nur etwas leichter machen, deinen Orgasmus zurückzuhalten, während du dein Tempo beschleunigst.«

Plötzlich klemmte sich etwas an eine meiner Brustwarzen und zog sie nach unten. Dasselbe an meiner zweiten. Ich winselte gegen den Schmerz an und hechelte, weil ich Angst hatte, mir könnte unter dieser Maske die Luft knapp werden. Was um Himmelswillen machte er mit mir?

»So, und jetzt sehen wir mal, ob du nicht die Restlichen auch noch hinbekommst.« Gerade hatte er den Satz ausgesprochen, schon zog sich ein beißender Schmerz über meinen Rücken, der nur von einer Peitsche kommen konnte. Er trieb mich tatsächlich mit einer Peitsche an! Als mich ein zweiter Hieb erfasste, trat ich wie eine Verrückte in die Pedale. Offenbar wollte er, dass ich diese Geschwindigkeit beibehielt, denn sobald ich wieder langsamer wurde, zog er mir zur Strafe den Riemen über. Trotz alledem war meine Lust ungebrochen. Sie allein schaffte es, dass ich den Schmerz ertrug. Und sie schaffte es sogar, dass ich bald wieder vor einem Orgasmus stand.

»Ach khohe hah«, rief ich, was so viel bedeuten sollte, wie »ich komme bald«, nur dass der Knebel mich daran hinderte, brauchbare Laute zu bilden.

Der Orgasmus drängte sich immer mehr auf, bis ich schließlich aufhörte, in die Pedale zu treten, um ihm Einhalt zu gewähren. Ich hatte erst gestern versagt und wollte mich seinem Verbot nicht noch einmal widersetzen. Ich musste mich erst wieder runterfahren, bevor ich die Tortur fortsetzen konnte. Auch wenn ich damit riskierte, gepeitscht zu werden.

Zu meinem Erstaunen schlug er gar nicht zu. Stattdessen öffnete er den Knebel, die Maske und die Lederriemen. War ich etwa schon fertig? Als er mir den Pulsmesser abnahm, sah ich auf die Zahl im Display. Sie stand auf Null. Was hatte das zu bedeuten? Wurden meine Schritte gar nicht gezählt?

»Leg dich aufs Bett. Ich will dich. Jetzt.«

Noch nie war ich einem Befehl so schnell gefolgt wie diesem. Meine Geilheit ließ mir nicht die Zeit, darüber nachzudenken.

Ich legte mich mit dem Rücken auf das Bett und sah ihm zu, wie er sein schwarzes T-Shirt auszog. Er warf es neben das Bett und öffnete seine Hose. Ein wohliger Schauder durchtrieb mich, als ich seine Erregung bemerkte, die den Stoff seines Slips ausbeulte. Verflucht, er sah so sexy aus, so männlich. Ich sehnte mich danach, ihn anzufassen. Ihn in meinem Körper zu spüren. Und mich endlich dem Verlangen hinzugeben, das mich gerade schmerzlich quälte.

Plötzlich schoss ein Gedanke in meinen Kopf, der alle Gelüste infrage stellte. Was, wenn er noch immer nicht wollte, dass ich kam? Wenn er weiterhin forderte, ich sollte den Orgasmus unterbinden? Er konnte mich doch nicht ewig hinhalten. Schon gar nicht jetzt, wo ich mich vor Lust kaum halten konnte.

Er beugte sich über mich, vergrub seine Hände unter meinem Oberkörper und schob sich sanft in meine Höhle. Es war so schön. Ich würde kommen, das wusste ich jetzt schon. Und nichts würde mich davon abhalten. Ich roch seinen herb-süßen Duft, legte die Hände auf seinen Hintern und drückte ihn noch tiefer in mich. Ich wollte, dass er nicht aufhörte, in mich zu gleiten. Unser Stöhnen vermischte sich, unsere Seelen verschmolzen. Es war ein unbeschreiblich intensives Gefühl. So innig und verbunden. Und obwohl ich am liebsten noch stundenlang seinen warmen, feuchten Körper an mir spüren wollte, wusste ich, dass es nicht mehr lange dauern würde. Mein Instinkt sagte, auch er war kurz davor. Sein Atem streichelte meine Haut, er stöhnte lauter, schneller. Dann strich er mir die strähnigen Haare aus dem Gesicht, küsste meine Wange.

»Komm für mich«, flüsterte er.

Es war ein Geschenk, das zu hören. Ich war so vom Glück zerrissen, dass ich den Orgasmus, der mit sagenhafter Geschwindigkeit über mich hereinbrach, nur noch rausbrüllte. Alex verschränkte seine Finger mit meinen, drückte meine Hände in die Matratze. Und zwischen all den Wellen, die mich durchfluteten, spürte ich seine Samenschübe, die durch sein Glied strömten, hinein in meine Mitte.

Schwer atmend schmiegten wir uns aneinander. Seine Beine lagen quer über meinen Knien und sein rechter Arm auf meinem Bauch. Ich war so erschöpft, dass ich beinahe eingeschlafen wäre. Erst als Alex sich von mir bewegte, war ich wieder hellwach. Er saß eine Weile neben mir, streichelte meinen Kopf und sah mich nachdenklich an. Wenn ich nur wüsste, was ihn gerade beschäftigte ...

***

Ich blieb auf dem Bett liegen und beobachtete, wie er sich anzog. Bevor er mein Zimmer verließ, warf er mir eine gelbe transparente Flasche aufs Bett, die auf der Kommode gestanden hatte.

»Creme dich damit ein, sobald du dich gewaschen hast. Und komm dann zu mir nach unten«, sagte er und schloss die Tür hinter sich.

Ich setzte mich auf und sah mir die Flasche genauer an. »Sun Oil«, stand drauf und darunter war eine weiße Welle abgebildet. Ich schraubte den Deckel auf und roch daran. Ein süßlich, cremiger Geruch stieg mir in die Nase.

Ich beschloss, nicht länger zu warten und folgte seiner Anweisung. Weil ich annahm, ich dürfte endlich nach draußen in die Sonne.

Und ich wurde auch nicht enttäuscht. Alex brachte mich auf die Terrasse. Er meinte, eine leichte Bräune würde mir gut stehen, außerdem sei es für heute Abend angebracht.

Der Himmel war wolkenlos und die Temperatur schätzte ich auf etwa dreißig Grad. Am liebsten wäre ich in den Pool gesprungen. Ich stellte mir vor, wie sich das Wasser um meinen Körper schmiegte, so erfrischend kühl.

Doch leider konnte ich den Pool nicht benutzen. Denn die meiste Zeit war ich stehend in ein Gerüst gespannt. Mit gespreizten Armen und Beinen. Schließlich sollte ich von allen Seiten Farbe abbekommen. Und damit dies auch gleichmäßig geschah, drehte sich das Gerüst alle paar Minuten um die eigene Achse.

Hin und wieder durfte ich mich für zehn Minuten im Schatten auf die Liege legen, um mich wieder neu einzuölen. In die Zementplatte des Schirmständers war eine Kette eingelassen, die mit einem Vorhängeschloss an meinem neuen Halsreif befestigt war. Ich kam also auch während dieser Zeit nicht mit dem verlockenden Blau in Berührung.

Immerhin hatte Alex mir einen Krug Wasser hingestellt. Und nachdem ich die meiste Zeit des Nachmittags in der prallen Sonne verbracht hatte, war dieser am Abend leer getrunken.

Es war eine Wohltat, unter der kalten Dusche zu stehen. Ich fühlte mich erfrischt und konnte endlich das Sonnenöl von der Haut waschen, das sich mit meinem Schweiß vermischt hatte und wie ein schmuddeliger Film an mir klebte. Viel Zeit blieb mir jedoch nicht, um die Substanz vom Leib zu schrubben, denn Alex gab mir gerade mal zehn Minuten. Dann würde der Chauffeur vor der Tür auf uns warten. Wohin wir fuhren, wollte er mir nicht verraten. Wie immer sollte das eine Überraschung werden und das beunruhigte mich jetzt schon.

Als ich das Bad verließ, sah ich mich im Spiegel an und stellte fest, ich war wirklich etwas braun geworden. Trotz kalter Dusche fühlte sich mein Körper noch warm an, aber ich hatte keinen Sonnenbrand davongetragen.

Ich erschrak, als plötzlich die Tür aufging und Alex hereinkam, elegant gekleidet mit Anzughose und burgunderrotem Kurzarmhemd, bei dem der oberste Knopf offen stand. Ich brauchte ihn nur anzusehen und schon kribbelte es in mir. Seine ganze Erscheinung bedeutete Lust für mich. Wann immer ich ihn sah, er mich berührte oder ich nur seine Gegenwart spürte. Dabei konnte ich nicht mal genau sagen, woran es lag. Ich hatte schon viele Männer kennengelernt, die gut aussahen und trotzdem fehlte ihnen diese Ausstrahlung, die Alex besaß. Allein durch seine selbstbewusste Art, wie er sich bewegte, was er sagte und wie er es sagte. Es fiel mir schwer zu glauben, dass er ausgerechnet mich haben wollte. Und es machte mich stolz, ihm zu gehören.

Er streckte mir einen schwarzen Umhang entgegen und wollte, dass ich meinen nackten Körper damit bedeckte. Ich schlüpfte in die weiten Ärmel, während er ihn mir über die Schultern legte. Der Stoff fühlte sich leicht und zart an, wie ein Kimono aus Seide. Alex stellte sich vor mich und verknotete die Bändchen oberhalb meiner Brüste. Ich sah auf seine Hände und wünschte, sie würden, nachdem er mit Verknoten fertig war, tiefer rutschen und meine Haut berühren. Doch das tat er nicht. Stattdessen band er nun noch einen weißen Strick um meine beiden Handgelenke, nahm dessen Enden und zog mich ins Treppenhaus. Ich fühlte, wie sich in meiner

Mitte etwas zusammenbraute. Meine Nerven bebten, weil ich nicht wusste, was mich erwarten würde.

Bei jedem Schritt flatterte der lange Umhang um meine Beine und zeigte, dass ich nichts darunter trug. Ich schaffte es auch nicht, den Stoff mit den Fingern einzufangen, damit ich ihn wenigstens zusammenhalten konnte.

Der Fahrer wartete bereits am Wagen auf uns und hielt die Hintertür auf. Und natürlich fiel sein Blick auf meinen intimsten Bereich, den ich nicht einmal mit den Händen verdecken konnte, weil Alex das Seil so kurz hielt. Ich spürte, wie mir die Schamesröte ins Gesicht stieg. Am liebsten hätte ich mir die Kapuze, die hinten am Umhang hing, über das Gesicht gezogen.

Während der ganzen Fahrt über sah Alex mindestens vier Mal auf die Uhr, wippte ständig mit dem Fuß und zupfte an seinem Ärmel rum. Natürlich machte mich das noch nervöser, als ich ohnehin schon war. Was hatte er nur mit mir vor? Es musste doch einen Grund geben, warum er so aufgeregt war.

28

Nach einer langen Autofahrt hielten wir vor einem zweistöckigen Haus im Jugendstil, mit einer rostroten Außenfassade und hohen, weiß umrahmten Fenstern mit aufwendigen Verzierungen. Das Anwesen lag inmitten der Stadt, war aber von einem Park umgeben, der das Gebäude von der Nachbarschaft abschirmte. Trotzdem fühlte ich mich beobachtet, als der Fahrer das Auto zwanzig Meter vom Haus entfernt abstellte und wir einen schmalen gepflasterten Weg zu Fuß zurücklegen mussten.

Die Sonne stand inzwischen tief und warf ein unnatürlich gelbes Licht auf die Grünflächen und Sträucher. Während

Alex mich über das von der Sonne aufgewärmte Kopfstein-
pflaster zog, drückten sich immer wieder kleine Kieselsteine in
meine Sohlen und der Umhang wirbelte nach hinten, sodass
ich weitestgehend nackt war. Die warmen Böen umschmei-
chelten meine Haut, gaben mir aber gleichzeitig das Gefühl,
verletzlich zu sein. Umso dankbarer war ich, als wir endlich
an den Stufen zum Hauseingang angelangt waren und Alex
die Eingangstür öffnete.

Wir betraten einen kleinen, mit dunklem Holz getäfelten
Vorraum. Hinter der Durchreiche zur angrenzenden Garderobe
empfing uns ein groß gewachsener Mann mit schwarzer Hose
und einer schmal geschnittenen Weste, die seinen nackten,
muskulösen Körper mehr betonte, als bedeckte. Er trat hinter
der Durchreiche hervor und begrüßte Alex mit einem Hand-
schlag. Mich sah er nicht einmal an.

»Ich werde Chloé Bescheid geben, dass Sie hier sind«, sagte
er und schon zuckte ein Schrecken durch meine Glieder. Chloé.
Ich erinnerte mich an die letzte Begegnung mit ihr und die
Drohung, die sie mir ausgesprochen hatte, sollte ich versuchen, Alex für mich zu gewinnen. Und jetzt war ich bei ihm,
lebte bei ihm. Ich war davon ausgegangen, ich würde sie nie
wiedersehen.

Während wir dem neckisch gekleideten Mann folgten, versuchte ich abzugleichen, ob er dem Mann ähnlich sah, der mich
damals ausgepeitscht hatte. Nur leider hatte der von damals
eine Maske getragen, weshalb es mir kaum möglich war, ihn
als denselben zu identifizieren. Er öffnete eine zweiflügelige
Tür mit Buntglasmosaik und bat Alex, einzutreten. Vor uns
erstreckte sich ein großer menschenleerer Raum, mit doppelter
Raumhöhe und einer geschwungene Treppe, die nach oben
in eine Galerie führte. Um eine runde Bühne mit Pooldance-

stange standen Sitzgruppen aus dunkelbraunen Chesterfield Sesseln und runden Glastischchen. Entlang der linken Wand erstreckte sich eine Bar mit einem Dutzend roten Barhockern. Die Fenster im Raum waren mit roten Stores verhangen, lediglich die großen Kristallkronleuchter und die beleuchteten Spirituosenregale hinter der Bar tauchten den Raum in ein schummriges Licht. Der Mann eilte die Treppe nach oben, während wir neben der Bar stehen blieben und warteten. Wir befanden uns eindeutig in einem Etablissement, und nachdem ich wusste, dass Chloé ein solches betrieb, bestand für mich kein Zweifel, dass es ihr gehörte. Ich atmete tief durch, um mein inneres Zittern in Schach zu halten. Ich hoffte nur, Alex würde mich nicht mit ihr allein lassen.

Dann sah ich sie. In einem schwarzen Bustier, Lederminirock und hohen Stiefeln stolzierte sie die Treppe nach unten. Gefolgt von dem Mann und einer schlanken, blonden Frau in roséfarbener Reizwäsche.

Als Chloé mich sah, blieb sie kurz stehen. Ihre Augen weiteten sich und ihr Brustkorb schwellte an. Sie hob ihr Kinn, nahm die letzten Stufen und stöckelte auf uns zu. Ich konnte den Hass in ihrem stolzen Gesicht ablesen.

»Sie ist bei dir? Du hast sie ...«, sagte sie, während Alex ihr einen Kuss abwechselnd auf beide Wangen drückte.

»Lass uns später darüber sprechen«, unterbrach er sie und behielt seine Hand auf ihrer Hüfte.

Es machte mich rasend, wie innig er diese falsche Schlange begrüßte.

»Warum hast du mir nicht erzählt, dass sie bei dir ist?«, fragte Chloé weiter.

Ich wechselte den Blick zwischen den beiden. Wusste sie etwa nicht, dass ich schon seit Tagen bei Alex war?

»Später, okay?«, sagte Alex und sah zu den Sitzgruppen. »Ich muss zugeben, du hast Geschmack. Die Einrichtung sieht wirklich nobel aus. Viel besser als die Alte.«

»Ich wusste, dass es dir gefällt«, sagte Chloé und bemühte sich um ein Lächeln, das in ihrem erbosten Gesicht wie eingemeißelt aussah.

»Weißt du was?«, sagte Chloé plötzlich. »Ron bringt Lydia schon mal ins Separee und Larissa zeigt dir mein neues Reich.«

Die Blondine in rosa Unterwäsche nickte und lächelte Alex an. Mein Herz schlug bis zum Hals. Wenn ich nur wüsste, warum er mich hierhergebracht hatte. Die Angst vor dem Ungewissen wälzte sich in meinem Bauch.

Alex hob mein Kinn und sah mir in die Augen. »Ich möchte, dass du gehorchst. Sollten irgendwelche Beschwerden kommen, wirst du die Nacht hier verbringen. Chloé hat eine nette Sammlung an Käfigen, von denen sie mit Sicherheit noch einen für dich frei hat. Hast du mich verstanden?«

Ich nickte, obwohl mir nicht wohl dabei war, dass er mich allein lassen wollte.

Alex reichte dem Mann mit der Weste den Strick. Mit einem Ruck zog er mich zu sich und führte mich an der Bar vorbei, hinein in einen Nebenraum.

Drei weinrote, mit großen Kissen bespickte Ledersofas standen an den dunkelgrauen Wänden und umringten ein kleines Podest, das mit demselben braungemusterten Teppich belegt war wie die übrigen Böden. Das indirekte Licht der Wandlampen schaffte eine gediegene Atmosphäre, wäre da nicht diese Kette mit den Eisenschnallen gewesen, die über dem Podest von der Decke herabhing. Ich atmete tief durch. Kein Zweifel, die waren für mich bestimmt.

Der Mann nahm mir den Umhang ab und löste die Fessel.

Seine Hand lag auf meinem Rücken, als er mich gleich danach zum Podest drückte. Er verzog keine Miene und sah mich auch nicht an. Sein Gesicht wirkte ausdruckslos. Ich merkte ihm an, dass er weder ein Problem damit hatte, mich nackt zu sehen noch mich hier anzuketten. Womöglich war ich nicht die Erste, die er vorbereitete. Er hob meine Handgelenke über meinen Kopf zur Kette und das kalte Metall der Eisenschnallen stieß an meine Haut. Mit einem lauten Knacken schnappten die beiden Schnallen um meine Gelenke.

Wie ein Aufpasser stellte er sich neben mich und wartete. Sein Blick war zur offenen Tür gerichtet. Chloé schien nicht nur zu ihren Sklaven streng zu sein, sondern auch zu ihren Angestellten. Anders konnte ich mir sein folgsames Verhalten nicht erklären.

Chloés Stimme drang durch die offene Tür zu uns ins Zimmer: »Du musst dir unbedingt die Themenräume im Obergeschoss ansehen. Ich bin so gespannt, wie du sie findest. Und lasst euch ruhig Zeit, es wird etwas dauern, bis ich sie fertig vorbereitet habe.«

Oh nein! Ich spürte, wie sich mein Magen verkrampfte.

»Und Larissa, lass meinen Gast, bis ich wieder da bin, nicht verdursten«, rief sie nach draußen, ehe sie die Schiebetür schloss. Mit einem spöttischen Grinsen trat sie mir entgegen.

»Was haben Sie vor?« Meine Stimme zitterte.

»Das wirst du schon sehen. Du kannst dich ruhig zur Wehr setzen. Dann haben wir die ganze Nacht Zeit dafür.« Der Unterton in ihrer Stimme legte sich wie eine Schlinge um meine Eingeweide. Panik stieg in mir auf.

»Damit kommen Sie nicht durch. Alex hat sich für mich entschieden. Er wird sich auf meine Seite stellen.«

»Leg ihr den an«, sagte Chloé und hielt dem Mann einen breiten Lederknebel mit Pumpball hin. »Ich habe keine Lust auf dieses Geschwätz.«

Mehr als den Kopf zu schütteln, schaffte ich nicht, schon steckte der Gummipfropfen in meinem Mund und das Leder wurde mit zwei Schließen am Hinterkopf festgezurrt. Mehrmals drückte er den Pumpball, bis der Knebel meinen Mundraum vollkommen ausfüllte. Ich biss auf das elastische Material, das meine Zunge nach unten drückte. Doch je mehr ich versuchte, gegen die Fesseln anzukämpfen, desto verzweifelter und machtloser fühlte ich mich.

»Den Rest mache ich. Du kannst gehen. Und sieh zu, dass die anderen draußen bleiben.«

Wie ein erzogenes Hündchen verließ der Mann den Raum und schloss hinter sich die Schiebetür.

Chloé stellte sich breitbeinig vor mich und zog an den Riemen der Peitsche, die sie in ihrer linken Hand hielt. Sie sah aus wie eine Domina auf diesen Buchcovern. Doch ich wusste, sie spielte diese Rolle nicht. Sie war so. Sadistisch und gnadenlos.

»Jetzt gehörst du mir, Sklavenmädchen«, sagte sie und hob ihre Brauen. Kurz darauf schlug sie mit der flachen Hand in mein Gesicht. »Sieh gefälligst zu Boden.«

Schmerz flammte auf meiner Wange und ich senkte den Blick. Der Halsreif drückte sich in mein Kinn, weshalb ich den Kopf nicht weit nach unten beugen konnte. Meine Augen füllten sich mit Tränen und die Nase begann zu jucken. Ich fühlte mich hilflos, ausgeliefert und konnte nicht mal schreien, damit Alex mir zu Hilfe kam.

»Ach hör doch auf zu flennen. Trag deine Strafe wie eine ehrenvolle Sklavin«, sagte sie und drückte noch weitere Male den Pumpball, bis ich das Gefühl hatte, meine Backen würden jeden Moment reißen. Die Ketten klirrten, als ich zurückwich.

»Ich warne dich. Solltest du auch nur einen Mucks von dir geben, halte ich dir dein kleines Näschen zu. Mal sehen, wie lange du ohne Luft auskommst.«

Ich kam mir in ihrer Gegenwart so nichtig und verletzlich vor. Bei Alex war das nie der Fall, er achtete mich, auch wenn er konsequent seinen Willen einforderte. Ich wünschte, er wäre hier. Ihm war wichtig, dass ich Lust empfand, ihr hingegen ging es nur darum, mich zu beherrschen und zu quälen. Allein mit ihren Drohungen schaffte sie es, dass ich zitterte.

Sie stand gerade hinter mir, da legte sich plötzlich ein schwarzes Korsett um meine Taille. Es umschloss die untere Hälfte meiner Brüste und reichte bis knapp über den Schambereich. Wie zu erwarten, schnürte sie es immer enger. Meine Brüste quollen aus den Schalen, die sich flach an den Körper pressten. Bald schaffte ich es nicht mehr, in den Bauch zu atmen, weil dieser so eng gequetscht war, dass ich sogar einen deutlichen Druck auf die Rippen spürte. Und trotzdem hörte sie nicht auf, an den Schnüren zu ziehen und zu rütteln. Ich glaubte, keine Luft mehr zu bekommen, so eng war ich inzwischen geschnürt. Ich schaffte nur sehr kurze Atemzüge und war nahe dran zu winseln. Doch ich hielt mich zurück, denn Chloé hatte aufgehört und ich wollte sie nicht dazu animieren, noch einen draufzusetzen. Sie stellte sich wieder vor mich. Still rannen meine Tränen aus den Augenwinkeln und tropften zu Boden.

»Du weißt, was das ist, nicht wahr?«, sagte sie und hielt mir einen Plug vor die Augen, dessen Kopf konisch zulief und an der dicksten Stelle so groß war wie eine Faust.

Ich gab keine Regung von mir, auch wenn ich am liebsten den Kopf geschüttelt hätte, weil ich wusste, ich würde es nicht aushalten, wenn sie mir diesen Klumpen in den Körper rammte.

Das Blut strömte in mein Gesicht. Ich rang nach Luft, die, wegen dem Korsett, kaum ausreichte.

»Wenn es nach mir ginge, würde ich dein drittes Loch auch noch stopfen. Ich hätte da auch wunderbare XXL-Dildos. Doch dein Herr wollte es für einen fremden Schwanz frei halten. Und damit dieser es schön eng hat, dachte ich, dieses Schmuckstück hätte genau die richtige Größe.«

Was redete sie da? Einen fremden Schwanz? Hatte Alex mich deshalb hierhergebracht, weil er mich prostituieren wollte? Nein, das sagte sie nur, um mich zu verunsichern. Plötzlich fiel mir ein, wie Alex auf mein Geständnis wegen Marc reagiert hatte. Er wollte, dass ich eine neue Grenze überschritt. Würde er mich einem anderen Mann zur Verfügung stellen, obwohl ich einzig und allein ihm gehörte?

Ein scharfer Schmerz zog sich plötzlich über meinen rechten Oberschenkel. Ich zuckte zusammen.

»Öffne die Beine«, hörte ich Chloé sagen. Ein zweites Mal traf ihre Peitsche meinen Schenkel. Ich tat, was sie verlangte, weil ich wusste, ich hatte keine Wahl. Schon spürte ich die glitschig kalte Spitze des Plugs am Anus. Chloé drückte meine Schulter nach vorn, damit ich mich, soweit es die Ketten zuließen, nach vorn beugen konnte.

Ich versuchte, mich zu entspannen, um das Unausweichliche erträglich zu halten. Doch es brannte wie Feuer, als sie das monströse Teil Stück für Stück in meine enge Öffnung schob. Ich wollte schreien, brüllen, doch das Einzige, was ich konnte, war in den Knebel zu beißen und die Augen zusammenzupressen. So fest es ging umfassten meine Finger die Ketten. Ich fühlte den Fremdkörper in mir, schaffte es nicht mal mehr, die Schenkel zu schließen, weil mein Hintern so hart gefüllt war.

Chloé zeichnete mit der Peitsche eine Linie auf meiner

Hüfte, bis sie wieder vor mir stand.

»Bilde dir nur nichts darauf ein, dass Alex sich für dich entschieden hat«, sagte sie und rüttelte an meinen Brüsten, sodass sie gleichmäßig aus dem Korsett ragten. »Er macht mir schon lange den Hof. Würde ich mit dem Finger schnipsen, wäre er sofort zur Stelle. Aber ich spiele nun mal gern mit Männern. Und ich gebe meine Spielzeuge nur ungern her. Vor allem so ein Prachtexemplar wie Alex. Ich kann mir gut vorstellen, dass es ihm leid geworden ist, mir hinterherzurennen. Dass er entschieden hat, sich Ersatz zu suchen. Ich habe ihn einfach zu lange hingehalten.«

Was redete sie da? Das ist doch nicht wahr! Sie streichelte langsam über das Korsett, bis sie meine Scham erreichte. Mit Daumen und Zeigefinger teilte sie die äußeren Lippen und schob ihre Finger in den Spalt. Abrupt packte sie meinen Kitzler und schob die Haut um die Klitoris zurück. Dann drückte sie die freigelegte Knospe zusammen. Ich keuchte und versuchte, mich ihr zu entziehen. Der stechende Schmerz durchbohrte mich wie eine Nadel.

»Ich werde ihn mir zurückholen. Es ist an der Zeit, seinem Angebot nachzukommen und die Verabredung anzunehmen. Schließlich wartet er schon so lange darauf.«

Ich starrte auf ihre Hand, die nun endlich meine Klitoris freigab. Ihre Worte sammelten sich in meinem Kopf. Obwohl sie mit ihrer Aussage mein Innerstes getroffen hatte, versuchte ich, mir nichts anmerken zu lassen. Denn das wollte sie doch, warum sonst hatte sie es mir erzählt?

Plötzlich packte sie meine Haare und zog sie nach hinten, sodass ich ihr in die Augen sehen musste.

»Mach dir keine Sorgen. Ich bin mir sicher, er wird einen Herrn finden, der deine Gelüste auch weiterhin befriedigt.

Ich werde ihm dabei helfen, einen zu finden. Ich habe einige Kunden, die erpicht darauf sind, sich eine Sklavin zu halten. Sicher, du wirst einige Abstriche in Kauf nehmen müssen. Aber, du bist nur eine Sklavin. Sklavinnen sind es doch gewohnt, dass sie keine Ansprüche zu erheben haben. Bestimmt denkst du genauso darüber.«

Sie ließ meine Haare los und trat vom Podest. Hass stampfte sich in meine Eingeweide, als ich ihr hinterhersah, wie sie mit schwingenden Hüften zu einem Schrank stolzierte. Wäre ich hier nicht festgekettet, hätte ich mich auf sie geworfen und ihr die geschminkten Augen ausgekratzt.

Sie drehte sich, mit High Heels in den Händen, wieder zu mir. Schwarz lackiert, mit mörderisch hohen Absätzen und schlanken Riemchen, die sie, nachdem ich hineingeschlüpft war, um meine Knöchel schnallte.

Mein Magen zog sich zusammen. Ihre Worte ließen mich nicht in Ruhe. Alex war zu ihr so nett gewesen, suchte sogar Körperkontakt. Er hatte ihr verheimlicht, dass ich bei ihm war. Wollte er sie nicht verlieren? Sie nicht aufgeben? Ich stieß auf so vieles, was ihre Behauptung untermauerte. Beim Clubevent schien er erleichtert gewesen zu sein, als er sie endlich in der Menge gesehen hatte. Er war ihr die meiste Zeit nicht von der Seite gewichen. War er deshalb so merkwürdig in letzter Zeit? Weil er immer nur an sie dachte?

Chloé nahm mir den Knebel ab und warnte mich, ich solle keinen ungefragten Laut von mir geben, solange ich in ihrem Haus war. Nachdem sie mir noch ein paar Peitschenhiebe über den Schenkel gezogen hatte, zur Dekoration, wie sie sagte, ließ sie mich allein im Raum zurück. Ich verteufelte die Zeit, die sie mich warten ließ. Denn ich konnte nicht aufhören, mir Alex mit Chloé vorzustellen.

Meine Gedanken betäubten mich so sehr, dass die Schmerzen in den Armen, der Brust und den Schenkeln kaum ins Gewicht fielen.

Ich fühlte mich sogar im Denken gestört, als plötzlich die Tür aufging und ein schlanker Mann mit grauem Haar den Raum betrat. Hinter ihm Alex und Chloé.

»Sie sollten sich hierhin setzen, Finn«, sagte Chloé und deutete auf das Sofa vor mir.

Alex nahm inzwischen an der Wand zu meiner Rechten Platz. Bevor dieser Finn zu seinem Platz ging, sah er mich genau an. Lächelte mir sogar ins Gesicht. Er machte einen zurückhaltenden Eindruck. Hätte er es darauf angelegt, hätte er mich auch begrapschen können. Schließlich konnte ich mich nicht zur Wehr setzen. Doch er schlich nur einen Halbkreis um mich herum, interessiert nach vorn gebeugt und mit auf dem Rücken verschränkten Händen. Dann setzte er sich auf den ihm zugewiesenen Platz.

Chloé trat inzwischen hinter mich und löste meine Arme von den Ketten. Sie prüfte noch einmal den Sitz des Plugs und setzte sich dann neben Alex. Sofort brannte die Eifersucht in mir. Sie legte ihre Hand auf Alex' Schenkel und er machte keine Anstalten, sie wegzunehmen. Im Gegenteil, er lächelte sie sogar noch an. Ich wusste, dass Chloé das absichtlich machte. Und sie wusste mit Sicherheit, dass es mir wehtat – mehr noch, als es ihre Peitschenhiebe getan hatten.

»Zeig Finn, was du zu bieten hast«, sagte Alex. Es war ein Befehl und ich wusste im ersten Moment nicht, was er von mir erwartete. Ich sah diesen fremden Mann an und fühlte mich benommen, irgendwie desorientiert. Vielleicht trug auch das enge Korsett dazu bei. Ich stand kurzatmig da und sah ihn einfach nur an.

»Es ist ihr erstes Mal, sie ist noch etwas schüchtern«, sagte Alex. Finn nickte.

»Dreh dich um, zeig dich von allen Seiten. Präsentiere deine Vorzüge.«

Auch wenn es mir nicht gefiel, was Alex von mir verlangte, hinterließ sein Befehl ein leichtes Kribbeln in mir. Ich drehte mich um und beugte mich nach unten. Pflichtbewusst fasste ich meine Hinterbacken und zog sie auseinander, sodass er alles sehen konnte. Ich wollte Alex nicht enttäuschen. Nicht nachdem, was Chloé mir gesagt hatte.

Ich hörte den Mann raunen und fragte mich, ob es an meiner Darbietung lag, an den frischen Striemen auf meinen Oberschenkeln oder an dem riesigen Plug, der unübersehbar die Pforte meines Hintereingangs verschloss. Womöglich lag es auch an allem zusammen.

Ich stellte mich wieder gerade hin und drehte mich zurück. Wieder stand ich ratlos da. Ich hatte so etwas bisher noch nicht gemacht und es war mir äußerst unangenehm, von allen beäugt zu werden, wie eine Zirkusattraktion.

»Berühr dich«, hörte ich Alex sagen.

Der Mann hatte sich zurückgelehnt, seine Hände lagen auf seinem Schoß und die Fingerspitzen tippten ungeduldig aneinander.

Ich war unfähig, mich zu bewegen. Ich fühlte mich so unwohl und wollte dem Mann nicht zeigen, wie ich mich selbst befriedigte. Zaghaft schüttelte ich den Kopf. Ich konnte es einfach nicht.

Alex stand auf und kam zu mir. Ich glaubte, er würde mich strafen, weil ich mich weigerte. Doch er stellte sich hinter mich, schmiegte sich eng an meinen eingeschnürten Leib und legte seine Hand nach vorn auf meinen Schamhügel. Seine andere Hand knetete den überstehenden Wulst meiner Brüste, während seine Fingerkuppen mit meinem Kitzler spielten.

»Wir sollten ihm zeigen, wie empfänglich du bist«, flüsterte er.

Ich fühlte, wie mein Unterleib unkontrolliert zuckte. Es war nicht, wie er mich berührte, sondern vielmehr, weshalb er mich berührte. Er verlangte von mir, dass ich meine Lust präsentierte und allein dieser Zwang erregte mich. Ich sah in das lüsterne Gesicht des Mannes und plötzlich mischte sich Scham in meine Erregung. Ich wollte, dass Alex aufhörte, aber auch irgendwie nicht. Ich genoss seine Nähe, genoss es, wie er mich vorführte. Ich gab mich ihm hin. Ich wollte, dass er stolz auf mich war. Und ich wollte Chloé zeigen, dass sie gegen mich keine Chance hatte.

»Geh zu ihm, damit er dich aus der Nähe sehen kann«, sagte Alex.

Ich atmete aus, um den schnellen Pulsschlag zu beruhigen und um die Lust zu bekämpfen, die weiterhin durch meine Eingeweide brauste. Die Hitze stieg mir ins Gesicht und meine Beine zitterten, als ich mich dicht vor ihm hinstellte. Ich sah auf sein gewelltes, silbergraues Haar und sein markantes Gesicht, das ich nur von oben sehen konnte, weil er seinen Blick nicht von meiner Scham nahm. Er beugte sich nach vorn, betrachtete mich eindringlich. Sein Kinn war kräftig, seine Nasenspitze krümmte sich leicht nach unten. Er war frisch rasiert und gut gekleidet, er machte einen gepflegten Eindruck. Ich bemerkte seine Erektion, die den Stoff seiner hellgrauen Anzughose dehnte. Es war ein Gefühl von Macht, das sich sogleich in mir regte. Weil ich es war, die seine Lust hervorgerufen hatte. Plötzlich verstand ich den Reiz, den eine Stripteasetänzerin mit ihrem Job verband.

»Berühren Sie sie ruhig. Es macht sie geil. Fühlen Sie, wie feucht sie ist«, sagte Alex.

Ich schluckte, weil ich mir vorkam wie auf einem Sklavenmarkt. Plötzlich versteifte ich mich. Sollte er mein neuer Herr sein? Hatte Chloé das eingefädelt? Andererseits, diese Vorführung war Alex' Idee. Chloé wusste zu dem Zeitpunkt noch gar nichts von mir. Oder hatte sie mit ihm gesprochen, als ich ahnungslos hier gewartet hatte? Ich musste endlich aufhören, darüber nachzudenken.

Der Mann stieß mit dem Zeigefinger an mein Piercing und steckte dann zwei oder drei Finger in meine Vagina. Meine Knie fühlten sich weich an. Ich beobachtete seine Hand, die immer weiter in mich eindrang. Sein Handballen presste sich an den Schamhügel und seine Finger krallten sich in meinen Spalt, als wollte er sich daran festhalten. Ich sah meine geschwollenen Brüste, wie sie sich hoben und senkten. Ich wollte zurückweichen, als sein Griff noch fester wurde. Er packte mit der anderen Hand meine Pobacke und drückte mich näher zu sich, ohne seine Finger aus mir zu nehmen.

»Setz dich auf meinen Schoß«, sagte er und ließ mir keine Wahl, es nicht zu tun. Er drückte mich einfach nach unten.

Weit gespreizt saß ich auf seinen Beinen, wie auf einem Sattel. Er streichelte mit der freien Hand erst die Innenseite meines Schenkels, dann über den Schamhügel und ließ seine Finger dort verweilen. Seine Berührung raubte mir den Atem. Ich spürte ein Ziehen in der Lendengegend, fühlte die Hitze der Unsicherheit im Gesicht. Seine Finger glitten in mich, betasteten von innen den Plug, drückten immer wieder auf meinen G-Punkt. Ich spürte die Neugier des Mannes und ich spürte Alex' Blick auf meinem Rücken. Ich saß hier, weil

Alex es so wollte. Allein das erregte mich. Als säße ich auf seinem Abbild.

Finn schob mich noch näher zu sich und ich spürte seinen steifen Penis an meinem Damm.

»Du willst ihn, nicht wahr?«, fragte er mit tiefer Stimme und sah zu mir auf. Sein Gesicht war dem meinem ganz nah. Ich sah in diese warmen Augen, sah, wie sie mich anfunkelten.

»Ja«, sagte ich. Es kam einfach so heraus, ohne dass ich darüber nachdenken musste. Ich fühlte mich dazu verpflichtet. Alex gegenüber. Er war mein Bestimmer. Er wusste, was gut für mich war. Er entschied, wie weit ich zu gehen hatte. Und er würde mir Einhalt gebieten, wenn er nicht gewollt hätte, dass ich es tat. Doch er wollte es. Nur deshalb hatte er mich hierhergebracht. Ich sollte mich einem anderen Mann hingeben, mit dem Wissen, dass ich dennoch ihm gehörte. Und ich fühlte tief in mir, dass es mich glücklich machte, ihn zufriedenzustellen.

Der Mann stand auf, drängte mich rückwärts auf das Podest zu. Heiße Erwartung wimmelte in meinem Schoß. Ich wusste, was jetzt kommen würde und spürte das Verlangen tief in mir. Er drückte mich nach unten, bis ich auf dem Podest saß. Ich legte mich hin und spreizte die Beine. Ich war bereit. Bereit, ihn zu empfangen. Er öffnete seine Hose, beinahe hektisch schob er sie nach unten, bis sein Penis aus dem Versteck sprang, groß und stramm. Dann beugte er sich nach unten, küsste meine Scham. Aber nicht lange, sein Trieb schien zu versessen darauf zu sein, mich zu ficken. Er umfasste seinen Penis und schob ihn in mich. Ein Raunen drang aus seinem Mund. Er knetete meine Brüste und das Blut rauschte durch meine Adern. Dann packte er meine Hüfte und stieß zu wie ein Tier. Schnell, gierig, hart.

Ich drehte den Kopf zu Alex, weil ich wissen wollte, ob ihm gefiel, was er zu sehen bekam. Doch sein und Chloés Platz waren leer.

Wo waren sie? Ich fühlte mich auf einen Schlag ganz leer, obwohl mein Unterleib so gefüllt war, dass ich es nicht mal schaffen würde, die Schenkel zu schließen. Ich sah um mich, hoffte, dass er hinter mir stand. Vielleicht wollte er es sich aus der Nähe ansehen. Doch er war nirgends. Plötzlich war alles um mich herum so fern, so unwirklich.

Ich schluckte, starrte den Mann an, der sich wie in Euphorie an mir verging. Haarsträhnen klebten an seiner Stirn, ein Hecheln trat aus seinem geöffneten Mund. Ich ließ mich ficken, ohne es wahrzunehmen. Es war, als würde ich mir selbst dabei zusehen. Kaum dass ich mitbekam, wie er sich plötzlich reckte und ein lautes Stöhnen von sich gab, ehe ich ihn auf meinen Körper fallen sah. Er lag auf mir, schwer, schweißnass und ruhig atmend. Meine Beine und Hände zitterten. Ich versuchte, mich zu entspannen. Doch das führte nur dazu, dass ich mir meiner Lage deutlicher bewusst wurde. Alles drückte und zwickte. Als wäre mein Körper einzementiert. Plötzlich öffnete sich die Tür. Chloé trat ein und setzte sich auf ihren Platz.

Wo war Alex?

Finn erhob sich, er schien gemerkt zu haben, dass ich nach Luft rang. Er sah mich an, seine Brauen schoben sich zusammen, mitleidsvoll. Er sah zu Chloé. Sie lächelte und nickte, als sei alles in Ordnung. Doch nichts war in Ordnung. Alex war nicht da!

Der Mann half mir aufzustehen, säuberte mich sogar mit einem Taschentuch. Chloé saß noch immer auf dem Sofa und ließ mich nicht aus den Augen. Erst als der Mann das Taschentuch zusammengelegt und in seine Hosentasche gesteckt hatte, stand sie auf und begleitete ihn nach draußen.

Die Schiebetür stand offen, aber ich konnte nur einen Ausschnitt der Treppe sehen. Ich hörte Stimmen. Es war Chloé, die mit Finn sprach. Worüber, konnte ich nicht verstehen. Dann kam sie wieder und schloss die Tür.

Sie wollte, dass ich mich nach unten beugte, was kaum möglich war, weil das Korsett mich aufrechthielt. Grob stieß sie mich nach vorn. Ich schaffte es gerade noch, mich mit den Händen am Boden abzustützen. Langsam zog sie den Plug aus meinem Hintern. Ich spürte die Leere und den gedehnten Schließmuskel.

»Steh auf!«, keifte sie und packte mich an den Haaren, zerrte daran, bis ich mit dem Rücken zu ihr stand. Sie warf meine Haare über die Schulter, dann lockerte sie die Schnürung. Das schwarze Gefängnis verließ endlich meinen Körper und ich konnte wieder tief atmen. Es kam mir vor, als hätte ich mehr Umfang als zuvor und trotzdem fühlte ich mich unwahrscheinlich leicht.

Mit einem Lächeln auf den Lippen streckte sie mir den seidenen Umhang entgegen und forderte mich auf, ihn anzuziehen.

»Falls du dich fragst, wo Alex ist. Der wartet draußen, bei einem Drink. Er wollte sich diese Peepshow nicht mehr ansehen und hat sich stattdessen mit mir vergnügt.«

Sie lachte. »Es wird ein Leichtes sein, ihn wieder schmachtend an meiner Seite zu haben. Ich werde dir damit mehr wehtun, als ich es mit der Peitsche hätte tun können. Rache kann so herrlich sein, nicht wahr?«

»Sie sind eine verdammte Hurentreiberin!«

Chloé lachte kurz auf. »Du solltest dich zurückhalten, mit dem, was du sagst. Denn ich werde diejenige sein, die deinen nächsten Herrn auswählt.«

Sie packte meinen Arm und zerrte mich aus dem Zimmer.

Ein Schauer lief mir über den Rücken, als ich Alex sah. Er saß an der Bar, mit einem Glas Cognac, das er zwischen seinen Fingern von einer Stelle zur anderen schob. Er sah mich an und rang sich ein Lächeln ab. Ich merkte sofort, dass ihn etwas bedrückte. Und ich war mir sicher, es war Chloés Werk.

»Ruf mich einfach an, okay?«, sagte Chloé, während Alex ihr einen Abschiedskuss auf die Wange gab. Er nickte. Dann führte er mich nach draußen.

***

Als wir im Wagen saßen, überlegte ich zwanghaft, was ich sagen könnte. Es gab so vieles, was nach Antworten schrie. Doch ich wusste nicht, wie ich mich herantasten sollte. Alex wirkte so in sich gekehrt.

»Warum sind Sie mit Chloé rausgegangen?«, fragte ich. Ich wollte wissen, ob es stimmte, was Chloé behauptet hatte.

»Sie ... Wir haben uns unterhalten. Über geschäftliche Dinge.«

Ich spürte, dass das eine Lüge war. Er versetzte mir damit einen Stich ins Herz. Ich atmete tief, um das mulmige Gefühl im Bauch zu vertreiben. Zwar hatte ich keine Beweise, dennoch fühlte ich mich hintergangen.

»Es tut mir leid«, sagte er. »Es war nicht meine Absicht, dich mit diesem Kerl solange allein zu lassen.«

Mit diesem Kerl? Das klang ja so, als war er nicht seine Wahl gewesen.

»Es wird nicht wieder vorkommen.« Er legte seine Hand auf meine Hand. Doch er behielt sie nicht lange drauf. Die ganze Zeit über starrte er aus dem Fenster. Ich fühlte, dass etwas nicht stimmte und die einzige Erklärung, die sich mir aufdrängte, war, dass Chloé dabei war, zu gewinnen.

29

Ich hatte eine unruhige Nacht hinter mir. Ich hatte von diesem Finn geträumt. Er hatte mich Alex abgekauft und steckte mich in einen Hundezwinger. Meine Hände waren auf dem Rücken gefesselt, ich konnte nur bellen wie ein Hund und sollte meinen Napf leer fressen.

Ich war froh gewesen, als ich zum vierten Mal erwacht war und es draußen hell war, denn das bedeutete, dass die Nacht endlich vorüber war. Ich hatte noch lange im Bett gelegen und darüber nachgedacht, was am Tag zuvor geschehen war. Alex hatte mich gestern, gleich, als wir zu Hause angekommen waren, auf mein Zimmer gebracht und wollte, dass ich schlief.

Und heute beim Frühstück war er nur am Telefonieren gewesen. Das Einzige, was er gesagt hatte, war, dass ich diesmal wieder vierhundert Stepps zu machen hätte. Ich war nicht mal in die Nähe eines Orgasmus' gekommen, weil ich nur mit Denken beschäftigt gewesen war.

Nun stand ich in seinem Arbeitszimmer und wieder dachte ich nach. Ich wusste nicht, wie lange ich schon hier stand, denn Alex hatte mich mit dem Gesicht zur Wand gestellt. Eine kurze, straffe Kette verband meinen Halsring mit einer im Mauerwerk verankerten Ringschraube.

Ich stand an derselben Wand wie damals, als ich von Jeff gekommen war. Damals hatte ich noch geglaubt, Alex würde Gefühle für mich hegen. Ich hatte sogar die Illusion, dass wir ein ganz normales Liebespaar werden würden. Inzwischen sah alles anders aus. Ich wusste, dass er in mir nur ein Spielzeug gefunden hatte und dass er in Wirklichkeit jemand anderes wollte. Vermutlich hatte er nie etwas für mich empfunden. Ich stand hier wie eine Skulptur, ein Statusobjekt, das dazu verbannt war, sich nicht zu bewegen. Dass er, wann es ihm beliebte, betrachten konnte, um sich seine Arbeit zu versüßen.

Momentan telefonierte er. Das Telefon klingelte ununterbrochen, meistens ging es um geschäftliche Dinge. Irgendwelche strategischen Konzepte, Distributionswege, Umstrukturierungen und Etatkalkulationen. Alles Dinge, von denen ich nichts verstand und die mich auch nicht sonderlich interessierten.

Kurz nachdem er aufgelegt hatte, klingelte auch noch sein Handy. Es lag neben mir auf dem Barcelona Sessel, auf einer ledernen Konferenzmappe. Ohne den Kopf zu bewegen, spähte ich auf das Display und las den Namen Eva Meyers. Das war doch die, mit der er letztens beim Empfang geflirtet hatte! Meine Sinne waren von jetzt auf sofort geschärft. Obwohl ich mir keinen Gefallen damit tat, wollte ich unbedingt erfahren, ob sie tatsächlich nur anrief, um über das Geschäft zu sprechen.

Der Sessel knirschte und ich wusste, Alex war aufgestanden. Als er neben mich trat und nach dem Handy griff, starrte ich wieder an die Wand. Mein Herz pochte, ich fühlte mich geladen, wie eine Schrotflinte. Hunderte Fragen wollten beantwortet werden. Warum rief sie an? Wie würde er reagieren? Schaffte sie es, ihn um den Finger zu wickeln? Lief da womöglich etwas zwischen ihnen?

»Hi Eva!«, hörte ich ihn sagen. Er stand direkt neben mir, ich konnte mithören, was Eva sagte. Es gäbe noch etwas zu besprechen, meinte sie. Aber so wie sie rumdruckste, war das sicher nur ein Vorwand. Denn Alex' Vorschlag, sich mit Cedric zusammenzusetzen, wies sie vehement zurück. Soweit ich das raushörte, mochte sie sich allein mit ihm treffen, in einem Lokal Namens *Orange Pub* oder so ähnlich.

»Heute Abend geht leider nicht«, sagte Alex. »Ich habe

schon was vor ... Klar, ich denke Anfang nächster Woche wäre perfekt ... Ich sehe nach und rufe dich zurück.«

Ich sah zu ihm und bemerkte, dass auch er mich ansah. Er studierte meine Mimik. Dann lächelte er mich an. Als sähe er mich als Verbündete. Ob er wusste, dass ich das Telefonat belauschte?

Er legte auf und ein Anflug von Genugtuung setzte sich auf mir nieder. Wenn ich das richtig deutete, hatte er ihr gerade eine Abfuhr erteilt. Ich fragte mich, was er heute vorhatte. Ob er sich wieder eine Überraschung für mich ausgedacht hatte. Ob er mich deshalb so ansah. Vielleicht war ich ihm doch wichtiger, als ich dachte. Vielleicht wollte Chloé mir nur Angst machen.

Er trat ein paar Schritte zurück und ich wusste, dass er noch immer hinter mir stand. Ich hatte keine weiteren Schritte gehört und sein Ledersessel knarzte auch nicht. Wahrscheinlich lehnte er am Schreibtisch und betrachtete meinen Hintern, von dem er mir schon einige Male gesagt hatte, dass er ihn hübsch fand. Am schönsten sehe er mit roten Backen aus oder mit feinen roten Linien.

Plötzlich spürte ich Alex' Atem an der Schulter. Ich zuckte zusammen, die Kette klirrte. Seine Lippen berührten mein Schulterblatt. Es war ein äußerst sinnlicher Moment. Seine weichen Lippen gepaart mit den Stichen des Bartes jagten mir Gänsehaut über den Rücken. Ich fixierte einen Punkt an der Wand, ehe ich die Augen schloss und genoss, was er mir gab. Seine Lippen wanderten meinen Arm hinunter. Es kitzelte. Instinktiv spannte ich den Ellenbogen an, um den sanften Reiz aufzufangen.

Abrupt ließ er von mir ab und klatschte seine flache Hand neben mir an die Wand. Ich erschrak und war geneigt, mich zu ihm zu drehen, weil ich in seinem Gesicht sehen wollte, was los war.

Auf einmal löste er die Kette von meinem Halsreif, packte meine Hüfte und drehte mich zu sich. Er betrachtete mein Gesicht, als hätte er bisher nie die Zeit gehabt, es genau anzusehen. Ich war irritiert und wollte zu gern wissen, was in ihm vorging. Mein Atem ging flach, ich wagte nicht mal zu schlucken, weil ich diesen trügerischen Moment nicht herausfordern wollte. Mit zwei Fingern streichelte er erst über meine Wange, dann durch mein Haar. Ich traute mich endlich zu schlucken und erwiderte gebannt seinen Blick. Er wirkte konzentriert, als würde er gerade darüber nachdenken, was er als Nächstes tun wollte. War er etwa unsicher? Aber weshalb? Er malmte mit den Kiefern und ließ mich nicht aus den Augen. Seine Hand umfasste gerade meinen Hinterkopf, da beugte er sich plötzlich vor und küsste mich. Ich riss die Augen auf, denn damit hatte ich überhaupt nicht gerechnet. Seine Zunge schlang sich um meine Zunge, seine Lippen massierten meine Lippen. Es ging plötzlich alles so schnell. Er wirkte so entschlossen, so wild, leidenschaftlich. Mit beiden Händen hielt er meinen Kopf und sah mich wieder an. In seinen Augen funkelte unkontrollierte Leidenschaft. Ich fühlte, er wollte mich. Und ich wollte ihn. Plötzlich packte er meinen Arm, zog mich mit sich, und ehe ich mich versah, drückte er mich nach vorn gebeugt auf das kühle Glas der Schreibtischplatte. Der aufgeklappte Laptop wackelte und einige Blätter rutschten über die Tischkante. Ich hörte, wie er den Reißverschluss seiner Hose öffnete und ohne zu zögern spreizte ich die Beine.

Er legte seine Hände auf meine Lendenwirbel und schob sich in mich. Ich stöhnte vor Verlangen und mit jedem Stoß schnellte die Lust durch meinen ganzen Körper. Sein Schreibtisch ruckelte und meine Handflächen klebten an der Tischplatte. Mit lautem Keuchen presste sich mein Atem aus der Kehle, im Takt mit seinen Stößen. Ich war so erfasst von seiner Leidenschaft, dass ich mich darin suhlte, als wäre sie ein prickelnd warmes Gewässer. Ich spürte die Hitze, die uns umgab und seine Haut, die sich im immer gleichen Rhythmus an die meine schmiegte. Jede seiner Bewegungen katapultierte mich weiter in die Lüfte, bis ich merkte, der Höhepunkt war bald erreicht.

»Bitte. Darf ich kommen?«, hauchte ich.

Er antwortete nicht. Stattdessen schob er sich immer schneller in mich. Ich wusste nicht, was ich tun sollte, der Drang zu kommen war allgegenwärtig. Warum sagte er nichts? Bedeutete es ja, ich darf kommen? Oder musste ich auf seine Erlaubnis warten? Ich konnte nicht mehr und er hörte nicht auf, mich zu stimulieren. Plötzlich wurde er langsamer und ich wusste, er war kurz davor. Der Zeitpunkt war zu kostbar, als dass ich ihn verstreichen lassen wollte. Es reichte nur ein einziger letzter Stoß, und der Orgasmus brach über mich herein, toste durch meine Mitte und schickte ein Prickeln durch meine Nervenbahnen.

»Ja, komm«, hörte ich Alex stöhnen. Ich spürte, wie auch er sich in mir entlud. Sekunden später lag er auf Ellenbogen gestützt über mir. Er war noch immer tief in mir, seine Lenden lehnten an meinem Hintern, meine Vagina pulsierte. Ich legte die heiße Wange auf das kühle Glas. Ein Lächeln lag auf meinen Lippen. Ich lauschte in die Stille, die sich wie eine unendliche Weite hinter Alex' und meinem leisen Atem erstreckte. Die vom Wind getragenen Wipfel der Zypressen spiegeln sich in der blanken Glasplatte. Ich war erschöpft und glücklich.

»Es tut mir so leid«, flüsterte er.

Ich drehte den Kopf zu ihm und suchte seinen Blick. Was tat ihm leid?

»Was?« Meine Stimme war nur ein dünner Hauch.

Er schüttelte den Kopf. Stieß sich mit den Händen vom Tisch ab und zog sich an. Irritiert sah ich ihm zu. Er handelte so überstürzt, dass ich mir wünschte, in ihn hineinsehen zu können. Als er sich wieder in seinen Sessel setzte, bat er mich, zu gehen. Einfach so, ohne Erklärung. Ich solle mir etwas zu essen machen, mich irgendwie beschäftigen. Er wollte den Rest des Nachmittages nicht mehr gestört werden. Ich schaffte es nicht, etwas zu sagen.

***

Eine Zeit lang stand ich im Foyer und rührte mich nicht. Ich blickte noch einmal zur geschlossenen Bürotür und dachte darüber nach, was er damit gemeint haben könnte. Was, um Himmelswillen, tat ihm leid? Ich konnte mir keine Antwort darauf geben. Es ergab alles keinen Sinn. Was war nur mit ihm los?

Die nächsten zwei Stunden tingelte ich nur von der Küche in den Wohnbereich und wieder zurück in die Küche. Entweder sah ich aus dem Fenster und stellte fest, dass es bald Regen gab oder ich öffnete, zum inzwischen fünften Mal den Kühlschrank, nur um gedankenverloren hineinzustarren und ihn dann wieder zu schließen. Obwohl mein Magen knurrte, hatte ich keinen Appetit. Das Einzige, was ich runter bekam, war ein Stück Butterkäse. Zumindest hörte dann das Knurren auf.

Irgendwann kam ich auf die Idee, mich im Haus umzusehen. Meine Gedanken bettelten um Abwechslung. Ich zog mir ein weißes Longtop über und erkundete alle Räume im Obergeschoss. Eine Tür direkt neben Alex' Schlafzimmer führte zu

346

einem Bad mit grauen Wänden, einem großen Spiegel über dem eckigen Waschtisch und blauen Handtüchern. Hinter den anderen Türen verbargen sich Gästezimmer. Alle waren hell und schlicht eingerichtet, mit großen weißen Betten, Böden aus Walnuss- oder Kirschbaumholz und die Wände waren in Pastellgrün, Hellblau und Cremeweiß gestrichen. Keine Dekoartikel oder sonstiger Krimskrams.

Vermutlich bewahrte Alex seine persönlichen Gegenstände in seinem Schlafzimmer oder in seinem Arbeitszimmer auf – den Räumen, die ich nicht betreten konnte, weil sie entweder abgeschlossen waren oder weil Alex sich darin befand. Lediglich auf dem Regal in einem der Gästezimmer entdeckte ich einen Stapel Bücher und vier Zeitschriften aus dem letzten Jahr. Es waren Sachbücher übers Segeln und über Pferde. Ich fragte mich, ob er ein Pferd hatte. Wieder einmal wurde mir bewusst, wie wenig ich ihn kannte. Ich kannte nur seinen Körper, seine Art, wie er mit mir umging und seine Wirkung auf Frauen. Aber nicht den Menschen, der sich dahinter verbarg.

Ich beschloss, wenigstens ein paar der Bücher mit auf mein Zimmer zu nehmen. Denn ich glaubte, ich würde Alex dadurch etwas näher kennenlernen. Außerdem musste ich mir dann wenigstens nicht mehr die Zeit mit Denken vertreiben, wenn ich in meinem Zimmer angekettet war.

Ich entschied mich dazu, die Bücher unter der Kommode zu verstecken. Der Platz reichte gerade mal aus und man musste sich schon bücken, um sie zu entdecken. Sicherheitshalber schob ich sie ganz nach hinten.

Plötzlich hörte ich Stimmen, die von unten in mein Zimmer drangen. Ich trat in den Flur und spähte ins Foyer. Es war Marc. Er stand zwei Meter von der Eingangstür entfernt, weshalb ich nur seinen Hinterkopf und hin und wieder seine gestikulierenden Arme zu sehen bekam. Er unterhielt sich gerade mit Alex.

»Ja, aber ich kann erst in zwei Tagen in die Wohnung, weil noch nicht alle Böden fertig verlegt sind«, sagte Marc. »Ich dachte, ich könnte meine Sachen in der Zwischenzeit bei dir unterbringen. Es sind nur ein paar Umzugskisten. Die Möbel sind alle in einem Container, den ich bei der Spedition gemietet habe.«

Alex sagte nichts, ich ging mal davon aus, er gab sich mit einem Nicken einverstanden. Denn Marc bedankte sich und verschwand dann komplett aus meinem Sichtfeld.

»Willst du den Grundriss sehen?« Marcs Stimme klang nun weiter entfernt. Ich hörte, wie der Kühlschrank zufiel und dann war da ein Scheppern, das wohl von der Schublade mit dem Besteckkasten stammte.

»Jetzt nicht. Ich muss mich fertigmachen«, sagte Alex. »Chloé kommt mich in einer halben Stunde abholen.«

Chloé? Als ich ihren Namen hörte, zuckte ich innerlich zusammen. Ein Frösteln kroch meinen Rücken hinauf. Er ging mit Chloé aus? Meine Hände begannen zu zittern, mein Kopf fühlte sich von einer Sekunde auf die andere ganz heiß an. Und was war mit mir?

Plötzlich sah ich Alex auf dem Treppenabsatz. Ich huschte zurück in mein Zimmer und lehnte mich neben der Tür an die Wand. Ich musste den Schock erst verarbeiten. Mein Herz klopfte so heftig, dass ich es an meiner Brust spüren konnte. Ich beobachtete, wie Alex an meinem Zimmer vorbei ins Bad ging.

Ihn interessierte gar nicht, wo ich war. Hatte ihm Chloé so den Kopf verdreht, dass ich ihm egal war? Ich setzte mich aufs Bett und starrte ins Leere. War es das, was ihm leidtat? Weil er sich für sie entschieden hatte, nicht für mich? Diese plötzliche Erkenntnis höhlte mich innerlich so aus, dass ich am liebsten die Bettdecke zerrissen hätte. Ich schüttelte den Kopf und überlegte, was ich tun sollte. Ich durfte mich nicht wie eine hysterische Gans aufführen, sonst würde er mich wieder mit Handschellen ans Bett ketten. Sollte ich einfach zu ihm gehen? Ihn zur Rede stellen? Würde er überhaupt mit mir darüber sprechen? War es nicht ohnehin zu spät? Diese Schlange hatte es tatsächlich geschafft. Er ließ mich einfach fallen, rangierte mich aus, wie einen einfältigen Ford Fiesta, der dem aufpolierten Porsche nicht den Rang abfahren konnte.

Plötzlich stand Alex im Türrahmen.

»Ich möchte, dass du nach unten gehst und Marc dabei hilfst, Umzugskisten ins Haus zu räumen«, sagte er, als gäbe es nichts, was es sonst noch zu klären gab. »Ich bin heute Abend nicht da. Du wirst auf ihn hören, solange ich weg bin.«

Er sah mich gar nicht richtig an, als er das sagte, pfriemelte nur an seinem Manschettenknopf herum.

Wortlos sah ich ihn an. Wie er dastand in seinem anthrazitfarbenen Anzug und dem blütenweißen Hemd. Er war so unnahbar, so reserviert. Er gehörte nie wirklich mir. Und jetzt wusste ich auch warum. Jetzt kannte ich die Hintergründe. Mir wurde plötzlich so vieles schmerzlich bewusst.

»Warum treffen Sie sich mit Chloé?«, fragte ich. In mir zitterte alles.

Er sah mich irritiert an. Es dauerte ein paar Sekunden, bis er mir antwortete. »Wir haben uns länger nicht mehr gesehen. Wir gehen zusammmen Essen.«

»Warum gehen Sie nicht mit mir Essen?«

»Haben wir das nicht bereits geklärt?«

»Ich möchte es wissen.«

»Was möchtest du wissen?« Er wirkte gestresst.

Dann läutete es an der Tür.

»Wir sprechen morgen darüber, Okay?«, sagte er und drehte sich um. Es war, als wäre er erleichtert, endlich von mir wegzukommen.

Ich atmete sein Aftershave, das noch immer in der Luft hing, während er schon die Treppe nach unten eilte. Dann hörte ich Chloés Stimme. Ich ging zur Tür und sah sie im Foyer stehen. Sie lachte, aber es war kein echtes Lachen. Es klang aufgesetzt, hinterhältig.

Plötzlich entdeckte sie mich, sie sah mir direkt in die Augen. Ihr Lachen verstummte und ein herablassender Ausdruck huschte über ihr Gesicht.

»Wir können los«, sagte Alex und legte seine Hand auf ihren Rücken.

Ein giftgrüner Stich der Eifersucht durchbohrte mein Herz. Was mochte er nur an dieser hinterhältigen Schlange?

Bevor sie das Haus verließen, warf Chloé mir noch ein schiefes Grinsen zu, das meine Wut auf Hochtouren brachte. Auch wenn ich versuchte, es mir nicht anmerken zu lassen, in mir brodelte es. Wegen ihr.

»Lydia«, rief Marc, als die Tür ins Schloss gefallen war. Sein Rufen riss mich aus dem Gedanken. Mir fiel ein, dass ich ihm helfen sollte, Kisten zu schleppen. Dafür war ich wohl gut genug.

***

Dicke Regentropfen fielen auf mein Gesicht und meine Arme, als ich die erste Umzugskiste ins Haus schleppte und im Foyer abstellte. Der frische Wind schien die Hitze vertreiben zu wollen, die sich die letzten Tage hartnäckig gehalten hatte. Marc hievte der Reihe nach die Kisten aus dem Lieferwagen und stellte sie davor ab. Bereits ein gutes Dutzend stand schon zum Hineintragen bereit und der Regen wurde immer dichter und kälter.

Seit Marc sich an mir vergangen hatte, fühlte ich mich unwohl in seiner Nähe. Als wäre das Vertrauen ein für alle Mal zerstört worden. Vielleicht kam es mir auch nur so vor, aber sobald unsere Blicke sich trafen, sah er mich so eigenartig an, als würde er mir misstrauen. Ich fragte mich, ob Alex ihm von meinem Verrat erzählt hatte. Das würde gerade noch fehlen.

Ich blickte zum Tor der Einfahrt, das halb offen stand und sofort kribbelte es in mir.

»Scheiße«, rief Marc plötzlich. »Ich bin gleich wieder da. Mach du weiter.« Er sprang aus dem Lieferwagen und rannte ins Haus. Ich sah ihm nur kurz hinterher, dann sah ich wieder zum Tor. Es war nur ein flüchtiger Gedanke, der mir inzwischen so unwirklich vorkam, dass ich erst mal nur wie erstarrt da stand. Es kribbelte noch immer. Was, wenn ich einfach losrannte?

30

Mein Herz schlug mir bis zum Hals und wären meine Beine nicht ständig in Bewegung gewesen, wäre ich vor Zittern wahrscheinlich zusammengebrochen. Ich sah nicht einmal zurück, als ich durch das Tor lief und die, vom Regen eingeweichte, Böschung nach oben kletterte. Ich wollte, dass Marc mich nicht fand, deshalb rannte ich quer durch den Wald und hoffte, dass er mich nicht dabei entdeckt hatte. Meine Füße sanken bei jedem Schritt in den unebenen Boden und verfingen sich in den Wurzeln und herumliegenden Ästen. Ich atmete schneller. Noch immer sah ich nicht zurück. Das Shirt klebte inzwischen an meinem Körper und die nassen Haare zogen sich wie Fadenalgen über mein Gesicht.

Ich zwängte mich durch dichtes Gestrüpp und schlitterte Böschungen nach unten. Doch ich hörte nicht auf zu laufen, getrieben von Wut und Verzweiflung. Wut, weil Chloé ihre Macht ausspielte und Verzweiflung, weil Alex sich von ihr blenden ließ. Ich war ihm doch egal.

Die Atemluft begann meine Kehle auszutrocknen. Meine Beine verloren immer mehr an Halt. Ständig fiel ich, schlug mit Knien und Händen auf.

Irgendwann hielt ich an, stützte mich auf den Oberschenkeln ab und rang nach Luft. Meine Kehle schmerzte, das Gesicht glühte und die Ohren dröhnten. Der Regen hatte nachgelassen. Womöglich lag es aber auch an den Bäumen, die das meiste davon abfingen. Ich sah mich um und fragte mich, wie weit ich wohl von Alex' Haus entfernt war. Ich war umgeben von grauen Riesen, die wie etliche Gitterstäbe aus dem Boden ragten und deren dunkelgrüne Wipfel weit über meinem Haupt die Sicht zum Himmel versperrten. Die Luft war feucht und roch nach Moder und Pilzen. Ich hatte keine Ahnung, wo ich war und in welche Richtung ich weiterlaufen sollte, um hier rauszukommen.

Der Wind rauschte durch die Blätter, schwere Tropfen fielen durchs Geäst. Ich war durchnässt und von oben bis unten mit Schmutz besudelt. Doch es war mir egal. Ich lief weiter. Hetzte über den moosbewachsenen Boden, der dicht mit Sauerklee befleckt war. Immer wieder blieb mein Shirt an Ästen hängen, die Triebe peitschten mir um die nackten Füße. Bis ich zu einer Lichtung gelangte, bestehend aus wildem Gestrüpp, das einem Dschungel glich. Eine düstere Stimmung lag darüber, als sei die Lichtung von einem einzigen großen Schatten bedeckt. Ich wusste, dass es bald dunkel sein würde. Vielleicht sollte ich mir einen Unterschlupf suchen. Denn wenn es erst mal dunkel war, konnte ich sowieso nicht mehr weiter laufen.

Ich stapfte den Waldrand entlang, bis ich plötzlich einen schmalen Pfad entdeckte, der zurück in den Wald führte. Ein Gemisch aus Aufregung und Angst flatterte durch meinen Bauchraum. Ich wusste, es war der Weg in die Freiheit. Ich lief über den schlammigen Morast, der so breit war, dass gerade mal ein Radfahrer darauf Platz gefunden hätte. Ich bin frei, zog es sich wie eine Laufschrift durch meine Gedanken. Aber irgendwie fühlte ich die Freiheit nicht. Ich fühlte eine Leere. War das Freiheit?

Ich fühlte mich gefangen im Nichts. Streunte durch dieses dunkle Gestrüpp, ohne Ziel, ohne Regeln. Ohne freudige Erwartung auf etwas, das mir das Gefühl gab, ich lebte.

Was sollte ich jetzt tun? So weiterleben, wie zuvor? Sollte ich mich wieder in die Schablonen des Alltags pressen? Von einem Flughafen zum nächsten, von einem Termin zum anderen? Die immer gleichen akribisch geplanten Abläufe, die mich in ein enges Mieder zwängten. Und, wenn der Sinn nach Zweisamkeit mich überfiel, sollte ich mir dann wieder einen Mann aufreißen, von dem ich jetzt schon wusste, dass er nicht so sein würde wie Alex?

Er war es, der mir die Verantwortung abgenommen hatte. Er befreite mich von all den Pflichten und Zwängen, die ich mir selbst auferlegt hatte. Ohne ihn war ich wieder auf mich allein gestellt.

Ich setzte mich auf einen umgefallenen Baum und starrte in den grauen Wald. Es war kalt, feucht und der Morast klebte an meinen Füßen. Aber was das Schlimmste war: Ich fühlte mich plötzlich so einsam. Ein Gefühl, das mir nicht fremd war. Ich kannte es von früher. Bevor ich mit all dem konfrontiert wurde.

Anfangs ersetzten die One-Night-Stands noch die verlorene Zweisamkeit, bis sie irgendwann zur Gewohnheit abstumpften. Während mein Innerstes längst erkannt hatte, dass Sex nicht die Geborgenheit ersetzen konnte, hing mein Verstand immer noch der Illusion nach, es würde die vergrabene Sehnsucht in mir lindern.

»Ach Alex«, entwich es meiner Kehle. Kaum hörbar. Nur in meinem Kopf klang es laut. Ich vermisste ihn so sehr. Ich vermisste seinen Blick, ich vermisste es, wie er mich bestrafte, weil ich mich nicht so verhielt, wie er es wollte. Ich vermisste sogar das Gefühl der Eifersucht und ich vermisste seine Leidenschaft, die dieses Gefühl wieder gut machte.

Es war nicht einfach nur Lust, die ich bei ihm empfand. Es war Angst, Schmerz, Vorfreude und Sehnsucht. All diese Empfindungen ergaben unerträgliche Lust.

Ich spürte sie, wenn er den Raum betrat. Und sie war es, die in meiner Seele schmerzte, wenn er mich allein zurückließ. Sie schmerzte jetzt.

Ich blickte um mich. Der Wald war inzwischen ein tiefes, dunkles Grau, von dem sich die Baumstämme, Äste und wuchernden Pflanzen wie schwarze Schatten abzeichneten. Hin und wieder glaubte ich, dass sie sich bewegten. Es knackste, rieselte und raschelte. Überall. Es machte mir Angst. Ich rutschte vom Baumstamm, zog die Beine an und umschlang sie mit den Armen. Zum Weitergehen war es zu spät, ich würde nicht mal sehen, wo ich meinen Fuß absetzte. Wieder hörte ich ein Knacksen. Ganz in der Nähe. Vielleicht ein Reh? Ich sah mich um, konnte aber nichts Eindeutiges erkennen. Alles wirkte so verdächtig. Sträucher glichen Menschen und Äste sahen aus wie Gewehre, Äxte oder Schwerter. Ich wagte es nicht, mich zu bewegen. Wie sollte ich die Nacht nur überstehen? Mein

Herz pochte und mein Gehör konzentrierte sich auf jedes erdenkliche Geräusch. Sogar die Regentropfen, die auf die Blätter klatschten, drangen an mein Ohr. Plötzlich hörte ich ein Schlurfen. Ich drehte mich in die Richtung, von der es kam. Da war ein Licht. Ein dünner heller Schein, zwischen den Bäumen. Das war kein Tier! Was sollte ich tun? Weglaufen? Mich verstecken? Ich duckte mich. Warum nur hatte ich ein weißes Shirt angezogen? Das Schlurfen kam näher. Ich hielt den Atem an. Wieder sah ich ein Licht, es streifte über die Baumstämme und Sträucher direkt vor mir. Bis es wieder verschwand. Mein Herz stand still. Es war eine Taschenlampe, eindeutig. War es Marc?

Finger griffen in mein Haar. Jemand packte meinen Arm und riss mich hoch. Plötzlich drückte sich etwas an mein Gesicht, raubte mir die Luft. Ich bekam keine Luft mehr. Ich schlug um mich, dann war alles nur noch schwarz.

31

Es musste ein Traum sein. Ich stand in dieser Steinnische, in Jeffs Haus. Da war die Glaswand und Theo stand vor mir. Er lehnte an der Scheibe und sah mich an. Mit diesem angewiderten Blick, als wäre er geneigt, mir eine reinzuhauen. In meinem Bauch fühlte es sich sogar so an, als hätte er es gerade getan. Mir war übel. Aber ich konnte nicht schlucken, weil ein Bolzen quer in meinem Mund steckte. Ich wollte mich wegdrehen, konnte aber den Kopf nicht bewegen. Oh mein Gott, es war kein Traum. Ich war wirklich bei Jeff. Es war derselbe Knebel wie damals. Ich sah alles plötzlich ganz klar. Es war derselbe Raum, in dem alles begonnen hatte. Die steinernen Wände, der alte Dielenboden, die Aufzugtür, die Treppe nach unten. Sofort kamen die Erinnerungen hoch.

Panik stieg in mir auf. Ich spürte meinen Körper, ich wusste, ich war nackt. Meine Hände, sie waren auf dem Rücken gefesselt – mit Handschellen. Was war passiert? Warum war ich hier? Warum war mir so übel? Ich versuchte, nachzudenken. Die Gedanken irrten durch meinen Kopf. Ich konnte mich nicht konzentrieren. Der einzige Gedanke, der immer wieder durch meine Gehirnwindungen raste war: Ich will hier weg.

»So schnell sieht man sich wieder«, sagte Theo und stieß sich von der Glaswand ab. Mit den Händen in den Hosentaschen kam er auf mich zu und blieb bedrohlich nahe vor mir stehen.

»Ein Glück, dass wir immer wissen, wo du bist.« Er grinste mich dreckig an und nahm seine Hand aus der Hosentasche. Ich glaubte, er würde mich schlagen und wich zurück. Sofort stieß ich mit der Ferse gegen die Stange. Die Handschellen klirrten. Plötzlich zwickte es an meiner Schamlippe. Ich wollte nach unten sehen, aber ich konnte den Kopf nicht bewegen. Mein Blickfeld reichte nur bis zu den Brüsten. Dann realisierte ich, dass er am Piercing zog. Zumindest berührten seine Finger nicht meine Haut. Ich trat von einem Fuß auf den anderen. Wann ließ er endlich los?

»Ein klitzekleiner GPS-Sender und wir können jederzeit verfolgen, wo sich unsere Schützlinge aufhalten. Ist das nicht genial, was die Technik alles möglich macht?« Er beugte sich ganz nah zu mir und grinste mich an. Ich roch seinen abgestandenen Atem, während er mir seine Zähne zeigte. Er ekelte mich an. »Es gab schon so einige, die glaubten, sie könnten uns entwischen.«

Endlich ließ er meine Schamlippe los, aber nur, um mit seinen Händen meine beiden Brüste zu umfassen. Sein Blick biss sich an mir fest.

»Sie alle wurden gebrandmarkt, damit sie nie mehr vergaßen, wohin sie gehörten. Und an ihre Nippel schweißten wir Glocken, damit man sie hören konnte, sollten sie noch einmal auf diese wirklich dumme Idee kommen.«

Er fasste mit Daumen und Zeigefinger meine Brustwarzen und zog sie nach unten. Ich schrie, weil es so wehtat. Die ganze Zeit sah ich dieses abfällige Grinsen und diesen giftigen Blick. Ich schloss die Augen, weil ich ihn nicht mehr ansehen wollte, weil ich nichts mehr von ihm hören wollte und weil ich wollte, dass er mich endlich losließ. Tränen zwängten sich aus meinen Augenwinkeln. Wenn ich nur daran dachte, dass er all das wahrmachen würde, was er mir angedroht hatte, wäre ich am liebsten tot. Und ich spürte, er genoss es, wenn ich zitterte und schluchzte. Ich windete meinen Brustkorb, um mich aus seinem Griff zu befreien. Sofort zog er mich an den Brustwarzen zu sich. Es zwickte, als würde er Nadeln in meine Brüste piksen. Endlich ließ er los, doch noch bevor ich aufatmen konnte, klatsche seine flache Hand auf meine Brust. Ein Schmerzlaut entrang sich meiner Kehle, ich riss die Augen auf. Während er bereits mit verschränkten Armen vor mir stand, spürte ich seine Hand noch am Körper, wie ein Phantom.

»Würdest du mir gehören, hättest du schon lange gelernt zu gehorchen.«

Ein neuer Anflug von Übelkeit erfasste mich, als mir plötzlich Alex in den Sinn kam. Ob er wusste, wo ich war? Meine Nase kribbelte und Tränen benetzten die Augen. Gehörte ich ihm überhaupt noch? Oder war es das? Alex wollte mich nicht, er hatte jetzt Chloé. Warum ließ man mich nicht einfach gehen? Ich war doch nur wegen ihm hier gewesen. Nur wegen ihm.

Theo grinste mich noch einmal an, als wollte er mir damit sagen, dass mein Martyrium noch lange nicht vorüber war.

Dann drehte er sich um und verließ die Nische. Er schloss die Glastür und verriegelte sie. Wollte er verhindern, dass ich abhaute? Ich konnte mich nicht mal von der Stelle bewegen.

Er verschwand durch die Tür neben der Treppe. Immer wieder presste ich die Tränen aus den Augen, um den Blick zu klären. Ich wollte, ich könnte wenigstens die Hände benutzen, um mir das Gesicht abzuwischen.

Mir kam es vor, als müsste ich auf meine Hinrichtung warten. Die Angst zog sich wie frisches Harz durch meine Nervenbahnen und alles, woran ich denken konnte, war, ob ich Alex jemals wiedersehen würde.

***

Ich wusste nicht mehr, ob es drei oder vier oder mehr Männer waren, die im Laufe der Zeit mit Theo durch die Tür kamen. Sie alle taxierten meinen zur Schau gestellten Körper. Sogar ihr Raunen hörte ich durch die länglichen Schlitze im Glas. Manche blieben auch eine Weile vor mir stehen und gingen erst die Treppe nach unten, nachdem Sie mich ausgiebig bewundert hatten. Wahrscheinlich, um sich mit Sklavinnen des Hauses zu vergnügen. Ich musste an Mila denken. Vielleicht würde ich mir bald wieder eine Zelle mit ihr teilen müssen. Der Gedanke, dieses Gefängnis als mein neues Zuhause zu sehen, setzte für mich alles auf null. Ich würde Alex vermutlich nie wiedersehen und die Hoffnung auf einen Herrn, der nur annähernd mit Alex vergleichbar war, konnte ich von vornherein ausschließen. So einen Mann wie Alex gab es kein zweites Mal.

32

Es war ein Moment des Glücks, als plötzlich die Aufzugtür aufging und ich Alex sah. Ich stöhnte vor Erleichterung und sogleich rauschte die Unruhe in mir wie ein Wirbelsturm. Jeff begleitete ihn.

»Ich bin gleich wieder da«, sagte Jeff und ging durch die Tür neben der Treppe. Ich kam mir so dumm vor. Ich kam mir so schrecklich dumm vor.

Alex sah mich nicht an. Er setzte sich auf den Zweisitzer vor mir und legte seinen Arm auf das Leder der Rückenlehne. Als sein Blick mich dann traf, fuhr mir ein kalter Schauer über den Rücken. Er wirkte nachdenklich. Sicher war er unheimlich enttäuscht von mir. Ich wagte es nicht, ihn lange anzusehen. Weil ich mich so schämte. Dabei war ich so froh, dass er endlich bei mir war. Tief in meinem Herzen spürte ich Dankbarkeit. Jetzt würde alles gut werden.

Jeff kam zurück. In seiner rechten Hand hielt er einen roten Kunststoffeimer und in der linken mehrere Stücke aus schwarzem Latex und ein weißes Handtuch.

»Ich lege ihr Haube und Handschuhe an. Ich denke, so schnell wird sie nicht wieder davonlaufen«, sagte Jeff und schmunzelte. Alex nickte und ließ ein seichtes Lächeln erkennen, wobei er Luft ausstieß. Zweifelte er etwa daran? Er blieb sitzen, während Jeff die Glastür aufschloss und zu mir kam. Er stellte den Eimer auf dem Boden ab. Dabei schwappten ein paar Tropfen warme Flüssigkeit auf meine Füße. Es roch nach Spülmittel und ich ging davon aus, dass sich in dem Eimer Seifenlauge befand. Sehen konnte ich es nicht, weil der Eimer so nah bei meinen Füßen stand. Jeff öffnete die Handschellen.

»Wasch deine Hände«, sagte er, zog meine rechte Hand nach vorn und tauchte sie in die warme Flüssigkeit. Er hielt den Eimer vor meinen Bauch. Ich zögerte nicht, steckte auch die zweite Hand hinein und rieb die Hände aneinander. Meine Finger zitterten und mein Puls raste.

Kurz darauf entzog er mir den Eimer und trocknete meine Hände mit dem Handtuch ab. Als er fertig war, ließ ich die Arme einfach neben meinem Körper hängen. Ich wollte diese Prozedur überstehen, ohne Widerstand zu leisten. Alex sollte merken, dass ich meine Lektion gelernt hatte.

»Halte deine Arme nach vorn und bilde eine Faust, lege den Daumen außen an«, forderte Jeff. Ich tat es. Als Jeff sich bückte, konnte ich Alex sehen. Er sah uns zu, sein Blick wirkte ernst und melancholisch.

Jeff erhob sich und versperrte mir die Sicht. In seinen Händen hielt er einen schwarzen Latexbeutel, den er mir über die rechte Faust stülpte. Das Material schmiegte sich eng an meine Hand und ließ keinen Platz mehr, um die Finger zu bewegen. Mit einer Schnalle schloss er den Bund des Fäustlings um mein Handgelenk. Und daran befestigte er zusätzlich ein kleines Vorhängeschloss. Dasselbe machte er bei meiner linken Hand.

Ich ließ die Arme wieder fallen und versuchte, die Finger zu bewegen, es war zwecklos. Endlich öffnete Jeff den Knebel und ich konnte den verspannten Kiefer bewegen.

Es plätscherte wieder und einige Tropfen trafen meine Füße. Ich sah nach unten und bemerkte, dass Jeff das Handtuch zur Hälfte in die Seifenlauge getunkt hatte und es gerade auswrang. Dann wischte er mit der nassen Seite über mein Gesicht. Das Frottee kratzte auf der Haut. Doch ich hielt still, bis er mit abtrocknen fertig war und das Handtuch weglegte. Ich wusste, was als Nächstes kommen würde und hätte mich am liebsten dagegen aufgelehnt, weil ich Alex weiterhin im Blick behalten wollte. Noch ein letztes Mal suchte ich seine Augen, dann zog Jeff mir die Gummihaube über den Kopf. Es dauerte einige Minuten, bis alles an der richtigen Stelle saß. Die Augen waren verschlossen, nur für die Nasenlöcher und den Mund gab es

Aussparungen, die mir erlaubten, Luft zu holen. Doch bevor ich einen tiefen Atemzug nehmen konnte, steckte auch schon ein aufblasbarer Gummiknebel in meinem Mund. Ich wusste, Alex würde mich gleich bestrafen und ich war bereit, seine Strafe entgegenzunehmen. Egal wie schmerzhaft sie sein würde.

**

Ich ging davon aus, die Strafe sofort zu bekommen, doch kurze Zeit später hievte man mich in den Kofferraum eines Autos. Zumindest glaubte ich, dass es ein Kofferraum war. Der raue Nadelfilz, die dumpfen Motorengeräusche und der enge Raum, alles deutete darauf hin. Ich konnte nur mit angewinkelten Beinen liegen, mich aufsetzen ging gar nicht und mit den Füßen stieß ich an irgendwelche Metallteile, sobald ich den Raum damit abtastete.

Nach einer langen Fahrt hob man mich endlich aus dem Wagen. Ich spürte den Kies unter den Füßen und hoffte, dass es der Weg zu Alex' Haus war. Ich hörte, wie Jeff sagte: »Ich schlage vor, die Maske und Handschuhe über mehrere Tage tragen zu lassen. So lange, bis sie Reue zeigt. Dann wird sie auch nicht mehr so schnell davonlaufen.«

»Danke, Jeff«, sagte Alex.

Jeffs Vorschlag versetzte mir einen Stich. Ich stellte mir vor, die kommenden Tage in vollkommener Dunkelheit und mit diesen Klauen verbringen zu müssen. Wie sollte ich nur essen, wenn ich nicht mal eine Gabel halten konnte und wie sollte ich mir die Zähne putzen, mich waschen oder mich anziehen? Ich würde mich ohne Tast- und Sehsinn nicht mal im Haus bewegen können, ohne auf Hilfe angewiesen zu sein.

Jemand packte meinen Arm und führte mich über den Kiesweg, so wie es die nächste Zeit wohl sein würde. Es war Alex, der mich festhielt. Er verabschiedete sich noch von Jeff, dann fiel hinter uns die Tür ins Schloss. Er führte mich in einen Raum. Ich nahm an, es war sein Arbeitszimmer. Ich kannte den Geruch und den Holzboden unter meinen Füßen. Er setzte mich auf etwas Kaltem ab, in das ich weich sank. Vermutlich der Barcelona Sessel. Mein Magen zog sich zusammen, als hätte man ihn mit einem Gurt stranguliert. Das flaue Gefühl reichte bis in den Darmtrakt. Ich atmete tief in meine Aufregung.

Er nahm mir den Knebel ab und plötzlich verschob sich die Kopfmaske an meinem Gesicht. Ich war erleichtert, dass er offenbar nicht vorhatte, Jeffs Ratschlag zu folgen. Er zog sie mir vom Kopf. Ich blinzelte und bemerkte, wie meine Haare an der Stirn klebten. Ich musste schrecklich fertig aussehen. Es war mir unangenehm, dass er mich so sah. Doch er sah mich nicht an. Er konzentrierte sich auf meine Hände, die er gerade von den Handschuhen befreite. Meine Finger fühlten sich an wie ein Knorpelgebilde. Ich versuchte, die steifen Gelenke zu bewegen, als Alex meine Finger umfasste und sie mit beiden Händen massierte. Es war so schön, ihn zu spüren. Es war so schön, bei ihm zu sein. Der Moment ließ mich beinahe vergessen, dass er mich bald für meine Flucht bestrafen würde. Ich sah ihn an, während er vor mir hockte. Seine Augen waren noch immer auf meine Hände gerichtet. Ich erkannte, dass sein Blick leer war, als sähe er durch mich hindurch. Freute er sich etwa nicht, mich wiederzuhaben? Sofort breitete sich ein ungutes Gefühl in mir aus.

»Ich werde dich nicht bestrafen«, sagte er und ließ meine Hände los.

Er stand auf und ging um seinen Schreibtisch. Der Sessel knirschte, als er sich hineinsetzte und den Oberkörper zurücklehnte. Ich sah ihn mit großen Augen an. Er schob seinen

Laptop ein Stück zur Seite, als brauchte er Platz, um zu reden. Ich spürte die Stille förmlich, und während ich wartete, drückte die Ungeduld auf meine Arterien, bis sich das Blut staute und mein Kopf ganz heiß wurde.

»Es ist vorbei«, sagte er und sah auf meine Hände, die auf meinem Schoß ruhten. Was meinte er mit vorbei? Und warum sah er mich nicht an?

»Ich habe keine Verwendung mehr für dich«, sagte er weiter.

Ich schluckte. Alles in mir sackte nach unten, wie bei einem Erdrutsch. Meine Wangen glühten, während mein Körper fror. Ich schaffte es nicht, etwas zu sagen. Ich war wie in Trance. Alles drehte sich, während ich mich an Alex' Gesicht festkrallte. Warum sah er mich nicht an? Es war doch sicher nur ein Scherz gewesen. Warum lachte er nicht? Er konnte das doch unmöglich ernst gemeint haben. Er wollte mich doch. Von Anfang an. Nein, schoss es mir durch den Kopf, er wollte Chloé. Sie war der Grund.

»Sie wollen mich nicht mehr, weil Sie jetzt Chloé haben, nicht wahr?« Ich zitterte, meine Stimme klang holprig.

»Nein.«

»Ich weiß, was Sie für Chloé empfinden. Ich weiß es von ihr.«

Er sah mich endlich an. »Das ist doch Unsinn. Chloé interessiert mich nicht. Sie ist eine Freundin, mehr nicht.«

»Aber Sie waren mit ihr draußen, während ich mit Finn ...«, ich brach ab, weil die Erinnerung mich überrannte.

Er sah nach unten und schüttelte den Kopf. Chloés Worte dröhnten durch meine Gedanken. Wartete draußen schon mein neuer Herr auf mich? Warum war er nur so feige und sagte es mir nicht einfach?

»Sie geben mich weg, an jemand anderen, nicht wahr?«

»Nein. Das werde ich nicht tun.«

»Werden Sie mich töten? So wie Marc seine Freundin?«, fiel ich ihm ins Wort. Es kam mir so plötzlich in den Sinn, dass es meinen Mund sofort verließ, ohne dass ich darüber nachdenken konnte.

Er runzelte die Stirn.

»Wie kommst du darauf, dass Marc Mel getötet hat?«

»Aber sie ist doch ... er hat doch Schuld an ...«

»Sie hat sich mit Elektrostimulation selbst befriedigt, während Marc auf Geschäftsreise war. Es war ein tragischer Unfall«, sagte er. »Ich werde dich nicht töten.«

»Aber Sie geben mich weg.«

»Ich möchte, dass du dein Leben lebst, so wie es dir gefällt. Denn ich kann dir nicht geben, was du verdienst.«

Was redete er da? Er war der erste Mensch in meinem Leben, der mir genau das gegeben hatte, was ich brauchte. Und ich war mir sicher, es würde keinen Zweiten mehr geben.

»Ich lasse das Piercing und den Halsreif entfernen. Alles wird sein wie vorher. Du wirst wieder ein ganz normales Leben führen.« Ich spürte die Entschlossenheit in seiner Stimme. Seine Sätze sickerten in meinen Kopf, wie Wasser in Watte. Dachte er wirklich, es würde dann wieder alles so sein wie früher? Er hatte mir mein Leben genommen und es von allen Seiten umgekrempelt. Nie würde es so sein, wie es mal war!

Ich schüttelte den Kopf. Ich konnte das nicht glauben. Es war nicht wahr, oder? Es war nur ein Scherz. So wie damals, als er mich im Glauben gelassen hatte, ich würde nicht zu ihm kommen. Als er mich hier in diesem Raum ausgepackt hatte und mich damit zum glücklichsten Menschen der Welt machte.

»Warum schicken Sie mich weg? Weil ich abgehauen bin?«

Er sah mich nur an und malmte die Kiefer, als suche er nach einer Antwort.

»Bestrafen Sie mich«, flehte ich. »Bitte bestrafen Sie mich für das, was ich getan habe. Schlagen Sie mich, bis ich blute. Ich ertrage es. Nur bitte schicken Sie mich nicht weg!«

Alex sah mir in die Augen. Eine gefühlte Ewigkeit. Eine Ewigkeit, in der sich meine Verzweiflung mit der frisch aufkeimenden Hoffnung duellierte.

»Das ist kein Spiel, Lydia.«

Dass er meinen Namen sagte, gab mir ein Gefühl von Verbundenheit. Doch sein Blick war leer. Er sah zur Seite und griff sich mit den Fingern in die Haare.

»Ich hätte wissen müssen, dass ich diesen Zustand nicht ewig aufrechterhalten kann«, sagte er, ohne mich dabei anzusehen.

Diesen Zustand? War ich nur ein Experiment für ihn? War es nie seine Absicht gewesen, das Ganze ernst zu nehmen?

»Und Sie sagen, es ist kein Spiel?« Ich sah ihn entrüstet an. Die Traurigkeit sammelt sich in meinen Augen. »Was war ich denn für Sie, wenn nicht ein Spielzeug?«

Natürlich war ich das. Die letzten Monate waren ein Spiel gewesen. Ein Spiel, bei dem es keine Verlierer gibt, wie Jeff es nannte. Doch ich hatte verloren, weil er mich gehen lassen wollte und mir die vermeintliche Freiheit zu Füßen legte, für die ich so lange gekämpft hatte. Dabei hatte ich die Lust am Kampf schon lange verloren. Seinetwegen. Weil ich mich in ihn verliebt hatte. Doch es war keine Liebe da. Nicht von seiner Seite.

»Ich kann das nicht länger«, sagte er und stand auf. Für einen kurzen Moment glaubte ich, Verletzlichkeit in seinen Augen gesehen zu haben.

»Bitte, Alex, ich ...«

»Ich kann dich nicht länger ertragen«, unterbrach er mich barsch.

Fassungslos sah ich ihn an. Sah ihm zu, wie er seine Akten aufeinanderstapelte, mechanisch, ohne sie vorher anzusehen.

Ich stieß den Atem aus. Tränen liefen über meine Wange. Ich konnte sie nicht aufhalten. Nichts konnte ich aufhalten. Ich war ihm untergeben, auch jetzt noch. Mit einem Ruck sprang ich auf und rannte aus dem Zimmer. Sein Raunen drang zu mir ins Foyer.

»Lydia!« Seine Stimme klang unerwartet weich. Tat es ihm leid? Hatte er doch Gefühle?

Ich blieb stehen, drehte mich aber nicht um. Ein Kribbeln beschlich mich. Wie damals, wenn ich wusste, ich hatte etwas falsch gemacht und er würde mich dafür bestrafen. Doch das war nur ein Wunschdenken. Denn er hatte nicht vor, es zu tun.

Er stand hinter mir und seine Stimme klang bedrückt, mitgenommen. »Ich konnte nicht mit ansehen, wie Finn sich an dir verging. Deshalb war ich rausgegangen. Chloé ist mir nach und wollte wissen, was los ist.«

Ich drehte mich um und sah ihn an. Er stand nur da, so hilflos, verletzlich. Anders, als ich ihn kannte.

»So habe ich das nicht gewollt«, sagte er und sah mich an.

»Wie hast du es denn gewollt?« Ich bemerkte, dass ich Du sagte, als es draußen war. Aber war es nicht ohnehin egal? Gegen meinen Willen wollte er mich gehen lassen. Dennoch kam es mir falsch vor, ihn so anzusprechen. Weil ich es noch immer nicht wahrhaben wollte, dass er es ernst meinte.

»Ich kann das einfach nicht«, sagte er.

»Was können Sie nicht?«

»Ich kann dich nicht lieben und gleichzeitig Härte zeigen.« Ich sah ihn an. Mir blieben die Worte im Hals stecken.

»Mein Verstand kommt mit meinen Gefühlen nicht klar. Ich habe sogar Angst, dich zu überfordern, wenn ich dich bestrafe.

Ich hatte noch nie Angst, eine Sklavin zu überfordern. Ich war immer Herr der Lage, wusste immer, wie weit ich gehen konnte. Ich erkenne es an den Signalen, die mir eine Sklavin schickt, ihr Gesichtsausdruck, ihre Körperhaltung, ihr Blick, ihre Gesten und ihre Lust. Doch bei dir steht dem Ganzen ein Feind gegenüber, der meine Wahrnehmung trübt. Nämlich meine Gefühle für dich. Ich möchte dich am liebsten immer berühren, dich liebkosen und dir sagen, wie sehr ich dich liebe. Ich bin süchtig nach dir. Aber ein Dom sollte seine Sklavin nicht lieben. Das bedeutet, er zeigt Schwäche. Ich bin damals raus, weil ich nicht ertragen konnte, wie sich ein fremder Mann an der Frau verging, die ich liebe.«

Ich wünschte, ich hätte ihn berühren können, ihn in den Arm nehmen können. Doch würde ich damit nicht genau das tun, was er befürchtete? Er stand da wie ein Verlierer. Und jetzt wurde mir auch klar, warum er sich die letzte Zeit so merkwürdig verhalten hatte. Es war nicht wegen Chloé gewesen, sondern wegen mir. Er wollte seine Gefühle nicht zeigen, weil er glaubte, seine Macht würde zusammenfallen wie ein Kartenhaus, wenn ich davon wüsste.

»Ich werde Sie immer als meinen Herrn ansehen, egal ob Sie mich lieben oder nicht.«

Er schüttelte den Kopf. »Das wirst du nicht. Irgendwann wirst du Erwartungen an mich stellen. Zumindest erhoffst du dir ein Entgegenkommen. Und obwohl es meinen Ansichten widerspricht, werde ich nachgeben. Weil meine Gefühle mich dazu zwingen. Dann hast du mich in der Hand.«

»Dann sollten Sie mich dazu erziehen, genau das nicht zu tun.«

Er schmunzelte. Kurz blitzte das Gefühl in mir auf, es gäbe eine Chance.

»Wenn es so einfach wäre.« Seine Stimme klang leise, resigniert.

Unsere Blicke hafteten aneinander. Bis er seine Augen schloss und den Kopf schüttelte. »Du bist weggelaufen. Allein das zeigt, dass du dich in deiner Rolle nicht wohlfühlst.«

»Ich bin davongelaufen, weil ich dachte, Sie hätten sich für Chloé entschieden.«

Er schnaubte und schüttelte den Kopf.

»Alex, ich liebe Sie. Ich habe Sie von Anfang an geliebt. Sie geben mir das, was ich brauche und ich will nicht, dass Sie mich wegschicken. Ich will Ihnen gehören. Mit allem, was ich Ihnen geben kann.«

Er sah an mir vorbei ins Leere. Ich schaffte es nicht, meine Tränen zu unterdrücken. Ich wünschte, er würde mich berühren, mich umarmen und mir sagen, dass alles gut wird. Irgendetwas musste doch da sein, was ihn an seiner Entscheidung zweifeln ließ.

»Morgen wirst du von deinem Schmuck befreit, dann bist du ein freier Mensch.« Er drehte sich um und ging zu seinem Büro.

Ich konnte es nicht glauben. Die ganze Zeit über wünschte ich, dass er mich liebte und jetzt, wo ich wusste, dass er es tat, wollte er mich gehen lassen? Er war nicht so stark, so über den Dingen, wie er sich immer gab, und scheiterte einzig daran, dass er etwas für mich empfand.

»Sie erwarteten von mir, dass ich Grenzen überschreite. Aber selbst können Sie es nicht!«

Er drehte sich zu mir und sah mich einige Sekunden an. Es war, als würde er nachdenken. Und noch einmal regte sich die Hoffnung in mir. Dann schloss er die Tür.

EPILOG

Schneeflocken fallen durch die Dämmerung, setzen sich auf Bäume und Sträucher im kleinen Vorgarten. Sieben Monate sind nun vergangen, seit ich nicht mehr bei Alex war. Er wollte, dass ich gehe, gegen meinen Willen. Noch immer denke ich jeden Tag an ihn, auch jetzt.

Ich stehe am Fenster meines Reihenhauses, das ich vor Kurzem im Londoner Stadtviertel Muswell Hill erstanden habe und warte, bis der schwarze Land Rover in die Einfahrt biegt.

Inzwischen arbeite ich in einem Übersetzungsbüro im Zentrum der Stadt. Die Kunden, die mir geblieben sind, habe ich dorthin mitgenommen. Das brachte mir eine höhere Stellung als Projektmanagerin ein, mit einem fünf-köpfigen Team, unter dem ich die Aufträge einteile.

Um sieben wollte Stuart kommen und jetzt ist es zwei Minuten vor. Er will mich heute ins *Pied à Terre* ausführen, zu einem romantischen Dinner.

Stu ist ein liebenswerter Mann, groß gewachsen, dunkelblonde Haare und im Bett sehr dominant. Wir lernten uns bei einem Meeting kennen, und gehen hin und wieder miteinander aus. Er ist ganz anders als Alex. Er ist kein Geschäftsmann, besitzt keine Millionen und spielt seine Wirkung auf Frauen nicht aus. Wir reden viel und ich lache über seine Witze. Ich mag ihn, er befriedigt mich, aber ich liebe ihn nicht. Ihm fehlt die Faszination, dieses Geheimnisvolle, das Alex so besonders machte.

Ich habe Stu nie von Alex erzählt, ich habe niemanden davon erzählt, was mir passiert war. Und ich habe auch nicht vor, es zu tun. Alex hat mir eine Welt gezeigt, die mich umdenken ließ. Ich habe gelernt, dass ich mein Leben nicht bis in den kleinsten Winkel kontrollieren muss, um das Gefühl zu bekommen, frei zu sein. Sondern es liegt in der Fähigkeit, die Verpflichtungen abzugeben und mich einfach nur fallen zu lassen. Ohne Alex hätte ich das womöglich nie erkannt. Und dafür bin ich ihm dankbar.

Um halb acht sehe ich endlich die heranfahrenden Lichter. Bis jetzt hat Stu es nie pünktlich geschafft. Ich schlüpfe in den Mantel und wickle den roten Wollschal um meinen Hals. Dann klingelt es. Noch ein prüfender Blick in den Spiegel und ich eile zur Tür.

Doch es ist nicht Stu, der vor mir steht. Sondern Alex.

***

Die Welt ist so, wie du glaubst, dass sie zu sein hat.
Bis du erkennst, dass du dich geirrt hast.

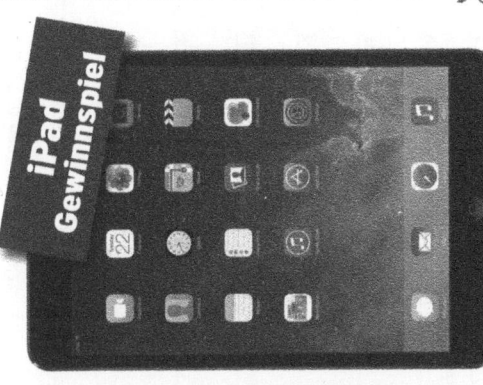

Nicht verpassen: kostenlos per Post ...
»Erregung«
Die Erotische Zusatzgeschichte
Schneide Dir die Postkarte aus
und schicke sie ausgefüllt zurück!

☐ Ja, ich möchte am iPad-Gewinnspiel teilnehmen.

☐ Bitte schicken Sie mir die kostenlose Internet-Story »Erregung«
ausgedruckt per Post an meine folgende Adresse.

☐ BUCH-ABO / E-BOOK-ABO: Sie erhalten jedes neue Buch
versandkostenfrei direkt und unverbindlich zugeschickt und
zahlen bequem per Lastschrift oder Rechnung.
Bei Nichtgefallen können Sie es einfach zurückschicken!
Dies ist kein Club, kein Kaufzwang!

Name, Vorname   ☐ Herr ☐ Frau
_____

Straße, Hausnummer
_____

PLZ, Ort
_____

Land   Geburtsdatum
_____

E-Mail (für aktuelle Informationen)
_____

Wie haben Sie von diesem Buch erfahren?
_____

Wo haben Sie dieses Buch gekauft?
Infos zur Datenverarbeitung unter: blue-panther-books.de/de/datenschutz.html

Alissa Stone - Im Zentrum der Lust | 5. Auflage | ASI | 2202

Antwort

blue panther books
Osterfeldstr. 12-14 | Haus 1 | Nord
22529 Hamburg
Deutschland / Germany

Bitte
freimachen
falls Marke
zur Hand